KUNSTMANN

Katrin Mackowski

DIE FALSCHE FRAU

Roman

Verlag Antje Kunstmann

Der Cafard, ein sagenhaft schwarzer Käfer, der in den Körper eindringt, das Gehirn zerfrisst und langsam in den Wahnsinn führt, wollte ihn daran hindern, das Leben eines ganz gewöhnlichen Mannes zu führen.

1

Kurz vor sechs hatte der Zug sein Tempo verlangsamt und fuhr durch die Wiener Vororte.

François Satek schlief noch.

Er lag in Parka und Schal eingewickelt unter einer Wolldecke. Nur sein kahl geschorener Kopf, boule à zéro, die Tonsur, die er seit seiner Zeit als Rekrut trug, lugte hervor, als der Schaffner Licht machte und ihn zum Aufstehen aufforderte.

»Wenn sich der Herr bitte beeilen würde! Pass und Billett zurück. Wir wären gleich da«.

Kaiserschmarrngerede. Der typisch wienerische Singsang.

François seufzte, steckte gelangweilt seine Dokumente ein und schnitt dem Mann, der ihm längst den Rücken gekehrt hatte, eine wilde Grimasse. Dann studierte er das Schwarze, das er unter einem Fingernagel hervorgeholt hatte, schnipste den schwarzen Krümel weg und schlug die Decke zurück.

Süßsaures lag ihm auf der Zunge. Katergeschmack.

Er dachte an die kleine Yvonne, die Tochter seines Cousins. Wie sie ihm gestern am Bahnsteig in Paris die Arme eng um seinen Hals geschlungen und zwei Küsse auf die Wange gedrückt hatte. Wie er vor Traurigkeit reglos geblieben war und nur ein langsames Lächeln hervorbringen konnte.

Yvonne trug zum Abschied ihre schwarzen Lackschuhe. Sie waren zusammen in einem teuren Kindermodengeschäft in der Nähe vom Centre Pompidou gewesen, und sie hatte sich für ein Paar entschieden, auf dem große Glitzersterne funkelten.

Hinterher Disneyland. Wie jeden letzten Samstag im Monat.

Zwischen Mickey Mouse in Überlebensgröße und der sprechenden Mülltonne im Electric Umbrella Restaurant hatte er fast die Zeit vergessen. Seine Erinnerungen waren für eine Weile wie gelöscht. Erst auf der Zugfahrt, im Halbschlaf, kamen sie verschwommen wieder, wollten aber kein vernünftiges Muster ergeben.

Yvonne im Kettenkarussell, Beine baumelnd, freihändig. Yvonne, eine schwebende Welt, zu der Kirmesmusik spielte.

Jetzt war alles schal.

»Wien-Westbahnhof«, tönte es aus dem Lautsprecher.

Mit einem letzten Rest Whisky spülte François den blechernen Ton runter, warf die Flasche in das Bett gegenüber und sah sich nach seinen Boots um.

Noch vor einem Jahr war er Scharfschützen-Sergeant gewesen, und so erfolgreich, dass man ihn zum Ausbilder befördert hatte. Wie viele andere in der Fremdenlegion hatte er die Lust am Krieg längst verloren, verpflichtete sich für die nächsten zwei Einsätze und stieg danach aus. Paris lockte. Ein neues, ruhiges Leben außerhalb der Soldatenfamilie, ein Leben, das er sich mit seinem besten Freund Katzan erträumt hatte und für das sie beide, wie sich bald herausstellte, nicht taugten.

François unterrichtete Savate, eine französische Variante des Kickboxens, und langweilte sich mit arbeitslosen Jugendlichen, die er für den Kleinkrieg auf der Straße trainierte. Katzan versuchte als verdeckter Ermittler bei der Drogenfahndung unterzukommen, war aber schon nach dem ersten Auftrag als Bodyguard eines Nachtclubbesitzers so frustriert, dass er sich nebenbei mit Privatgeschäften im Milieu durchschlug. Sein Leben in Paris war zuende noch bevor es richtig begonnen hatte. Verfolgt von Killern der Drogenkartelle, wechselte er ständig seinen Wohnsitz und ließ sich von einer Bürokratie zermürben, die V-Männer zwar brauchte, aber weder finanzielle noch rechtliche Absicherung bieten konnte.

Das Leben draußen war Betrug, eine riesengroße Falle.

François und Katzan.

Sie hatten Jahre am Arsch der Welt verbracht. Sie hatten dieselbe Scheiße gefressen und *Le Boudin*, das Marschlied der Legion, gesungen. Sie hatten sich nach Liebe gesehnt und sich selbst im Schlaf mit beiden Armen so fest umschlungen, dass die Arme am Morgen noch ganz steif davon waren.

Vor drei Tagen war François' Vater auf dem Zentralfriedhof von Wien beigesetzt worden. Krebs, hatten ihm die Behörden mitgeteilt. Wer sich denn um die Wohnung kümmern würde, um seine persönlichen Dinge?

François schluckte. Die Trauer kam unerwartet.

Ohne Katzan, der Andeutungen über einen wichtigen Auftrag in Wien gemacht hatte, wäre er gar nicht hier.

Das Gesicht an die Scheibe gelehnt, zogen langsam Straßenlampen und Elektroleitungen vorbei.

Der Kontakt nach Hause war abgebrochen, seit er von Land zu Land, von Kontinent zu Kontinent gezogen war. Er konnte sich nicht entsinnen, während der Einsätze oder später in Paris auch nur ein einziges Mal an seinen Vater gedacht zu haben. An seinen Vater, der von ihm keine Notiz nahm und sich nur blicken ließ, um seine Kleider zu wechseln, um den Blaumann gegen eine Hose zu tauschen, auf der selbst nach der Wäsche noch Flecken waren, die nach Schnaps rochen.

Tränen sammelten sich in seinen Augen, und die Tränen rutschten so tief in seine Kehle, dass es ihn würgte. Alles vermischte sich. Stadt und Erinnerungen. Jetztzeit und Vergangenheit. Außen und innen.

François wusste nicht, ob die Gloriette Tag und Nacht beleuchtet war oder das Parlamentsgebäude oder beides. Er wusste nicht, welche Linie zum Karlsplatz führte und ob man an der goldenen Kuppel der Sezession vorbei musste, wenn man von stadtauswärts über die Wienzeile kam.

Er sah nur, dass der Bahnsteig nass war, dass der Wind Laub aufwirbelte und ein paar Blätter auf die Gleise gegenüber fegte.

Immer noch kam er sich vor wie ein Dieb, der sich eines Nachts davongeschlichen hatte, um einen neuen Namen, eine neue Identität anzunehmen. Insgeheim verachtete er sich dafür. Er dachte an seine Mutter. Eine zierliche Frau mit französischem Akzent. Wie sie ihn immer angesehen hatte! Als ob er ihr etwas vormachen würde. Sie hielt ihn für einen Lügner. Und noch bevor François wusste, was ein Lügner war, stellte er sich andere Menschen, andere Orte vor. Am liebsten kämpfende Männer in Uniformen.

Legionäre.

François und Katzan.

Katzan war noch nicht achtzehn, François fünfundzwanzig als sie anheuerten.

Acht Tage lang ließen sie Untersuchungen über sich ergehen, spendeten Blut und wurden von oben bis unten desinfiziert, als hätten sie Ungeziefer. Am Ende die Tonsur, die französische Uniform und das *képi blanc.* Nach sechs Monaten Ausbildung dreißig Tage Knast, weil sie heimlich über die Kasernenmauer geklettert waren. Von da an zogen sie rund um den Globus.

Siebenmal verwundet, dreimal Amöben-Ruhr, einmal Sumpffieber.

Warum dachte er überhaupt zurück? Was ging ihn das alles noch an? François starrte in das dunkle Fenster, das ihm sein Gesicht zurückwarf.

Es sagte ihm, dass er frisch und energiegeladen aussah mit seinen vierundvierzig Jahren, sogar richtig gut, obwohl er nicht viel geschlafen hatte.

François fuhr sich über die stoppelige Wange.

Rasieren wollte er sich, etwas frühstücken vielleicht, und dann?

François packte seinen Rucksack, stieg in seine Boots, die er unter dem Bett, auf den Seiten der *Le Monde* liegen sah und verließ das Abteil.

Auf dem Gang war es eng. Leute drängelten. Als der Zug stoppte, fiel ihm jemand in den Rücken.

»Entschuldigung!«, sagte eine Stimme.

François blickte hinter sich und blieb gespannt, als würde auf diese Entschuldigung ein Schlag folgen. Doch außer seinem eigenen Fluchtreflex, der ihm als heiße Welle durch seinen Körper schoss, geschah nichts. Was sollte auch geschehen?

François war auf Hochspannung.

Wie immer vernahm er Geraschel von Kleidung selbst aus weiter Entfernung. Er überhörte kein Räuspern, kein Klicken eines Feuerzeugs, und manchmal, da hörte er auch nur sein Herz laut schlagen.

»Wien Westbahnhof«, schepperte es jetzt zum letzten Mal aus dem Lautsprecher. Dann gingen die Türen auf.

François zog einen Zettel aus seiner Jackentasche. Katzans Telefonnummer.

Wie einer, der zu spät dran war, sprang er auf den Bahnsteig und lief an Gepäckwagen vorbei, die Berge von Koffern geladen hatten. In der Ankunftshalle blieb er stehen. Kein Verkehr, niemand an den Ticketschaltern, nur eine Gestalt, die leere Coladosen, Papiere und Sandwichreste auf einem Blech zusammenfegte.

Wie ausgestorben, dachte François und machte, dass er nach draußen kam.

Merde!

Wien war ein einziger Verdunkelungsvorhang.

Am Taxistand wartete nur ein einziger Wagen.

»Zum Café de l'Europe«, sagte François durch die halb geöffnete Scheibe. Er war nicht sicher, ob es das Café überhaupt noch gab. Der Fahrer, ein Mann mit ölig glänzendem Haar, griff mit dem linken Arm nach hinten. Wortlos öffnete er ihm die Tür zu den Rücksitzen. François wusste, dass man hier mit höflichen Gesten zurückhaltender sein würde als in Paris, auch wenn die Touristen weltweit vom Charme, von diesem ganz besonderen Entgegenkommen der Wiener, schwärmten.

Das Café gab es also noch.

Nach ein paar Metern auf dem Gürtel der Stadt, wollte der Fahrer reden. Er hatte die französische Färbung in seiner Stimme registriert.

»Die Frauen in Frankreich sind hübscher als die Wienerinnen, oder?«

»Kann sein«, sagte François und hatte keine Lust, gerade mit diesem Mann über Frauen zu debattieren. Er zog ein zerschundenes Reclamheftchen aus seiner Jackentasche.

Arthur Rimbaud. *Farbstiche*.

Damals war er der Einzige, der in der Legion Rimbaud gelesen hatte, wahrscheinlich war er der Einzige, der überhaupt las, aber er hatte sich immer dafür geschämt. Jetzt, bei seiner Ankunft in Wien, war das anders. Rimbaud war willkommen. Erst als er das Ende der Spiegelgasse witterte und der Wagen langsamer wurde, blickte François von seiner Lektüre auf, öffnete seine Brieftasche und zahlte.

Im Café de l'Europe war es warm, es roch nach frisch gemahlenem Kaffee. Die Espressomaschine ratterte, ein angenehmer Nervenkitzel, der sich noch steigerte, als François eine junge Frau sah, die an einem Strohhalm sog und ihn frech anpeilte.

François murmelte ein höfliches *Bonjour* und flüchtete in den ersten Stock des Lokals. Noch im Gehen bestellte er eine Melange. Erinnerungen kamen zurück. François malte sich aus, die Frau unten wäre Claire. Wie sie lief, wie sie redete und ihn zwischendurch küsste.

Vielleicht war sie längst tot?

Sie hatten in Paris-Nanterre gelebt, einer Betonwüste am Rande der Stadt. Eines Tages war Claire ohne ein Wort verschwunden.

Eine Nachbarin wollte die Sportlehrerin Claire, blond, groß und schlank, zuletzt am 15. September im Quartier Corbusier gesehen haben. Seither fehlte jede Spur.

Viele Frauen aus der Gegend von Nanterre, mehr als ein Dutzend in den letzten fünf Jahren, galten in den letzten Monaten als vermisst. Einige wurden als Ausreißerinnen abgetan, vor allem ganz junge Mädchen, die eines Abends von einer Freundin weggingen oder von einer Party und dann nie wieder gesehen worden waren. Solche Fälle hatte man aus verschiedenen Gründen ad acta gelegt.

Bei Claire war das anders.

Nie im Leben hätte sie ihn verlassen. Sie war schwanger und wollte ihn heiraten. Streit, kleinere Auseinandersetzungen, die gab es schon, aber nichts hatte darauf hingedeutet, dass sie ihre Pläne ändern und das Kind allein großziehen wollte. François fand, dass die Polizei Details seiner Beziehung nichts angingen. Er hielt es auch für unnötig zu erwähnen, dass Claire und er sich im Streit getrennt hatten. Wozu sollte er einem Polizisten erklären, dass ihm Frauen wie Claire zugleich etwas bedeuteten und dann auch wieder nicht. Dass er sie nicht heiraten, sondern lieber wieder aus der Ferne betrachten wollte, wie früher, als er sie zum ersten Mal über einen Parkplatz laufen sah, die Haare zu einem Pferdeschwanz im Nacken zusammengebunden, der mit jedem Schritt auf und ab wippte.

Wenige Monate aber, nachdem sie zusammengezogen waren, hatte sich Claire verändert. Wenn François nach Hause kam, fand er sie apathisch vor dem Fernseher. Ihre Sportstunden hielt sie nur noch aus Pflicht ab. Das einzige, was sie noch interessierte, war François. Wo er hinging, mit wem er redete, wann er wiederkommen würde und was sie einkaufen sollte für die abendlichen Essen, für seine Kochkünste, mit der er ihre Eifersucht zwar besänftigen, aber nicht besiegen konnte.

François zog eine Papierserviette aus der Hosentasche, tunkte sie in das Wasserglas, das er zur Melange bekommen hatte und tupfte sich damit die Stirn.

Wie sollte er sie hier vergessen? Claire, die zum Frühstück frische Croissants brachte, keine geschmacklosen und mickrigen Dinger wie die, die wenig später auf seinem Teller landeten. Claire, von der er jetzt nichts anderes bei sich trug als ein kleines Zeichen.

CS stand mit Lippenstift auf der Serviette und war durchgestrichen. Es sollte wohl Claire Satek heißen, dachte er. Das war das Ende.

2

Als François durch die Kärntner Strasse lief, hatte es zu schneien begonnen. Der Wind trieb ihm dicke Flocken in die Augen. Obwohl er langsam ging, musste er stehen bleiben und häufig nach Luft schnappen.

Mit jedem Schritt weiter wollte er sein zerbrechliches Bewusstsein treten, die Tatsache, das, was geschehen war, nicht besser fassen zu können.

Rimbaud kam wieder.

Genug gefahren. Gesichte hatte ich überall.

Rimbaud, den ihm zum Abschied eine fremde Frau unters Kopfkissen gelegt hatte. Zweisprachig, links französisch, rechts deutsch.

Krieg war das, alles Krieg.

Diese Abschiede, sein Vater, die Sache mit Claire. Die Drinks, die er früher in irgendwelchen Bars genommen hatte, die Frauen, die ihm zufielen, die Schlaflosigkeit, die Aufgewühltheit, alles.

Sein Körper hatte nach Ruhe gebettelt, damals in Paris, nach der weichen Haut einer Frau, nach Claire, ihrem kindlichen Lachen, ihren runden Schultern. Er glaubte sie zu kennen, das war ein Fehler.

Menschen waren zu allem fähig, auch Claire, dachte François und sah auf seine Uhr. Das Gewicht jeder einzelnen Sekunde, die verstrich, ohne dass er selbst etwas bewegen oder machen konnte, lastete auf ihm. Wochen, Tage, Stunden und Minuten, seit er Claire nicht mehr gesehen hatte.

Am Ende der Straße lockte das Casino.

Das Glück, ein Mann mit Zylinder, winkte.

François überlegte, ob er Black Jack spielen gehen sollte oder wenigstens eine Runde Roulette, aber er konnte nicht. Es war zu früh, um spielen zu gehen, zu früh, um das Glück zu versuchen.

Er lief weiter. Zuerst gedankenlos. Dann jedoch, Meter für Meter, steigerte er sich in die Vorstellung, Claire umgebracht und ihre Leiche an einen sicheren Ort gebracht zu haben. Gleichzeitig kam er sich vor wie ein erbärmlicher Versager, unfähig, eine Frau wie Claire lieben zu können, geschweige denn, sie in den Tod zu schicken.

Früher oder später, dachte er, gäbe es eine Erklärung. Es gab doch für alles eine Erklärung.

Vor dem Hotel Bristol, einen schmalen Strich Wind im Gesicht, wählte er Katzans Nummer. Das Rufzeichen kam vier Mal.

»Hallo?«

Die Leitung war schlecht.

»Hörst du mich?«

François verstand nur Wortfetzen.

»Behörden. Schwimmende Depots. Nicht am Telefon«, sagte Katzan. Er würde ihn besuchen kommen, heute noch.

Von da an ging François automatisch richtig.

Der Karlsplatz kam ihm vertraut vor. Er wusste, dass er genau hier vor der Rolltreppe gelungert und vor den Toiletten geschlafen hatte, manchmal auch in einem dieser Häuschen, in denen man Passbilder machen lassen kann. Andere Tage verbrachten sie im Suff, kauernd vor Kaufhäusern, in irgendeinem geschützten Winkel, der Wärme abgab, während irgendeine Zeit verstrich.

François und Katzan.

Von jeher waren sie Brüder gewesen, ihre Freundschaft ein festes Bündnis, eine Art Gesetzmäßigkeit gegen den Rest der Welt.

Wie in Trance stieg François in die U-Bahn.

Im Schwarz des Schachtes fantasierte er die prachtvollen Jugendstilbauten der Wienzeile, die tiefen Straßenfluchten, das altehrwürdige Kopfsteinpflaster. Eine monströse Kulisse, die in ihm mit zunehmender Geschwindigkeit des Zuges zu einer dünnen, verschwommenen Linie wurde und wieder verschwand.

Vielleicht würden ihm die Häuser jetzt kleiner erscheinen, die Gassen schmaler, dachte er, als er am Margaretengürtel umstieg und oben, im Tageslicht, sich verdoppelnde Menschen in Trainingsanzügen sah, kleine Hunde an der Leine haltend oder mit einem Plastiksack in der Hand. Vollkommen echt. Vollkommen unecht.

François hatte das Gefühl, neben sich zu stehen.

Er war irritiert, weil er bemerkte, dass der, der neben ihm stand, alles erlebte, was er erlebte, und alles sah, was er sah, aber doch nicht mit ihm identisch war.

Später, als er die Straßenbahnlinie achtzehn nahm und das vertraute Grau der Gemeindebauten vorbeistrich, gab es ruhigere Momente, dazwischen aber attackierte ihn eine unbestimmte Angst.

Angst, ausgelöst von elektrisch gestörten Lichterketten vor armseligen Gucklöchern, die wieder zuckend auf andere verwiesen, nie Grün vor der Tür, keine Aussicht.

Und doch gab es etwas, das ihn wieder ins Lot brachte, selbst an diesem schwindelerregenden Tag.

François war nie feige gewesen. Nicht wie Katzan, nie zögerlich.

Sie hatten ihm beigebracht, wie man dreißig Kilo schwere Rucksäcke mit Stacheldrahtriemen fünfzig Kilometer weit schleppt. Sie hatten ihm gezeigt, wie man auf dem Kasernenhof Zigarettenkippen mit dem Mund aufliest und hinterher keine Miene verzieht. Wie man in der brütenden Hitze ein Taschentuch mit der Nase gegen eine Mauer drückt, ohne es zu verlieren oder vor Schwäche umzukippen. François hatte all diese Torturen überstanden und die Aufgaben ohne mit der Wimper zu zucken ausgeführt. Was konnte ihm das Leben noch anhaben?

Oben, in der Wohnung seiner verstorbenen Eltern, das dumpfe Grollen der Stadt. Ein säuerlicher Geruch hing in der Luft.

François riss alle Fenster auf.

Der Geruch musste von den feuchten Wänden oder den Rosshaarmatratzen kommen. Er ging zuerst in die Küche und blieb vor einem schmutzverkrusteten Herd stehen.

Hier also sollte er sich einnisten und das Leben eines Mannes führen, der regelmäßig arbeitete, sich mit Freunden traf und gelegentlich kochte?

Die Schränke standen offen. Reste von vergorener Milch waren zu festen Klecksen gefroren. Obwohl nichts auf dem Tisch stand, sah François einen Teller mit kalter Zunge vor sich. Die Lieblingsspeise seines Vaters. Dann ging er ins Kinderzimmer und blieb auf der Schwelle stehen. Das aufgeregte Klopfen seines Herzens wurde von der hellen Schlafzimmerstimme eines kleinen Jungen unterbrochen, von ihm selbst, der Vater oder Mutter noch zu einem letzten Wort bringen wollte, zu einem zweiten oder dritten Mal Gute Nacht.

Mama?

Einen Augenblick lang schloss François die Augen.

Dann ging er zurück in die Küche.

Kochen war seine Leidenschaft. Am liebsten asiatisch, aber auch französisch oder italienisch, je nachdem.

Eigentlich hatte er es nur für Claire getan, die in ihm zuerst nichts als einen harten Kerl gesehen hatte und dann überrascht war, dass da wesentlich mehr drin war. Dabei wollte er keiner Frau beweisen, dass er auf ewig für sie da sein konnte, nur weil er kochte. Dass er alles über sie wissen musste – woher sie kam, wohin sie ging, wie lange sie bleiben würde, nur weil er sie bediente. Eigentlich wollte er keine dauerhafte Beziehung, aber mit Claire war das so eine Sache. Küsste und umarmte sie ihn, konnte er nicht anders, als ihre Zärtlichkeiten erwidern, obwohl er nicht dasselbe meinte wie sie und manchmal darüber erschrocken war. Nie zuckte sie zusammen wie er, sondern lächelte und rückte sofort näher. Jetzt war ihm klar: Nie wieder würde Claire mit ihm in der Küche sitzen, nie wieder neben ihm am Herd stehen und lachen, weil sie sich gegenseitig die Finger ableckten.

Der Gestank in der Wohnung war unerträglich.

Plötzlich wollte er Dinge in Ordnung bringen, die sich noch in Ordnung bringen ließen. Die fleckige Auslegeware in der Küche rausreißen, Lampen austauschen und den Dreck beseitigen. Wie ein Mann, der ein Match zu gewinnen hatte, glaubte er die Spuren der Vergangenheit verwischen zu können und fing an, Kleider seiner Eltern, große Teile von Besteck und Geschirr, die ausgefransten Bettvorleger, Tischtücher und Polster in die Abfalleimer vor dem Haus zu werfen.

Später schlenderte er durch die Gassen.

Nur nicht über Claire reden, dachte François. Schon gar nicht über seinen Vater.

Vor einem Asia-Laden in der Nähe vom Matzleinsdorfer Platz machte er Halt und trat in einen verdunkelten Raum. Es roch nach Fisch. Vor ihm, in einer schwach beleuchteten Eistruhe, Berge von Lachs, Makrelen, Krebse, Schwänze, Köpfe, Flossen, daneben Kräuter wie Koriander und Petersilienwurzel. Das alles wollte er nicht.

François sah sich um. Weiter hinten, über dem Tresen, lief der Fernseher. Nachrichten aus Taiwan, vorgetragen von einem Mädchen mit piepsiger Stimme. Ein Mann starrte auf die Mattscheibe und sortierte dabei schwarze Flaschen in einen Karton.

»Haben Sie Fleisch?«

Der Mann nickte, verschwand hinter einem Paravent und kam mit einem Plastikbeutel wieder. Er reichte ihm Tiefgefrorenes über die Theke. Ein Riesenklumpen Fleisch, der für eine ganze Kompanie gereicht hätte.

François griff zu.

Bald schon zog der Geruch von Sesamöl und frischem Zitronengras durch die Wohnung. Es gab Rinderbraten in Shaoxing-Reiswein, Katzans Leibgericht.

In einem teuren Mantel stand sein Freund pünktlich in der Tür. So rausgeputzt hatte er ihn noch nie gesehen.

»*A moi la légion*«, flüsterte Katzan.

Das war der Satz, mit dem die Legionäre nach Hilfe rufen, wenn das Leben nur noch am seidenen Faden hängt. Warum hatte er diesen Satz gesagt?

»A moi la légion«, wiederholte François mechanisch und umarmte den anderen wie einen, den er lange nicht zu Gesicht bekommen hatte. Noch bevor er fragen konnte, was diese seltsame Begrüßung zu bedeuten hätte, war ihm Katzan zuvorgekommen.

»Was …? Was von Claire gehört?«

François war nicht imstande zu antworten. Aus einer Packung Gitanes, die er in seiner Brusttasche trug, fingerte er nervös eine Zigarette. Seine Finger zitterten, als Katzan ihm Feuer gab. Sein Freund blickte so nüchtern.

»Kann ich dir einen Drink anbieten?«, fragte François, weniger aus Höflichkeit, sondern nur, um etwas Unverfängliches zu sagen.

Katzan grinste, ging ins Wohnzimmer und ließ sich lässig in einen bequemen Sessel fallen. Im schrägen Mustermix eines orangefarbenen Möbelstückes sah er seltsam aus.

»Was ist da nur schiefgelaufen?«, murmelte François und schenkte zwei Gläser Whisky ein.

Sein Freund kam ihm hier völlig absurd vor. Er hatte ihn noch nie in der Wohnung seines Vaters empfangen. Es war überhaupt nie einer zu Besuch gewesen, und trotzdem bewegte er sich an diesem Ort wie selbstverständlich.

»Sag schon«, fing François wieder an. »Was denkst du?«

Katzan zuckte nur mit den Achseln.

»Keine Ahnung. Wahrscheinlich hat sie jemand umgebracht.«

François bemerkte, wie Wut in ihm hoch kochte. Wollte er nicht schweigen? Nicht über Claire reden? Dann nahm er einen kräftigen Schluck. Den Whisky spürte er kaum. Schon besser.

Diese Beiläufigkeit, mit der Katzan von Mord sprach. Als würde es um irgendjemanden, nur nicht um Claire gehen.

»Hör zu«, sagte Katzan. »Das mit Claire wird sich regeln.«

François starrte vor sich hin. Das Gerede seines Freundes war abstoßend.

»Was willst du?«, fragte er, und seine Frage hörte sich an wie ein

Befehl, wie irgendeiner dieser Sätze, die er vor seinen Männern geschrien hatte, lauter Rekruten, heiß darauf, sich die Hörner abzustoßen, um sich nachher gegenseitig die Wunden zu lecken, manchmal sogar mehr.

Dann lenkte er ein.

»Du hast recht«, sagte François vollkommen ruhig. »Die verschwindet doch nicht einfach. Ist doch gar nicht der Typ für so was.«

François glaubte nicht an Mord, daran konnte, durfte er nicht glauben, und ein Lachen kam aus ihm, mit dem er gegen ein unnennbares Gefühl ankämpfte, Auge in Auge mit Katzan.

Eines Abends, die Sache mit Claire war noch ziemlich frisch, war Katzan unangemeldet aufgekreuzt und wollte ihn zu einer Tour durch die Nachtclubs von Paris überreden. Katzan machte eine regelrechte Szene, weil François keine Lust hatte. Katzan brüllte, knallte die Tür, danach war der Kontakt für Wochen abgerissen.

Irgendwann aber, als Katzan registrierte, dass Claire nicht zu diesen Nummerngirls zählte, die nach ein oder zwei Runden wieder abzogen, hatte sich das Blatt gewendet. Sie verbrachten gemeinsame Abende im Chez Prune, einer kleinen Bar am Canal St. Martin, oder gingen ins Café Charbon. Katzan spielte den Gönner, zahlte regelmäßig die Drinks und warf sich ins Zeug, um Claire zu imponieren. So ging es Woche für Woche.

»Sie war so abwesend an unserem letzten Abend«, sagte François. »Meinst du, ich sollte noch mal zur Polizei gehen?«

Katzan deutete stumm auf die Flasche Whisky, aus der ihm sein Freund sofort nachschenkte.

»Blödsinn«, sagte er. »Geduld!«

»Geduld? Sie wollte mich heiraten!«

François nippte an seinem Glas. Die Zigarette, die bis auf einen winzigen Stummel runtergebrannt war, ertränkte er im Rest Alkohol.

Dann ging er in die Küche, zog ein scharfes Messer aus der

Schublade und machte sich an den Braten, der außen eine dunkel satte Farbe bekommen hatte und innen, Stück für Stück aufgeschnitten, zartrosa leuchtete.

»Ach was«, sagte François. »Ich lass mich doch nicht irre machen.«

Dabei tippte er sich mit dem Finger an die Stirn.

Katzan, der ihm gefolgt und stumm zugesehen hatte, kniff die Augen zusammen. »Hör auf! Ich seh doch, wie dich das irre macht. Ich sag dir was. Du hast sie viel zu viel bemuttert. Bist ja andauernd wie 'ne Hausfrau mit dem Geschirrhandtuch um die Hüften rumgelaufen. Das killt den Sex!«

»Was? Was weißt du schon?«, schrie François und schämte sich gleich hinterher. Auf keinen Fall wollte er in Katzans Achtung sinken. Es war komisch, wie unsicher er sich fühlte. Wusste er nicht, dass er ihm trauen konnte, selbst wenn er ein paar Drinks intus hatte?

Vor ein paar Wochen noch hatten François und Claire eng aneinandergeschmiegt vor dem Fernseher gelegen. Katzan war gerade von einem erfolgreichen Geschäft aus Budapest zurück.

Es lief irgendeine Show, die niemanden sonderlich interessierte. Claire, die auf die Mattscheibe starrte und sich Chips in den Mund schob, war weder beim Fernsehprogramm noch bei den Küssen, die ihr François zärtlich auf Hals und Hände drückte. Irgendwann machte sich Katzan über ihn und Claire lustig, warf Küsse in die Luft und imitierte Liebkosungen. Es gab Streit, doch Claire hielt sich da raus.

»Weißt du, was das schlimmste Verbrechen ist, das ein Mensch begehen kann?«, hatte sie aus heiterem Himmel gefragt.

Mord, dachte François.

Jetzt dachte er dasselbe. Mord.

»Wenn ihr einer was angetan hat, bring ich ihn um!«, platzte François los. Er ließ das Messer, das eben noch steil in die Luft ragte, auf den Tisch fallen und schüttelte den Kopf.

»Was ist los, Bruder?«, fragte Katzan.

Draußen pfiff der Wind um die Häuser.

»Verdammtes Wetter«, sagte François, goss das Gemüsewasser ab, verrührte die Salatsoße und träufelte sie über eine Schüssel mit Grünzeug.

»Die war ziemlich nervös, Mann. Andauernd diese anonymen Anrufe. Jedes Mal, wenn ich ranging, lief sie rum wie 'n aufgescheuchtes Huhn.«

Katzan nickte.

Claire hat mich betrogen, ratterte es in seinem Kopf, Claire hat mich betrogen, und dann beschloss er, nicht weiter darüber nachzudenken. Er wollte weg. Ein paar Tage noch, dachte er, und die Angelegenheiten, die seinen Vater und diese Wohnung betrafen, würden erledigt sein. Das Konto auflösen, einen Wagen für den Sperrmüll bestellen, den restlichen Mist, der sich noch in der Wohnung befand, beseitigen, ein paar Anrufe erledigen, das wär's dann.

»He!«

Katzan hatte ihm viel zu fest auf die Brust getippt.

»Riecht fantastisch!«

François war dabei, die Soße abzuschmecken, und betrachtete seinen Freund aus den Augenwinkeln.

Das war also Katzan. Katzan, der über die Jahre kaum gealtert war. Sein Gesicht wirkte jungenhaft und ausdruckslos. Ein bisschen zu ausdruckslos, dachte François, bevor sie sich zum Essen setzten.

Wie oft hatten sie so zusammengesessen.

Claire, Katzan und er. Von Zeit zu Zeit fand es Katzan amüsant, so zu tun, als würde er seinem Bruder Hörner aufsetzen und gab Claire flüchtige Küsse oder brachte ihr kleine Geschenke mit. Dann wieder kam er mit seinen blöden Sprüchen. Dass Kerle wie sie lieber allein bleiben sollten. Weiber, die würden nur Ärger bringen, und solche wie Claire ganz besonders.

»Weißt du, dass ich einen Schwangerschaftstest im Bad gefunden habe, der positiv war?«, fing François wieder an.

Katzan beugte sich tief über den Teller.

»Nein! Was soll das?«

François biss sich auf die Zunge.

»Dass du Kinder willst?«, sagte Katzan. Dann schlang er so gierig, als hätte er einen Einsatz hinter sich. François kannte das. Sie hatten verlernt wie andere zu essen, die mindestens dreimal am Tag etwas in den Magen bekamen Vielleicht aber waren sie auch von Natur aus gierig und einfach nicht satt zu kriegen.

»Die kommt schon eines Tages wieder angeschnurrt«, sagte Katzan. »Wie 'n Kätzchen. Wirst sehen.«

François nickte. Plötzlich schöpfte er wieder Hoffnung, sprang auf, machte sich hinter der Tür zu schaffen und kam mit zwei Flaschen Wein wieder.

»Rot oder weiß?«

»Rot«, sagte Katzan. »Rot!«

Frauen waren kein Thema.

Schon gar nicht während der Einsätze. Die Bräute der Legionäre lauerten in Bars oder Bordellen, meist nur hundert Meter von den Lagern entfernt. Sie machten die Beine breit gegen schlechte Bezahlung, gegen ein oder zwei Drinks, und sie boten alles, was ein hungriger Legionär brauchte. Hatte sich doch mal eine verliebt und den einen oder anderen mit Sehnsüchten zurückgelassen, die der Wind lautstark um die Zeltwände trieb, waren diese Sehnsüchte auch schon wieder verflogen. In der flirrenden Hitze, auf hohen Felsvorsprüngen, zwei Fuß breit, darunter der Abgrund. Da konnte man diese Frauen, den Tod im Nacken, gut wieder loswerden. Meilen weiter, da kamen dann andere, die wieder den Kampfgeist infizierten. Wie eine Krankheit, die man gleichzeitig abschütteln und doch behalten wollte. Susan, Kitty, Rita und wie sie alle hießen. Man prostete sich zu, und diese Frauen waren ebenso gut oder schlecht wie alle anderen auch. Man nannte sie Fotze, kam aber nicht dagegen an, mit keinem Wort. Und dann ging die brennende Sehnsucht über in eine flatternde Nervosität, gegen die nur Rauschgift oder Alkohol half, bis zum nächsten Knockout, der nicht nur dem Gegner, sondern dieser Schwäche galt, der Liebe, die nichts verloren hatte unter den Soldaten.

Eine Geschichte, die sich mit Claire, so dachte François, auslöschen ließ. Seit ihrem Verschwinden aber kam die Leere zurück.

Es gab Nächte, in denen er wach lag und onanierte. Es gab Nächte, die so einsam waren, dass er nicht einmal wusste, ob er so, fühllos und verlassen, überhaupt noch existierte.

»Du bist doch nicht wegen Claire hier«, sagte er endlich. »Wolltest du nicht längst wieder in Paris sein?«

Natürlich war Katzan nicht gekommen, nur um mit ihm über Claire zu reden. Er war gekommen, um ihm ein Geschäft vorzuschlagen.

Katzan, der zuerst mit den Händen in der Luft gestikulierte ohne zu reden, vielleicht suchte er nach Worten, nach dem Blick seines Freundes, der ihn nicht ansah, begann vorsichtig.

»In drei Tagen legt die MS Jiri an. Mexikoplatz, du weißt schon.«

»Was weiß ich?«

François war gereizt und blies künstlich die Backen auf. Er kannte diesen Ort von früher und hatte sich dort mit fünfzehn sein erstes Geld mit kleinen Geschäften verdient, die er schnell und präzise ausführte, ohne genau zu wissen, worum es ging.

»An Bord sind zehn Kilo reines Heroin, das über Istanbul und Budapest nach Wien geschleust und hier gestreckt wird«, sagte Katzan. Dann sah er sich um, als ob noch andere im Raum wären.

»Keine Sorge, ich bin die einzige Wanze hier«, sagte François mit einem dünnen Lächeln. »Du brauchst nicht so zu flüstern, Bruder!«

»Zehn Kilo Heroin! He, ist 'ne Menge Stoff, oder?!«

»Was hab ich damit zu tun? Du hast doch deine Jobs in Paris bisher auch immer ohne mich durchgezogen. Du hast unwichtige Dealer ans Messer geliefert und dafür abkassiert.«

Katzan griff sich in den Schritt.

»Bis ein zuverlässiger Abnehmer gefunden wird, lagert das Heroin auf schwimmenden Depots, auf diesen Barkassen am Mexikoplatz«, sagte er.

»Schwimmende Depots?« François winkte ab. Er hatte genug von Drogengeschichten.

»Hör zu, Mann«, sagte Katzan scharf. »Erinnerst du dich an Dimitri?«

François spürte, wie sich sein Magen zusammenzog. Dimitri war eine Legende, ein Arschloch, dem man am besten aus dem Weg ging.

Katzan, der beste Kontakte zum Milieu pflegte und als verdeckter Ermittler für verschiedene Polizeibehörden arbeitete, hatte Dimitri im Auftrag der Wiener Drogenfahndung ausfindig gemacht. Dimitri gehörte zur Russenmafia, so viel wusste François.

»Vor kurzem noch war Dimitri in Paris«, sagte Katzan.

François ließ die Hände sinken. »Und?«

Katzan war derjenige, der sich für Jobs interessierte, die in der Grauzone spielten. Details schwieriger Operationen hatte er immer für sich behalten. Diesmal packte er aus.

»Was ist mit Dimitri?«, fragte François.

»Die Polizei dachte, dass er für den Boss der Mafia ein Netzwerk ausbauen sollte, doch diese Vermutung ließ sich nicht erhärten. Der französische Zoll konnte zwar eine läppische Menge Heroin beschlagnahmen, aber es gab keine weiteren Anzeichen dafür, dass Dimitri und die Russenmafia weiter in Paris Fuß fassen wollten.

Am Ende flog nur ein verknalltes Ostblockmädchen auf, das Dimitri nach Frankreich verkauft hatte. Ich konnte ihm zwar die Bullen vom Hals halten, von wegen Mädchenhandel, aber alle Fäden zum Mafiaboss waren danach gleich wieder gerissen. Die Franzosen sind einfach zu blöd! Ich hatte sie gebeten, mir einen Tarnpass mit falschem Namen zu geben und mich offiziell als verdeckter Ermittler einzusetzen, aber das lief nicht. Denen fehlen einfach die Gesetze für solche Operationen. Deshalb bin ich nach

Wien. Sie haben mich auf ORTIS angesetzt, ein Kartell, das an die Russen abliefern muss, und rate mal an wen?«

»An dieses Arschloch Dimitri Kovac!«

»Richtig, Bruder.«

François wusste, dass Katzan ein Faible für die Mafia hatte und hörte angespannt zu. Die Polizei wollte ihn also in die Händlerorganisation ORTIS schleusen und so an den Boss der Russenmafia kommen.

»Also diesmal keine Alleingänge!«, sagte er.

Katzan grinste breit.

Katzan hatte sich in ganz Europa mit Drogenhändlern angefreundet und war jedes Mal halb verrückt geworden von diesen Jobs, die ihm mindestens zwei Persönlichkeiten abverlangten: eine, die sich auf die Seite des Gesetzes stellte, die andere, die im Dreck wühlen ging und mit den Kriminellen kungelte. Meistens fiel was ab für ihn. Das machte die Sache reizvoll.

François sah in das Gesicht seines Bruders.

Seine Augen waren dunkle Schlitze. Von Zeit zu Zeit zitterten seine Unterlider. So kannte er ihn nicht. So besessen.

»Auf welcher Seite bist du eigentlich?«, fragte François.

Katzan atmete verächtlich aus.

»Auf der richtigen«, sagte er. »Worauf du einen lassen kannst!«

François wollte, dass ihn diese Augen endlich wieder ansahen, freundschaftlich, vielleicht sogar tröstend.

Es war eine dieser Aktionen, die sich die Polizei überlegt hatte, um an die Russenmafia ranzukommen. Da gab es das ORTIS-Kartell, eine Balkanbande, die in letzter Zeit erhebliche Probleme im Drogengeschäft hatte, weil sie im Schatten der Russenmafia stand, an die sie liefern musste, ohne genug Gewinn zu machen, und da gab es Marian, den Boss der Russenmafia. Mit Hilfe von ORTIS und Katzan, den ORTIS als ihren Mann akzeptierten, wollten sie nun gemeinsam gegen die Russen vorgehen und einen fingierten Deal abwickeln.

»Das Wiener Drogendezernat hatte in letzter Zeit ziemliche Probleme. Die Polizei …«

François driftete ab. Es war sein Bruder, der sich da in Rage redete, und es war seine Pflicht, diesen Bruder im Auge zu behalten.

»Was interessiert mich die Polizei?«, fragte François. »Sag nicht, du willst Bulle werden!«

Katzan wehrte ab. »Blödsinn! Hör zu. Die Bullen brauchen ORTIS«, erklärte er. »Vor ein paar Monaten haben sie den wichtigsten Macher der Truppe ins Kittchen gebracht. Es handelt sich um den Kapitän der MS Jiri. Ein gewisser Zlatko. Sie wollten ihm zehn Jahre aufbrummen, und jetzt?«

»Jetzt lassen sie Zlatko für sich arbeiten«, antwortete François. »Das alte Spiel.«

»Bingo, Bruder.«

Katzan zog ein zerknittertes Foto aus seiner Hosentasche.

»Hier, das ist er.«

François war feinen flüchtigen Blick auf das Foto, das einen rundlichen Mann mittleren Alters zeigte.

»Und weiter?«

»Das Ganze läuft so«, fuhr Katzan fort. »Du gehst zu Zlatko an Bord, sagst, dass du von den Bullen kommst, und wartest, bis dir die Taucher die Ware an Deck hieven. Dann steckst du das Zeug ein, ich hol dich mit dem Wagen ab, und du lieferst an Dimitri.«

»Was?« François war baff.

Katzan hatte einfach behauptet, dass er für die Wiener Kriminalpolizei arbeiten würde? Eine Weile stritten sie. François drohte damit, zur Polizei zu gehen und wollte den Kontaktmann selbst kennen lernen, aber Katzan blieb hart.

»Geht nicht. Mein Kontaktmann kennt den Mafiaboss persönlich und pflegt seine Kontakte zum Milieu. Je weniger offiziell, desto weniger Informationen sickern durch. Dasselbe gilt für die Polizei. Die Wiener Bullen rechnen mit Maulwürfen in den eigenen Reihen. Keine Komplikationen, ist das klar?«

François rührte sich nicht vom Fleck.

Er sollte sich für einen Mann von ORTIS ausgeben und so tun, als ob er ein ganz normales Geschäft mit der Mafia abwickelte?

»Mach das doch selber«, sagte François. »Wieso sollte mir ORTIS trauen?«

»Weil ich es sage«, schrie Katzan.

»Verdammt, ich muss damit rechnen, erkannt zu werden. Du weißt doch, wie das ist. Die Russen merken sich mein Gesicht, und schon bin ich verbrannt. Ich muss im Hintergrund bleiben. ORTIS und Zlatko sind nicht das Problem, Dimitri ist der springende Punkt, der kennt mich!«

»Wenn du mitmachst, kriegst du 'n Haufen Geld. Doppelte Gage! ORTIS *und* die Polizei werden dich auszahlen. Die machen gemeinsame Sache. Denk an das Geld, Mann! Zehntausend für mich, zehntausend für dich.«

»Geld. Geld. Geld«, sagte François, aber Katzan machte weiter.

Er redete von Stoff in irgendwelchen Behältern, die unter den Schiffsrumpf geschweißt wären, und dass das Zeug zunächst in kleinen Rationen auf den Markt käme.

»Zwei Kilo«, sagte er. »Ist nur 'n Test, damit die Mafiatypen sehen, ob die Ware auch geht.«

François war weggedriftet. All das, wovon sein Bruder gesprochen hatte, zog wie eine große Seifenblase an ihm vorbei.

Er dachte an früher.

Immer schon waren sie wie zwei wilde, ineinander verbissene Hunde, die sich abwechselnd mit dem Arsch ins Gesicht sprangen und bald danach auf dem Rücken liegend, alle Viere von sich gestreckt, auf das Schwanzwedeln des anderen warteten. Auf einen nasskalten Zungenschlag, der wieder Frieden stiftete. Dann ging die Rauferei wieder von vorn los. Aber das hier war keine Rauferei.

Das war mehr.

Katzan grinste.

François grinste zurück.

Lunte gerochen?

Das war keines dieser kleinen Geschäfte. Das war ein echt großes Ding, dachte er, vielleicht eine Spur zu groß für Katzan, und noch bevor er weiter grübeln konnte, bombardierte ihn sein Bruder mit Fakten.

»Wenn das Schiff einläuft, befinden sich Dutzende von Polizisten im Hafen, als Docker oder Taxifahrer getarnt. He, hörst du?«

François hörte nicht.

Das Wohnzimmer seiner Eltern war ein Verhandlungsraum, ein Zwischenraum, der ihm entglitt und der sich in die eine oder andere Richtung zu einem Zerrbild verzog. Sie hätten jetzt irgendwo sein können. In einem dieser Lager, auf einer dieser Pritschen. Und immer wollte er weg. Immer wollte er Geld, Glück, einmal Glück haben.

Endlich sah er klar.

Er sollte also einen Dealer spielen, sein Leben riskieren und mit den Balkanleuten kungeln, in Wahrheit aber im Auftrag der Polizei handeln? Katzan, der Superbulle, dachte er.

»Spinner!«

»Ich wusste, dass dich das nicht kalt lässt«, sagte Katzan, schob den Teller beiseite und trank das letzte Glas Rotwein auf ex.

François aber konnte seinem Freund nicht ins Gesicht sehen. Er hörte nur, wie er schluckte. Dieses Knabengesicht. Dieses Lächeln. Aber tief drinnen glaubte er immer noch, dass er Katzan etwas schuldete.

»Ich geb dir Bescheid«, sagte er. »Später.«

»Nein«, sagte Katzan. »Sofort.«

Dann rülpste er und ging aufs Klo. Als er wieder kam, packte er seinen Freund an den Schultern. »Du willst doch wohl keinen Ärger machen, Bruder?«

François sah in seine stechenden Augen.

Der Schmerz kam wieder, dieser Fehler von damals.

Sie waren im Kosovo stationiert und sollten Wache schieben. Zum Schutz der Zivilbevölkerung, hieß es. Katzan wollte fliehen, kam aber nicht weit. Zwei Männer hielten ihn zurück, malträtierten ihn mit Macheten und waren gerade dabei, seinen Hals aufzuschlitzen.

»Deserteure wie du werden eben gelyncht«, hatte François geschrien, die Männer in die Flucht getrieben und den Bruder gegen seinen Willen über die Schulter geworfen und nach Hause getragen, zurück zur Legion, zurück in die Familie, die ihn dafür um so mehr knebelte.

»Schon gut«, sagte François, und Katzan redete weiter. Immer wieder fiel der Name ORTIS.

»Denk dran«, sagte Katzan. »Auf uns wartet 'ne fette Prämie. Du kannst ganz offiziell als verdeckter Ermittler bei den Wiener Bullen anheuern.«

Doch François hatte Schwierigkeiten, sich für einen Mann zu halten, der sauber machen ging, der für Recht und Ordnung einer Gesellschaft eintreten sollte, die er kaum kannte und für die er sich bisher nicht interessiert hatte.

»Ich weiß nicht«, sagte François.

»Ich weiß nicht«, wiederholte Katzan und scheuerte auf seinem Handrücken herum. »So viel ich weiß, brauchst du Geld. Dein Vater hat nichts außer Scheiße hinterlassen, und deine Braut ist auch weg.«

»*Arrête!*« François schlug mit der Faust gegen die Wand. »Was hat der Alte damit zu tun!«

»Du sollst nichts weiter machen als dich bei Dimitri für den Kontaktmann von ORTIS ausgeben«, sagte Katzan ruhig. »Du sollst zum Kapitän der MS Jiri gehen, brav Männchen machen und eine kleine Menge Heroin von ORTIS an die Russen abliefern. Die Bullen machen eine Razzia, schnappen sich Dimitri und beschlagnahmen die Drogen. Du wirst natürlich nur zum Schein verhaftet. Beim geringsten Anzeichen, dass was faul ist, blasen wir sofort alles ab.«

François seufzte verächtlich.

»Und wer garantiert, dass das klappt?«

»Garantiert ist der Tod«, sagte Katzan.

Dann ging er zur Garderobe und kam mit einer Waffe wieder.

Das schwarze, glatte Ding schimmerte im Licht der Wohnzimmerlampe.

»Sieh dir das Teil an. Erste Wahl für afrikanische Diktatoren und europäische Terroristen.« Eine Skorpion.

Katzan warf das Ding in die Luft.

François fing es auf.

»Woher hast du die? Aus dem Lager?«

Katzan antwortete nicht. Sein Blick war durchdringend.

»Du bist dabei, Bruder!«

3

Ein Angsttraum hatte ihn aufschrecken lassen. François knipste die Nachttischlampe an und sah auf die Uhr.

Halb drei.

Seine Kleider klebten am Körper. Sein Gesicht war nass.

Er war der Cafard gewesen, ein Schnellläufer mit Chitinpanzer, schwarzer Brust und zwei Krallen am Ende von fünf Fußgliedern.

Sollte er die Waffe, die er auf dem Wohnzimmertisch liegen sah, nehmen und in die Lade seines Vaters legen?

Etwas, das ihm die Kehle zuschnürte und bewegungsunfähig machte, ließ ihn nur panisch ins Dunkel starren.

Der Cafard!

Nie hatte er so gezittert, nie hatte er so gefroren.

Er wusste nicht, ob er es war, der sich zwischen den Schauern seiner Angst immer wieder zur Ruhe zwang, oder das Tier, von dem er nur geträumt hatte, das Tier, das da immer noch dunkel und gefräßig zwischen Fußleiste und Wand lauerte.

Es sollte aufhören. Das Zittern. Der Schrecken in seinen Gliedern, der ihn wie Schüttellähmung überfiel.

François wälzte sich. Arme und Beine schlugen von einer Seite zur anderen, als wolle er einen unbekannten Schmerz besiegen, diesen Angreifer, aber da war nichts. Nichts!

Ein Flirren legte sich auf seine Netzhaut. Durch das geöffnete Fenster zog es. Katzans gepresste, hohe Stimme hallte in seinen Ohren. »Was von Claire gehört?«

Und danach Claire im gereizten Tonfall: »Lass mich!«

Wie sie ihn eben noch mit saugenden Küssen übersät, wie sie mit ihren Fingern über jeden Zentimeter seiner Haut getastet hatte. Nackt sah er sie wieder vor sich. Claire in Übergröße, wie sie ihr Gesicht hinter ihren Händen verbarg, wie er sie zu sich drehen wollte, um wieder in ihre Augen sehen zu können, wie sie plötzlich zu einer Ohrfeige ausholte.

Er hatte sie gerade noch am Handgelenk gepackt. Das quälende Geständnis, das ihr danach über die Lippen kam, war laut jetzt.

»Wir haben uns im Club getroffen«, hatte sie gestammelt. »Es war nach dem Sport. Zuerst dachte ich, dass er nur Spaß macht. Er fragte, ob ich etwas dazuverdienen wollte. Ein paar Shootings in Unterwäsche als Model. Irgendwann ist es passiert.«

François schreckte wieder hoch und griff neben sich.

Wo ist Claire?

Wie gern hätte er den rechten Arm gehoben, zu einem Schlag ausgeholt, doch irgendetwas hatte ihn zurückgehalten. Man kann vielleicht töten, aber nicht prügeln, hatte er gedacht und hörte Claire, wie sie ihn mit zerknirschten Worten, mit Entschuldigungen, mit Liebesgeständnissen überschüttet hatte, wie sie ihm den Weg versperrte, als er gehen wollte.

»Es hat mir nichts bedeutet!«

Da hatte er die Tür so abrupt geöffnet, dass sie mit großer Wucht gegen Claires Kopf geschlagen war.

Claire, wie sie taumelte. Ein Klirren, dann ein dumpfer Aufprall.

Er war einfach die Treppen runtergelaufen, die eine Hand knapp über dem Geländer, um sich jederzeit festhalten zu können, falls er stolperte, aber er stolperte nicht.

Das war das letzte Mal, dass er Claire gesehen hatte.

Er war allein, definitiv allein.

Das Flimmern vor seinen Augen nahm wieder zu, und je mehr er sich dagegen wehrte, um den bösen Traum zu verjagen, je mehr er erkennen wollte – die Falten seines Kopfkissens, den widerspenstigen Tisch, den feindlichen Stuhl –, desto schlimmer wurde es.

Plötzlich fiel er, von Angst und Schmerz geknebelt, in dieselbe Reglosigkeit wie zuvor, lag auf dem Rücken und fühlte, wie in ihm das Blut pulsierte.

Immer war Krieg.

Eingepfercht in eine feuchte Ritze, aus der es kein Entkommen gab, sah er sich dahinsiechen, das schrille Surren der Moskitos, die Schreie der Bataillone aus der Dunkelheit, den unsichtbaren Strahl von Urin im Ohr.

Das Bett knarrte.

Das Bett seiner Eltern. Und er zählte die Kilometer ohne Wasser und Nahrung, die Zeit unter der sengenden Sonne zwischen den Hyänen im Schlamm, diesen verrückten Soldaten.

»*A moi la légion!*«

Er hörte wieder, wie sie keuchten. Katzan und all die anderen. Wie sie im Rhythmus der Kommandos keuchten.

Nicht er, jemand anderes war gekommen, um zu töten, dachte er. Nicht er, jemand anderes war dazu bestimmt, Befehle zu geben.

Das Zittern kam um so heftiger.

Die feuchten Hände waren nicht imstande, seinem Willen zu gehorchen, nach Laken und Decke zu tasten. Er halluzinierte eine Trümmerlandschaft. Übel riechende, vom Pilz befallene Steinbrocken begruben seine Beine. Er war machtlos. Die nächste Welle Angst war über ihm zusammengeschlagen und hatte ihren Lauf genommen.

Bleischwer und von sich getrennt sah er, wie sich sein Knie aufrichtete und wieder zur Seite fiel. Wie von Geisterhand bewegt kam er hoch, rieb sich die Augen und kratzte sich mit spitzen Fingern die Kopfhaut auf.

François sah auf das phosphoreszierende Zifferblatt der Uhr.

Fünf Uhr dreißig.

Einunddreißig, zweiunddreißig. Die Zeit sprang. Er musste zurück. Zurück zu ihr!

Er hätte schwören können, Claires gespreizte Beine im Faltenwurf der Nachttischlampe erkannt zu haben, und er war sicher, eben noch mit der Zunge zwischen ihre erregten Schenkel gefahren zu sein. Aber warum war Claire so reglos, so stumm?

Es war hell jetzt, und mit der Helligkeit stach ein Satz hervor, der in seinem Kopf sinnlose Wiederholungen, widerliche Endlosschlaufen bildete.

»Weißt du, was das ärgste Verbrechen ist, das ein Mensch begehen kann?«, hatte sie aus heiterem Himmel gefragt.

»Mord!«

Er hatte doch nicht etwa Claire umgebracht?

François stand auf und machte drei große Schritte zum Fenster.

Kein Zweifel, dachte er. Er war es, er hatte sie getötet, damals im Streit, und die Schuld, die er fühlte, stach tausend Nadeln in seine Kopfhaut.

Die Lider so fest geschlossen, dass ihm die Augenhöhlen schmerzten, stürzte er zum Tisch, nahm die Waffe und feuerte einen Schuss ab.

Jetzt hatte er Sicherheit.

Jetzt war Schluss.

Überzeugt davon, Täter, nicht Opfer gewesen zu sein, holte er tief Luft, roch feuchte Erde, diesen Lehm, der sich über die Jahre wie eine zweite Haut auf Arme und Beine gelegt hatte, und legte sich, erlöst und zum Sterben bereit, wieder auf das Bett. Als sich seine Lider senkten, sah er in das Gesicht eines bleichen Mannes, das über ihm schwebte, aber zu undeutlich war, um es zu erkennen.

Katzan?

Dann riss er wieder die Augen auf.

Da lag er, hörte die Straße und war wieder bei sich.

Er wollte wach bleiben. Ein paar Seiten Rimbaud lesen.

Er wusste nun, warum er zurückgekommen war. Sein Vater war gestorben, und Claire lächelte ihn an. Claire, mit ihrem koketten, gezügelten Lächeln. Ihre Hände berührten sein schweißnasses Gesicht, ihre weichen Lippen seinen Mund, während sie mit ihm sprach. Worte, die er sich nie gemerkt hatte. Worte, die er nur am Klang wiedererkannte und die sich durch das plötzliche Läuten an der Haustür verzerrten.

Mit Rimbaud in den Händen schleppte sich François durch den Flur, öffnete und sah in ein dunkelhäutiges Gesicht.

»Wer bist du?«, flüsterte er und sackte, von einem Schwächeanfall überwältigt, zu Boden.

»Vera.«

Die dunkle Frau sprach viel zu leise.

Später fühlte er, dass ihn Menschen umringten. Dass man ihn vom Boden aufnahm, zudeckte und irgendwo hintrug. Ein Stich, dann wurde ihm heiß. Die fremden Stimmen, die er dumpf wahrgenommen hatte, entfernten sich. Eine Hand strich über sein Gesicht, etwas Wärmendes legte sich über seinen Körper. Eine andere Frauenstimme flüsterte ihm etwas ins Ohr.

4

»François Satek?«

»Claire«, lallte er mit halbgeschlossenen Augen und fühlte, dass es ein anderes Aufwachen war als sonst. Er wollte nicht zu sich kommen. Das Gesicht, das sich zu ihm herabbeugte, verströmte einen angenehmen, frischen Duft. Die Hände, die sich in seine legten, waren weich, die Stimme so vertraut.

»Ich bin nicht Claire«, sagte die Stimme und entfernte sich.

François hatte Mühe, die Lider zu öffnen.

Sie hatten ihn in Tiefschlaf versetzt, und jetzt, zwischen Wachen und Träumen hin- und hergerissen, glaubte er, sich für die eine oder andere Welt entscheiden zu können.

Wo war er? Benommen von der künstlichen Müdigkeit versuchte er sich zu orientieren und tastete in Gedanken die fremde Umgebung ab.

Gekalkte Wände, eine Neonlampe, das Weiß der Betten, der kalte, silbrige Stahl. Die hohen Decken, die lindgrünen Vorhänge.

»Sie haben Angst gehabt«, sagte die Frau, die an seinem Bett saß.

»Angst?«

François konnte sich an nichts erinnern, ahnte aber, dass etwas Unvorhergesehenes passiert sein musste. Er war in einem Krankenhaus. Es roch so komisch. Dann musterte er die Frau. Die Art, wie sie sich eine Haarsträhne hinter das Ohr strich. Diese Art kannte er doch.

»Ich bin Dr. Rosen. Psychotherapeutin auf dieser Station. Hören Sie mich?«

»Ma chère«, sagte François und legte den Zeigefinger auf seine Lippen.

»Psst!«

»Sie hatten eine Art Nervenzusammenbruch«, sagte sie. »Bevor sie bewusstlos geworden sind, haben Sie mit einer Waffe gespielt und einen Schuss abgegeben. Wissen Sie das noch?«

François rieb sich die Augen.

»Tut mir Leid«, sagte er, ohne zu wissen, auf welche Frage er antwortete, und bemerkte, dass er eine Erektion bekam. Er wollte, dass diese Frau, die so sanft und eindringlich mit ihm sprach, dichter kam.

Schöne, blaugrüne Augen, umringt von langen, geschwungenen Wimpern und jede Menge Lachfältchen, dachte er und blinzelte sie an. Die Frau sah zu gut aus. Zu gut für eine ... was ... Psychotherapeutin?

Er schätzte sie auf vierzig, höchstens Mitte vierzig. Was war nur mit ihrem Haar? Ihr schönes blondes Haar, es hatte im Neonlicht einen rötlichen Schimmer angenommen und schien ihre Schultern zu berühren wie ein Fächer, den eine unsichtbare Hand bewegte.

»Kennen wir uns?«, fragte François.

Erschrocken lauschte er seiner Stimme. Sie klang wie nach einer durchzechten Nacht. Dann glaubte er, Claire würde auf ihn einreden und ihm sagen, dass alles nur ein Traum wäre. Aber da saß diese Seelenklempnerin.

Was sollte er machen? Sein Gedächtnis war in tausend Teile zersprungen.

»Ich dachte, ich habe ...«

Er war sicher, dieser Frau schon einmal begegnet zu sein, und er war sicher, dass er von ihr nichts zu befürchten hätte. Es war peinlich. Er konnte nicht. Er konnte nichts sagen, ihr nichts erklären, und doch fasste er in den ersten Sekunden seines dämmrigen Zustandes Vertrauen und blieb wie gebannt an ihr hängen. Vielleicht waren es ihre Brüste, die er mit seinen müden, glasigen Augen noch nicht recht abschätzen konnte und die er sich jetzt genauer ansehen wollte. Vielleicht nur ihr Tonfall.

François schlug die Decke auf und streckte sich.

Sollte er ihr sagen, dass alles ein Irrtum ist: dieses Bett hier, seine

Müdigkeit, der Name Claire, dieser Schuss, an den er sich nur vage erinnerte?

Er wollte mit ihr schlafen und warf ihr einen herausfordernden Blick zu, dabei wusste er genau, dass dieser Blick nicht treffen würde. Er war ihr ausgeliefert. Er, ein schlapper Sack in einem weißgetünchten Zimmer. Aber seine Geschlechtsdrüsen, die bereits auf Hochtouren liefen, und seine Fantasien, die aus dem Nichts zu kommen schienen, sprachen dafür, dass er es eines Tages versuchen sollte. Später, beschloss er, später, denn Hindernisse wie diese waren nur dazu da, seinen Appetit anzuregen. Dann richtete er sich auf, und tastete nach Rimbaud.

Depuis huit jours, j'avais déchiré mes bottines
Aux cailloux des chemins …

Acht Tage lang ließ ich meine Stiefel zerreißen.
Auf Straßenkieseln …

Die Tür ging auf. Ein Arzt kam ins Zimmer. Umständlich machte er sich an einem Ding neben der Tür zu schaffen.

Affe, dachte François und ließ das Buch fallen.

Der Affe trug eine seidene Krawatte, weiße Punkte auf rotem Untergrund.

Warum glotzte der so?

»Grüß Gott, Herr…«

»Satek«, antwortete François, lauter als beabsichtigt, »und Sie?«

Keine Antwort.

François beobachtete, wie der Mann den Rest einer blauen Flüssigkeit zwischen seine Finger verteilte, die er vorher aus einem Plastikbehälter gedrückt hatte. Während er sich damit sorgfältig einrieb, nickte er zweimal der Therapeutin zu und machte eine tiefe Verbeugung.

Was sollte das Theater?

Seine Augen hinter der dicken schwarzen Brille sahen aus wie Glubschaugen.

Hatte er richtig verstanden? Der Mann murmelte etwas von Abklatschprobe, von Noso, von Nosokomialen Infektionen.

Dann tauschte er den leeren Plastikbehälter gegen einen vollen aus.

»Wir haben ein Problem mit dieser Lieferung hier«, sagte er. »Aber unser größtes Problem sind die Staphylokokken.«

»Die was?«

François hatte große Lust, den Schwätzer an die Luft zu befördern.

»Das sind Bakterien«, hörte er den Mann reden, »die traubenförmige Haufen bilden und Lungenentzündungen, Lebensmittelvergiftungen oder septische Schocks verursachen können.«

»Aha?«

Die Therapeutin zupfte an ihrem Rock und sah an dem Typen vorbei, der mit sich selbst zu reden schien.

»Ach, wissen Sie«, sagte er. »Ich kann das Gejammere über die Hygienesituation in Krankenhäusern schon nicht mehr hören. Auf die viel gestellte Frage, ob das Krankenhaus krank macht, habe ich eine klare Antwort: Nein!«

Dann ging er auf die Therapeutin zu.

»Wie klein die Welt ist, Frau Doktor Rosen. Ich freue mich, Sie zu sehen.«

Schleimer, dachte François und konnte nicht genau verstehen, was sie erwiderte, doch die Stille des Zimmers war verräterisch. Die beiden schienen sich zu kennen.

»Seien Sie barmherzig, Gnädigste«, fing der Mann wieder an. »Auf einen Kaffee? Kommen Sie doch, wenn Sie hier fertig sind, auf einen Sprung in mein Dienstzimmer vorbei. Sie wissen doch wo?«

Dann küsste er die Luft über ihrer Hand.

Die Therapeutin machte ein verzweifeltes Gesicht, der Typ sah aus, als hätte sie ihn beleidigt.

»Wir hatten vier Jahre, Frau Doktor Rosen. Viermal pro Woche, das haben Sie doch nicht …«

»Vergessen?« Dr. Rosen lächelte. »Keinesfalls.«

Mochte sie den nun oder nicht? Schwer zu sagen. Ihr Gesicht war gerötet. Anscheinend wollte sie den Typen loswerden. Aber warum war sie dann so freundlich?

»Wir werden uns sicher wieder über den Weg laufen, Herr Dr. Wolowiec.« Sie lenkte den Mann in Richtung Tür. »Jetzt, wo Sie dieses Krankenhaus, na, wie soll ich sagen, hygienisch überwachen und hier eine feste Stelle haben?«

Das eine Bein aus dem Bett gestreckt, die Hand auf der Matratze abgestützt, wollte François aufstehen, um sich endlich wieder bemerkbar zu machen, doch dann zog er es vor, liegen zu bleiben, warf sich zurück in die Kissen und klopfte nur mit der flachen Hand auf seine Bettdecke.

»Jetzt bin ich wieder dran. Ich«, sagte er, nahm den zerfledderten kleinen Gedichtband zwischen seine Finger und fixierte Dr. Wolowiec, der krampfhaft die Türklinke festhielt.

»Was macht so eine schöne Frau wie Sie an einem so hässlichen Ort?« François schlug denselben Tonfall an wie dieser Affe.

Dr. Rosen schwieg.

Endlich klappte die Tür zu, dann war der Mann wieder draußen.

»Komischer Typ«, sagte François.

»Und Sie?«, fragte die Therapeutin.

»Ich?«

François tippte sich mit dem Finger auf die Brust.

Er trug ein verwaschenes Nachthemd. Ein lächerliches, vergilbtes Nachthemd mit einem weiten Ausschnitt. Zwischen Zeigefinger und Daumen zwirbelte er ein paar Brusthaare hoch.

»Ich bin die Angst«, sagte er, mimte einen Zitteranfall, schlotterte mit den Beinen und machte keuchende Geräusche. Als er fertig war, wagte er kaum zu atmen. In seinem Gehirn trommelte der Gedanke, mies und verseucht zu sein. Mit einer ansteckenden Krankheit, über die man besser schweigen sollte. Was ging es sie überhaupt an, sein Leben? Sarah Rosen beugte sich vor und nahm ihm das Buch aus der Hand.

»Ich war in der Legion«, hörte sich François plötzlich sagen, »falls Sie verstehen?«

Die Therapeutin zog die Augenbrauen hoch.

»Man gewöhnt sich an die schlimmsten Dinge«, hörte er sich weiter sagen, »an schwere Arbeit, an die Hitze oder daran, monatelang keine Frau zu Gesicht zu bekommen, aber nicht an die Angst.«

Von draußen war ein lautes Knacken zu hören, als würde ein Zweig abgebrochen.

»Was ist passiert?«, fragte Sarah Rosen.

»Nichts.«

»Nichts?«

»Mein Vater…«

»Ja?«

»… ist vor kurzem über den Jordan. Mein Vater…«

François hielt die flache Hand gegen seinen Hals wie ein ausgeklapptes Messer und machte eine schnelle Bewegung.

»… ist ein … Arschloch!«

Die Wirkung der Medikamente, die man ihm verabreicht hatte, ließ nach. Seine Nerven begannen wieder zu spuken. François wollte etwas sagen, am liebsten das, was er gesagt hatte, wieder zurücknehmen.

»Wer ist eigentlich Claire«, fragte Dr. Rosen in sein Gestotter. »Sie haben mich mit ihr verwechselt.«

»Hab ich das?«

»Ja.«

Es hatte keinen Sinn, die Sache zu leugnen, doch ihm widerstrebte es, eine Frau wie Rosen so einfach neben seinem Bett sitzen zu lassen und Fragen zu beantworten. War es möglich mit einer Frau, die nicht mit ihm geschlafen hatte, über andere Frauen zu reden?

»Sie wollte, dass wir heiraten«, sagte François und betrachtete Rosen jetzt wieder wie jeder andere Mann, der die Gelegenheit hatte, eine attraktive Frau aus der Nähe zu betrachten. Während er ihre Figur unter ihrem Kostüm abtastete, die Form ihrer Beine in den fleischfarbenen Seidenstrümpfen studierte und feststellte, dass sie seinen Rimbaud in ihre Tasche steckte, vergaß er, dass er sich eben noch am liebsten verkrochen hätte.

Es gefiel ihm, dass sie von ihm etwas mitnahm.

»Sie musste schon im zweiten Monat schwanger sein«, sagte er.

Dr. Rosen wandte den Kopf zur Seite.

Etwas bewegte sie. Das zarte Licht berührte die Sommersprossen auf ihren Wangen. François erkannte darauf ein Muster, das ihn tatsächlich an Claire erinnerte, die ebenfalls Sommersprossen hatte und die beim Sex immer ganz fleckig im Gesicht wurde.

»Etwas Furchtbares muss passiert sein«, sagte Rosen und hob wieder ihren Blick.

»Das Kind war nicht von mir«, sagte François unvermittelt. »Bestimmt nicht.« Hilflosigkeit überfiel ihn, weil sie im Streit auseinandergegangen waren und er nichts machen konnte.

»Sagen Sie mir, warum sie es getan hat.«

Rosen ließ nicht locker.

»Was denn?«

»Sind Sie schon mal betrogen worden?«

Die Ereignisse der letzten Stunden rumorten wie böse Geister in seinem Kopf. Er hatte nur einen Tag in der Wohnung seiner Eltern verbracht. Katzan war gekommen. Und irgendwann war alles über ihm zusammengebrochen. Der verdammte Deal. Die Hölle seiner Kinderzeit, über zwanzig Jahre lang aus der Erinnerung verbannt.

»Und Sie glauben, dass es Ihre Schuld war?«, fragte Dr. Rosen weiter.

»Schuld?«

François richtete seinen Blick zur Decke, um die Frau, die zum Greifen nahe gewesen wäre, nicht länger sehen zu müssen.

»Wie kommen Sie denn darauf?«

»Kann es sein, dass Sie immer wieder Momente schüren, die Ihnen die Schuld, eine unbestimmte Angst, irgendein Scheitern vor Augen führen?«

François schlug mit der Hand auf den Nachttisch.

»*C'est tout!*«

Rosen sagte nichts. Ihm war, als würde sie durch ihn hindurchsehen, so unbewegt kam sie ihm vor. Dann zupfte sie aus ihrer Handtasche, die ziemlich mitgenommen aussah, eine Visitenkarte.

»Hier. Wenn Sie möchten, kommen Sie in meine Praxis.«

Wie konnte sie es wagen, ihn jetzt einfach sitzen zu lassen?

Noch nie hatte eine Frau so treffende Fragen gestellt, noch nie hatte eine Frau so treffende Worte gefunden für etwas, das er nicht zu benennen wusste.

»Hey!«, rief François, aber ihre hohen Absätze klackten schon über das spiegelglatte Linoleum. Eine Stunde später kam der Chefarzt und schickte ihn mit einer Schachtel Valium nach Hause.

5

Als Vera die Augen aufschlug, gab es einen Trommelwirbel in ihrem Herzen. Neben ihr lag also dieser Mensch. Es dauerte eine Weile, bis sie es wagte, dem Fremden über die Schulter zu sehen.

Was, um Himmels willen, machte dieser Mann in ihrem Bett? Das Letzte, an das sie sich erinnern konnte, war eine Reihe von leidenschaftlichen Küssen, und dann? Zu viel Wein. Warum lag er jetzt neben ihr? Hatte er sie angemacht oder sie ihn?

Vera sah auf die Uhr.

Es war schon abend. Zwanzig nach acht. Sie würde zu spät ins *Jenseits* kommen. Während sie fieberhaft grübelte, sah sie einen anderen haarlosen, mächtigen Kopf vor sich.

Die dunklen Augenbrauen und die kräftigen Hände, die sie nicht einmal aus Versehen berührt hatte. Dafür hatte sie ihm im richtigen Moment unter die Arme gegriffen. Sie war sein Schutzengel. Komisch. Vielleicht hatte sie deshalb jede Einzelheit abgespeichert.

Wie der Notarzt und seine Helfer ihm eine Maske über das Gesicht stülpten, ihn hinuntertrugen, wie sie völlig verstört neben ihm im Krankenwagen saß. Merkwürdigerweise hatte sie die ganze Fahrt über gedacht, dass er ihr jetzt endgültig abhauen wollte, nur um nicht in ihre Augen sehen zu müssen.

»So ein Blödsinn«, sagte sie halblaut und wandte sich wieder dem Fremdkörper in ihrem Himmelbett zu.

Seine Schultern hoben und senkten sich mit jedem Atemzug. Das Laken war noch feucht. Sollte sie ihn wecken? Vera hauchte ihm einen Kuss über das Ohr und zog sich in Windeseile an.

Dann gab sie der Katze zu fressen und schaltete die Stereoanlage an. Sollte der Typ endlich aufwachen und verschwinden.

In der Küche schenkte sie sich eine Tasse Tee ein.

»Ben«, rief sie. »Wo bist du denn?«

Die Stimme von Diana Krall hatte ihren Mitbewohner, einen schwarzen, fetten Kater, der eben noch neben der Tasse gethront hatte, unter die Anrichte im Wohnzimmer vertrieben.

The look of love, tönte durch die Wohnung.

Vera stellte die Musik leiser und ging zurück ins Schlafzimmer. Nicht zu fassen. Der Mann schlief immer noch, zumindest tat er so.

»Ganz ruhig, Baby«, schnurrte sie, stolzierte über zwei Stufen auf ihr Bett zu, behütet von einem Himmel aus indischer Seide, setzte sich an den Rand und blies zufrieden in die Tasse.

»Nun komm schon, Ben.«

Der Mann, ein Mensch mit braunen, langen Locken rührte sich nicht.

Vera spürte Muskelkater in den Beinen. Die Erinnerung kam wieder. Sie hatte tagsüber mit ihm Marathon-Sex gehabt, und jetzt war sie mit ihrer Kollegin Brit zum Tanzen verabredet. Brit würde doch ein paar Minuten auf sie warten können.

Vera wollte sich noch schminken. Gelassen griff sie zum Handy, sagte, dass sie sich verspäten würde und ging auf wackligen Beinen ins Bad.

Mit dem Kajalstift zog sie einen breiten Strich auf den Lidern und malte weit über das Auge hinaus. Sie wollte aussehen wie Kleopatra und lachte albern in den Spiegel. Vera liebte alles Überzogene. Sie hatte einen Hang zur Übertreibung, musste einfach alles rot machen, größer, bedeutender. Tassen, Stühle, Regale, Sessel, Heizungsrohre, Decken und Wände bekamen einen theatralischen, glühenden Ausdruck. Überall loderte und zündelte es. Ein Wunder, dass sie nicht noch Schwänze in Farbe tunkte. Ein Wunder, dass ihre Wohnung, ein Farbtopf aus Himbeerrot, Blutrot, Karminrot und Rosarot, dazwischen auch mal Flieder, nicht schon längst explodiert war.

Dieser Mann da in ihrem Bett war also folgerichtig. Logischerweise ein Maler. Natürlich! Er wollte sie skizzieren. Sie sollte sich dafür nackt auf einen ihrer roten Sessel setzen und ab und zu die Position wechseln.

Tja, er hatte seinen Bleistift gezückt, sie von oben bis unten gemustert, ein bisschen gekritzelt, und dann, dann ging plötzlich nichts mehr.

»Du bist Kitsch, Vera«, hatte er gesagt, »der totale Kitsch!«

Sie wollte noch wissen, was sie so unbeschreiblich, so trivial erschienen ließ, doch der Mann, der sie beim Sex mit Liebesschwüren überschüttet hatte, gab hinterher keine Auskunft.

Jetzt war er ihr egal, ein missglückter Kunstgriff, so was passiert.

Vera nahm Lippenstift, Pinsel und Make-up in beide Hände und schleuderte das Schminkzeug, das auf der Leiste unter dem Spiegel keinen Platz mehr hatte, kurzerhand ins Waschbecken. Fertig! Dann zog sie fünf verschiedene T-Shirts aus ihrem Schrank und probierte alle nacheinander. Rosa gewann.

Die restlichen Kleidungsstücke ließ sie verstreut am Boden liegen. In der Redaktion der Tageszeitung *Faktum*, für die sie zwischen lauter Ja-Sagern als Reporterin arbeitete, erschien sie immer völlig unspektakulär. Meistens in schwarzweiß, weite Schnitte, das sah einfach cooler aus. Die anderen brauchten schließlich nicht zu wissen, dass ihr das Leben manchmal so vorkam, als würde es in einem unleserlichen Schnelldurchlauf vorbeiziehen.

Vera ging in die Küche und fütterte Ben mit klitzekleinen Bissen Wurst. »Machs gut, Kleiner«, sagte sie und streichelte zärtlich über den weichen Kopf ihres Katers.

Wenig später stand sie fluchend im Hausgang, fummelte an ihrem Schlüssel rum. Das Schloss klemmte. »Na komm schon.«

Eine tiefe Stimme hinter ihrem Rücken, rau wie Schmirgelpapier, brachte sie aus dem Takt.

Der Schlüssel drehte sich endlich.

»Das waren Sie doch gestern, oder?«

Vera sah sich um. Da stand er, *ihr* Nachbar. Er fuhr sich verlegen über den Kopf, ein schräges Grinsen im Gesicht.

»Jaaaa«, sagte sie langsam, »ja, das war ich.«

Vera Kirchner streichelte über ihr T-Shirt und begann an den Knöpfen ihrer Jacke rumzufingern.

»Alles wieder okay?«, fragte sie.

Er sagte nicht gleich was.
»Alles okay«, antwortete er.
»Vollkommen okay.«
»Bist wohl nicht von hier?«, fragte sie.
»Doch«, sagte er, »und du?«
»Mutter aus Nigeria, Vater aus Wien, reicht das?«
François nickte. Sie bohrte nicht weiter.

Egal, woher der Typ kam, er war ihr sympathisch, richtig vertraut. Schließlich hatte sie ihn gerettet, so was verbindet.

»Dachte schon, da würde irgend so 'n Bekloppter rumballern. Was war denn los mit dir?«

»Stress, zu viel Alkohol, was weiß ich«, sagte er, nannte seinen Namen und hielt ihr die Hand hin. Es war kein richtiges Händeschütteln, eher ein flüchtiges Zwacken, so, als wollte man sich eigentlich doch lieber nicht anfassen.

»Vera«, sagte sie, »erinnerst du dich?«

»Nein, nicht an deinen Namen«, sagte er.

»Ich bin mitgefahren im Krankenwagen, du warst ganz schön weg.«

Vera sah zu Boden. Seine Unsicherheit machte sie unsicher.

»Vor kurzem hab ich hier öfter so 'n dämlichen alten Sack gesehen. Der hat tagelang seinen stinkenden Abfall vor der Haustür stehen gelassen und dann wütend meinen Kater verscheucht, wenn er daran geschnuppert hat. Ben mag nun mal am liebsten Zunge. Zunge, bah, widerliches Zeug.«

»War mein Vater«, sagte François. »Vor zehn Tagen hops gegangen.«

»Tut mir Leid.«

»Blödsinn. *Ich* wohn jetzt hier«, sagte er.

Vera begann ihre Fühler auszustrecken.

Wer war François?

Erstens sah er, ein wenig zu schüchtern vielleicht, aber doch unverkennbar nach Mann aus, was man von dem Exemplar, das in ihrem Bett lag, nicht gerade behaupten konnte, und zweitens war er ihr in die Arme gefallen.

In Filmen war das immer umgekehrt, dachte Vera. Sie konnte sich an keine Szene erinnern, in der ein Mann so mir nichts dir nichts ohnmächtig in die Arme einer Frau gesunken wäre.

Vera, die als Freie für *Faktum* arbeitete, wenig verdiente und deshalb nachts Taxi fuhr, witterte Stoff, irgendeine spannende Geschichte. In der Redaktion war Saure-Gurken-Zeit. In der Stadt vor Weihnachten nichts los außer Kerzenschein und Shopping.

Veras Gehirnzellen arbeiteten. Warum hatte er geschossen? Sie wollte alles wissen, Fragen stellen, aber vorsichtig. Sie musste vorsichtig sein.

»Gehen wir was trinken?«, fragte sie.

Vera lächelte und tastete in Gedanken seinen Körper ab, die breiten Schultern, seinen Waschbrettbauch und das gegerbte, vernarbte Gesicht. Sie verfiel seinem melancholischen Blick. Es war zu spät, um sich noch aus der Affäre zu ziehen. Es gab auch gar keinen Grund dafür.

»Wolltest du nicht gerade wohin?«, fragte François.

»Hat Zeit«, sagte Vera. »Nehmen wir mein Diensttaxi und kurven ein bisschen in der Stadt rum. Willst du?«

François wollte.

Als sie erfuhr, dass er einen Job brauchte, bot sie ihm an, bei der Zentrale nach ein paar Fuhren für ihn zu fragen. Schwarz und ohne Schein natürlich. Sie dachte, dass sie Kollegen sein würden. Nachbarn und Kollegen. Alles weitere würde sich ergeben.

Nach zwei Runden auf dem Ring fuhr Vera Kirchner zu einem ganz bestimmten Würstelstand und parkte ihr Taxi auf einem schmalen Parkstreifen gegenüber der Staatsoper.

»Appetit?«

François nickte.

»Der an der Oper ist der Beste«, sagte sie. Dann ließ sie den Mercedes mit laufendem Motor stehen, holte zwei Bratwürste mit Senf und Brot und danach zwei Pappbecher Bier.

Sie aßen und tranken im Wagen. Die Heizung pustete heiße Luft ins Gesicht. Es wäre warm genug gewesen, den Mantel auszuziehen.

»Und jetzt?«, fragte François.

Vera wusste nicht wohin, und weil sie so langsam und ziellos waren, soff der Wagen gleich zweimal hintereinander ab. Sie lachten. Das erste gemeinsame Lachen.

Lichterketten fielen von den Gebäuden. Die ganze Stadt kam runter. Auf der rechten Spur Pferdegetrappel. Sonst war nicht viel los.

»Ich zeig dir ein paar Läden im Ersten«, sagte Vera und bog in den Tiefen Graben ein. Direkt vor dem Hotel Orient, ein Stundenhotel im Jugendstilambiente, sagenhaft bieder, fand sie einen Parkplatz.

Früher schlängelte sich hier zu Füßen der Kirche Maria am Gestade ein Fluss, der die Verbindung zur Donau herstellte. Auf ihm fuhren die Beiboote der großen Donauschiffe, beladen mit Waren aus dem Orient. Später, als alles zugeschüttet war, kamen neben der Laufkundschaft – meist gutbürgerliche Edelmänner, die sich eine Frau mieteten, um hinter satiniertem Glas und im legendären Bordeaux heimlich auf Porno zu machen – diverse Filmleute. Orson Welles zum Beispiel, der im Hotel Orient Szenen für *Der dritte Mann* drehte.

Vera legte den Rückwärtsgang ein und zwängte sich in die schmale Lücke.

Im Spiegel sah sie einen Mann und eine rotblonde, schöne Frau mit aufgeworfenen Lippen, die schreiend in die Knie ging.

»Dreckskerl, fass mich nicht an!«

Vera öffnete die Tür, stieg vorsichtig aus und kam vorsichtig näher.

Die Frau trug eine Hose aus Schlangenleder, dazu einen Samtmantel, der auf Taille geschnitten war, spitze Stiefeletten mit flachem Absatz, eine Handtasche aus Kroko. Sie war auffällig geschminkt.

»Loslassen!«, schrie sie. »Ich brüll sonst das ganze verdammte Kaff zusammen.«

Der Mann, der ihr die Hände über dem Rücken zusammenhielt, drückte die Frau mit dem Gesicht fast zu Boden.

»Was hast du gesagt?«

Die Frau stöhnte.

»Es gibt genug Beweise.«

Ein Haufen Hundescheiße lag vor ihr.

»Auflecken«, sagte er. »Schön langsam auflecken.«

»Ich krieg das Geld«, sagte sie.

Der Mann, ein attraktiver junger Typ mit stechenden Augen und schwarzem, exakt gescheiteltem Haar, sah überwältigend aus, bewegte aber seinen kleinen, festen Hintern wie ein alter, lahmer Hund. Er trug nur ein Hemd, das an seinem Rücken festklebte, dabei war es bitterkalt. Seine rechte Hand hatte das Gesicht der Frau fast in den Kot gedrückt.

»Spinnst du?«

»Halt's Maul!«

Die Frau spuckte, prustete, würgte.

Das halbe Hotel hatte sich inzwischen vor der Tür versammelt. Vera konnte nicht länger zusehen und wollte helfen, aber François, Augen wie ein rabiater Hund, war schneller, schob sie schweigend beiseite und blieb einen Finger breit vor dem Mann stehen. Sein Atem, in der kalten Luft eine weißgraue Fläche, vernebelte dem anderen die Sicht. Nicht zu fassen, der Mann, den er nicht mal berührt hatte, ließ die Frau einfach los.

»Tränen über Scheiße«, sagte François zärtlich und beugte sich zu der Frau runter, um ihr seine Hand unter das Kinn zu schieben. »Komm schon. Komm, ich hab dich überall gesucht«, sagte er.

Dann verschwand er im Hotel, die fremde Frau an der Hand, die fremden Blicke im Rücken.

Vera wollte ihm noch etwas zurufen, zögerte aber und überlegte, ob sie heimlich auf ihn warten sollte, doch der Mann, mit dem sie sich eben noch vergnügen wollte, hatte sich nicht mal nach ihr umgesehen.

6

»Damit eins klar ist«, sagte die Frau, die fast in der Scheiße gesteckt hätte und wie neugeboren aus der Dusche kam, nur ein Handtuch um den Kopf gewickelt. »Kein Mitleid. Auch keine Fragen, ja?«

François nickte stumm.

Blitzartig hatten sie die Rollen getauscht.

Jetzt war sie dran. Sie, die Rettung.

»Ich war schon schlechter dran als du«, sagte er leise. »Hab mich besoffen in die Donau gestürzt und gehofft, dass ich untergehe.«

»Du lügst«, sagte sie.

»Du auch«, sagte er.

Die Blondine, die schon im Lift Feuer gefangen hatte, ging auf und ab. Er sah, wie ihre großen Brüste schaukelten.

Sie war eine Schönheit und gleichzeitig eine Frau, durch die ein Riss ging. Ein Riss, den er von oben bis unten leuchten sah. In seiner Vorstellung begann der Riss zu zucken und sich in eine ultraviolette Herzform zu ergießen, so wie ein Ding, das man in der Vitrine eines Souvenirladens bewundern kann oder nie gesehen einfach links liegen lässt. »Rühr mich an«, sagt das Herz. Und hinterher gleich das Gegenteil.

Die Frau bewegte sich in Zeitlupe und so stolz, als liefe sie immer nackt. Das Handtuch war runtergefallen. Sie strich nur das nasse Haar zurück.

»Ich werde dir was zeigen«, sagte sie. »Glaubst du, dass ich dir was Schönes zeigen kann?«

Sie wirkte so selbstverständlich. Greifbarer als diese Therapeutin, die ihm plötzlich wieder in den Sinn kam.

Die Frau war jetzt nahe genug. Sie zog den Reißverschluss seiner Hose auf und nahm seinen Schwanz aus dem Schlitz. Zwei Finger angefeuchtet, rieb sie seine Eichel ein. Er dachte dabei an Sarah Rosen, wie sie sich über sein Gesicht gebeugt hatte.

»Der ist ja ganz rot«, sagte die Frau. Dann begann sie zu saugen.

»Mach den Lippenstift weg«, sagte er, zog ein Taschentuch aus der Hosentasche und wischte ihr den Mund ab. Sie sah jung aus mit ihren Sommersprossen um die Nase. Er schätzte sie auf zwanzig.

François sah, wie sich ihr Kopf hoch und runter bewegte, wie sie sein Glied umfasste, und wühlte mit beiden Händen in ihrem Haar. Langsam begann er sich wieder zu schätzen.

Sie machte es nicht wie die anderen. Sie lutschte in kleinen Portionen, so, als wollte sie lange etwas davon haben.

»Komm hoch«, sagte er.

Wieder nahm er ihr Kinn in seine Hand. Als sie sich aufrichtete, packte er sie an den Hüften und lenkte sie aufs Bett.

»Sag mir deinen Namen!«

Sie schwieg, legte sich lächelnd in die Kissen und drehte sich auf den Bauch.

»Wieviel willst du?«, fragte er.

»Gar nichts«, sagte sie.

Ihr Hintern bettelt nach meinem Schwanz, dachte er, drang in sie ein, hörte sie laut atmen und im Rhythmus seiner Stöße sprechen.

»Irene«, sagte sie keuchend, »reicht das?«

»Nein!«

Hinterher legte er sich neben sie auf die Seite und klemmte ihre Hände unter seine Achseln.

»In ein paar Tagen hat mich das Orient zum letzten Mal gesehen. Krieg 'nen ganzen Batzen Geld. Von meinem Vater!«

»Lass mich raten. Du bist … Millionärstochter?«

Die Frau stand auf, ließ den BH um ihren Zeigefinger kreisen und versuchte, ein Kichern zu unterdrücken. »So ungefähr. Bringst du mich noch nach Hause?«

»Klar«, sagte François und biss sie in die Oberlippe, zart nur, damit sie ihn nicht vergessen würde.

7

Es war die letzte Sitzung an diesem Tag. Sarah Rosen sah auf ihre Armbanduhr und schlug die Beine übereinander. Genau zehn Minuten noch, dann würde sie ihre Praxis schließen. Vor ihr auf der Couch lag Patrizia Heral, 30 Jahre, Sopranistin, festes Engagement an der Wiener Staatsoper. Eine dunkelhaarige Frau mit blendender Figur und großem Talent. Ihre Kleidung war unauffällig, aber modisch: weite Baumwollhose, Twinset. Slipper aus Wildleder. Alles in Dunkelgrau.

Manisch-depressiv stand im Arztbericht ihrer letzten Einweisung in die Psychiatrie, die vier Jahre zurück lag, doch Sarah Rosen misstraute Diagnosen wie diesen. Patrizia war eine Frau der Zerstörerklasse: Schnitzereien mit Taschenmesser oder Rasierklinge an Armen und Beinen, Tablettensucht und lebensbedrohliche Jagd auf Männer für One-night-stands, die sie nachts, meist nach der Vorstellung in Parks oder auf der Straße auflas. Zwei Selbstmordversuche.

Die Psychiater hatten Seroquel vorgeschlagen, ein Medikament gegen Schizophrenie, aber Sarah Rosen war sicher, dass Patrizia weit entfernt war von einer Persönlichkeitsspaltung, außerdem hielt sie nicht viel von der Behandlung mit Psychopharmaka. So setzte sie nach einer schwierigen Anfangsphase Lithium ein, um die Stimmungsschwankungen ihrer Patientin in den Griff zu bekommen.

Patrizia kam viermal die Woche. Sie hatte mit ihr traditionell analytisch gearbeitet. Gute therapeutische Allianz, professionelle Distanz.

Seit kurzem jedoch schienen die Stunden eine Wendung zu nehmen. Patrizia war nervös und unzufrieden. Sie entwickelte eine krankhafte Angst davor, auf der Couch zu liegen, und schreckte meist gegen Ende der Stunde wie aus einem Alptraum hoch.

»Seit Tagen denke ich an nichts anderes«, sagte sie. »Ich stelle mir beim Einschlafen vor, wie es wäre, wenn Sie mich berühren. Warum sind wir uns nie privat begegnet. Warum kommen Sie nicht ein einziges Mal in die Oper?«, fragte sie wütend.

»Können Sie das präzisieren?«, fragte Rosen, erstaunt über die Kehrtwende ihrer sexuellen Fantasien, die bisher nur auf Männer gerichtet waren.

Patrizia war aufgestanden und sah entschlossen in das Gesicht ihrer Therapeutin. »Sie haben mir versichert, dass ich schön bin«, sagte sie aufgebracht.

»Ja, Sie sind schön«, wiederholte Sarah Rosen, wusste aber sofort, dass sie lieber hätte schweigen sollen.

»Die Art, wie Sie sich auf den Sessel da setzen«, sagte Patrizia aufgeregt. Sie deutete lächelnd auf ein englisches Möbelstück, einen alten Ohrensessel, in dem Sarah Rosen wie jede Stunde Platz genommen hatte und ihr zuhörte.

»Was ist damit?«

»Das Knistern ihrer Seidenstrümpfe. Sie tragen doch welche?«

Sarah Rosen schwieg.

Sie trug fast nie kurze Röcke oder Seidenstrümpfe, wenn sie behandelte, warum also heute? Normalerweise kleidete sie sich neutral, versteckte ihre Figur in klassischen Kostümen, um keine falschen Signale auszulösen.

Sex zwischen Therapeut und Patient ist tabu! Natürlich waren ihr Fälle bekannt, in denen die Grenze überschritten wurde, selbst Jung und Ferenci hatten sich über Patientinnen hergemacht, aber das spielte keine Rolle. Alles, was darauf hindeutete, den festen Rahmen einer therapeutischen Sitzung zu sprengen, jegliches Nachgeben auf das Werben eines Patienten, verstand sie eindeutig als Missbrauch; abgesehen davon war es ein Verstoß gegen die psychologische Ethik. Außerdem handelte es sich bei Patrizia um die Verliebtheit einer Frau, die sie zwar nicht sexuell auf die Probe stellte, aber tiefer berührte, als ihr bewusst war.

»Ich liebe den Augenblick, in dem wir uns in die Augen sehen, bevor die Stunde beginnt, wenn Sie mir die Hand geben. Ich wünschte, es wäre mehr, und wenn dann nichts kommt, dann hasse ich Sie.

Ja, ich hasse sie«, sagte Patrizia und begann von einem Traum zu erzählen, in dem sie sich wieder und wieder abschminkte, aber die Schminke aus ihrem Gesicht nicht verschwinden wollte. Sie kam wieder, sobald sie das Make-up entfernt hatte. Und als sie das sah, musste sie es, exakt so, wie sie es selbst trug, einer Kollegin auftragen, die ihr ähnelte.

»Ein Abklatsch«, sagte sie, »fast wie ein Zwilling.«

Sarah Rosen konnte sich ein genaues Bild von dieser Frau machen, Patrizia war sehr detailliert in ihren Beschreibungen.

Dieselben stufig geschnittenen dunklen Haare, derselbe traurige Gesichtsausdruck und dieselben geschwungenen, buschigen Augenbrauen.

Sarah sah förmlich vor sich, wie Patrizia die vollen und großen Lippen ihres Doubles ausmalte, Wimperntusche auftrug, mit einem schwarzen Kajal arbeitete und die etwas zu groß geratene Nase abpuderte.

»Darauf lachte die andere«, erklärte Patrizia. »Und das Lachen hörte nicht auf. Es wurde zu einem mächtigen und unerträglichem Echo. Ich musste mir die Ohren zuhalten, so laut war es.«

Patrizia inspizierte ihre Therapeutin dermaßen aufdringlich, dass Sarah Rosen unwillkürlich den Blick von ihr abwandte.

»Wie haben Sie sich dabei gefühlt?«, fragte sie.

Einen Moment lang überlegte sie, ob Patrizia vielleicht in eine Krise zu rutschen begann. Dieser starre Blick, diese Nervosität, die Ansammlung von heftigen und widerstreitenden Gefühlen, mit der sie ihr heute begegnete.

Patrizia hatte die Arme um sich geschlungen. Ein Zittern durchfuhr ihren Körper, dann ballte sich ihre rechte Hand zu einer Faust, bevor sie sich wieder entspannte und den Ärmel ihrer Strickjacke zurückschob.

»Ich hatte die Kontrolle verloren. Und ich hatte Angst vor dem, was geschehen würde. Es passieren immer schreckliche Dinge, wenn ich wütend werde.«

Patrizia sah verlegen auf.

»Was für Dinge geschehen denn?«, fragte Rosen. »Erzählen Sie mir davon.«

»Ich …« Patrizia begann nach Worten zu suchen. »Ich glaube, ich war so etwas wie … wie … wie ein weiblicher Dämon, verstehen Sie? Ich habe sie zuerst umarmen wollen, aber dann war alles ganz anders. Ich versteh auch nicht, warum. Sie wollte einfach nicht still sein. Hör auf, schrie ich, hör endlich auf. Das Lachen, wissen Sie? Dieses Lachen!«

Patrizia zuckte mit den Schultern.

»Ehrlich gesagt, ich höre es immer noch. Auch am Tag.«

»Was haben Sie dann gemacht?«, fragte Rosen. »Sie wollten sie doch zuerst umarmen. So wie mich«, fügte sie hinzu.

»Genau«, sagte Patrizia und begann zu schluchzen. Sie war so voller Tränen, dass Sarah Mühe hatte, sie zu verstehen.

»Dann habe ich sie erwürgt. Halten Sie mich jetzt für geisteskrank?«, fragte sie erschrocken.

»Wieso sollte ich?«, antwortete Rosen. »Halten Sie sich denn selbst dafür?«

»Ich wäre lieber verrückt, als dieser … dieser Dämon«, sagte Patrizia.

Dr. Rosen nahm sich zusammen und unterdrückte einen Seufzer. Warum hatte Patrizia sie so gerührt?

»Viele Leute glauben, dass etwas Schlimmes in ihnen steckt und fürchten sich vor ihren Abgründen«, sagte sie mit sanfter Stimme.

Rosen wusste, dass sich Patrizia vor ihren eigenen Gefühlen schämte. Das war nichts Außergewöhnliches.

Zumindest experimentierte Patrizia jetzt nicht mehr mit Rasierklingen herum, dachte sie. Das war ein Fortschritt, ein gewaltiger Fortschritt sogar, ganz abgesehen von der Übertragung, die sich gut entwickelt hatte und jetzt sogar in eine erotische übergegangen war.

Patrizia, die Sarah Rosen wieder verzweifelt angesehen hatte, hörte schlagartig auf zu weinen und legte sich zurück auf die Couch. Abrupt wechselte sie das Thema.

Plötzlich ging es wieder um Sex. Sie beschrieb Masturbationsfantasien, jede Einzelheit, in der sie ihre Therapeutin hinter sich sah, wie sie sie beobachtete, und was sie entgegnen würde, während sie die Bilder, die sie entwarf, immer prickelnder, immer aufregender ausschmückte.

Sarah Rosen blieb gelassen.

Es war gut, dass sie der böse Traum zu ihr zurückgeführt hatte. Sie selbst war dieses Double, das Patrizia in ihrem Traum bekämpft hatte, die Spiegelfläche ihrer Wünsche und Verletzungen, das wusste sie.

»Haben Sie sich früher schon gewünscht, mit Frauen Sex zu haben?«, fragte sie.

»Nein, nur mit Ihnen«, sagte Patrizia und fing an zu weinen. In diesem Moment hätte Sarah Rosen ihre Patientin am liebsten in die Arme geschlossen.

»Sie haben ihre Tabletten- und Männersucht in eine Therapeutensucht umgewandelt«, sagte Sarah Rosen, die sich dabei ertappte, dass sie die Patientin mit diesem Satz wieder auf Distanz bringen wollte, weil ihr etwas nahe gegangen war, von dem sie nicht wusste, was es war. Erstaunt über ihr eigenes Bedürfnis, zärtlich zu werden, darüber, dass sie die innere Distanz nicht mehr aufrecht erhalten konnte, wie sonst, wenn Patienten in Tränen ausgebrochen waren, räusperte sie sich verlegen.

»Wir sehen uns fast jeden Tag. Es ist völlig verständlich, dass Sie zu mir Gefühle entwickeln, die Sie vorher nicht gekannt haben. Sie kommen zu mir, und ich bin die Einzige, mit der Sie Ihre intimsten Gedanken austauschen. Aber ich bin weder Mutter noch Freundin, jedenfalls nicht in Ihrem Alltag. Nur hier, genau für fünfzig Minuten. Das frustriert Sie, habe ich recht?«

Patrizias Weinen verebbte. Sie hielt sich ein Taschentuch vor das Gesicht und war nicht in der Lage zu sprechen.

Sarah Rosen wusste nicht, was mit ihr los war. Was hatte sie so aufgewühlt?

Die Gefühle einer Frau, die zum ersten Mal in ihrem Leben Halt gefunden hatte und sich jetzt zurück in den Schoß der Mutter flüchten wollte? Oder waren es eigene, vergessene Sehnsüchte, das Bedürfnis nach Nähe, das sie jetzt wieder spürte, als Patrizia über ihre Enttäuschungen sprach.

»Das dürfen Sie nicht«, sagte Patrizia.

»Was darf ich nicht?«

»So stöhnen.«

Sarah Rosen beließ es dabei und beendete die Stunde.

Als sie ihrer Patientin, die allmählich ihren verzweifelten Ausdruck verlor, zum Abschied die Hand reichte, erkundigte sie sich nach ihrem nächsten Auftritt.

»In welcher Rolle werden wir Sie demnächst hören?«

»Was heißt wir?«

Patrizia vergrub ihre Hände in den Hosentaschen und zwinkerte nervös mit den Augen.

»Antonia, Hoffmanns Erzählungen«, sagte sie kaum hörbar, »aber das hat nichts mit uns zu tun.«

Als Patrizia gegangen war, ließ Sarah Rosen den Blick über all die Dinge wandern, die ihr lieb waren: Den Wandteppich, der über der Couch hing mit mittelalterlichen Stickereien, einen Scherenschnitt, der eine Frau mit Regenschirm zeigte, ein Bild, das sie an einem Wochenende auf ihrem Lieblingsflohmarkt, Alexandra Palace in London, erstanden hatte, die alten bunten tschechischen Vasen, Literatur von Einstein, C. G. Jung, Freud, Bildbände von Edward Munch, Picasso und Frida Kahlo. Das Foto von Georg, das neben einem siebenarmigen Leuchter stand.

Georg an seinem Bösendorfer-Konzertflügel.

Eine in die Jahre gekommene Geschichte, dachte sie, sah aber keine Veranlassung, die Beziehung ernsthaft in Frage zu stellen. So blies sie nur sanft gegen den Rahmen, den freundlichen Blick Georgs im Auge, den ein paar aufgewirbelte Staubkörnchen umwehten.

Ihr alter Schreibtisch lockte, ein kostbares Stück der Jahrhundertwende in Aprikosenholz, verziert mit filigranen Schnitzereien, Pflanzenkelchen und Ranken von zarten Blättern, auf dem sich Akten, Bücher und unerledigte Rechnungen türmten.

Sarah Rosen, eine große und schlanke Gestalt, der man nicht ansah, dass etwas Unbezähmbares in ihr schlummerte, ging langsam auf ihren Lieblingsplatz zu. Sie genoss die Stille in ihrem Zimmer, in die ihr Georg nie gefolgt war.

So weit sich Sarah erinnern konnte, hatte er niemals Fragen gestellt, die über das Alltägliche hinausgingen. Wie konnte er also wissen, was in ihr vorging. Und sie? Was sollte sie ihm denn auch sagen am Abend? Weißt du, Georg, heute habe ich einen interessanten Fall gehabt, eine Frau, die sich in mich verliebt hat während der Stunden und die mir trotzdem am liebsten an die Gurgel gegangen wäre? Oder hätte sie beim Frühstück von Sexualdelikten reden können, die ihr die Kriminalpolizei zur Begutachtung vorlegte, von Serienkillern, die Frauen in Stücke reißen und dann zu Hause in der Gefriertruhe aufbewahren?

Sarah Rosen war einigermaßen durcheinander.

Sie wühlte ihren Schreibtisch durch und suchte nach diesem Heft. Als ihre Augen den Wust von Papieren durchwandert hatten, entdeckte sie die kleine, orangefarbene Reclamausgabe, eingeschlagen in Plastik. Es war der Gedichtband von Rimbaud. So sehr sie sich auch bemühte, sie konnte sich einfach nicht an den Moment erinnern, an dem ihn eingesteckt hatte.

Nachdenklich ging Sarah in die Küche, schenkte sich aus einer silbernen Thermoskanne eine Tasse Kaffee ein, sah in die Zuckerdose, die fast leer war, stocherte mit einem winzigen Löffel im letzten Rest Zucker herum und machte sich an einem verklumpten Stück zu schaffen, das sich kaum lösen wollte.

Was zum Kuckuck war nur los?

Mit einem wohligen Gefühl im Magen kehrte sie zurück in das Behandlungszimmer, setzte sich hinter ihren Schreibtisch und blätterte in den Gedichten.

Davon überzeugt, dass nichts im Leben Zufall sein konnte, war sie beim Blättern mit ihrem Finger in einer Gedichtzeile hängen geblieben, die sie mitten ins Herz traf.

Assez vu. La vision s'est recontrée à tous le airs.
Assez eu. Rumeurs des villes, le soir, et au soleil, et toujours.
Assez connu. Les arrets de la vie. – O rumeurs et visions!
Départ dans l'affection et le bruit neufs !

Genug geschaut. Die Vision ist mir begegnet unter allen Himmelsstrichen.
Genug besessen. Getöse der Städte, am Abend, und in der Sonne, und immer.
Genug gekannt. Die Augenblicke, in denen das Leben stillsteht.
O Getöse und Visionen!
Aufbruch in neue Liebe und neuem Geräusch!

Obwohl sie Georg fast täglich sah, vor allem hörte, wenn er übte, kam es ihr vor, als würden sie nebeneinanderher leben. Seit langem schon hegte sie Groll gegen seine Weltfremdheit, sogar gegen seine Musik, die sie ausschloss.

Ach was, sagte sich Sarah, brachte die Tasse Kaffee zurück in die Küche und ließ sie mit einem heftigen Aufprall in die Spüle fallen. Sie brauchte Bewegung, einen kleinen Ausflug. Wie oft hatte sie Patienten, die in einer ähnlichen Situation wie sie steckten, am liebsten zu einer Affäre raten wollen. Jetzt war sie an der Reihe. Mit diesem François Satek. Wenn, dann mit ihm, dachte sie. Herrje, was hatte er nur an sich?

Noch bevor sie sich selbst mit Fragen nach möglichen Barrieren ihrer Hingabefähigkeit malträtieren konnte, weil sie ausgerechnet einen Legionär begehrte, nein, einen panischen Legionär, fragte sie sich, wie er wohl im Bett wäre.

Zärtlich oder gierig? Schnell oder langsam?

Sarah Rosen ging in den Flur, stellte sich vor den Spiegel ihrer Garderobe, betrachtete Hüften und Hintern und strich den Saum ihres schwarzen Rockes glatt. Sarah hatte schlichtweg das Bedürfnis nach Sex und war sicher, François Satek wäre ein guter Liebhaber.

Sie witterte eine Art geheimnisvoller Seelenverwandtschaft, irgendeine obszöne Wahrheit, die sie bisher unterdrückt haben musste, ihm aber am liebsten zugeflüstert hätte wie in diesem Spiel: Stille Post.

Es war irgendein magisches Wort, von dem sie noch nicht wusste, was es bezeichnete und das sie an ihn insgeheim weitergab und verfälschte, je mehr es seine Ohren zu identifizieren versuchten. Eine Art erotische Telepathie.

Sarah Rosen ging zum Fenster, schob die Brokatvorhänge beiseite und sah auf die Gasse. Wie lange war es her, dass sie sich verliebt hatte?

Ihr Blick fiel auf das kleine Hotel gegenüber.

War sie je in Georg verliebt gewesen, in ihren Freund, den sie bei einem Liederabend im Konzerthaus kennen gelernt hatte und der so lange um sie geworben hatte, bis sie nicht anders konnte, als nachzugeben?

Sarah wollte an diesem Abend die Schönheit der Stadt genießen, bevor sie am nächsten Morgen wieder aufstehen müsste, um an derselben Schönheit, bei Tageslicht betrachtet, vielleicht wieder zu zweifeln. Jetzt war sie bei Laune, und jetzt, kurz vor Weihnachten, war Wien ein Traum.

Sarah nahm ihren Mantel von der Garderobe, warf ihn, wie üblich, nur über den Arm, stieg in den alten, klapprigen Lift und blieb unten vor ihrer Haustür stehen.

So lange die Touristen dafür zahlten, ließ sich Wien gern als Geschenk verpacken, dachte sie und ging ein paar Schritte.

Ein schmaler Lichtstrahl glitt über die Fensterläden von gegenüber. Das Café Hawelka war heute geschlossen.

Sarah liebte Wien, das immer einen leicht modrigen Geruch verströmte. Vernarrt in die Trugbilder der Dämmerung, beschloss sie, noch eine Weile zu flanieren.

Menschen vor den Punschbuden sangen Weihnachtslieder. Alles war Zuckerguss. Überall gedämpfte Schritte. Die Stadt hatte sich unter dem Schnee in ein Märchen verwandelt.

Sarah war längst in fremde Stapfen gestiegen, wollte eine dieser vielen, flüchtigen Fährten aufnehmen, überlegte es sich aber auf halbem Wege plötzlich anders und drehte um.

Was, wenn sie einfach alles hinter sich lassen würde? Die Praxis, Georg, ihre Arbeit bei der Kriminalpolizei, diesen Alltag, der minutiös verplant war und der ihr heute so absurd vorkam.

Sarah Rosen spürte einen Kloß im Hals. Es war die Befürchtung, eines Tages völlig allein dazustehen. Was hinderte sie daran, ihren Gefühlen einfach freien Lauf zu lassen?

Den Oberkörper gegen den Wind gestemmt, ging Sarah Rosen ihrem Auto entgegen. Wie ein großes, gezähmtes Ungetüm stand ihr Jaguar da und schien sich mit einem Kotflügel, der elegant hervorlugte, nach links zu beugen.

Mit der bloßen Hand fegte Sarah den Schnee von den Fenstern, stieg ein, drehte mit eisigen Fingern den Zündschlüssel um und legte den Rückwärtsgang ein. Nach ein paar Zentimetern aber nieste und spuckte der Motor plötzlich nur noch und gab schließlich völlig seinen Geist auf.

Das kommt davon, dachte sie.

Die Lage war hoffnungslos.

Dinge, die aus heiterem Himmel geschahen und sich nicht gleich in Ordnung bringen ließen, brachten Sarah regelmäßig aus der Fassung. Wütend zog sie ihr Handy aus der Tasche, begann zu wählen und konnte sich am Ende doch nicht dazu entschließen, ausgerechnet jetzt Georg anzurufen, der für einen Musiker in technischen Dingen außergewöhnlich begabt war und erst letzte Woche ihren alten guten Toaster, der nicht mehr heiß werden wollte, wieder auf Hochtouren gebracht hatte. Sicher war Georg noch auf der Probe oder nahm gerade, laut Musik hörend, ein Schaumbad. Wahrscheinlich späte Beethoven-Streichquartette, und dann würde er das Läuten sowieso überhören.

Rosen schaltete ihr Handy wieder ab. Ihr Magen knurrte. Sie wusste nicht, was schlimmer war. Das verdammte Auto, ihr Hunger oder die müden, schwarzumrandeten Augen, die sie bei einem prüfenden Blick in den Rückspiegel ansahen.

Dr. Rosen, die den ganzen Tag mit Patienten gearbeitet hatte, war kaum Zeit für eine Pause geblieben, schon gar nicht für ein Mittagessen, das sie sowieso gern ausfallen ließ. Sie war fast fünfzig und wollte kein Gramm zu viel auf die Waage bringen. Ausgerechnet sie, die sich bis vor kurzem immer noch jünger fühlte als alle anderen, spürte deutlich, dass sie es mit dem Alter zu tun bekam. Obwohl sie sich regelmäßig Fältchen wegzaubern ließ und blendend aussah, passierte es ihr in letzter Zeit öfter, dass sie sich nicht so großartig vorkam, wie die anderen es von ihr behaupteten.

Nervös klopfte Sarah auf das Lenkrad und beschloss, dass es nur das Licht war, dieses ungünstige Licht im Innern ihres Wagens, das sie so unvorteilhaft erscheinen ließ. Ihr würde also nichts anders übrig bleiben, als zu Fuß nach Hause zu laufen. In der Dunkelheit fuhr sie sowieso nicht gern Auto.

Über ihrer Arbeit, die sie langsam aber sicher blind für das Leben draußen machte, hatte sie ganz vergessen, dass bald der kürzeste Tag des Jahres bevorstand.

Sogar mitten im Winter kleidete sich Rosen am liebsten so, als würde das Jahr nur aus Frühling bestehen. Mit schnellen Schritten, den Mantel nur über den Arm gehängt, lief sie an Schaufenster vorbei, ging ein Stück über den Graben und verschwand in der Naglergasse. Aus ihrer Studentenzeit in London war sie es gewohnt, ohne Mantel auf die Straße zu gehen. Eine Marotte, die sie mit einer britischen Kommillitonin geteilt hatte, die es bei kürzeren Wegstrecken zwischen Uni und Wohnung für unchic hielt, ihre Weiblichkeit ausgerechnet in sperrigen Wintersachen zu verstecken. Vielleicht war es aber auch einfach ein Relikt ihrer Kindheit, sich nicht viel aus der Kälte zu machen. Sarah Rosen war auf dem Land aufgewachsen und verbrachte die meiste Zeit bei den Nachbarn, die in der Wachau einen Blumengroßhandel betrieben, sortierte Alpenveilchen oder schnitt Rosenstöcke, auch in der kalten Jahreszeit nur mit Pullover und Rock bekleidet.

Auf der Höhe eines Möbelgeschäfts kam ihr ein bekanntes Gesicht entgegen.

»Grüß Gott, Frau Doktor Rosen«, sagte der Mann, als er nahe genug war, und stoppte. Er war mittelgroß, trug eine helle Lammfelljacke, die er offen gelassen hatte, eine graue Hose, sorgfältig auf Kniff gebügelt, und sah wie immer gediegen und korrekt aus.

»Feierabend?«, fragte er.

»Herr Sartorius?« Sarah stand einem ihrer Patienten gegenüber, der ihr hier in letzter Zeit mehr als einmal über den Weg gelaufen war.

»Und Sie?«

Seine blitzblauen Augen funkelten. »Spazieren«, antwortete er. »Möchten Sie vielleicht ein Stückchen mitgehen?«

Sarah schüttelte den Kopf.

Immer diese Einsilbigkeit. Dieser Anflug von Schüchternheit, aber das täuschte. Offiziell nichts anderes als Zahlen und Schmierstoffe im Kopf, arbeitete Sartorius als Salesmanager und gab die Hälfte seines Gehalts für Huren aus. Ein stinknormales Doppelleben also, das sich zwischen Ölgeschäften und Puffs abspielte. Sicher war er wieder drüben im Hotel Orient gewesen, einem seltsamen Etablissement, dem sie vor Sartorius nie Beachtung geschenkt hatte. Warum spielte er jetzt den Biedermann?

»Ist Ihnen denn gar nicht kalt so?«, fragte Sartorius mitleidig.

Sarah lächelte verlegen und riskierte einen Blick in seine Augen, die sie neugierig musterten.

Ob ihr der Mann auflauerte? Es war kein Zufall, dass er sich bei seinen Exzessen ausgerechnet in ihrer Nähe wissen wollte, an einem sicheren Ort, wie er in der letzten Sitzung gesagt hatte.

Ein Rosenverkäufer war vorbei gekommen und hielt Sartorius mit einem Blick auf Sarah eine langstielige Baccara vor die Nase.

»Gerne würde ich der Dame diese Rose schenken«, sagte Sartorius. »Aber … aber ich weiß, dass Sie sie nicht …«

»Danke«, fiel ihm Sarah ins Wort, murmelte eine Entschuldigung und drängelte sich an ihm vorbei. »Ich muss weiter.«

Im Tiefen Graben sind die Häuser alt, frühes oder spätes neunzehntes Jahrhundert. Ihr Mauerwerk ist von einem verblichenen Grauweiß oder Gelb, Eingänge und Fenster sind hoch und schmal, die Dächer unsichtbar.

Genau dort, knapp unter dem Himmel von Wien, verbrachte Rosen ihre Abende und Wochenenden auf großzügigen zweihundertzwanzig Quadratmetern. Für Georg hatte sie ein extra Musikzimmer abteilen lassen, das nur ihm allein zur Verfügung stand, daneben ein zweites Schlafzimmer mit eigenem Bad. Anders konnte sich die Psychotherapeutin das Zusammenleben mit einem Mann nicht vorstellen, aber es war auch kein richtiges Zusammenleben, eher so etwas wie Besuchszeiten, die sie ihm einräumte. Am liebsten traf sie sich mit ihm abends in der Küche, die in das Wohnzimmer überging und mehr einer Bar glich als einem Platz, an dem tatsächlich gekocht wurde. Eigentlich war es das Revier von Julieta, der argentinischen Haushaltshilfe, die sich in Dingen wie Kochen, Nähen, Einkaufen oder Putzen im Gegensatz zu Rosen bestens auskannte und Arbeiten im Haushalt übernahm, der ohne sie im Chaos geendet hätte. Julieta kam dreimal die Woche und wirbelte mit ihrem Hintern, bestimmt Georg zuliebe, eine Menge Staub auf.

Sarah Rosen, durchgefroren und zerzaust, hängte ihren Wintermantel an die Garderobe und rief nach Georg wie sie immer nach ihm rief, wenn sie nach Hause kam. Aber es war still, und weil sie keine Antwort bekam, blieb sie stehen, gab halblaut Entschuldigungen von sich, unterbrochen von Naseputzen und Husten.

»Na gut, ich hätte dich anrufen sollen«, sagte sie, »mein Wagen ist schrott. Tut mir Leid.«

Sarah ging ins Musikzimmer und spähte durch die Tür. Für gewöhnlich saß Georg hier über einer Leselampe gebeugt, transkribierte Noten oder machte in seinem Lieblingssessel ein Nickerchen.

Nichts!

Aus der Küche hörte sie, wie der Kühlschrank ansprang. Sarah schlich barfuß über das frisch gebohnerte Parkett, folgte dem Geräusch und lehnte ihren Kopf gegen die Tür. Das Vibrieren der Maschine an ihrem Ohr kam ihr vor wie der Motor eines großen Passagierschiffes auf offener See.

Plötzlich hatte sie Lust auf Maritimes, am liebsten hätte sie sich mit Miesmuscheln, Crevetten oder Lachs verwöhnt. Egal, Hauptsache Fisch, dachte sie und sah in den Kühlschrank, der außer ein paar Sorten Senfgläsern, Leberpastete in Madeira-Gelee und einer angebrochenen Flasche Brunello nichts zu bieten hatte.

Sarah nahm einen Schluck Wein, von dem sie mehr als ein Dutzend Kisten gelagert hatte. Dann pfiff sie den Anfang eines Klavierstücks, ganz bestimmte Takte, die ihr nicht mehr aus dem Ohr gingen, seit Georg daran übte. Irgendeine Fantasie in f-moll. Wahrscheinlich Schubert.

»Nun sei doch nicht so, ich bin eben unmusikalisch«, rief sie, obwohl sie annahm, dass sie doch musikalisch war und nur niemand ihr Talent gefördert hätte. Wie oft hatte sie Georg mit ihrem verstimmten Summen zur Verzweiflung getrieben, aber sie ließ sich nicht davon abbringen, ab und zu selbst ein paar Töne von sich zu geben, musste sie doch die meiste Zeit des Tages anderen zuhören, sogar Georg, dem sie allerdings einige interessante Klienten verdankte.

Einen Künstler mit Versagensängsten, der nach einem Blackout auf der Bühne nicht mehr auftreten wollte, eine Sängerin, die nach dem fünften Versuch einer künstlichen Befruchtung ihre Stimme verloren hatte und einen Geiger mit Ohrengeräuschen, die ihn, wie er felsenfest behauptete, vom Üben abhielten und komplett arbeitsunfähig machten. Alles Patienten, die sie im Grunde nicht lebensnotwendig brauchten, fand Sarah Rosen und stellte die Flasche wieder zurück. Außer Patrizia Heral, das war ein anderer Fall, an der hatten sich schon ganz andere die Zähne ausgebissen, und es erfüllte sie mit Stolz, dass sie mit dieser Frau Fortschritte erzielt hatte. Aber das alles war nicht genug.

Ein ausgeprägter Helfertick führte dazu, dass sich Sarah bei aller Liebe zu ihren kulturbeflissenen, leicht neurotischen Patienten sogar freiwillig zum Notdienst auf der psychiatrischen Station des Allgemeinen Krankenhauses für die Betreuung weitaus schwieriger Fälle gemeldet hatte. Ehrenamtlich, weil ihr die therapeutische Hilfestellung der Patienten, die sie auch nach dem Notfall betreuen wollte, nun mal am Herzen lag und sie von kurzfristiger Behandlung nichts hielt.

Sie selbst stufte sich klar als Workaholic ein. Wer lässt sich schon freiwillig auf ein Leben für die Probleme anderer ein, dieser ständigen Inanspruchnahme, die weit über das Engagement in der Praxis hinausging? Sarah konnte nicht anders, sie hatte ihre Gründe. Es war wie ein Sog. Seit dem Tod ihrer Schwester, die sie eines Morgens tot vorgefunden hatte, erschossen von ihrem eifersüchtigen Liebhaber, der zuerst sie, dann sich selbst umgebracht hatte, sah es Sarah als ihre Pflicht an, für andere da zu sein. Nie wollte sie etwas anderes als Psychologie studieren, und das bedeutete für sie mehr als im Privat- und im Seelenleben anderer herumzustochern. Sie wollte Missstände aufdecken.

Nach ihrer Ausbildung zur Psychotherapeutin, hatte sich Sarah Rosen in die Kriminalistik gestürzt und gehörte zu der kleinen Gruppe an Gerichten zugelassener Spezialisten in Österreich, die sich Fallanalytiker nennen. Gerade als man in Wien über operative Fallanalyse zu sprechen begann, war sie eine der ersten, die sich für die psychologische Aufklärung schwerwiegender Straftaten engagierte: Es ging um Tötungsdelikte, Serienmorde oder sexuell motivierte Gewalttaten. Ihr Freund von der Mordkommission, Bruno Karlich, hatte sie nicht umsonst zwei Jahre lang durch die Ausbildung zur Fallanalytikerin geschleust, sie Seminare, Praktika und Vorlesungen zur operativen Fallanalyse besuchen lassen, eine relativ junge Disziplin, die in Österreich immer noch mit naturwissenschaftlichen Methoden konkurrierte und Richtern wie Staatsanwälten meist nicht mehr als ein Stirnrunzeln entlockte, als sei die Psychologie Quacksalberei.

Bruno Karlich sah das anders. Er war der Meinung, in Sarah, die allein durch Intuition und Erfahrungswerte, die sie in ihrer fast zwanzigjährigen Praxis als Therapeutin mit Patienten gesammelt hatte, eine geeignete Partnerin bei der Aufklärung von Mordfällen gefunden zu haben. Tatsächlich hatte Sarah Rosen die Theorien zur Kriminalpsychologie wie ein Schwamm aufgesogen und wurde gleich nach der Ausbildung eine gefragte Expertin für die OFA-Hotline des Bundeskriminalamtes, an das sich Kommissare wie Karlich wenden, wenn sie eine fallanalytische Beratung wollen.

Über den Tod ihrer Schwester aber war sie nie hinweggekommen, und insgeheim glaubte sie, dass sie den Tod ihrer Schwester mitverschuldet hatte, weil sie sich für ihr Leben nie sonderlich interessierte. Sarah mochte keine Dramen, jedenfalls keine, die das Privatleben betrafen. Vielleicht hatte sie auch deshalb in eine pflegeleichte Beziehung eingewilligt, die ohne beängstigende Gefühle ablief.

»Georg«, rief sie noch einmal. »Wo bist du denn?«

Vom Nebenraum drang ein unaufdringlicher Schnarchton an ihr Ohr. Er war also doch da. Kaum zu sehen unter einer hochaufgetürmten Federdecke, entdeckte sie sein dunkles, ergrautes Haar.

Ein zärtliches Gefühl überkam sie, als sie ihn so friedlich in ihrem Bett liegen sah, und weil sie sofort zu ihm wollte, legte sie ihre Kleider ab, schlüpfte unter die Decke und berührte mit ihrem Gesicht seine Wange. Georg räkelte sich zufrieden. Dann nahm er Sarah in die Arme.

»Endlich bist du da«, flüsterte er, küsste ihren Hals und ließ sich das Brusthaar kraulen, bis ihre Finger langsam abwärts wanderten.

»Das Auto ist kaputt«, sagte sie.

»Wie ich«, raunte er und stöhnte leise, als Sarah noch tiefer griff und mit der Hand sein schlaffes Geschlecht umschloss.

»Ist doch erst kurz vor neun«, sagte sie. »Wieso schläfst du schon?«

Es kränkte sie, dass Georg nicht allein deshalb, weil sie neben ihm lag, schon erregt war. Zumindest, wenn sie ihn so berührte, wie sie ihn jetzt berührte.

»Leider bin ich keine Sonate«, sagte Sarah. »Würde ich aus einer Ansammlung von schwarzen kleinen Punkten bestehen, wärest du vermutlich außer dir«, flüsterte sie.

Georg drehte sich auf die Seite und ließ sich in die weiche Haut seiner Freundin hüllen.

»Sarah, du bist unmöglich«, sagte er.

»Unmöglich?«

Ihr sanftes Beharren und das Geschick ihrer Hände brachten

ihn aber nach und nach doch in Erregung. Schnell kletterte sie über seinen Bauch, saß auf und gab sanft das Tempo vor. Sie fand, dass Georg wieder eine Spur zu passiv unter ihr lag, und langsam, Stück für Stück, steigerte sie den Rhythmus ihrer Bewegungen, während Georg mehr oder weniger stillhielt. Eigentlich hatte er immer nur stillgehalten. Wie zu erwarten, war sein Höhepunkt schnell vorüber.

Bald darauf hörte Sarah den gleichen Schnarchton wie zuvor. Sie selbst starrte unbefriedigt an die Wand. Irgendwann knipste sie das Licht ihrer Nachttischlampe an, stand auf und nahm ein Buch aus dem Regal, das sie schon lange lesen wollte, aber noch nicht angerührt hatte.

Robert Byron lag in ihrer Hand, ein sympathischer Dandy mit manischer Begeisterung für den Orient, seine literarischen Zärtlichkeiten, Übertreibungen, Frechheiten. Es war dieses Reisetagebuch aus den dreißiger Jahren mit dem kryptischen Titel *Der Weg nach Oxiana*, von dem einer ihrer Patienten sogar auf der Couch geschwärmt hatte.

Oxiana, eine Region, die nach dem mächtigen Grenzfluss Oxus benannt ist, den Alexander der Große 328 vor Christus überquerte, so viel entnahm Sarah noch den Großbuchstaben auf dem Schutzumschlag. Dann musste sie nach ihrer Brille suchen, die sie zwischen einer aufgeschnittenen Papaya in der Obstschale fand und legte sich wieder hin. Schon nach den ersten Zeilen aber verschwammen die Buchstaben vor ihren Augen.

Wasser wie warme Spucke. Zigarettenstummel, die einem in den Mund gespült werden, und Unmengen von Quallen, las Sarah über Venedig, und eine bleierne Müdigkeit überkam sie.

8

Gegen vier Uhr früh klingelte das Telefon. Schnell griff Sarah nach dem Hörer neben dem Bett und registrierte, dass Georg verschwunden war. Am Apparat war Inspektor Karlich von der Mordkommission.

»Bruno? Was ist denn passiert?«

»Entschuldige, dass ich dich geweckt habe.«

»Hast du nicht«, sagte Sarah erschrocken und war sich nicht sicher, ob sie nun träumte oder nicht.

»Wir haben eine junge Frau gefunden. Im Volksgarten, zwischen den Säulen des Theseustempels. Eine Leiche mit einer Rose im Mund. Kannst du kommen?«

»In einer Viertelstunde«, sagte sie und zerrte Hose und Pullover aus dem Schrank.

»Ist die Leiche identifiziert?«, fragte sie, inzwischen hellwach.

»Noch nicht«, sagte Karlich.

Den Hörer zwischen Schulter und Ohr geklemmt, flüsterte Rosen und zog sich so leise wie möglich an. Sie wusste, dass Georg manchmal nachts arbeitete, das war nichts Ungewöhnliches. Warum sollte sie ihn jetzt stören?

»Beeilst du dich?«, fragte Karlich.

»Mein Wagen ist kaputt. Ich muss ein Taxi nehmen.«

»Nein, nicht nötig, einer meiner Leute wird dich abholen.«

»In Ordnung, bis gleich.«

Sarah Rosen kritzelte für Georg eine Nachricht und lief die Treppen hinunter. Wahrscheinlich war er mit irgendeiner Kammermusik im Ohr, verkabelt und verstöpselt, in seinem Musikzimmer eingeschlafen.

Unter einer flackernden Straßenlaterne huschte eine winzige Gestalt vorbei.

Ein Kind? Um diese Zeit?

»Oh, Gott«, stöhnte Sarah.

Hoffentlich keine Familientragödie!

»Hallo!«

Sarah Rosen zuckte zusammen.

»Hallo«, sagte sie und schlug in eine wärmende Hand ein.

Semir Aydin, ein Ermittler der Mordkommission, hatte sich dicht vor sie gestellt.

»Haben Sie mich nicht kommen gehört?«

»Nein.«

»Schon geschlafen?«, fragte Semir weiter.

»Ja, aber sehr schlecht.«

»Dieser Job hier«, er machte eine Handbewegung die danach aussah, als wollte er etwas wegwischen, »dieser Job hier ist harter Tobak für 'ne Lady wie Sie. Da muss man ziemlich wach sein.«

Sarah bemerkte, dass die übertriebene Freundlichkeit, die in seinem Ton lag, gespielt war.

Mit einer Therapeutin zusammenzuarbeiten, noch dazu mit einer Frau, schien Semir Probleme zu machen. Vielleicht peitschte er deshalb das Auto wie blöd durch die Straßen und stieg härter als notwendig auf die Bremse. Oder er mochte sie ganz einfach nicht.

»Sie werden sich an mich gewöhnen müssen«, sagte Sarah Rosen. » Und soviel ich weiß sind Sie einer der Besten im Morddezernat!«

»Was Sie nicht sagen, Frau Doktor. Sie werden sich auch an *mich* gewöhnen müssen.«

Sarah Rosen lächelte, klopfte mit der Hand auf das Handschuhfach und sah nach draußen.

»Kann ich das Fenster öffnen?«

Die Heizung lief auf Volltouren. Das warme Gebläse war unerträglich.

»Meinetwegen«, sagte der Mann herablassend. Von dem Moment an wechselten sie kein einziges Wort mehr. Nur der Luftzug, der durch einen winzigen Spalt in das Innere des Wagens zog, streifte kalt ihre Gesichter.

»Mistwetter«, murmelte Sarah, als sie vor dem Burgtheater hielten, und schlug sich ihren weißen Schal um den Kopf. »Nicht gerade günstig für die Spurensicherung.«

Semir hatte sie schon nicht mehr gehört.

»Warten Sie doch!«

Sarah machte vorsichtige Schritte über das rutschige Pflaster. Der Sturm hatte Äste zu Boden geschlagen. Das schwach beleuchtete Theater, ein großer schläfriger Löwe, der noch wenige Stunden zuvor das Premierenpublikum geschluckt hatte, gähnte in den Park hinüber. Sarah stieß das Eisenportal zum Volksgarten auf.

Den Theseustempel konnte man noch nicht sehen.

Die Polizei hatte das Gelände mit leuchtenden Strichen markiert, die Säulen des Theseustempels, von den Taschenlampen der Beamten in gespenstisches Licht getaucht, wirkten wie Kulissen. Ein Arzt hockte neben der Leiche. Einer der Beamten machte Fotos.

»Da bist du ja endlich«, sagte Bruno. »Ich möchte, dass du die Koordinaten als Erste abgehst.«

Dann beugte er sich routinemäßig über das Gesicht der Toten. Das Blitzlicht zuckte über ihre unversehrten Züge.

»Grüne Augen, rotblondes, halblanges Haar, sorgfältig lila geschminkte Lippen, dazwischen diese rote Rose«, sagte er. »Hier!«

Fast hätte er Sarah die Blume in die Hand gedrückt, die von der Kälte einen weißen Rand bekommen hatte, dann wandte er sich ab und übergab sie Semir, der kopfschüttelnd dastand und eine kaum angerauchte Zigarette auf den Boden warf.

»Einpacken!«

Semir nickte nur.

»Eine ganz gewöhnliche Baccara«, sagte Rosen. »Nichts besonderes.«

Das erste, was sie über operative Fallanalyse gelernt hatte, war, sich auf die Fakten zu konzentrieren, dann erst auf ihre Emotionen und Assoziationen, die oft schneller kamen als ihr lieb war.

Wollte ihr Marc Sartorius nicht gestern Abend genau so eine Rose schenken?

Der Kommissar musterte seine Freundin mit hochgezogenen Augenbrauen. Sarah sah aus, als wollte sie ausgehen mit ihrem auf Taille geschnittenem, überlangen Fischgrätmantel. Zu auffällig nobel, fast unanständig nobel für eine Nacht wie diese.

»Sarah?«

Sarah Rosen schien nichts zu hören. Sie fühlte keine fragenden Blicke, auch keine Berührung und reagierte selbst dann nicht, als sie Karlich am Ärmel zupfte.

Sie kannte die Tote nicht, aber einen Augenblick überlegte sie, ob sie sich nicht doch schon einmal begegnet waren. Es musste sehr lange her gewesen sein. Wie lange war das her? Und wo? Es fehlte nicht viel, dann würde sie begreifen. Ein Déjà-vu, eine Täuschung ihrer Sinne, oder doch nicht? Bruchstücke vager Erinnerungen blitzten auf. Eine Frau mit vollen Lippen und schmalen dunklen Brauen, genau wie …

Bruno hatte sie jetzt bei der Hand genommen.

»Sarah, was ist denn? Fehlt dir was?«

»Ich schätze sie zwischen zwanzig und fünfundzwanzig«, sagte Sarah und rieb sich die Augen. Sie wollte sich nur auf die Fakten konzentrieren, dachte aber an Patrizia und an diesen wirren Traum, den sie ihr erzählt hatte.

»Diese Frau muss äußerste Sorgfalt darauf verwendet haben, sich zu schminken«, fuhr sie schnell fort. »Sie hat sogar Puder im Gesicht. Siehst du?«

Sarah Rosen deutete mit dem Zeigefinger auf die Nase der Leiche, die etwas zu groß geraten war und dem ebenmäßigen Gesicht dadurch einen eigentümlichen Ausdruck verlieh.

Dann beugte sich Sarah Rosen langsam über das Gesicht der Frau und roch an ihrem Haar.

»Frisch gewaschen«, flüsterte sie.

Sarah hatte das Gefühl, sich selbst gerochen zu haben. *Victoria's Secret*, dachte sie. Ein paar Sekunden lang sah sie Karlich entgeistert an.

»Die riecht ja nach meinem Parfüm! *Victoria's Secret.* Ein frischer, leichter Sommerduft. Den gibt's nur in den Staaten«, sagte sie.

»Bist du sicher?«, fragte Karlich.

»Ganz sicher.«

Irritiert wandte sich Dr. Rosen an den Arzt.

»Werden Sie das nachprüfen?«, fragte sie mit gesenkter Stimme. »Ich stelle Ihnen gern eine Probe aus meinem Flakon zur Verfügung.«

»Selbstverständlich, Frau Doktor. Ist ja kein unwichtiges Indiz«, sagte der Mann, ein untersetzter Typ mit wuscheligem Haar, kaum jünger als sie.

»Wann ist denn der Tod eingetreten?«, wollte Rosen weiter wissen. »Hier, schnuppern Sie mal.«

Sie hielt ihm ihr Handgelenk hin.

Der Mann schnupperte. Ein Lächeln huschte ihm über das Gesicht.

»Gestern aufgetragen«, sagte sie. »Aber immer noch intensiv genug.«

Der Arzt wurde wieder ernst und zog ein Notizheft aus seiner Manteltasche.

»Ihr Tod ist mit ziemlich großer Sicherheit vor etwa zwei Stunden eingetreten«, sagte er. »Genaueres wird erst die Obduktion ergeben.«

»Wer hat die Tat eigentlich gemeldet?«, wollte Sarah wissen.

»Die Leiterin der Putzkolonne aus dem Burgtheater«, erklärte Semir, die Arme im Nacken verschränkt, und war gerade dabei, ein Gähnen zu unterdrücken.

»Sie hatte ihren Schäferhund dabei und ihn zum Pinkeln in den Volksgarten gescheucht, als er plötzlich beim Theseustempel ein Wahnsinnsgebell anschlug.«

Sarah nickte.

»Das Portal stand offen?«

Sarah hatte diese betonte Lässigkeit satt, wollte sich aber nichts anmerken lassen und dachte nach.

Eine prachtvoll inszenierte, schöne Tote an einem prachtvoll schönen Ort. Unglaublich. Was hatte dieses Arrangement nur zu bedeuten?

»Ich werde darüber ausführlich mit Bruno sprechen müssen«, sagte sie. »Das Ganze ist mir viel zu ästhetisch. Geradezu theatralisch, völlig untypisch für ein Gewaltverbrechen.«

Dann grübelte sie über einen Fall nach, der Jahre zurücklag. Man hatte eine Leiche zwischen Totenköpfen, Pentagrammen, Grablichtern und Kelchen in einem Eichensarg gefunden. Besonders aufschlussreich waren SS-Runen, eingeritzt in die Stirn der Toten und violett geschminkte Lippen. Es handelte sich um eine satanistische Gruppe von Neonazis, die in einem Bekennerschreiben behauptet hatten, im Auftrag des Teufels gehandelt zu haben.

Politischer Fanatismus war zwar auch in diesem Fall nicht ganz ausgeschlossen, aber außer den violett geschminkten Lippen, die sie eher an eine junge Punkerin erinnerte, deren Eltern sie in ihre Praxis geschickt hatten, damit sie endlich damit aufhören würde, sich wie tot zu schminken, deutete bei dieser Leiche nichts darauf hin.

Sarah Rosen sah sich um und ging zwischen den Säulen umher. Was bedeutete dieser Ort? Theseus und die Kentauren. Warum gerade hier? Warum hier im Volksgarten? Und wieso trug die Leiche ein Parfüm, das ausgerechnet aus den USA kam?

Eine Schönheit lag vor ihr, kaum zu erkennen, dass es sich um eine Tote handelte. Wieder und wieder las Sarah Rosen in ihrem Gesicht.

»Willst du dir gar nicht ansehen, was er mit ihrem Körper gemacht hat?«, fragte Karlich.

Er deutete auf ihren Hals.

Rosen schüttelte den Kopf.

»Nein, noch nicht«, sagte sie und blinzelte hinüber zum Burgtheater, das sie in der Dämmerung mehr ahnen als erkennen konnte. »Vielleicht handelte es sich ja um ein privates Drama, das an die Öffentlichkeit sollte?«

Alles war Zeichen. Alles stand miteinander in Beziehung. Keiner kann seine Geschichte verleugnen, schon gar nicht dieser Täter, der offenbar wollte, dass man ihm auf die Schliche kam. War es Zufall, dass Emilia Galotti Premiere hatte. Oder übertrieb sie? Warum nicht, dachte Sarah Rosen und begann einen Vers zu zitieren. »*Eine Rose gebrochen, bevor der Sturm sie entblättert.* Lessing! Er muss sie geliebt haben. Ein Vater vielleicht oder ein anderer naher Verwandter. Ein eifersüchtiger Liebhaber, was weiß ich.«

Sarah Rosen machte eine lapidare Handbewegung und warf Bruno einen langen Blick zu.

»Der Täter hat mit Sicherheit perverse Neigungen«, sagte sie. »Vielleicht ein Psychotiker, der ein Familiendrama reinszeniert hat, aber das ist nur eine erste Assoziation. Die meisten sind harmlos und gar nicht in der Lage, zu morden, verstehst du Bruno?«

»Nicht ganz, aber ich möchte, dass du weitermachst.«

Sarah Rosen atmete die kühle Luft ein. Sie hatte noch zu wenig Anhaltspunkte.

»Liebevoll arrangiert«, sagte sie. »Der Täter hat sogar ihre Hände gefaltet. Brav über der Brust. Kann sein, dass er so was wie ihre Unschuld verteidigen wollte.«

Semir rieb sich mit seinem Zeigefinger an der Stirn, um nicht allzu deutlich zu zeigen, dass er Rosen für meschugge hielt. Eigentlich wollte er ihr einen Vogel zeigen.

»Schneewittchen«, sagte sie. »Die liegt da wie Schneewittchen.«

»Und wir, Frau Doktor, wir sind wohl die sieben Zwerge«, sagte Semir. »Ich dachte, Sie hatten gerade noch was mit Lessing am Hut? Was denn nun, Galotti oder Schneewittchen?«

»Also, gut«, sagte Sarah Rosen und sah in eine Runde schmunzelnder Beamten. »Anders ausgedrückt: der Täter leidet unter seiner Geschlechtsidentität. Ist es tatsächlich ein Mann gewesen, und hat er diese Frau hier womöglich erst nach ihrem Tod gewaschen und geschminkt, was ich mir gut vorstellen kann, handelt es sich um die Identifikation mit ihrer Weiblichkeit, nach der sich der Täter sehnt und die ihn gleichzeitig bedroht. Deshalb tötet er zuerst sein Liebesobjekt, macht die Frau schön, schminkt sie, und weil ihn die Reglosigkeit, das Unlebendige erregt, kann es sogar sein, dass er mit ihr hinterher Sex gehabt hat. Für den Mörder ein Grad der Erregung, den er mit einer lebenden Person niemals erreicht hätte.«

Semir zuckte mit den Schultern. Die anderen starrten.

Funkstille.

»Aber lassen wir das«, sagte Rosen. »Die Frage ist, ob die Frau wirklich hier, am Theseustempel, getötet wurde. Wenn ja, was macht so eine frisch gestylte Frau um diese Zeit und in diesem Aufzug im Park? War sie in Begleitung? Oder war ihr Begleiter der Mörder? Für wen hat sie sich schön gemacht? Mir ist auch völlig schleierhaft, warum sie keine Handtasche bei sich trug, oder haben Sie eine gefunden? Sie muss doch irgendwo Hausschlüssel und persönliche Dinge aufbewahrt haben?«

»Lass es gut sein, Sarah«, sagte Bruno Karlich plötzlich. »Gehen wir ein paar Schritte?«

»Gern.«

Die beiden drehten eine Runde um den Pavillon, ein kleines verrammeltes Kaffeehaus, am Rande des Parks. Kieselsteine knirschten unter ihren Sohlen, und außer dumpfem Stimmengewirr und einem Säuseln, das vom Wind kam, war es ruhig. Das Morgenlicht begann sich langsam zwischen die dürren Äste zu schieben.

Sarah hatte so viele Fragen. Bruno antwortete nicht.

»Was soll das?«, rief Sarah in die Stille. »Warum sagst du denn nichts?« Fast hätte sie mit ihm zu streiten begonnen.

»Jetzt lass das doch erst eine Weile auf dich wirken«, sagte er.

Sarah war nervös. Insgeheim zweifelte sie an sich. Ob ihr in dieser Sache je ein Licht aufgehen würde? Diese Tote hatte sie seltsam bewegt, aber warum?

Sarah lief zurück zum Tatort. Bruno kam gemächlich hinterher getrottet.

»Ihre Stiefeletten sehen nicht billig aus«, sagte Rosen als sie wieder in der Nähe des Theseustempels war. Semir inspizierte gerade die Kleider der Toten.

»Eine französische Marke namens La Roche, wahrscheinlich

nicht in Wien gekauft«, erklärte Semir. »Wir werden dem nachgehen.«

»Und sonst?«, fragte der Karlich.

»Außer ein paar Papiertaschentüchern in ihren Taschen haben wir nichts gefunden. Der Mörder legt Wert darauf, uns die Identifikation zu erschweren«, sagte Semir. »Andererseits baut er eine Indizienreihe auf, die äußerst interessant ist. Wahrscheinlich hat er ihre Handtasche oder persönlichen Dinge zur Erinnerung an sich genommen. Kann gut sein, dass er noch einmal an den Tatort zurückkommt.«

»Möglich«, sagte Karlich. »Beobachten wir den Platz eine Weile.«

»Was glaubst du, wie sie ums Leben gekommen ist?«, fragte Rosen.

»Höchstwahrscheinlich erwürgt«, sagte Karlich. »Auf den ersten Blick kann ich aber keinerlei Würgemale am Hals entdecken.«

Sarah nahm den Kopf der Leiche zwischen ihre Hände und drehte ihn auf die Seite.

»Doch, hier!«

Sie deutete auf drei blaugrüne Flecken neben der Halsschlagader.

Karlich nickte.

»Ansonsten keine Hinweise auf körperliche Gewalt?«

»So viel wie jetzt zu erkennen ist, nein«, sagte Semir. »Warten wir den gerichtsmedizinischen Bericht ab.«

»Was ist mit ihrem Gesicht? Mit dem frisch gewaschenen Haar?«

Karlich sprach im Telegrammstil, für ihn das beste Mittel, die Dinge nicht zu nah an sich rankommen zu lassen. Selbst nach zwanzig Jahren Berufserfahrung waren Morde wie diese für ihn immer noch ein Schlag in die Magengrube, das wusste Sarah, aber im Gegensatz zu ihr wusste Bruno seine Aufregung zu verbergen.

Dr. Rosen hatte sich nur ein paar Meter von der Leiche entfernt auf die Stufen des Tempels gesetzt. Sie war erschöpft. Jetzt sind die anderen dran, dachte sie, und beobachtete die Beamten, die das Gelände nach weiteren Indizien absuchten.

Auf der Hinterseite des Tempels hatten sie tatsächlich einen Fund gemacht.

»Das haben wir da drüben zwischen den Sträuchern gefunden«, sagte der eine und gab Karlich eine schwarze Geldbörse in die Hand, groß wie eine Kellnertasche.

»Glaubst du, dass es eine Frau getan haben könnte?«, fragte Karlich und untersuchte den Inhalt der Börse.

Er fand Pass, Kondome, Gleitcreme, Adressbuch und verschiedene Quittungen aus dem Orient-Hotel für stundenweise Zimmermiete.

»Unwahrscheinlich. Es kommt sehr selten vor, dass eine Frau so planvoll und inszeniert mordet«, sagte sie. »Eine Perversion, die uns nicht liegt.«

»Bist du da sicher?«, fragte Karlich.

»Ziemlich. Geben Sie mir mal Ihre Taschenlampe, Semir.«

Nach einem weitern Versuch, sich die Hände der Leiche anzusehen, konzentrierte sich Sarah Rosen auf ein Detail, das sie bisher nicht bemerkt hatte.

»Sogar frisch lackierte Fingernägel«, sagte sie. »Sehen Sie?«

Semir, der sich nur widerwillig auf Dinge aufmerksam machen ließ, die von Dr. Rosen kamen, beugte sich missmutig über die Finger der Leiche.

»Was Gewalt heißt, ist nichts«, zitierte Rosen. *»Verführung ist die wahre Gewalt.* Emilia Galotti. Kennen Sie das Stück?«

Semir gab ein verächtliches Schnaufen von sich.

Wahrscheinlich hatte sie eine Spur zu belehrend geklungen, aber Semir machte es ihr auch nicht leicht.

»Was soll das denn heißen?«, sagte er.

»Dass der Tatort von Bedeutung ist. Außerdem hatte *Emilia Galotti* gerade Premiere.«

Bruno Karlich, der auf Semir alles in allem sehr stolz war und ihn lange nicht so störrisch erlebt hatte, nahm seinen Mann beiseite.

»Bei der Leiche handelt es sich offenbar um eine Prostituierte. Irene Orlinger, zweiundzwanzig Jahre alt«, sagte er. »Sie hat alle ihre Kunden im Adressbuch aufgelistet und sich daneben Notizen über ihre sozialen Kontakte und sexuellen Vorlieben gemacht. Ungewöhnlich, äußerst ungewöhnlich. Bis heute um elf will ich wissen, wo sich diese Frau zuletzt aufgehalten hat und mit wem sie zuletzt gesehen wurde, Semir. Danke, Sie haben gute Arbeit geleistet.«

»Warte noch, Bruno.«

Sarah Rosen deutete auf die Augenlider der Toten.

»Seltsam, die Frau muss Kajalstift mit Lipliner verwechselt haben.« Irene Orlinger hatte tatsächlich violette Lippen, die mit einem schwarzen Strich umrandet waren. Um die Augenlider trug sie aber Linien, die von einem farblich auf den Lippenstift abgestimmten Konturenstift kommen mussten. »Ob sie sich absichtlich falsch geschminkt hat? Oder musste der Mörder sie aus irgendeinem Grund im Dunkeln schminken und hat dabei die Stifte verwechselt?«

Karlich zuckte nur mit den Achseln.

»Warten wir den Obduktionsbericht ab!«

Dann ging er auf Sarah zu und legte den Arm um sie.

Er verehrte sie auf eine altmodische Weise, zurückhaltend und wie ein Kavalier.

»Ich hatte schon ganz vergessen, dass du so belesen bist. Sehen wir uns in der Pathologie?« Karlich blickte sie zweifelnd an, als würde er mit einer Absage rechnen.

»Natürlich«, sagte Rosen mit heiserer Stimme und löste sich sanft aus der Umarmung, seinen traurigen Augen folgend. »Ich werde da sein.«

9

Es war kurz nach zehn.

Semir Aydin hatte inzwischen herumtelefoniert, versucht, Irenes Eltern, die unter Schock standen, auszuhorchen und Nachbarn befragt. Er hatte Stammfreier ausfindig gemacht und sogar mit diversen Bordellbesitzern gesprochen. Weit war er aber nicht gekommen. Niemand schien die Frau näher zu kennen. Wie sollte er sich so ein Bild machen? Die Huren, die regelmäßig im Hotel Orient verkehrten, waren allerdings ziemlich aufgebracht, als ihr Name fiel. Der Name Irene Orlinger war für sie ein regelrechtes Reizwort. Sie wussten nicht genau, woher sie kam, wer sie eingeschleust hatte und warum sie nur zweimal pro Woche zur Arbeit kam. Nach ihren Angaben eine Außenseiterin, die bestzahlende Kunden der High society abschleppte und auf edel machte. Mehr war nicht rauszukriegen.

Die Besucher dagegen waren redseliger. Einige gaben übereinstimmend an, Irene Orlinger am Abend vor dem Mord zusammen mit einem Mann gesehen zu haben, der dort bisher nie aufgefallen war und den sie sich gerade deshalb gemerkt hatten.

Kurzgeschorenes Haar, groß, kräftig, Mitte dreißig. Markantes Gesicht.

Semir ließ sofort ein Phantombild anfertigen. Wenig später lag ein ernstes Gesicht auf seinem Schreibtisch.

Guter Typ, dachte er, wandte sich ab, um das Foto vom Gesicht der Leiche zu vergrößern, und gab Abzüge und Phantombild an die Medien weiter.

Das Gesicht von Irene war ein Statement und würde in Kürze an allen Kiosken zu sehen sein.

Fasziniert von der Vollkommenheit der Toten, eine Art Triumph über die Gewalt, die man ihr angetan hatte, starrte Semir auf das Foto. Irgendetwas in ihm wollte, dass man die Sache auf sich beruhen ließ, vielleicht um das Bild zu erhalten, das der Mörder von dieser Frau entworfen hatte.

»Denken Sie daran, noch diese Putzfrau zu vernehmen, am besten gleich heute Vormittag. Hören Sie?«

Bruno Karlich war ins Zimmer gekommen, Semir hatte ihn nicht gleich bemerkt.

»Wird gemacht Chef«, sagte er. »Wird gemacht.«

Das Telefon läutete.

»Hallo?«, sagte Semir abwesend.

Vera Kirchner. Ob er diesmal zur Probe käme.

Er sagte ja. Danach nein. Dann wieder ja.

Semir hatte keine Lust auf Musik. Die Jazzband, in der er Gitarre spielte und in der Vera sang, interessierte ihn nicht. Er dachte an Irene. An diesen merkwürdigen Mord.

»Hallo«, rief Vera in den Hörer. »Kriegst du überhaupt noch was mit?«

Bis Semir so richtig begriff, ging Zeit ins Land. Vera wollte, dass er sie in die Pathologie schleuste, ausnahmsweise. Sie sei wieder mal völlig pleite und bräuchte eine blutrünstige Geschichte.

»So was geht normal nicht«, sagte Semir, legte auf, kritzelte aber handschriftlich eine Nachricht für die Pathologie und drückte dann einen Polizeistempel auf das Blatt. Er wollte schneller sein als Rosen.

Mechanisch sah er die Aktennotizen durch, gab den Laborbericht in Auftrag, machte einen Termin mit der Leiterin der Putzkolonne und vereinbarte für Karlich die üblichen Gespräche mit dem Gerichtsmediziner der Pathologie.

Routinearbeit.

Mit den Kleidern der Toten hatte er eine Weile zu tun. Die Hose in Schlangenmuster, die die Frau trug, war kein Markenstück, irgendeine Ware aus einem Billigladen. Ihr T-Shirt stammte von einem französischen Hersteller. Der Samtmantel und die Handtasche schienen aus Wien zu sein. Ihre Stiefeletten aus gegerbtem Nubukleder sahen teuer aus.

Dann fiel sein Blick auf die Rose, eine klassische, langstielige rote Rose. Sollte sich diese Therapeutin doch den Kopf darüber zerbrechen. Es gefiel es ihm gar nicht, dass sie in Dingen herumschnüffelte, die sie nichts angingen. Was soll's, Karlich hatte sie angeheuert, und Karlich war der Chef. Freunderlwirtschaft, und so was hasste er.

Semir sah sich im Zimmer um.

Ein jüngerer Kollege saß mit einer Lupe über Bilder geneigt, die er im Detail studierte. »Lecker, nicht?«, rief er und hielt das Foto, auf dem die Würgemale ganz deutlich zu sehen waren, in die Höhe. »Alles Hochglanz.«

»Lass das«, sagte Semir.

»Ist dir der Alte aufs Dach gestiegen«, fragte der andere.

»Du meinst Karlich?«

»Wen sonst.«

Semir nahm sich eine Tasse Kaffee, ging auf seinen Platz zurück und versuchte nachzudenken. Aber ohne Zigaretten?

Er wühlte seinen Schreibtisch durch, konnte aber keine finden.

»Ist vertrackt, echt kompliziert, diese Geschichte«, sagte er.

»Kann doch sein, dass wieder die Russenmafia dahinter steckt. Die lassen doch immer mal Leute krepieren«, sagte der Kollege. »Wir können ja tauschen. Du spielst Memory mit diesen Bildern, und ich geh mit den Russen Kaviar essen.«

»Lass das. Karlich will morgen einen Bericht von mir«, sagte Semir.

»Und als unserer Superspürnase wird dir das auch sicher gelingen«, sagte der Mann, der dabei war, seine Jacke anzuziehen. »Ich geh jetzt.«

Dann schaltete er das Licht seiner Schreibtischlampe aus und ließ Semir allein.

Hatte er etwas übersehen? Vor ihm lag dieses Phantombild eine Mannes, das er sich genauer ansehen musste. Ein raues Gesicht mit einer Geschichte, die sich verdunkelte, je länger er sich in seine Züge vertiefte. Er wollte es verstehen, deckte mit zwei Fingern die

Augen zu, dann die untere Gesichtshälfte, rätselte, schüttelte den Kopf und kam auf keine einzige Idee.

Mit einer ruckartigen Bewegung ließ Semir das Bild in seiner Schreibtischlade verschwinden. Das Zuschlagen der Lade hallte nach in der Leere des Zimmers, in dem es außer Schreibtischen und ein paar Stühlen nichts gab.

Die große Uhr über der Tür tickte. Viertel vor zwölf.

Langsam zog Semir Aydin das Phantombild wieder aus der Schublade. Leo Schmidt, dachte er. Natürlich, er musste zu Leo Schmidt, dem Chef des Drogendezernats. Irene Orlinger war schließlich eine Prostituierte, und ihm war nicht eine untergekommen, die nicht was mit Drogen am Hut hatte. Vielleicht war dieser Typ auf dem Bild nur ein kleiner Dealer.

Als Semir in der Tür stand, sah er Schmidt am Fenster stehen.

Am anderen Ende des Raumes hing ein Stadtplan. Zögerlich machte Schmidt einen Schritt, blieb stehen, dann fuhr er mit dem Zeigefinger über die Straßen und hielt am Mexikoplatz.

»Eine Razzia am Mexikoplatz?«, fragte Semir.

Schmidt fuhr zusammen und sah ihn missmutig an.

»Ich stör wohl?«, versuchte es Semir wieder.

In der Mitte standen vier zusammengeschobene Tische, an der Wand hingen Pinnwände. Große Konferenz, dachte Semir. Der alte Hase hatte schwer zu tun.

»Können Sie nicht anklopfen?«

»Tschuldigung, die Tür war offen.« Semir wischte die Handflächen an seinem Shirt ab. Sollte er wieder gehen? Was war nur mit Schmidt los?

In zwanzig Jahren Ermittlungsarbeit beim Drogendezernat Wien hatte Schmidt über sieben Tonnen Rauschgift und Unsummen an Drogengeldern beschlagnahmt. Er war erfolgreich und arbeitete anders als die anderen, eben keiner dieser Polizeirambos, die sich wichtig machten. Sein Misstrauen gegen die Wächter des Staates brachte ihn jedoch dazu, eigene Regeln aufzustellen und oft bis an die Grenzen der Legalität zu gehen. Meistens kam

Schmidt unbewaffnet, verhielt sich zurückhaltend und rückte erst in letzter Minute mit seinen Ideen raus. Semir wusste: Die Dummheit der Bürokratie machte ihm Angst. Sie machte ihm mehr Angst als Drohungen der Drogenbosse, mit denen er gute Kontakte pflegte. Das brachte Schmidt einerseits großen Respekt ein, andererseits aber auch Argwohn.

»Was kann ich für Sie tun?«, fragte Schmidt auf die übliche abweisende Art. Dann vergrub er die Hände in seinen Hosentaschen, ging einen Kreis und sah zu Boden.

»Dürfte ich Sie mal was fragen?«

Schweigen.

»Ich brauch Ihre Hilfe, Herr Schmidt.«

Immer noch Schweigen.

»Können Sie mit dieser Visage was anfangen?«

Semir hielt ihm das Phantombild unter die Nase und wartete gespannt auf Antwort. Schmidt dachte nach. Dabei musterte er Semir von oben bis unten. Seine Augenbrauen zogen sich zu einem waagerechten Strich zusammen.

»Nie gesehen«, sagte er und zuckte nur mit den Achseln. »Wer soll das sein?«

»Der Hauptverdächtige aus dem Fall im Volkgarten! Der Typ läuft wahrscheinlich durch Wien und rüstet sich schon für sein nächstes Opfer.«

Schmidt lachte auf. »Das sind doch nur Mutmaßungen. Wie können Sie so was behaupten?«

Semir kam sich vor wie in der Schule. Der Mann hatte ihn nicht nur gemaßregelt, sondern sich auch noch lustig gemacht. Was sollte das?

»Wär aber wichtig, dass wir in diesem Fall zusammenarbeiten«, sagte Semir. »Wir sollten sämtliche Informationen austauschen und unsere Ideen in Umlauf bringen.«

Schmidt warf ihm einen vernichtenden Blick zu.

»Nur so können wir den Bastard kriegen!«, sagte Semir Aydin.

Schmidt starrte wieder auf seinen Plan an der Wand. »Ganz schön eifrig!«

Pause.

»Ich kann jetzt nicht«, sagte er mürrisch. »Hab genug eigenen Kram.«

»Die Razzia am Mexikoplatz?«, hakte Semir ein.

»Was? Jetzt passen Sie mal auf, Herr Aydin.«

Sein Gesicht bewegte sich drohend auf ihn zu und kam immer näher.

»Ich will nicht, dass hier alles immer gleich durchsickert, verstanden?«

Semir nickte automatisch.

»Sie werden sich noch in Schwierigkeiten bringen. Für wen halten Sie sich eigentlich?«

»Was?«

Semir verstand überhaupt nichts. Schmidt war ja so was von verärgert, richtig durchgedreht. Klar, das gesamte Wiener Drogendezernat stand unter Druck, aber das hier, das war nicht normal. Warum dieser gereizte Ton? Egal, dachte Semir, einschüchtern lassen wollte er sich schon gar nicht.

»Schwierigkeiten?«, fragte Semir und studierte die Mimik seines Gegenübers. »Ehrlich gesagt, ich bin nicht sicher, ob …«

»Ach was«, wehrte Schmidt ab und schwenkte plötzlich um. Ein unsicheres Grinsen lag in seinem Gesicht. Dann war er scheißfreundlich.

»Nur das Übliche, Herr Aydin. Muss ja alles genauestens durchdacht werden. Tut mir Leid, aber ich kann jetzt wirklich nicht!«

»Später?«, fragte Semir.

»Ja«, sagte Schmidt. »Vielleicht«, und ging auf seinen Schreibtisch zu. »Machen Sie die Tür zu! Es zieht!«

Frustriert schlich sich Semir aus dem Zimmer. Als er noch mal Augenkontakt mit dem Kollegen aufnehmen wollte, sah er Schmidt von hinten über seinen Rechner gebeugt. Auf seinem Bildschirm erkannte er die Maske der VICLAS-Datenbank. Deckname *Lecour*, hörte Semir den Drogenfahnder gedankenverloren murmeln. *Charles Lecour.*

Semir Aydin stand vor dem Präsidium und zündete sich eine

Zigarette an. Es war bedrückend. Alles, das Wetter, die Arbeit und dass sich seine Gedanken nicht ordnen ließen. Schmidt hatte doch was zu verbergen. Der kannte doch diesen Typen. Logisch kannte der den. Warum also diese Geheimniskrämerei?

10

Ob es nach Tod roch, als sie die Tür zur Pathologie öffnete und die Leiche auf einem klinisch sauberen Tisch liegen sah, wusste Vera Kirchner nicht zu sagen. Die Leiche war nackt. Ihr Körper bedeckte nur ein weißes Leintuch, das bis vor die Knie reichte.

Vera fixierte das rotblonde Haar der Frau, den fast selig wirkenden Gesichtsausdruck. Als hätte sie nicht eine Sekunde lang Schmerzen gehabt.

Vera erschrak. Dieselbe Frau, die sie über einem Haufen Scheiße vor dem Hotel Orient hocken gesehen hatte!

»Was machen Sie denn hier?«, fragte Inspektor Karlich.

Vera murmelte eine Entschuldigung und wollte zu einer flammenden Rede über investigativen Journalismus ansetzen.

»Kein schöner Anblick«, sagte Inspektor Karlich und machte eine wegwerfende Handbewegung.

»Wie?« Vera war perplex und zeigte mit dem Finger auf sich.

»Die Leiche«, sagte Karlich, »nicht Sie … obwohl ich der Meinung bin, dass Journalisten hier in der Pathologie nichts zu suchen haben.«

»Das nächste Mal …«, sagte Vera

»Das nächste Mal wird es nicht geben, Frau …«

»Kirchner«, antwortete sie kalt, drehte sich um und wollte gehen.

»Herrgott, jetzt bleiben Sie schon«, sagte Karlich leise.

»Kaffee?«, fragte der Pathologe mit einem breiten Grinsen im Gesicht, als er den Raum betrat.

Dr. Rosen, die nervös auf ihre Uhr sah, schluckte. »Danke!«

Die beiden Frauen sahen sich verwundert an.

»Man muss schon pervers sein, um diesen Beruf auszuüben«, flüsterte Vera.

»Meinen Sie Therapeuten oder Pathologen?«, fragte Sarah lächelnd.

Vera kicherte. Diese Art von Humor hatte sie ihr gar nicht zugetraut.

Doch dann wurde die Therapeutin wieder ernst.

»Haben Sie Röntgenaufnahmen?«, fragte Dr. Rosen.

Den Blick auf Inspektor Karlich gerichtet, begann der Pathologe, sichtlich gelangweilt, mit seinem Bericht.

»Wie Sie hier erkennen können, liegen mehrere Schädelfrakturen vor. Hier sehen Sie's ganz deutlich. Eine Vertiefung im Scheitelbein der Frau. Vielleicht hat sie einen Schlag bekommen, was man natürlich bei dieser Haarpracht am Tatort nicht gleich sehen konnte. Wahrscheinlicher ist, dass sie stürzte, nachdem sie erwürgt worden ist. Sehen Sie? Da gibt's eine Fraktur am Schlüsselbein und etliche Schürfwunden. Der Tod ist übrigens gegen zwei Uhr dreißig eingetreten.«

Dr. Rosen näherte sich der Leiche mit einem großen Schritt, als würde sie über eine Pfütze treten. Dabei stieß ihre Handtasche am Fuß der Toten an, das Tuch verrutschte, und ein paar Schamhaare lugten hervor.

Der Pathologe grinste wieder. Der Typ war einfach widerlich.

»Erwürgt? Gab es sexuelle Übergriffe. Irgendwelche Hinweise auf eine Vergewaltigung?«, fragte Dr. Rosen.

»Nein, aber Irene Orlinger hatte Geschlechtsverkehr. Wir haben aus der Vagina eine Spermaprobe entnommen. Außer den Schlägen, über die wir nicht viel sagen können, gibt es nachweislich keine sexuelle Gewaltanwendung.«

»Reicht ja auch«, sagte Vera Kirchner und sprach dem Inspektor zugewandt, aber durch ihn durchsehend, wie ins Leere. Sie konnte nicht vergessen. François und Irene. François in ihren Armen. Der Schuss, der aus seiner Wohnung gekommen war.

»Wer sagt denn, dass es ein Täter gewesen sein muss?«, fragte Vera vorsichtig. »Kann doch sein, dass es eine Frau war. Was meinen Sie, Dr. Rosen?«

Dr. Rosen deutete Karlich mit einer Kopfbewegung an, dass sie genug hatte. Dann redete sie doch. »Ausgeschlossen ist natürlich gar nichts, das habe ich in der ersten Sekunde auch gedacht, aber ich kann dir versichern, Bruno, dass Statistik und Psychologie im Allgemeinen dagegen sprechen. Gewaltverbrechen, noch dazu in dieser ritualisierten Form, werden in der Regel von Männern verübt.«

»War's das, meine Herrschaften?«, fragte der Pathologe, in der einen Hand einen Keks, in der anderen jetzt den Kaffee.

»Ja, vielen Dank«, sagte Karlich und nickte Rosen zu. »Komm, ich fahr dich in die Stadt, oder hast du noch was vor hier?«

Sarah schüttelte den Kopf und schloss sich schweigend ihrem Freund an.

»Bestimmt hat der sich hinterher nicht mal die Finger gewaschen, und nun frisst er Kekse«, hörte sie noch die Journalistin sagen.

11

Wie üblich standen zwei Pitbulls vor dem Sitzungszimmer ihres Chefs, als sich die tierfreundlichsten Zeitungsmacher der Stadt zur großen Themenkonferenz trafen.

Vera hasste Hunde. Und die schwanzwedelnden Typen, die hier arbeiteten, bis auf ihre Freundin Brit, auch. Gescheiterte Anzeigenverkäufer, Produktionsassistenten, die meisten hatten eine so genannte Lobby, gingen mit dem Alten zum Golf oder saßen in der richtigen Partei, bevor sie sich von ihm bei *Faktum* als Journalisten anstellen ließen. Vera war so reingerutscht. Nach ihrem Volontariat hatte man ihr einen freien Werkvertrag zugeschoben. Danach folgten fünf Jahre Knochenarbeit gegen schlechte Bezahlung.

»Black beauty«, hatte der Chef eines Tages gesagt. »Kümmere dich um Gesellschaftspolitik, Asylfragen, und hier und da schreibst du eine Mordgeschichte, hm?« Vera hatte dieses Hm bis heute im Ohr, diese scheißfreundliche Art, mit der sich der Alte ein Alibi verschaffte für reaktionäre Sauereien, die er in seinem Blatt abdruckte und die ausgerechnet sie, eine nette, hübsche Farbige, für ihn schreiben sollte. Lange wollte sie das nicht mehr mit ansehen, aber sie brauchte das Geld. Wieso sie immer noch keine Kündigung auf dem Tisch hatte wegen gelegentlicher Arbeitsverweigerung für Themen, die sie schlichtweg nicht vertreten konnte, war ihr ein Rätsel.

Die Redaktionsmitglieder trudelten zur Sitzung ein.

»Morgen«, sagte Alfons Tichat. Er ließ sich zuerst ausgiebig von seinen Hunden lecken, nahm dann auf seinem Chefsessel Platz und sah ausdruckslos in eine schweigende Runde von Duckmäusern und Jasagern. Dann legte er demonstrativ seine Stirn auf den Tisch.

Bumm.

»Ist Ihnen nicht gut?«, fragte Vera betont fürsorglich und wollte gleich zu ihm.

»Ganz im Gegenteil, bleiben Sie nur sitzen«, sagte er.

Tichat hatte nur wieder sein übliches Theater gemacht. Einer der Redakteure hustete nervös, weil er sich vor Tichat fürchtete. Nur Brit, die liebenswerteste Society-Klatschbase von ganz Wien, grinste breit.

»Was liegt an?«, fragte der Alte scharf. »Und was immer Sie mir jetzt sagen, denken Sie daran, dass wir dem Leser nahe sein müssen.«

Die alte Leier, dachte Vera und bewegte synchron, aber stumm ihre Lippen mit.

»Wir kriechen mit dem Leser unter die Bettdecke, sitzen mit ihm auf dem Sofa, auf dem Klo, Sie wissen schon«, sagte Tichat.

»Brit?«

»Thomas Gottschalk hat seine Wette verloren und muss schon wieder Weihnachten in einem Bordell feiern.«

»Wunderbar, reden Sie mit den Damen, fragen Sie, was sie sich von Gottschalk erwarten.«

Tichat sah in die Runde.

»Vera?«

»Da hat jemand eine Frau umgebracht, heute Nacht im Volksgarten, und ihr danach eine Rose zwischen die Lippen gesteckt. Der ganze Fall wird von einer Therapeutin begleitet. Eine Fallanalytikerin, Frau Doktor Sarah …« Vera kam nicht weiter.

Tichat rieb sich die Augen und fiel ihr ins Wort.

»Sarah Rosen! Wer sonst!«

Raunen im Sitzungszimmer.

Ein Windei aus der Wissenschaftsredaktion, das manchmal über Akne oder Diäten schrieb, war gleich auf Hundertachtzig.

»Fallanalyse? Diese Psychomasche zieht doch schon lange nicht mehr. Die Amerikaner setzten auf die Kompetenz von Pathologen und Gerichtsmedizinern. Psychologie ist doch längst eine Sache von Genetik und Neurologie geworden. Bald werden wir Gewalttätern nur über ein paar Milliliter CSF auf die Schliche kommen. Neuropeptide. Gehirnflüssigkeiten. Das sind die wahren Erinnerungsspeicher. Die liefern jedes Detail, jede Spur. So löst man heute Fälle.«

Vera hob den Kopf. »Was Sie nicht sagen? Das ist ja interessant, dann sollten wir den Artikel am besten zusammen schreiben.«

Tichat unterbrach.

»Viel zu kompliziert, meine Lieben! Wir sind eine Tageszeitung, kein Wissenschaftsmagazin, abgesehen davon, hab ich von der CSF-Methode noch nie gehört. Jetzt zu Vera. Schreiben Sie das. Reine Fakten, ja? Weder zu trocken noch zu märchenhaft. Hoffentlich haben Sie den Fall gut recherchiert.«

Vera nickte.

Niemand wagte etwas zu sagen. Nur das Kratzen von Tichats Fingernägeln auf der Tischplatte war zu hören.

»Im Namen der Rose«, sagte er schließlich.

Tichat und seine Headlines.

»Amen«, murmelte Vera leise.

Damit war die Sache geritzt.

»Siebzig Zeilen à fünfunddreißig Anschläge und ein hübsches Bild des Mordopfers. Ihr Artikel kommt auf die Titelseite«, sagte Tichat und machte eine seiner herablassenden Handbewegungen, die Aufforderung, dass sie die Sitzung nun verlassen konnte.

Vera ging an den zwei Wachhunden vorbei in ihr Zimmer. Während sie schrieb, fühlte sie, wie sich ihr Magen umdrehte. Sie hatte nicht zu Mittag gegessen, und es war ärgerlich, diese Geschichte zu schreiben, ohne sich näher mit operativer Fallanalyse zu beschäftigen oder Dr. Rosen zu befragen. Die war einfach zu populär und viel zu oft in den Medien. Plötzlich kam ihr ein ganz anderer Gedanke. Was, wenn François Irene Orlinger umgebracht hatte? Wusste die Polizei denn nichts von François?

Vera Kirchner starrte auf den Bildschirm ihres Computers.

Im Namen der Rose. Gequirlte Scheiße! Typisch Tichat.

So schnell sie konnte, hackte sie die Gräuelgeschichte in den Computer. Dann schaltete sie den Rechner aus.

Wer ist François Satek? Die Frage ließ sie nicht mehr los. Ein Verrückter, der es demnächst auch auf sie abgesehen hatte? Vera wählte die Nummer der Auskunft und ließ sich mit Satek in der Eichenstraße verbinden. Nur ein Anrufbeantworter sprang an. Am Apparat dieselbe Blechstimme, die sonst ihren Kater Ben verscheucht hatte. Der alte Satek, widerlich! Mit einem Toten wollte Vera nicht reden, also legte sie auf und machte, dass sie nach Hause kam.

Das Licht im Treppenhaus flackerte.

Vera lief in den ersten Stock, blieb keuchend vor seiner Tür stehen und lauschte.

Siebzehn, achtzehn, neunzehn.

Dann wurde es dunkel.

Sie würde jetzt anklopfen, nicht läuten.

François, würde sie sagen. François, was war mit dieser Frau?

Dann würde sie ihn wie zufällig berühren.

Zwanzig, einundzwanzig.

Und er würde ihr alles erklären.

Zweiundzwanzig.

Das Licht ging wieder an.

Vera klopfte. Nichts. Sie presste ihr Ohr an die Tür.

Wieder nichts.

Sie läutete.

Niemand zu Hause. Frustriert wandte sich Vera um und schloss ihre Wohnungstür auf. Im Schlafzimmer stand das Fenster offen. Natürlich, dieser Maler, dachte sie. Eingeschlossen, während sie nach der Nacht im Taxi bei Brit geduscht und gefrühstückt hatte.

Vera schlug sich an die Stirn und lachte. Wie hatte sie den nur vergessen können? Der Mann musste über die Feuerleiter geflüchtet sein.

12

Obwohl Patrizia Heral nicht zur Sitzung erschienen war und sie genug Zeit hatte, ließ Sarah Rosen den Kommissar warten. Sie wollte sich mit ihm im Da Pablo treffen, einem Restaurant am Ende des Rennwegs. Unter vier Augen, wie er gesagt hatte. Wie in alten Zeiten, dachte Sarah. Die Treffen mit ihrem alten Schulfreund waren immer seltener geworden. Sie hatte ihn richtig vermisst.

Die Straßenbahnlinie eins fuhr Schneckentempo.

Sarah beobachtete den Verkehr auf dem Ring. Der Ring war verstopft mit Autos, die ununterbrochen hupten. Passanten brüllten und sprangen beiseite, weil Motorradfahrer inzwischen auf den Gehsteigen weiterfuhren. Es sah fast nach Großstadtbetrieb aus, und doch war es nichts als der übliche Stau, an dem die Bahn gemütlich vorbeibimmelte, dieser alltägliche Prachtstraßenrhythmus der Ringstraße mit Blick auf Burgtheater, Parlament, Kunsthistorisches und Naturhistorisches Museum, zuletzt Staatsoper.

Sarah Rosen war spät dran.

Sie hatte sich etliche Male umgezogen, Rock gegen Hose, Bluse gegen Pullover getauscht und sich dann doch für eine dunkelbraune Lederkombination entschieden, zu der sie Perlenschmuck und sündteure Stiefel trug, denn sie wusste, dass Bruno einen Sinn für weibliche Eleganz hatte.

Endlich am Schwarzenbergplatz angekommen, stieg Sarah aus und schlängelte sich an Straßenschranken und Umleitungsschildern einer Baustelle vorbei.

Atemlos erreichte sie das Restaurant.

Bruno stand vor einer Vitrine und studierte verschiedenste Vorspeisen: eingelegte Artischocken, Tartar von Thunfisch, Jakobsmuscheln. Als er Sarah bemerkte, drehte er sich mit einem verschmitzen Lächeln um, hauchte einen Kuss über ihren Handrücken und führte sie zum Tisch.

»Ich hoffe, dass dir die schöne Leiche im Park nicht den Appetit verdorben hat.«

Sarah schüttelte den Kopf. »Im Gegenteil, ich hab wahnsinnigen Hunger.«

Die Bedienung, die die Spezialitäten des Tages im Kopf hatte und beim Aufzählen der Speisen jedes einzelne Gericht in ihrer Zubereitung beschreiben wollte, kam nicht weit.

»Für mich gegrillten Lachs, bitte«, sagte Bruno. »Und wenn möglich rasch.«

Sarah bestellte Risotto mit frischen Champignons.

Wie ungeduldig Bruno immer war. Einen Zug, den sie auch an sich selbst feststellte und der sie deshalb um so ungnädiger machte.

»Kann dir wohl wieder mal nicht schnell genug gehen«, sagte sie und hörte sich selbst in einem vorwurfsvollen Ton reden. »Tut mir Leid, dass ich mich verspätet habe«, fügte sie schnell hinzu.

Bruno lächelte.

»Ich bin auch gerade erst gekommen. Hättest du auf mich warten müssen, wäre das natürlich unverzeihlich gewesen.«

Trotz ihrer Zuneigung zu Bruno, den sie besonders wegen seiner Leidenschaft für Literatur und Musik schätzte, wollte sie seinem Werben nie nachgeben. Sarah hatte ihn auf Distanz gehalten und Bruno vor den Kopf gestoßen.

Solange Sarah zurückdenken konnte, wollte er nie mit einer Frau zusammenleben und fand jedes Mal Gründe, eheähnlichen Verbindungen auszuweichen.

Manchmal traf sie ihn allein in einer Bar vor einem Glas Martini oder im Konzerthaus, vorwiegend, wenn Sinfonien von Gustav Mahler auf dem Programm standen. Immer ohne Begleitung. Ihr war aufgefallen, dass er kaum von Frauen sprach, und sie wollte auch nie nachbohren, nicht bei Bruno.

»Sarah, ich möchte, dass du dir für ein paar Tage freinimmst«, sagte er ernst. »Glaubst du, dass du das einrichten kannst?«

Überrascht über diesen Vorschlag, schüttelte sie den Kopf.

»Unmöglich, was soll ich denn den Patienten sagen? Die rechnen mit mir, mit jeder Stunde, manche kommen fast jeden Tag.«

Sarah dachte an Marc Sartorius, der sie dreimal in der Woche aufsuchte, meistens in der Mittagspause oder nach einer Stunde mit einem der Mädchen im Hotel Orient.

»Das Morddezernat würde dir natürlich den Ausfall der Stunden honorieren. Was nimmst du eigentlich?«

»Hundert Euro pro Sitzung«, sagte Sarah, »aber das hängt natürlich immer von den Einkommensverhältnissen der Patienten ab. Wer wenig verdient, zahlt auch weniger. Und wer nicht nur einmal, sondern mehrmals pro Woche Therapie macht, zahlt dementsprechend eine Pauschale. Da ist die Einzelstunde dann wesentlich billiger.«

Bruno nickte versonnen. Er schien mit seinen Gedanken ganz woanders zu sein.

Die Bedienung war inzwischen mit einer Flasche Wein gekommen und schenkte zwei Gläser Bordeaux ein.

Sarah beobachtete, wie sich Brunos Stirn in Falten legte. Also doch kein ganz privates Treffen, wie sie zuerst angenommen hatte.

»Du musst den Kopf frei haben, für diesen Mordfall«, sagte er. »Nur diese Woche, Sarah. Ich brauch dich.«

»Also gut«, sagte sie. »Ausnahmsweise. Allerdings mache ich mir Sorgen um eine Patientin, die heute nicht gekommen ist und die auch keine Nachricht hinterlassen hat. Ich weiß nur, dass sie heute Abend Premiere mit Hoffmanns Erzählungen hat. Sie singt die Antonia. Als ich sie das letzte Mal gesehen habe, war sie ziemlich wütend auf mich.«

»Gehen wir in die Vorstellung«, sagte Karlich. »Dann wirst du ja sehen. Oder ruf sie einfach an.«

»Genau das werde ich tun«, sagte Sarah.

Die Kellnerin hatte inzwischen einen Teller mit leuchtendem Lachs, umgeben von einer grünen Soße, die nach frischen Kräutern duftete, vor Bruno gestellt. Sarah, die noch auf ihr Gericht wartete, sah, dass er am liebsten schon mit dem Essen begonnen hätte, aber abwartete, so wie es sich für einen Kavalier alter Schule gehörte.

»Fang doch an, Bruno, das Essen wird kalt«, sagte sie. »Bitte!«

Sarah Rosen reichte ihm das Besteck, das in einer weißen Serviette zusammengerollt auf einem Teller lag. Bruno fächelte sich den Duft seines Gerichtes zu, bevor er sich zögerlich mit der Gabel am äußersten Rand der Pestosoße zu schaffen machte und die Gabelspitzen vorsichtig ableckte.

»Ich dachte, du wolltest mit mir ganz privat plaudern, mich ein bisschen ausfragen nach meinem Leben, nach Georg oder wenigstens danach, wie es mir geht?«, sagte Sarah und fingerte an ihrer Halskette.

Bruno Karlich sah nicht auf und war mit dem Fisch beschäftigt, als gäbe es nichts Wichtigeres auf der Welt als Fisch.

»Erzähl mir mehr von dieser Patientin«, sagte er. »Hältst du es für möglich, dass einer deiner Klienten in den Fall verstrickt ist?«

Sarah Rosen lief ein Schauer über den Rücken.

»Du glaubst tatsächlich, dass einer von denen straffällig wird? Unter meinen Fittichen? Das ist nicht dein Ernst, Bruno.«

»Wir haben es hier mit einer Reihe von seltsamen Indizien zu tun. Stell dir vor«, sagte er, »heute ist eine Frau aufs Präsidium gekommen und hat ein umfassendes Geständnis abgelegt. Eine gewisse Patrizia Heral, hübsche junge Frau. Machte aber einen ziemlich gefassten Eindruck. Sie sagte, dass sie bei dir in Behandlung ist.«

Sarah Rosen war der Appetit vergangen. Erschrocken schob sie den Teller beiseite, der inzwischen wie von Geisterhand vor sie hingestellt worden war.

»Wer?«, fragte sie.

»Patrizia Heral. Eine Sopranistin. Sie sagte, dass sich Irene Orlinger als angebliche Opernliebhaberin in ihr Vertrauen eingeschlichen habe. Die beiden seien Freundinnen geworden. Sie hätte durch Zufall erfahren, dass Irene nicht, wie sie behauptete, eine BWL-Studentin, sondern eine Prostituierte sei und habe sie zur Rede gestellt. Dann sei es zu einem Streit gekommen, in dem sie Irene an die Gurgel ging. Die Frau sei im Eifer des Gefechts gestürzt und mit dem Kopf auf die Stufen des Theseustempels gefallen. Angeblich soll sie Irene Orlinger sogar wie sich selbst geschminkt haben, eine perfekte Kopie der Antonia, sagte Frau Heral. Wie sie und Irene allerdings in den Morgenstunden in den verschlossenen Volksgarten gekommen waren, und ob sie Irene vor oder nach ihrem Tod geschminkt habe, konnte sie nicht erklären. Sie konnte sich auch nicht daran erinnern, ob sie den Arzt oder die Polizei gerufen hätte oder beides. Das alles sei wie in einem bösen Traum gewesen. Und sie nannte auch einen Fachausdruck. Warte«, sagte Karlich und kratzte sich am Kopf.

»Amnesie«, sagte sie.

»Ja, sie sagte Amnesie, darunter würde sie öfter leiden. Amnesie. Das ist doch so was wie ’n Blackout, oder?«

Sarah nickte stumm.

»Patrizia Heral ist meine Patientin«, sagte sie fassungslos.

Hatte sie etwa eine schleichende Krise übersehen, einen psychotischen Schub?

»Alles, was diese Patientin in der letzten Sitzung gesagt und fantasiert hat, war auf meine Person gerichtet«, erklärte Rosen. »Sie war darauf aus, mir ihre ganze Wut zu zeigen, sogar ihr Begehren. Ich hielt das für ein positives Zeichen. Es ist sehr unwahrscheinlich, dass sie eine starke erotische Übertragung aufgibt und dann verrückte Dinge tut.«

Eigentlich hatte Sarah das alles nur gesagt, um sich selbst zu beruhigen, aber insgeheim fragte sie sich: Was, wenn Patrizia doch in diesen Mord verwickelt ist?

Bruno tupfte sich mit einer gestärkten Serviette den Mund ab.

»Ich wusste gar nicht, dass auf dich …« Bruno legte eine lange Pause ein. Das Thema war ihm sichtlich peinlich. »Ich wusste gar nicht, dass auf dich auch Frauen stehen.«

Dann wurde er wieder ernst und sprach in diesem eintönigen Ermittlerton, mit dem er Sarah ebenso auf den Wecker fiel wie sie ihm, wenn sie sich hinter Fachausdrücken versteckte.

»Gab es denn irgendwelche Hinweise, die darauf hindeuteten, dass sich diese Frau an dir rächen wollte? Überleg mal.«

Sarah Rosen schossen wilde Gedanken durch den Kopf. Patrizia, die sie verführen wollte. Patrizia, die nicht bekam, was sie wollte. Vielleicht inszenierte sie deshalb diese Geschichte und war zur Polizei gegangen. Sie hatte also ein Geständnis gemacht, um sie in Verruf zu bringen?

»Ist ja ein ziemlich schmerzhafter Prozess auf der Couch«, sagte Bruno und tunkte die letzten Reste seines Pestos auf.

Der Teller stand blankgeputzt vor ihm.

Ein paar Sekunden lang herrschte Stille.

»Wie kommt eigentlich Georg damit zurecht, dass du so intensive Beziehungen zu deinen Patienten hast und so viel arbeitest?«, fragte Bruno aus heiterem Himmel.

Sarah Rosen wurde wütend.

»Georg? Was soll das? Was hat der damit zu tun?«

»Tut mir Leid, Sarah«, sagte Karlich. »Ich wollte dich nicht kränken. Ich dachte nur … ich meine …«

»Bleiben wir bei Patrizia«, sagte Rosen. Normalerweise nannte sie keine Namen und gab keine Details über eine Behandlung preis.

In ihrem Fall konnte sie eine Ausnahme machen und war nicht an die Schweigepflicht gebunden, denn Patrizia war in Konflikt mit dem Gesetz geraten.

»Eines Tages kam sie mit einer Packung Rasierklingen in die Stunde, wickelte sie aus und ritzte sich mit einer Klinge in den Handrücken. Ich sah, wie das Blut aus einem hauchdünnen Spalt quoll, der Schnitt war zum Glück nicht tief, denn ich musste mir die Hand natürlich ansehen und ihr ein Pflaster geben. Das war nicht leicht, Bruno, ich hatte Mühe, ruhig zu bleiben. Meine Angst war, dass sie sich das nächste Mal heftiger ritzen würde, um vor meinen Augen eine lebensbedrohliche Situation herbeizuführen. Sie war keine dieser unproblematischen Klienten, die in meiner Praxis erscheinen und wild entschlossen sind, ihr Leben zu verändern. Da läuft die Therapie wie von selbst.«

Bruno Karlich war inzwischen näher gekommen, hatte sich über den Tisch gebeugt und Sarahs Hand genommen.

»Immerhin hat die Frau ein Geständnis abgelegt, auch wenn die Fakten darin nicht mit den Fakten übereinstimmen, die wir bisher konstatiert haben.«

»War sie nervös oder irgendwie auffällig, hat sie stockend oder flüssig gesprochen?«, wollte Sarah wissen.

»Die war völlig normal, würde ich sagen, geradezu erstaunlich normal.«

»Keiner, der einen Mord gesteht und glaubhaft ist, verhält sich so«, sagte Rosen. »Vielleicht hat sie das alles nur gespielt?«

»Nein, das glaube ich nicht. Das Einzige, was mir zu denken gegeben hat, war, wie sie sich eingeschätzt hat. Als ich wissen wollte, ob sie Schuldgefühle oder Mitleid empfunden hätte mit der Toten, vielleicht sogar Triumph, das ist auch schon vorgekommen bei Leuten, die bei mir ein Geständnis abgelegt haben, sagte sie nur: ›Nein. Ich bin eine dieser Frauen, vor denen sich die Welt fürchtet.‹ ›Wie meinen Sie das?‹, wollte ich wissen. ›Ich bin eben schlecht‹, sagte sie. ›Früher wäre ich sicher als Hexe verbrannt worden.‹«

»Ach du meine Güte! Die ist da in was reingerutscht, und ich …«

»Was denn, Sarah, wovon sprichst du?«

»Patrizia Heral hat anscheinend paranoide Zwangsvorstellungen entwickelt«, sagte Sarah.

»Kannst du mir das genauer erklären?«

»Ich vermute, dass sich Patrizia nach der letzten Stunde in die fixe Idee gesteigert hat, sie könnte böse und verabscheuungswürdig sein. Genauer gesagt: Sie ist sauer auf mich gewesen, konnte sich den Zorn nicht eingestehen und hat dann Tötungsfantasien gehabt, die sie auf diese Irene Orlinger verschoben hat. Von der muss Patrizia in den Medien gehört haben. Also sagt sie einfach, dass sie es getan hat.«

»Du meinst, wir sollen dem Geständnis gar nicht nachgehen?«, fragte Bruno.

»Genau das meine ich. Außerdem hatte sie in der letzten Stunde von einem Traum erzählt, der von ihrem Double handelte, das sie bekämpfen wollte. Ebenfalls eine Frau mit violett geschminkten Lippen. Überhaupt: dieses ganze Schminkmotiv, das alles muss sie durcheinandergebracht haben. Und noch was, Bruno. Als ich am Tatort war und die Leiche vor mir sah, ist es mir genauso gegangen. Mein Kopf hat verrückt gespielt. Ich dachte, dass ich das alles schon mal gesehen hatte. Vielleicht sogar erlebt, doch ich wusste mit diesen Gedanken nicht recht etwas anzufangen. Aber jetzt. Jetzt weiß ich endlich, warum mir Irene Orlinger so bekannt vorgekommen ist. Es war dieser Traum, der mir noch so präsent war, als hätte ich ihn selbst geträumt.«

»Davon hast du gar nichts gesagt, Sarah.«

»Warum auch. Das hätte mir doch sowieso keiner geglaubt. Es war wirklich nur der Traum, von dem mir Patrizia erzählt hatte und der im Nachhinein betrachtet wie eine böse Vorsehung wirkte. Ich bin sicher, dass Patrizia mit der Leiche nicht das Geringste zu tun hat.«

Bruno hatte aufmerksam zugehört.

»Ich verstehe«, sagte er, obwohl er mit Sicherheit nicht alles verstanden hatte. Wie hätte sie ihm während eines Essens im Da Pablo zu Lachs und Risotto auch Phänomene wie Paranoia, Amnesie und Übertragung plausibel machen können?

»Sarah, du musst dich jetzt um diese Frau kümmern. Ihre Stunde sagst du natürlich nicht ab.«

»Wenn sie überhaupt wiederkommt«, entgegnete Rosen. »Ich kann mir nicht vorstellen, dass ausgerechnet Patrizia … Nein, ausgeschlossen.«

Bruno machte ein mitleidiges Gesicht.

»Schon gut. Meinst du, wir lassen eine Mörderin frei rumlaufen? Wenn ihre Aussage hieb- und stichfest gewesen wäre, hätten wir sie doch in U-Haft genommen, aber so?«

Sarah Rosen wusste, dass sich die Sache noch eine Weile hinziehen würde und dass sie jetzt nicht nur mehr über ihre Patientin, sondern vor allem mehr über Irene Orlinger in Erfahrung bringen musste. Ob sie wirklich ein Opernfan war?

Noch während Bruno Karlich nach der Bedienung rief, beschloss Sarah, der Sache selbst nachzugehen. Vielleicht sollte sie sich mal im Hotel Orient umsehen? Aber sie musste aufpassen. Semir konnte sie nicht leiden und würde ihr das am Ende noch übel nehmen.

»Vielen Dank für die Einladung«, sagte Sarah.

»Gern«, antwortete Bruno. »Schade, dass es dir nicht geschmeckt hat.«

»Unter diesen Umständen?«

»Du hast recht«, sagte er. »Ruf mich an, sobald du was hast, ja?« Seine Augen waren zu Knöpfen geschrumpft. Die Anstrengung der letzten Stunden stand ihm ins Gesicht geschrieben.

»Jederzeit«, sagte Bruno. »Auch nachts.«

Sarah nickte. »Hört sich ja an, als ob du dir um mich Sorgen machst.«

Dann half er seiner Freundin in den Mantel, und als sie vor dem Lokal standen, verabschiedete er sich von ihr mit einem förmlichen Handschlag. So, wie er es sonst nur mit Kollegen oder Fremden tat, und das hatte etwas zu bedeuten.

13

U-Bahn-Station Vorgartenstrasse.

François raste über Scherben zerbrochener Bierflaschen und folgte dem milchigen Licht, in das ihn der Mond hüllte wie in Tüll.

Damals war es ein unbedeutendes Tauschgeschäft gewesen, ein Kügelchen Koks, eingeschweißt in rosa Plastik, für das er eine lächerliche Summe Geld bekommen hatte. Er war ein Streetrunner, der seine Ware unter der Zunge trug und wie Kaugummi von einer in die andere Backe schob, um sie irgendeinem fiebernden Kunden auf die Hand zu spucken.

Auf der Lasallestraße, die einzige Straße, die Wien wie eine Großstadt aussehen lässt, blieb er einen Moment lang stehen.

Wieder einer dieser Wintertage, die ungewöhnlich warm waren. Wieder dieses federleichte Gefühl einer Täuschung. Hatte er eben nicht eben noch eine Fledermaus an einem Ast baumeln sehen?

Der Cafard kann neun Tage ohne Kopf überleben, dachte François und lief weiter.

Von irgendwoher aus einem geöffneten Fenster fremde Worte. Serbisch oder Albanisch. Die Vogelhandlung mit schlierigen Fensterscheiben. Das Nähmaschinengeschäft ohne Auslagen, der Euromarkt mit Billiguhren, Billigseife und Billigspeiseöl. Das große altmodische Fenster der Textilienhandlung Mazur mit seinen metallenen, grauen Rollläden.

Die Welt war eine einzige Aufzählung und zog vorbei, als hätte sie es eilig von ihm wegzukommen.

Dann der Mexikoplatz, auf dem sich tagsüber Polen, Tschechen und Slowaken in qualmenden Autobussen versammelten und Devisen tauschten.

Jetzt strahlte er verdächtige Ruhe aus.

Kaum zu glauben, dass hier der Handel mit Kaffee und Imitaten von Rolex-Uhren blühte, dass Wohnungsspekulanten vor Haustüren warteten, die Substandardwohnungen in verkommenen Altbauten zu Wucherpreisen an Familien aus der Türkei oder dem ehemaligen Jugoslawien vermieteten oder junge Mädchen mittags am Straßenrand Kundschaft heranwinkten und Kebab-Köche in illegalen Lokalen das nächste Geschäft auskochten.

François sah auf die Uhr. Fast neun.

Katzan würde ihn doch nicht im Stich lassen?

Unter dem Eingangsportal eines Tabakladens zündete er sich eine Zigarette an und inhalierte den Rauch mit zusammengekniffenen Augen. Den Rücken an die Wand gelehnt, sah er in den mächtigen Himmel. Der Wind riss Wolken in Fetzen. Kurze Blitze mitten im Winter.

Plötzlich spürte er Finger auf seinen Schultern und einen vertrauten Geruch im Nacken. Er nahm die Finger in seine Hand, hielt sie eine Weile lang fest, machte zwei Schritte auf die Straße und so ging er mit dem anderen ohne ein Wort zu sprechen im Gleichschritt nebeneinander her.

Kurz vor Charly's Beisl brachen die beiden endlich ihr Schweigen.

»Auf einen Drink?«, fragte Katzan, sprang über drei Stufen und stand schon halb im Lokal.

»Auf einen Drink«, antwortete François.

Geruch von gebratenem Fisch schlug ihnen entgegen.

François sah in die offen stehenden Münder zweier dunkelhäutiger Männer, die Karten spielten. Über der Theke lief der Fernseher.

Herrenslalom.

Was ihm bevorstand, lag ihm wie eine gammelige Bulette im Magen.

»Meinst du, sie taucht wieder auf?«, fragte François.

»Was fängst du jetzt von Weibern an?« Katzan ging sofort hoch. Die Anspannung riss alte Geschichten auf.

»Hör zu. Claire hat dich abserviert, weil sie längst den nächsten am Wickel hatte.«

Der Gedanke, Claire an einen anderen verloren zu haben, war unerträglich.

»Du hast dir doch längst eine Neue besorgt. Komm schon. Ich kenn dich. Ich weiß alles«, sagte Katzan.

François schwieg.

»Geh endlich aufs Ganze! Wenn's klappt, bist du aus der Scheiße, wenn nicht ... was hast du zu verlieren? Denk mal scharf nach, Bruder«, sagte er und stellte das Glas Bier mit einem lauten Knall auf die Theke. »Meinst du nicht, dass du mir was schuldig bist?«

»Der Kosovo war ein Pulverfass«, sagte François. »Was soll das? Ohne mich hätten sie dich zu Brei gemacht.«

»Ich hör wohl nicht recht?«, schrie Katzan.

Das Herrenslalom war zuende, der Wirt hatte den Fernseher ausgeschaltet.

François fühlte, wie er zu kochen begann.

»Wer hat dich aus der Scheiße gezogen?«, schrie er zurück. »Ich! Sie wollten dich am Zaun aufspießen, weißt du noch? Sie haben dich mit Macheten bedroht, dir fast den Hals aufgeschlitzt und dir dann frisch zerlegte Arme und Beine unter die Nase gerieben, weißt du das noch?«

Ein leiser Pfiff ging durchs Lokal.

»Du hast gewinselt wie ein Hund und wolltest nichts wie weg. Ein lächerlicher Deserteur warst du! Ein Deserteur!«, rief François.

»Arschloch!«

Ein Mann mit Glatze und Hosenträgern, der eben noch an einem Tisch gesessen hatte, näherte sich der Theke, um sich das Schauspiel aus der Nähe anzusehen. François schob ihn weg und rutschte mit seinem Ellenbogen auf der Theke in Richtung Katzan.

»Was hast du gesagt?«

»Arschloch!«

»Ich sag dir, dein Hirn, mit deinem Hirn stimmt was nicht. Du warst der Einzige, der noch an die Mission geglaubt hat. Der einzige gottverdammte Idiot in unserer Familie, der dachte, die Nato wollte aus uns Friedensengel machen. Scheiße, Mann. Die Legion, die Familie, das war doch nur noch Farce!«

Katzan hatte mit der flachen Hand auf den Tresen geschlagen. »Wen interessiert das noch?«

Der Mann mit Glatze nickte vielsagend. Es war immer noch mucksmäuschenstill in Charly's Beisl.

François stand auf, zog langsam den Reißverschluss seiner Lederjacke zu und warf seinem Freund einen abfälligen Blick zu. Katzan begriff nicht. Katzan hatte nie begriffen.

Die Sekunden schlichen dahin.

François ließ seinen Blick über die leeren Gläser wandern, dann erst sah er in das Gesicht seines Bruders.

Katzan lächelte. Wieso brachte er es fertig zu lächeln?

François stand auf und machte eine Kopfbewegung in Richtung Tür. Er wollte raus jetzt, die Sache hinter sich bringen, und Katzan folgte ihm ohne ein Wort.

Um zum Anleger zu gelangen, mussten sie durch den Park, vorbei an der Jubiläumskirche. Wie ein breites, fettbäuchiges Schiff thronte sie über der Anlage. Ein öder Platz, obwohl Ratten vorbeiflitzten und schemenhaft Männer zu erkennen waren. Es gab kaum Straßenbeleuchtung.

Unten auf der Promenade sah François die drohenden Türme der Uno-City. Später erst fiel sein Blick auf zwei Schiffe, das eine trug französische, das andere österreichische Flagge. Ihre Rümpfe schaukelten im Wind. In der Nähe des Hafenrestaurants, kam endlich die MS Jiri zum Vorschein. Das kleine Passagierschiff war vom Donaudelta über Belgrad, Budapest und Bratislava bis nach Wien gefahren und sollte hier für zwei Tage Halt machen. François beobachtete, wie das Schiff kurz vor der Brücke sein Fahrerhäuschen im Rumpf versenkte, um unter der niedrigen Brücke durchzukommen. Bunte Girlanden leuchteten. Noch gute dreihundert Meter vom Anleger entfernt, tönten Stimmen und Musik zum

Ufer herüber. Dann kam die Kabine des Kapitäns wieder hoch, und die Stimmen sammelten sich an Deck.

Das Schiff hatte sein Tempo gedrosselt.

Ein Mann in langen Stiefeln sprang von Bord, wickelte Seile um die Poller, und die ersten Passagiere, deutsche Touristen, mit Rucksäcken und Taschen bewaffnet, gingen grölend an Land.

»Also dann«, sagte Katzan, stieß seinem Freund in die Seite und wischte sich die Hand nachher an der Hose ab. »In genau zwanzig Minuten hol ich dich ab.«

François nickte. Mit langen Schritten lief er zum Schiff.

Die Musik hatte aufgehört.

Von einem Wachmann in Uniform, der ein großes Notizbuch vor sich liegen hatte, ließ sich François eintragen und ging über einen schmalen Steg. Eine Schiebetür ging auf. Er war an Bord.

Über einem durchsichtigen, großen, dunklen Fleck blieb François stehen. Da war ein Bullauge im Fußboden. Durch das Bullauge sah er das schwarze Wasser. Einen Augenblick lang zog es ihn in die Tiefe, in dieses tiefe, gläserne Loch.

Was, wenn die Sache eine Haken hatte? Wenn die Froschmänner den Stoff nicht losbekamen, und nicht Zlatko, sondern irgendein anderer das Schiff steuerte? Was, wenn die Polizei ihren Plan geändert hatte?

François fühlte Druck auf der Brust, doch dann, dann war er über die Schwelle, und die Angst war einer Aufregung gewichen, die ihn wieder antrieb.

François stand vor dem Geländer einer schmalen Stiege, schwach beleuchtet von orangefarbenen Spots. Er nahm die erste Stufe, zögerte noch, nahm die zweite, und lief den Rest zügig nach oben.

An Deck stolperte er über eine Coladose. Vor Schreck blieb er stehen. Wie schwarz das Wasser an den Ufern war, dachte er, als ob die Nacht Leichentücher ausgebreitet hätte. Überall dunkle, graue Flächen, die im milchigen Licht zerflossen.

Es war eisig.

François rieb sich die Hände.

Früher hatte er mit stumpfsinniger Sicherheit sein Leben riskiert, und jetzt?

Weiter, dachte er, einfach weiter. Unmittelbar vor seinen Augen eine einsame Decklampe, die meterlang in die Nacht ragte. Eine Ankerwinde, eine Luke. Feuerlöschhähne, Rettungsgeräte.

Von irgendwoher schlurfende Schritte, dann Worte, die aus einem Mikrophon kamen, gebrochenes Englisch. Das Geräusch einer zuklappenden Tür, gefolgt von Stille.

In einem verglasten Kasten erkannte er eine Gestalt, die ihm halb den Rücken zukehrte. Der Kapitän in seinem Führerhäuschen.

Hatte er ihn denn nicht kommen gehört?

Der Mann telefonierte. François räusperte sich.

»Zlatko?«

Sein Herz setzte einen Schlag aus.

»Zla …!«

Endlich drehte sich der Mann um. Seine Haut war blass, die Lippen aufgesprungen.

François ging näher. Der Kapitän nickte, runzelte die Stirn und drückte zwei rote Knöpfe auf einer Tastatur, die in der Dunkelheit wie aus dem Nichts zu kommen schienen.

»Never seen you before«, sagte er widerwillig und mit stark kroatischem Akzent. Dann gab er ihm ein Zeichen, noch näher zu kommen. Der Mann trug Jeans und ein eng anliegendes Sweatshirt, das erheblich zu kurz war. Geheimratsecken, untersetzt.

François nannte ihm seinen Namen.

Zlatko starrte auf die Instrumentenpaneele, das Funkpeilsystem, das Wasser. Dann atmete er laut aus.

»Okay?«, fragte François.

Sein Mund war trocken. Er wartete, dass der Typ endlich den Mund aufmachte. Aber nichts. Nur zwei Augen, die ihn wie blöde anstarrten, und das sanfte Heben und Senken des Schiffes unter ihm.

War der Typ schwer von Begriff?

»Operation Dimitri«, murmelte François.
Und dann noch mal. »Operation Dimitri.«
»Thank you«, sagte der Mann endlich.
Seine Stimme klang hart wie Granit.
Wortlos zückte er ein Mobiltelefon und gab eine Nummer ein.
François schnappte ein paar Brocken Kroatisch auf, dann wieder gebrochenes Englisch. Anscheinend redete er abwechselnd mit der Polizei und seinen eigenen Leuten.
Plötzlich drückte ihm Zlatko das Mobiltelefon ans Ohr. Eine männliche Stimme gab ihm durch, dass er den Stoff Backbord entgegennehmen sollte.
Wenig später stand François an der Reling. Eisregen stichelte in seinem Gesicht. Er sog den Geruch von Öl ein. Zwei, drei Minuten stand er so, hatte aber das Gefühl, eine Ewigkeit so zu stehen.
Plötzlich Flossenschläge.
Taucher wühlten das Wasser wie ein Schwarm Fische auf. François sah runter, beugte sich, streckte seine Hände aus. Taucher in Neoprenanzügen. Ihre Arme wirkten wie tintenblaue Krakenarme. Sie reichten ihm wortlos die Ware. Eingeschweißte Blöcke, die er so schnell er konnte in Jacken- und Hosentaschen verschwinden ließ. Dann nur noch das leise Plätschern des aufgewühlten Hafenwassers. Die Krakenarme waren wieder verschwunden.
François blickte hoch in den Regen.
Alles in ihm drehte sich. Den Stoff in seinen Taschen spürte er kaum. Von Ferne ein leiser Pfiff. François drehte sich um und lief zur Stiege zurück. Sicher Katzan. Lautlos rannte er runter an Deck Richtung Brücke. Wieder über das Bullauge, wieder durch die Schiebetür und wieder am Wachmann vorbei.
»Hast du alles?«, fragte eine bekannte Stimme. Katzan. François hatte keine Lust zu antworten und stieg schweigend in seinen Wagen.
»Hast du das Zeug, hab ich gefragt.«
Der Wagen glitt fast lautlos dahin.
François redete immer noch nicht. Kurz vor einer Baracke hielten sie an.

»Gib mir die Waffe«, sagte Katzan und klopfte auf die Taschen seiner Jacke.

»Bist du wahnsinnig?«

»Du gehst ohne Waffe zu Dimitri, sage ich. Mein Kontaktmann hat seine Prinzipien.«

»Nein.«

»Los, her damit!«

François legte ihm die geladene Skorpion mit dem Lauf nach oben zwischen seine geöffneten Schenkel. Dann stieg er aus dem Wagen.

Dumpf hallten seine Stiefel über den Boden. Er sah nichts, hörte nur, wie Männer durch das Gestrüpp krochen.

Das Blut war ihn bis in den Hals aufgestiegen. Er fasste mit einer Hand hin und fühlte eine alte Narbe, die jetzt zu brennen begann. Mit der Spitze seines Fingernagels versuchte er das Brennen wegzukratzen, aber das Brennen fraß sich immer tiefer in seine Haut.

Gespannt blieb er einen kurzen Moment lang stehen und wollte das Gefühl, etwas Katastrophales könnte geschehen, wieder abschütteln. Schwäche, das wusste er, war wie ein Virus, der sich im Körper des Menschen ausbreitete und von einem zum anderen ging. Und diejenigen, die der Schwäche nachgaben, wurden vernichtet.

Er durfte jetzt nicht nachgeben, nur jetzt nicht schwach werden.

Er war der beste Mann hier, dachte er, der allerbeste.

Jemand hatte die Barackentür von innen aufgestoßen. François blinzelte. Dann trat er ein. Das Licht, das von einer Taschenlampe kommen musste, zog lange Schatten an den Wänden. Aus dem dunkleren Teil des Raumes hob sich ein Gesicht. Zuerst sah er nur pechschwarzes Haar, kurz darauf eine hohe Stirn, schmale Augenlider und einen stählernen Blick.

Das war der Mann, der Irene in seiner Gewalt gehabt hatte. Irene, die vor ihm knien musste und die er mit dem Gesicht fast in die Scheiße gedrückt hatte. Das war dieselbe Hand in ihrem Nacken, dieselbe fleischige, widerliche Hand.

Dimitri Kovac, dachte François.

Für eine Schrecksekunde fragte er sich, ob ihn Dimitri wohl erkannt hatte. Er tastete nach dem Heroin in seiner Jackentasche. Als der Mann das sah, gab er ein dämliches Grunzen von sich.

»Das Geld?«, fragte François.

Das Schwein antwortete nicht. Wieso wollte er die Übergabe hinauszögern?

»Das Geld«, sagte François, diesmal entschieden lauter.

»Ausgemacht sind zwei Kilo«, antwortete Dimitri. »Wo ist der Stoff?«

François zog zum Beweis den Stoff aus der Tasche und händigte ihm ein Kilo aus. »Zuerst die Kohle, dann den Rest.«

Dimitri Kovac bewegte sich wie in Zeitlupe. Sein Körper machte eine Drehung, seine Finger griffen hinter sich ins Dunkel. Ein Koffer wurde gereicht. Alles schien glatt zu laufen.

Von weither war das Hupen eines Autos zu hören.

Dimitri, dachte er, was hatte er nur von Irene gewollt? War Irene in Drogengeschäfte verwickelt?

François öffnete den Koffer und begann zu zählen.

Er wusste: Nur wenige Meter von ihm entfernt wartete die Polizei. Wenige Sekunden noch, und der Spuk wäre vorüber.

Wahnsinn! Die Typen hatten den Koffer präpariert.

Oben lagen ein paar Geldscheine, darunter nur Papier.

»Merde!«

Plötzlich ein ohrenbetäubender Knall. François fühlte einen Stich in seiner Brust und duckte sich. Wo eben noch Dimitri gestanden hatte, musste ein Molotow-Cocktail in die Luft gegangen sein. Innerhalb von Sekunden breitete sich von der Explosionsstelle ein Flammenmeer aus.

François robbte in Richtung Tür, öffnete seine Jacke und griff nach dem unteren Teil seines Pullovers, den er sich vor den Mund hielt. Dann richtete er sich auf, tastete mit der linken Hand die Klinke und warf die Tür auf.

Ein großer Mann im Overall fing ihn auf und zerrte ihn zur Seite.

Wenige Sekunden später stand die ganze Baracke in Flammen.

»Wo ist dieses Schwein? Dimitri Kovac, habt ihr ihn?«, schrie François und spürte, wie ihm Metall die Haut zerschnitt. Der Mann hatte ihm Handschellen angelegt.

»Was soll das? Der Typ ist über alle Berge, wenn wir jetzt nicht schneller machen!«, brüllte François.

»Wir? Was heißt denn hier wir?« Der Bulle sah ihn abschätzig an.

Einer der Schäferhunde, die das Gelände nach Stoff absuchten, kam angelaufen und schleckte François mit seiner Zunge über die Wange.

»Keine Sorge, meine Leute machen ihre Arbeit«, sagte der Mann. »Wo ist der Stoff?«

François begriff, dass seine Lage aussichtslos war. Der Mann hielt ihn für einen Dealer. Die Polizei wusste nichts von ihm. Warum?

»Los, her mit dem Stoff!«, sagte der Mann.

François leerte seine Taschen.

»Verdammter Dreckskerl!«

»Nein, Leo Schmidt, Drogendezernat«, antwortete der Mann und zückte lässig sein Mobiltelefon. Der Name Bruno Karlich fiel. Uhrzeiten. Zahlen.

»Sind Sie Katzans Kontaktmann?«

Keine Antwort. Wieso wusste der Bulle nichts?

»Scheiße, hat Katzan Ihnen nicht gesagt, wer ich bin? Was ist denn los, Mann? Ich dachte, wir machen gemeinsame Sache? So funktioniert das nicht.«

»Sehr originell«, sagte Schmidt. »Das können Sie gleich alles bei Ihrer Vernehmung erzählen. Kommen Sie mit!«

Sie gingen die Donau entlang. Über ihnen dumpfes Vibrieren einer Brücke. François zählte die Fahrzeuge, die über ihm vorbeizogen. Er beschloss zu schweigen. Schmidt würde ihm jedes Wort im Mund umdrehen.

François sah auf das Wasser. Während sie die letzten Meter bis zum Streifenwagen gingen, dachte er darüber nach, wie es wäre, eine Prügelei anzufangen. Von wegen fingierter Deal.

Ein Auto mit Blaulicht fuhr vor. Zwei Männer stiegen aus. Der kleinere von ihnen hatte ein Allerweltsgesicht, war aber in der Nebelsuppe nur undeutlich zu sehen.

»Ein Kilo Heroin«, sagte Leo Schmidt, »und den hier.«

»Dasselbe Gesicht wie auf dem Phantombild«, sagte der Kleine.

»Karlich, Mordkommission, und das ist mein Kollege Semir Aydin. Wir untersuchen den Tod von Irene Orlinger. Wir müssen Sie bitten, mit ins Präsidium zu kommen.«

François verstand nicht. Sein Kopf versank in einem ekelhaften Matsch wirrer Gedanken.

Irene war tot, tot, tot ...

»Irene«, schrie er. »Welches verdammte Schwein war das?«

»Das würden wir auch gern wissen«, sagte Karlich. »Sie waren der letzte, mit dem sie lebend gesehen wurde.«

Er hätte den Bullen mit ein oder zwei gezielten Tritten ins Jenseits befördern können, aber alle Bewegungsabläufe, die sein Hirn gespeichert hatte für Situationen wie diese, waren vom Schock wie aufgehoben. Er war unschuldig, das wusste er. Jemand wollte ihn belasten, das wusste er auch. Aber wer?

Machte die Polizei etwa gemeinsame Sache mit der Mafia. War das die Wahrheit? Hatten sie ihn und Katzan etwa gelinkt?

»Sie haben einen Fehler gemacht«, sagte François. »Einen ganz massiven Fehler sogar! Wo ist mein Freund?«

Statt einer Antwort bugsierte der Kommissar ihn auf den Rücksitz des Streifenwagens.

14

Es stank nach Erbrochenem, Kot und kaltem Entzug.

Männer winselten, manche riefen nach Stoff. Genaues verstand er nicht.

Sie hatten ihn in die Josefstadt gebracht. U-Haft, und François wusste, was das hieß.

Eine halbe Stunde nach seiner Einlieferung brüllte ihn ein Beamter an: »Bücken, Arschbacken auseinander.«

François gehorchte. Es war zwecklos, Widerstand zu leisten. Danach Fingerabdrücke. Fotografieren mit Nummer. Gürtel und Schnürsenkel abgeben.

»Hast du Flöhe?«, fragte ein anderes Stinktier, als sie wenig später in der Zelle waren. Er warf François eine schmutzige Lumpendecke an den Kopf.

Schweigen.

»Also, hast du welche oder nicht, sonst muss ich 'n Schild anbringen.«

»Bis jetzt nicht«, sagte François und ließ die nach Furz und Schweiß stinkende Decke auf den Boden fallen. Dann schleuderte er sie mit dem Fuß an die Wand.

Al Brown, stand dort. Darunter kleingeschrieben: *Panama, das Land der geschmeidigsten Kämpfer.*

Al Brown, 21 Jahre, groß, schmal und schwarz, Weltmeister im Bantamgewicht, dachte François und fuhr mit dem Finger andächtig über die Vertiefung in der Mauer.

Die Wand war feucht. Dann nahm er den Finger wieder weg, aber die Feuchtigkeit begann sich über jeden Zentimeter seiner Haut zu legen. Eine Krötenwanderung der Kälte, die wild zu jucken begann.

François schlug mit den Fäusten ins Leere.

Er fragte sich, wie viel Zeit ihm wohl bleiben würde, um seinem Gegner auf die Spur zu kommen, und ob sich die Kraft, die er verloren hatte, wieder einstellen würde, falls er ihn je zu fassen bekäme. Er musste raus, so schnell wie möglich fliehen.

Den Blick auf das Guckloch in der Tür gerichtet, fantasierte er den jungen Mann herbei, der ihm vor dem Hotel Orient und später in der Baracke begegnet war. Sein nächster Schlag zielte gegen das Panzerglas.

»Durst!«

Er musste diesen Mann wiederfinden.

»Durst, verdammt noch mal.«

Seine Faust holte zu einem zweiten dumpfen Schlag aus. Totenstille. Niemand zu sehen. Scharren. Dann Schlurfen. Endlich.

Ein Wärter kam, drückte sein rechtes Auge gegen die Scheibe und nickte. François wich zurück, strich mit beiden Händen sein Hemd glatt, taumelte, fühlte ein Stück Papier in seiner Brusttasche. Die Visitenkarte von Dr. Rosen, die den Männern, die ihn gefilzt hatten, entgangen war. Dann sank er ohnmächtig nieder.

Eine dunkle Stimme weckte ihn. Ein Lichtstreifen stach messerscharf in sein Auge. Anfangs war die Umgebung mit keiner Wirklichkeit zusammenzubringen. François sah zwischen den Beinen des Wärters hindurch in einen aschgrauen Hof.

Wo war er?

Das Lichtmuster, das ihn verwirrte, nahm eine grauenvolle Bedeutung an. Er hatte seine Chance verpasst. Er hatte alles vermasselt. Dann kam das Licht, ein intrigantes Wesen, näher und näher.

Die Tür fiel ins Schloss.

Am Boden stand ein Becher Wasser. Aus der Ferne das Gemurmel schlafloser Insassen. François schloss die Augen und sah Irene. Wie sich ihr Mund über seinen Schwanz hergemacht hatte. Was wusste er von dieser Frau? Dass ihre Haut hell und weich war, ihr Gang stolz. Dass sie nichts von ihm wollte? Wie sie ihn angesehen hatte!

François stieß mit dem Fuß gegen den Becher und starrte eine Ewigkeit in die kleine Pfütze auf dem Boden. *Merde!*

Er musste es noch mal versuchen und schrie wieder. Jetzt fiel ihm Vera ein. Sie war die Einzige, die diesen Dreckskerl gesehen hatte, die Einzige, die Dimitri Kovac begegnet war.

»Kann ich mal telefonieren?«, fragte François, als der Fettwanst wieder kam und die Luke öffnete.

»Mal sehen«, sagte er.

François stierte auf die Wand.

»Bitte!«, sagte er zum zweiten Mal. Er wusste: Ein Anruf unter Aufsicht war gestattet.

»Vier Minuten, und nicht länger«, entgegnete der Wärter.

Wenig später kam er mit einem Mobiltelefon zurück.

»Hier!«

»Gutes Herz oder schlechtes Gewissen?«, fragte François und ließ seine Finger eine Weile lang über die Tasten des Telefons schweben. Dann wählte er die Nummer der Taxizentrale.

»Warum sollte ich ein schlechtes Gewissen haben?«, fragte der Wärter.

»Weiß nicht«, sagte François und hatte plötzlich keine Lust mehr, den Alten platt zu machen.

»Verbinden Sie mich mit Vera Kirchner!«

Zuerst hörte er nur die Funkerstimmen in ihrem Auto, dann das Rauschen der Standheizung. Vera war bestimmt eingenickt. Ihre verschlafene Stimme brachte nur ein langgezogenes Jaaaa? raus.

»Bist du beschäftigt?«, fragte François.

»Nicht besonders. Nachtschicht, wenig Kunden«, sie gähnte, »und du?«

»Hör zu, Vera, ich bin im Knast.«

Am anderen Ende der Leitung blieb es lange still.

»Du bist was?«, fragte sie.

»Hab nicht viel Zeit zum Reden«.

François schüttelte das Mobiltelefon und dachte, dass die Verbindung gekappt wäre. »Vera? Hallo? Bist du noch da?«

»Das letzte Mal dachte ich, du krepierst«, sagte sie in aller Seelenruhe. »Erzähl schon«, und dann nieste sie in den Hörer. »Mieses Klima in Wien!«

»Sie glauben, dass ich Irene ermordet habe. Die Frau vor dem Hotel, erinnerst du dich?«, fragte er.

»Ob ich mich erinnere? Du hast mich doch abserviert wegen der, außerdem will *Faktum* darüber eine Geschichte. Klar, ich hab die Frau in der Pathologie wieder gesehen. Aber warum verdächtigen sie dich?«

François sah ihr dunkles, erstauntes Gesicht vor sich, stellte sich vor, wie sich ihr Oberkörper aufrichtete, sie den Sitz wieder hochstellte, in dem sie eben noch gedöst hatte.

»Weil ich zuletzt mit Irene gesehen worden bin.«

Das andere Ende der Leitung war wieder wie tot.

»He!«

»Ja.«

»Ich war das nicht, verdammt. Ich bin unschuldig. Der Mann, der Irene Orlinger in seiner Gewalt hatte. Denk mal nach, der Typ könnte es gewesen sein. Der Sack ist jetzt weg mit der halben Ladung Stoff.«

»Waaaaas? Mit welchem Stoff?«

»War ein Drogendeal am Mexikoplatz, inszeniert von der Wiener Kriminalpolizei. Bitte, Vera, ich erklär dir alles. Später!«

Vera seufzte. »Na schön.«

»Hast du den Typen noch vor Augen?«, versuchte er es wieder. »Weißt du überhaupt, wen ich meine?«

»Diesen Schönling?«

»Ja. Glaubst du, dass du den auftreiben kannst?«

Die Gefängnisgeräusche hatten inzwischen einen nervtötenden Ton angenommen. François hielt sich mit einer Hand das linke Ohr zu, um Vera auf dem rechten besser verstehen zu können. Jemand pinkelte, sein Strahl drang bis in seine Zelle.

»Eine Minute noch«, brummte der Wärter.

»Eine Minuten noch«, wiederholte François pampig, hörte, wie Vera den Wagen anließ und dann das Tuckern der Scheibenwischer.

»War's das?«

Der Wärter hatte ihm das Handy aus der Hand gerissen.

Na warte, dachte François, krümmte sich, gab ein röchelndes

Lachen von sich und verzog das Gesicht zu einer irren Grimasse. Mit zitternden Händen umfasste er seinen Brustkorb. Er tastete die Visitenkarte von Dr. Rosen. Dann schob er sein Hemd so weit hoch, dass die Spitze der Karte herauslugte und nach weiterem Krümmen von selbst zu Boden fiel.

Mach schon, dachte François. Heb sie auf!

Er zuckte wie ein angeschossenes Tier, sackte ächzend in die Knie. »Luft«, flüsterte er. »Ich krieg keine Luft.«

Der Wärter, der ihn halten wollte, war zu langsam und wollte noch verhindern, dass seine Stirn gegen die Wand schlug. Vergeblich.

François ging in die Hocke und bildete sich ein, dass er Krämpfe hätte, dass die Schmerzen in seiner Magengegend, die er sich nicht mal einreden musste, unerträglich würden. Die Hände in seinen Bauch gestemmt, schnappte er wieder nach Luft und kratzte mit den Fingernägeln an der Wand entlang, um sich danach in einer dramatischer Pose wieder aufzurichten.

Kaum auf den Beinen, ließ er sich erneut zu Boden fallen.

Perfekt.

Er fror. Das Zittern vor Kälte, das ihm jetzt zugute kam, machte es ihm leicht, den Tremor seiner Muskeln noch zu verstärken. Er zuckte, krampfte und mimte den Anfall eines Epileptikers.

Der Alte stöhnte auf vor Entsetzen.

Mit letzter Kraft bettelte François nach einem Arzt. Den Speichel den er gesammelt hatte, spülte er so lange im Mund durch, bis sich Schaum bildete. Dann ließ er den Saft seitlich rauslaufen.

Der Wärter hielt die Visitenkarte in der Hand und tippte wie wild auf sein Handy ein.

»Dr. Rosen? Untersuchungsgefängnis Josefstadt. Wir haben hier einen Mann namens François Satek.«

Irgendwann stand der Gefängnisarzt in seiner Zelle und schoss ihm etwas in die Vene. Sie wird kommen, dachte er. Sie muss kommen. Als die Tür endlich ins Schloss fiel, war François erschöpft genug, um in einen tiefen Schlaf zu sinken.

15

Es war eng in der Loos-Bar, selbst hinter dem Tresen.

Eine spärlich beleuchtete Jonglierfläche, die sich zwei dunkelhäutige Männer in weißen Hemden mit schwarzen Fliegen teilten. Der Jüngere von ihnen schüttete eine ganze Portion Southern Comfort daneben, als Sarah Rosen ihren letzten Drink bestellte.

»Was ist?«, fragte sie beschwipst.

Sie deutete mit wackeligem Zeigefinger auf den anderen, der einen Arm voll Cocktailgläser in Richtung Spüle balancieren wollte und dabei so ins Wanken geraten war, dass er den Kollegen angerempelt hatte.

»Wie charmant«, sagte er und schenkte lächelnd ein neues Glas ein. Es knisterte. Es kam von der Flüssigkeit. Von warm auf kalt.

»Sie mögen doch Eis?«, fragte er.

»Zu spät«, sagte Sarah unwirsch, drehte sich um und ging in Schlangenlinien an ihren Tisch zurück. Sie war mit Georg in der Oper gewesen, gerade noch rechtzeitig zur Ouvertüre, und hatte noch Verszeilen, Fetzen von Tonfolgen im Sinn, die sich mit den Ereignissen der letzten Tage mischten.

Was für ein Wahn!, hatte die Sopranistin gesungen. Und die Musik war eingängig darüber hinweggegangen.

Patrizia Heral, frenetisch gefeierter Premierenstar dieses Abends, begann sie allmählich zu schwächen. Sollte Sarah noch mal die Patientenakte durcharbeiten? Die Familiengeschichte neu aufrollen, jedes Detail analysieren?

Vielleicht war alles nur Spiel, Teil einer Inszenierung? Wie leicht war es anzunehmen, jemand sei irre, selbst wenn er nur irre spielte.

Ein Mord. Ein Geständnis. Und diese Gefühle, denen sie nicht gewachsen war. Eigentlich war es ein Fehler, diese Aufführung zu besuchen.

Sarah stöhnte, nahm einen Eiswürfel in den Mund und schob ihn von einer Backe in die andere. Warum war sie nicht Anwältin geworden? Oder einfach Ärztin, so wie ihr Vater es sich immer gewünscht hatte. Praktische Ärztin mit eigener Praxis. Da wäre vieles einfacher gewesen. Ab und zu musste man es mit ganz normalem Menschenverstand versuchen, dachte sie. Sicher würde Patrizia zur nächsten Stunde erscheinen, als wäre nichts geschehen.

War es möglich, dass Patrizia jemanden decken wollte? Und wenn ja, um Himmels willen, wen?

Vielleicht hatte sie ihr etwas verschwiegen?

Sarah Rosen atmete tief durch.

Vor ein paar Stunden erst hatte sie also einen überaus anregenden Opernabend verbracht, diese Zweistimmigkeit von Lachen und Weinen genossen, zusammen mit Georg. Georg, der alles über die Oper wusste, dieses große, pathetische Genre, das Offenbach als Lüge entlarvte, und zwar ohne es durch eine andere Wahrheit zu ersetzen als durch den Klang der Musik selbst, wie er sagte.

Normalerweise liebte sie Abende wie diese, aber heute konnte sie Georg nicht folgen. Ihre Gedanken kreisten nur um Patrizia Heral.

Was, wenn sie sich so sehr mit ihrer Rolle identifiziert hatte, dass sie nicht mehr in die Realität zurückfand? Möglich war alles.

Georg nickte nichtsahnend, als sich Sarah ihm näherte und Schluck für Schluck, in weniger als einer Minute, das bernsteinfarbene Getränk leerte.

Der Lärmpegel in der Bar hatte sich gesenkt. Nur noch wenige Gäste. Georg bekam das alles nicht mit. Er saß kerzengerade auf der Lederbank, die Partitur von Hoffmanns Erzählungen auf seinen Knien. Sarah sah, dass es der dritte Akt war, die Stelle, an der sich Antonia trotz Verbot ihres Vaters, nur ja nicht ihre Stimme zu erheben, zu Tode gesungen hatte.

Chantez!, hatte einer gerufen, und ein herzzerreißendes Liebeslied war über ihre dunklen Lippen gekommen, bevor sie niedersank.

Ob Emilia oder Antonia, Lessing oder Offenbach. Die Väter

hatten ihre Töchter fest in der Hand, und das Übertreten ihrer Gesetze endete für beide tödlich.

Eifersucht, Neid und Rache sind die stärksten Motive für einen Mord, dachte Sarah, aber dann drifteten ihre Gedanken wieder ab.

»Wie viele Drinks hattest du?«, fragte Georg.

»Nur zwei«, sagte sie.

Georg zog die Nase kraus.

»Ich rieche aber vier. Du siehst müde aus«, sagte er zärtlich. »Gehen wir?«

Sarah hatte sich dicht neben ihn gesetzt, die Arme vor der Brust verschränkt und ihren schweren Kopf auf seine Schultern gelegt.

Ihr war so schön schwindelig, und sie wollte diesen Schwindel auskosten, so lange er anhielt.

»Gleich«, sagte sie. »Fünf Minuten noch.«

Wie gut er immer zu ihr war. Was wollte sie mehr?

Vielleicht nur ein wenig untergehen an seiner Seite, nur um zu spüren, wie die Wellen über dem Kopf zusammenschlagen, damit sie sicher wieder hochkommen könnte. Patrizia aber war verloren in einer Tiefe, der sie nicht ganz auf den Grund sehen konnte.

Konnte sich Patrizia so sehr in ihre Rolle steigern, dass sie die Musik aus den Angeln gehoben hatte?

»Liebling!«

Georg hatte seine Hand auf ihren Hals gelegt, sie spürte seinen Atem in ihrem Nacken. Er begehrte sie, aber sie fühlte nichts.

Die Welt war ein einziges Drehmoment, in dem sie von ihm wegdriftete.

Sarah betrachtete ihr Kleid. Ihr Blick fiel auf die schwarz glänzenden Pailletten, die sich in spiegelnde Flächen verwandelt hatten.

Georg küsste sie überraschend heftig auf die Wange, aber sie wehrte ab und machte nur eine langsame Handbewegung.

»Das Lachen«, sagte sie, »das war teuflisch, findest du nicht?«

Er legte den Arm um sie und dann einen Finger auf ihren Mund.

»Am Ende ist alles nur ein Witz«, sagte sie und entfernte mit geschlossenen Augen seinen Finger von ihrem Mund. »Nur ein Witz. Ist Antonia nun am Lachen oder am Singen gestorben?«

»Beides«, sagte Georg, lächelte und klappte endlich die Partitur zu. »Der letzte ausgehaltene Ton, der in fallenden Sekunden in den Tod münden wollte, war in ein Lachen gekippt.«

Dann legte er den Arm um Sarah und dozierte, wie er immer dozierte. Die kleine Bar hatte sich im Nu in eine Höhle verwandelt, in der nur noch zwei schwache Lichter brannten.

Sarah und Georg.

»Lachen als musikalische Parodie«, sagte er.

»Lachen als Aggressionsabwehr«, lallte sie.

Ihre Augen trafen sich für den Bruchteil einer Sekunde.

»Gegen den Tod«, sagte sie.

»Gegen das Leben«, sagte er.

Ein Schlagabtausch, den sie bestens beherrschten und der ihre Beziehung besser aufrecht erhielt als gelegentlicher Sex.

»Antonia ist doch nur das Kunstprodukt, das Gespenst dieses Hoffmann. Die Inszenierung wollte keinen pathetischen Tod zeigen. Bei Offenbach gibt es eben kein Baden im Liebesschmerz. Eine unglückliche Liebe ist es nicht mal wert, erlöst zu werden.«

Sarah lachte auf.

»Bestens«, sagte sie. »Da bin ich ja beruhigt.«

Draußen schloss Sarah die Augen und ließ sich von Georg wie eine Blinde bis vor die Haustür führen. Als sie wenig später im Badezimmer vor dem großen Spiegel neben ihm stand, sein fahles Fleisch, den tiefliegenden Bauchnabel und seine schlaffen Genitalien sah, war sie schlagartig wieder nüchtern.

»Sieh mich an«, sagte er und nahm ihr Gesicht zwischen seine Hände. Sie wollte jetzt keine Vertrautheit, sondern Berührungen, die fremd, wild und aufregend waren, vielleicht sogar zerstörend.

Das Telefon läutete.

Die Ernüchterung, die sie dazu gebracht hatte, sich Georg zu entziehen, war vorüber.

»Wer kann das sein?«, fragte sie erschrocken. »Um diese Zeit?«

Georg sah auf die Uhr. »Halb vier.«

Dann ging er an den Apparat und kam mit dem Hörer ins Bad zurück.

»Für dich«, sagte er traurig.

Sarah hörte eine Weile schweigend zu.

»Ein Patient von mir«, flüsterte sie. »François Satek! Sitzt unter Mordverdacht im Knast. Hab ich dir davon nicht erzählt?«

»Nein«, sagte Georg stirnrunzelnd. »Hast du nicht.«

»Ich muss zu ihm ins Gefängnis.«

»In diesem Aufzug?«

Als ob sie einen medizinischen Eingriff vorzunehmen hätte, schloss Sarah bis auf einen winzigen Spalt die Augen, zog mit ruhiger Hand den schwarzen Kajalstrich nach und gab Transparentpuder auf ihre aufflammenden Wangen. Zufrieden mit sich, lächelte sie in den Spiegel. Gut so!

Keine Frage, das Abendkleid musste sie anbehalten. Ihre Kontaktlinsen tauschte sie gegen eine schwarze Brille ein. Strenge Eleganz, dachte sie und kam sich ungeheuer versiert vor.

Wenig später hielt ihr Taxi vor dem Untersuchungsgefängnis. Sarah Rosen zahlte und sog die Luft ein, die sie jetzt wie kühlendes Eis empfing, angenehm und keine Spur schneidend. Vielleicht lag es daran, dass sie verliebt war oder etwas empfand, das an Verliebtheit erinnerte.

Die Arme unter der Brust verschränkt, stöckelte sie auf den Eingang zu. Sie war aufgeregt.

»Dr. Rosen«, sagte sie heiser durch die Gegensprechanlage. »Fallanalytikerin in der Sache Orlinger. Bitte öffnen Sie.«

»Stehen Sie auf der Liste?«

»Ich bin eben angerufen worden und möchte zu François Satek.«

Der Türsummer surrte. Sie trat ein. Der Beamte, der ihr Handtasche und Mantel abnahm, musterte sie missbilligend, bevor er auf ihren Ausweis sah.

»Ausnahmsweise«, sagte er und gab ihr den Mantel, den er inzwischen gefilzt hatte, wieder zurück. »Ziehen Sie den wieder über! Sie verstehen doch, was ich meine, oder?«

»Verstehe«, sagte Sarah, legte mit großem Schwung den Mantel um ihre Schultern und verschloss den obersten Knopf, sodass es aussah, als würde sie ein Cape tragen.

»Sie müssen hier unterschreiben und die Tasche abgeben.«

Er blätterte in einem Buch, kritzelte etwas und gab Sarah Rosen dann den Stift.

»Dauert einen Moment«, sagte er.

Sarah hörte, wie sich neben ihr in einer Metalltür ein Schlüssel drehte. Die Tür ging auf, und ein Mann mit einem Gesicht wie eine Kraterlandschaft winkte sie heran. Er fragte nach ihrem Namen. Ein zweiter Wärter tastete sie mit einem Metalldetektor ab. Dann wurde sie über einen schmalen Korridor, der von Decken- und Wandkameras bewacht wurde, in den Gefangenentrakt geführt. Sarah beschloss, sich durch nichts beirren zu lassen und folgte den schweren, großen Schritten, die auf dem Steinboden quietschende Geräusche machten. Ruckartig blieb der Mann vor einer Arrestzelle stehen und fuchtelte mit einem Schlüsselbund rum.

»Dachdecker wie Sie brauchen normalerweise eine Anmeldung«, brummte er.

»Wie bitte?«

Was meinte er mit Dachdecker?

Der alte Mann gab keine Erklärungen ab und hatte sich aus Gründen, die Sarah Rosen unerklärlich waren, auf die Seite von François Satek gestellt.

»Wie gesagt, Satek hatte einen Anfall«, sagte er. »Bestimmt Epileptiker oder nicht ganz dicht.«

Dazu machte er eine kreisende Handbewegung vor seiner Stirn.

»Der Gefängnisarzt war zwar schon bei ihm, aber ich dachte, dass Sie vielleicht … ich meine, viele von den Knackis, die was im Kopf haben, gehen zu einer …«

»Ach ja?«, sagte Sarah Rosen.

»Hier«, sagte der Wärter. »Das ist doch Ihre Visitenkarte, oder?«

Sarah nickte.

»Hab ich bei Satek gefunden.«

Dann steckte sie die Karte ein.

»Sie haben fünfzehn Minuten! Drücken Sie den Knopf, wenn Sie fertig sind.«

Die Wände waren eierschalengelb, der Boden aus Vinyl.

François saß nur mit Unterhose bekleidet auf einer Decke.

Er war im Vorteil, weil er auf sie gewartet hatte und ihr die Sekunde voraus war, die sie brauchte, um sich zurechtzufinden. Bemerkte er sie überhaupt? Die Tür fiel ins Schloss. Sarah Rosen strich sich das Haar zurück. Worauf wartete er?

»Sarah Rosen?«

Seine Stimme klang weich. Anfangs betrachtete er sie traumverloren, als ob es ihn schmerzte, sie zu sehen. Dann blieb er mit seinen Blicken an ihren Fesseln hängen. So hatte er sie zuletzt im Krankenhaus angesehen. Am liebsten hätte sie sich an die Wand gelehnt und vor Lust das Kleid höher geschoben, nur ein kleines Stück höher. Mit klopfenden Schläfen hob sie stattdessen nur langsam ihr Kinn, fing seinen Blick auf und begann ihn zu führen. Das erste Mal, dass sie nicht wusste, wohin sie dieses unbekannte Gefühl brachte. Auch wenn sie sich gewünscht hatte, von ihm begehrt zu werden, hatte sie ein Begehren so, wie sie da stand, leicht angetrunken und verwirrt, für unmöglich gehalten.

Sie sah nach unten, und dieser Mann da blieb wie gebannt an ihren Fesseln hängen. Sie nahm ihre Hände, umklammerte ihre Knie, ließ wieder los, strich sich über die Oberschenkel und seine Augen wanderten mit. Sie schummelten sich zwischen ihre Beine, die sich während einer Drehbewegung mit leisem Knistern zu öffnen begannen.

Eine Welle durchfuhr ihren Unterleib, unter der sie sieben lange Blicke zählte, die er ihr von unten nach oben zuwarf, ohne die Kraft, auch nur ein einziges Wort an sie zu richten.

Ein Tier im Käfig. Hilflos. Verstört.

Dass er nichts sagen konnte, stachelte sie noch mehr an. Sie machte einen winzigen Schritt in seine Richtung. Irgendwann musste er sich leise räuspern. Da fiel sie aus ihrem Traum. Sie unterstellte ihm Lüsternheit und Verklemmtheit gleichzeitig, betrachtete seine tiefliegenden Augen, aus denen unerfüllbare Wünsche sprachen, die sie auf Feinheiten seiner Person aufmerksam werden ließen. Sensibilität, vielleicht Melancholie. Oder war sie es selbst, die so empfand? In einem Moment der Unmöglichkeit, ausgerechnet hier, an diesem Ort?

François Satek, ein Mörder?

Wie der Mann zitterte. Alles in ihm flehte nach Erlösung. Er öffnete die Lippen und schloss sie wieder. Dann senkte er die Augen, nahm die Decke, hüllte sich darin ein und führte schließlich langsam eine Hand vors Gesicht, als würde ihn die Sonne blenden.

Sarah Rosen tastete nach ihrer Brille.

Gab es noch blinde Flecken auf ihrer Seele?

Sarah Rosen hielt Abstand, sofern das eine Zelle von acht Quadratmetern überhaupt zuließ, und stand immer noch stumm da. Sie wollte nicht sprechen, sondern warten, bis er sprechen würde und fühlte, wie sich zwischen ihnen unsichtbare Fäden spannen, die immer dichter wurden. Ein Netz, in dem nicht mehr er, sondern sie die Gefangene war. Es war erregend. Aber auch irgendwie komisch.

François, ein Killer in Unterhose.

Sarah flammte von Neuem auf, als er sie flehend bat, den Mantel auszuziehen. Seine Finger legten sich um ihren Hals. Einen Moment lang fantasierte sie einen Würgegriff. Dann öffnete er den Knopf ihres Mantels. Sie roch seinen Atem, am liebsten hätte sie sich an ihn geschmiegt, ihn geküsst und sich von ihm bis auf die Haut ausziehen lassen.

Stattdessen blieb sie stocksteif stehen, und François wandte sich ruckartig ab.

»Ich bin unschuldig«, sagte er.

Sie hatte noch nicht begriffen.

»Ich hab den Typen hier den Kamin gemacht«, sagte François laut, drehte sich zur Tür und wies auf die Luke.

»Den Kamin gemacht?«, fragte Rosen.

»Hab 'ne Panikattacke simuliert. Und dieser Schließmuskel da, der uns gerade durch das Loch beobachtet, der hat Sie gerufen.«

Sarah Rosen ging langsam auf und ab. Sie wusste, dass der Moment, den sie ersehnt hatte, vorbei war.

François wurde rasend. »Ich muss hier raus«, rief er und spuckte gegen die Kacheln. Sein Saft lief langsam runter.

Von einer Sekunde zur nächsten beruhigte er sich wieder und lag kauernd auf der Matratze. Ein Bündel Elend. Zwischen Fluchen und Jammern erzählte er, was passiert war, und redete über seine Verhaftung und dass man ihn mit zwei Kilo Heroin geschnappt hatte.

»Sie haben tatsächlich geglaubt, dass Sie als V-Mann angeheuert werden? Ohne vorherige Anhörung oder Termine?«, fragte Sarah Rosen.

»Das war Katzans Idee.«

»Und wo ist dieser Katzan jetzt?«

»Keine Ahnung«, sagte er.

»Sie müssen mir von Ihrer Begegnung mit Irene Orlinger erzählen«, sagte sie zaghaft, als wäre diese Frage ein Fauxpas, ein Eingriff in seine Intimsphäre. Und tatsächlich war es mehr als berufliches Interesse, das sie zu dieser Frage trieb. Sie war eifersüchtig. Sie wollte sich vergleichen. Mit einer Prostituierten. Mit einer, die es für Geld machte. Wie sie selbst. Bezahlte Nächstenliebe, grübelte sie. Therapie oder Sex. Das kam aufs Gleiche raus.

»Ich hab sie nicht umgebracht. Sie war ...«

François suchte nach einem Wort. Dann fuhr er sich mit der Hand in den Nacken und starrte vor sich hin.

»Merkwürdig, sie sagte, dass sie nichts von mir wollte. Jedenfalls kein Geld.« François erzählte, wie er Irene vor dem Hotel Orient zur Hilfe gekommen war.

»Und dann?«

»Was und dann?«, fragte er abfällig.

»Hat sie über ihr Privatleben gesprochen?«, fragte Rosen.

»Ging nicht.« François grinste. »Sie hatte den Mund voll.«

»Wie?«

»Blowjob!«

Sarah Rosen wusste, dass er sie brüskieren wollte. »Falls sie dir nicht auch das Gehirn … rausgeblasen hat, solltest du jetzt mal zur Sache kommen.«

»Ganz neue Töne, Lady.«

François zog laut die Nase hoch. Dann endlich sprach er von dem Mann, der Irene Orlinger bedroht hatte und der ihm später am Anleger wiederbegegnet war. »Um den kümmert sich diese Journalistin«, sagte er.

»Welche Journalistin?«

»Vera, Vera Kirchner.«

»Weiter«, sagte sie, verwundert darüber, dass sich François und Vera kannten.

»Hat Irene Orlinger denn über diesen Mann gesprochen?«

»Nein. Der war ihr scheißegal. Sie wollte sowieso aussteigen.«

»Wo aussteigen?«

»Als Prostituierte, ist doch klar.«

»Gar nichts ist klar. Warum wollte sie aussteigen?«

»Sie sagte, dass sie von ihrem Vater einen Batzen Geld bekommt.«

»Und wer ist dieser Vater?«

»Hat sie nicht gesagt.«

»Aha«, sagte Sarah ungeduldig.

»Wir hatten was Besseres vor, Frau Doktor.«

Sarah stakste nervös durch die Zelle. Sie nahm an, dass der Mann, den François beim Mexikoplatz in der Baracke wiedererkannt hatte, der Zuhälter von Irene Orlinger war.

»Glaubst du, dass Irene Drogen genommen hat?«, fragte sie.

»Keine Ahnung«, sagte er.

»Oder dass sie selbst Geschäfte gemacht hat? Kokain, Heroin, Tabletten?«

»Ich sagte doch: Keine Ahnung.«

»Dann eben anders. Fangen wir noch mal von vorne an. Also: Ihr seid aufs Zimmer, habt Sex gehabt, und sie wollte kein Geld. Sie hat dir gesagt, dass sie bald aus dem Schneider ist, und dann, was ist dann geschehen? Seid ihr noch woandershin?«

»Ja«, sagte er.

»Ja? Ja und?«, fragte sie ungeduldig. »*Du* hast mich doch hierher bestellt.«

»Sie wollte noch spazieren gehen«, sagte er gelangweilt.

»Wie romantisch. Wo denn?«

»Im Volksgarten, aber eigentlich war das kein richtiger Spaziergang.«

»Sondern?«

»Ich hab sie nach Hause gebracht, zu ihrer Wohnung an den Opernring. Wir sind durch den Park und haben da noch…«

»So viel ich weiß, ist der nachts geschlossen«, sagte Sarah Rosen.

»Stimmt, aber sie kannte da so eine Stelle. In der Nähe von der Tankstelle. Dahinter kann man durch.«

»Ist euch jemand gefolgt?«

»Nein.«

»Hat sie irgendwas Bestimmtes gesagt? Über ihre Gefühle, Gewohnheiten, Freunde, Männer?«

»Sie sagte, dass sie schlecht schlafen kann und dass sie dann manchmal aufsteht und mitten in der Nacht joggen geht.«

»Joggen? Wo denn?«

»Im Volksgarten.«

»Aber doch nicht in dieser Nacht.«

»Weiß nicht«, sagte er. »Kam mir auch komisch vor. Wie gesagt, ich hab sie nach Hause gebracht. Sie, sie … wollte nicht noch mal, dass ich reinkomme. Bin nur bis zur Tür.«

»Weißt du noch, was sie angehabt hat?«, fragte Sarah Rosen.

»Klar. Diese Schlangenhose, einen Mantel aus Samt und…«

»Stopp mal. Das war, als du sie nach Hause gebracht hast, richtig?«

»Richtig«, sagte er genervt.

»Wenn sie also noch mal in den Park gegangen ist, dann höchstens in Joggingsachen, oder? Die Polizei hat sie aber in diesen Kleidern gefunden.«

François schwieg.

»Was geht dir jetzt durch den Kopf?«, fragte Rosen.

»Dass uns doch jemand gefolgt ist. Einer, der wusste, dass sie diesen Spleen hatte, mitten in der Nacht in den Park zu laufen. Einer, der diese Stelle hinter der Tankstelle kannte.«

François hatte sich in eine Ecke gekauert und den Kopf an die Wand gelegt. War ihr wirklich klar, mit wem sie es zu tun hatte? Sie wusste nichts über Legionäre, nur, dass die meisten von ihnen gestörte Typen sind, mehr noch, die meisten sind Psychopathen, aber der hier? War dieser Chaot zu einem Mord fähig? François saß da mit angewinkelten Knien und fror. Er sah erbärmlich aus.

»Der Täter könnte sie auch schon in ihrer Wohnung umgebracht und dann in den Park gebracht haben. Wen kann sie denn so spät noch reingelassen haben?«, wollte Rosen wissen. »Hat sie irgendwas von einem Kunden gesagt, war sie in Eile? Wollte sie dich loswerden?«

»Nein!«

»Und warum bist du nicht geblieben?«

»Keine Lust«, sagte er. »Ich wollte nicht. Ich hau meistens ab hinterher.«

»Ich denk *sie* hat dich weggeschickt.«

»Ja doch.«

»Also gut, nehmen wir mal an, Irene Orlinger kannte den Täter. Ein Bekannter, der nachts bei ihr aufgekreuzt war.«

François massierte jetzt seine Handgelenke, die vom Druck der Handschellen immer noch geschwollen waren.

»Ich geh ihm an die Gurgel«, sagte er.

»Das wirst du nicht tun«, sagte sie schroff.

»Der Mörder muss also irgendwie in ihre Wohnung gekommen sein und ihre Kleider geschnappt haben.«

»Vielleicht wollte jemand den Verdacht auf dich lenken«, sagte sie. »Ist dir jemand aufgefallen im Hotel Orient? Jemand, der dich identifizieren konnte?«

»Du stellst vielleicht Fragen. Da waren viele Leute. Standen rum wie beim Unfall.«

»In Ordnung«, sagte Sarah Rosen. »Ach ja, eins noch. Kannst du dich an ihr Make-up erinnern?«

»Make-up?« François sah verdutzt aus. »Weiß nicht, aber ich hab ihr den Lippenstift abgewischt.«

»Verstehe«, sagte Sarah Rosen. »Dann muss sie jemand nachträglich geschminkt haben. Ich kann mir nicht vorstellen, dass sie zum Joggen noch mal Lippenstift aufträgt. Belassen wir es dabei. Ich werde dafür sorgen, dass du diese Aussage, die du jetzt gemacht hast, ordentlich zu Protokoll geben kannst.«

Dann nahm Sarah ihre Brille ab, steckte sie in die Manteltasche und verließ die Zelle.

Draußen schluckte sie eine Ladung Wind, der graue Schlieren auf den Himmel malte und aussah wie ausgelaufene Tusche.

Sie musste handeln. In ein paar Stunden würde es hell sein.

François war kein Frauenmörder, dachte sie, höchstens einer, der zu viel wusste. Nur was? Was hatte die Drogengeschichte mit Irene Orlinger zu tun? Die Polizei machte es sich zu einfach, da war sie sicher. Andererseits war François mit einem Kilo Heroin geschnappt worden.

Noch im Taxi, das vor dem Gefängnis gewartet hatte, wählte sie Brunos Nummer. Bruno klang ausgeruht. Wahrscheinlich war er gar nicht erst schlafen gegangen.

»Ich glaube, ich habe ein ziemlich genaues Bild von François Satek«, sagte Sarah.

»Was? Du warst im Gefängnis?«

»Ja, ein Wärter hat mich verständigt. Satek hat einen Panikanfall simuliert. Er hatte meine Visitenkarte.«

Karlich lachte. »Wie das? Von Satek persönlich?«

Noch bevor Karlich weitere Fragen stellen konnte, war Sarah dabei, François zu verteidigen.

»Satek ist einer, der seltsamerweise an Gerechtigkeit glaubt. Er wollte V-Mann bei euch werden, war ziemlich aufgebracht, weil er dachte, dass die Polizei hinter ihm steht. Wusstest du das?«

»Das hör ich zum ersten Mal«, sagte Karlich. »Bei uns wollte er keine Angaben zur Sache machen. Ich wusste zwar, dass Schmidt Leute aus der Szene rekrutiert, um mit seiner Arbeit besser voranzukommen, aber gerade diesen Satek?«

»Wieso nicht?«

In der Leitung knarrte es. Das Taxi war in ein Funkloch gefahren.

Sarah drückte auf Wahlwiederholung. Besetzt. Wahrscheinlich probierte Bruno, sie anzurufen.

Kurz vor der Staatsoper konnten sie ihr Gespräch wieder aufnehmen. »Lass noch mal den Tatort absuchen«, sagte Sarah. Sie war sicher, dass sie jetzt allein ihrer Intuition folgen musste. »Und denk daran, Irene Orlinger muss entweder vor oder nach der Tat umgezogen und neu geschminkt worden sein. Vielleicht ist da noch was.«

16

VERA WAR DIE GANZE NACHT TAXI GEFAHREN und ziemlich erledigt. Was sollte sie von François halten? Ein Hilferuf? Aus einem Gefängnis?

Er war zufällig ihr Nachbar, wieso sollte sie sich in eine Geschichte ziehen lassen, die sie nichts anging? Sollte sie oder sollte sie nicht? Natürlich hatte sie sich den Kerl vor dem Orient gemerkt, und ein paar journalistische Recherchen wären ja nicht das Problem, aber er hatte sie einfach stehen gelassen, und sie wollte natürlich nicht nach seiner Pfeife tanzen, andererseits war es dazu gar nicht erst gekommen.

Vera streckte die Zunge heraus und schluckte Schnee.

Nicht mehr eine Sekunde lang hatte sie vor, mit ihm zu schlafen, obwohl sie anfangs an nichts anderes denken konnte. Scheiße, der Typ war nicht normal. Und schon sah sie sich als Leiche in einem blutroten Wasser schwimmen, umgeben von Seerosen und wilden Grünpflanzen, die Hände gefaltet.

Dieser Nachbar, eine wachsbleiche Erscheinung mit kahlgeschorenem Kopf, der wollte ihr doch wohl nicht an die Gurgel?

Impulsiv tippte Vera auf ihr Handy ein und wählte Brits Nummer.

»Brit?«

Ihre Zunge hatte die Flocken in warmes Wasser verwandelt.

Der Schnee schmeckte nach Dreck.

»Alles in Ordnung, Kindchen?«

»Tschuldigung. Schläfst du schon?«

Brit gähnte. Aber als sie den Namen François Satek hörte, war sie plötzlich hellwach. »Satek? Das wird noch der Mann des Jahres, Vera. Steig doch bei ihm ein. Spionier in seinen Sachen rum.«

Veras Herz klopfte schneller.

»Manchmal kommen die wildesten Dinge zum Vorschein. Kleine Päckchen Koks zum Beispiel.«

»Bist du bekloppt?«

»Ach, wer weiß! … Habt ihr … ich meine … habt ihr eigentlich schon … gefickt?«

Vera lachte hysterisch. »Bist du blöd?«

Wie immer steckte sie ihre Freundin mit einem gurgelnden Ton an, der zuerst tief und heiser aus ihr hervorquoll und sich steigerte, bis sie keine Luft mehr bekam.

Dann knallte sie einen Kuss in ihr Handy und machte sich auf den Weg.

Brit war super.

Forschen statt ficken, na logo.

Aber zuerst würde sie ganz normal in ihre Wohnung gehen, eine Trommel Wäsche waschen, das Futter für Ben vorbereiten und in aller Ruhe nachdenken.

Vera sah auf die Uhr. Blödsinn, es war halb drei. Warum wollte sie ausgerechnet um halb drei Uhr in der Nacht Wäsche waschen? Sie konnte hier nicht länger rumstehen. Es war kalt. Wenig später quetschte sie sich mit ihrem Wagen zwischen zwei Lieferwagen.

Die Frage war, wie man am besten in eine fremde Wohnung kam? Sollte sie behaupten, dass sie sich ausgeschlossen hatte, den Schlüsseldienst rufen und irgendeine Geschichte erfinden? Vera blieb in ihrem Taxi sitzen. Vor ihr ein hoher Turm toter Fensterreihen. Ihre Augen liefen sechs düstere Stockwerke rauf, runter und wieder rauf. Keine flach gedrückten Kissen, keine Ellenbogen auf dem Fensterbrett, niemand, der die Straße beobachtete wie tagsüber. Und doch hatte sie das Gefühl, beobachtet zu werden.

Ein Auto fuhr langsam vorbei und bog etwa zwanzig Meter weiter in eine Einfahrt ein. Veras Herz hämmerte. Jetzt gab es kein Zurück. Im zweiten Stock ging plötzlich das Licht an. Die alte Hager kann nicht schlafen, dachte Vera. Dann war es wieder dunkel.

Vera stieg aus dem Wagen, drückte leise die Tür ins Schloss und lauschte dem nervtötenden Geräusch ihrer eigenen Absätze, das an das Schütteln eines Würfelbechers erinnerte.

Scheiße, er hätte mich erschießen können, durchfuhr es sie. Er hätte mich einfach umlegen können. Dicht vor dem Haus war ihr dieser seltsame Mann aber schon so vertraut wie ein böser Traum, der sich bis zum Aufwachen doch noch ins Gute wenden konnte.

Himmel oder Hölle?

Im ersten Stock war das Fenster gekippt. Vera spürte ein Prickeln im ganzen Körper. Ein weißer Arm streckte sich ihr entgegen, und ein deutliches Flüstern war zu hören. Ich bin übergeschnappt, dachte sie, total übergeschnappt.

Natürlich, sie würde in seine Küche einsteigen. Vera hätte am liebsten einen Schrei ausgestoßen, so euphorisch war sie.

Keine dummen Gedanken mehr, dachte sie, um sich zu beruhigen.

Wenige Schritte entfernt lauerten schwarze Mülltonnen. Eine davon hatte das Maul nur leicht geöffnet. Na warte, dachte Vera, ging auf die Tonne zu und stemmte sich mit beiden Armen auf den Deckel.

Gelbe Flüssigkeit quoll aus einer Pappschachtel, die obenauf lag. Es stank. Vera hielt die Luft an und zog das Ding in Richtung Fenster. Jetzt aber. Eins. Zwei. Bei drei blieb ihr ein Lachen in der Kehle stecken. Sie kam da nicht rauf, war wie ein Mehlsack, völlig ungelenk, zu blöd, um auf eine Tonne zu steigen. Doch, doch, dachte sie, schön langsam und hatte es irgendwann geschafft. Sie schob den rechten Ärmel ihres Mantels hoch und griff mit der Hand durch den Fensterspalt. Sie musste nur den Hebel von innen nach unten bewegen. Normalerweise ging das kinderleicht, jedenfalls war das früher so, wenn sie bei sich zu Hause einsteigen musste, weil der Schlüssel von innen stecken geblieben war.

Ihre Fingerspitzen tippten den Hebel ein Stück zur Seite. Aber was war das? Vera rutschte plötzlich ab und verlor den Kontakt.

Hinter ihr bremste ein Auto, sie hörte laute Bässe aus einem Radio. Scheinwerferlicht blendete auf.

Schnell kauerte sie sich auf der Tonne zusammen, dann wurde es wieder dunkel. Vera kam wieder hoch und begann wie immer, wenn sie nicht weiter wusste, in ihrer Umhängetasche zu wühlen.

In wundersamen Untiefen, zwischen Tageszeitung, Haarbürste, Lippenstiften, CDs und einer angebrochenen Flasche Trinkjoghurt, fand sie einen alten Haarreifen. Genau das richtige Instrument für einen Einbruch, dachte sie, bog den Reifen auseinander, bekam damit den Hebel zu fassen und brachte ihn schließlich in die richtige Position. Dann kletterte Vera auf den Fenstersims, drückte den Fensterflügel nach innen und sprang in die Küche. Schnell, die Mülltonne, dachte sie, lief zur Haustür, legte die Fußmatte dazwischen und stürzte wieder nach draußen, um das Ding zurück an seinen Platz zu stellen. Erleichtert darüber, dass alles glatt gelaufen war, ging sie zurück in die Wohnung und zog langsam ihre Cowboystiefel aus.

Wenn ich dich nicht hätte, sagte sie sich und grübelte, ob Brit jetzt wohl schlafen würde oder in Gedanken mit ihr mitging. Vorbei an den braunen Wänden, vorbei an zwei Haken im Flur, die wie ausgefahrene Klappmesser hervorstachen.

Vera stand vorm Badezimmer. Die Tür stand offen. Sie zündete ihr Feuerzeug. Der Boden war abschüssig. Eine winzige Nasszelle mit gelbem Duschvorhang, der von einer rostigen Stange runterhing und sich leicht bewegte, als sie eintrat.

Weil sie fürchtete, dass sie jemand von der Straße aus sehen könnte, machte sie die Flamme wieder aus und kroch auf allen Vieren in Richtung Wohnzimmer. Dort angekommen, ertasteten ihre Hände Erhebungen, Muster einer knirschenden Billigauslegeware. Dann richtete sie sich halb auf, ahnte ein blaues Sofa und geschwungenen Füßen und befingerte steife Paradekissen, auf die jemand mit der flachen Hand eingeschlagen haben musste, damit sie dickbäuchig und oben spitz zusammenliefen. Hinten erkannte sie eine Vitrine, darin kleine Bierkrüge mit Deckeln zum Aufklappen, Wimpel und Fahnen mit der Aufschrift *Rapid.*

Wo sollte sie anfangen? Sie beschloss, zuerst nach der Waffe zu suchen, mit der François in der Nacht den Schuss abgegeben hatte, und sah sich um. Der Boden knarrte. Vera erschrak, wartete kurz, zog den Fuß zurück und umging dann die Stelle.

Vor einer angelehnten Tür, die einen Zentimeter breit offen

stand, machte sie Halt. François' Schlafzimmer. Vorsichtig schob sie die Tür auf, sah ein aufgewühltes Bett, eine Nachttischlampe und einen Rucksack. War sie wirklich allein?

Vera bekam Angst, fühlte, wie sich der Raum weitete, wie die Konturen verschwammen und das Bett waberte.

Vera ließ sich mit einem Plumps auf das altmodische Ding fallen, atmete tief durch und suchte das Bett ab. Aber da war nichts. Keine Waffe, keine Drogen. Unter dem Kopfkissen fand sie ein Buch.

Baskische Küche. Vera blätterte. Manche Seiten hatten Kleckse bekommen, Fettspritzer und Soßenflecke.

Paella. Gegrillte Calamari. Pilzragout. Im hinteren Teil des Kochbuchs fand sie einen handgeschriebenen Brief. Vera hielt sich den Brief dicht vor die Nase. Er roch nach Zwiebeln. Dann zündete sie wieder ihr Feuerzeug, schirmte den Strahl mit ihrem offenen Mantel ab und las.

Ma chère Yvonne!

Was folgte, waren rührende Zeilen. Worte, die François an ein Kind gerichtet hatte, das ihm sehr nahe stehen musste. Vera fühlte, dass ihr Tränen in die Augen schossen. Ausgerechnet hier, in dieser Wohnung, die plötzlich zu sprechen begonnen hatte, um sie an etwas zu erinnern, das sie fast schon vergessen hatte. Dass sie kein Glückskind gewesen war wie Yvonne, kein strahlendes Sonntagskind, das schöne Briefe bekam. Vera schluckte. Dann klappte sie das Kochbuch zu und legte es zurück.

Immer noch war sie im Mantel und hatte den Schal fest um den Hals gewickelt. Auf ihrer Stirn hatten sich Schweißperlen gebildet. Vielleicht hat er eine Tochter, dachte sie, und eine Flut von zärtlichen Gefühlen überkam sie, gerade sie, die sich normalerweise nicht viel um das Seelenleben von Männern scherte. Männer, die einzig und allein dazu da waren, ihren Fanatismus für Orgasmus in Schwung zu halten.

Neugierig öffnete Vera eine Schublade.

Das Nachtschränkchen neben dem Bett sah funkelnagelneu aus. Ein zierliches Ding ohne Schrammen und Macken. Alte Zeitschriften, ein Taschenspiegel, eine Schachtel schwarzer Gitanes und ein seltsames Abzeichen kamen zum Vorschein.

La granade á sept flammes, die siebenflammige Granate. Der Mann war also Legionär.

Vera seufzte. Mit zitternden Händen tastete sie den Boden der Lade ab, die sie fast ausgeräumt hatte, fuhr mit der Innenfläche über die Seiten und fühlte weit hinten etwas Glattes. Dann hielt sie einen Stoß Fotos in den Händen und ließ sich auf das Bett zurückfallen.

Ein kleines Mädchen in blitzblanken Lackschuhen, hellblauen Strumpfhosen mit einem Luftballon in der Hand lächelte sie an. Das Mädchen hatte vom Blitz die Augen zusammen gekniffen. Vera drehte das Foto um. Yvonne. 27. Oktober 2003. Dann noch eins. Das Mädchen auf den Armen eines jungen Mannes. Und noch eins. Das Mädchen auf dem Schoß von François, der ihr vorlas. Dieselbe ausgeprägte Nase, dasselbe dunkle Haar, dieser traurige Gesichtsausdruck, der etwas Erwachsenes an sich hatte.

Warum hatte er nichts von seiner Tochter erzählt?

Eine Lade tiefer fand sie schließlich ein lose eingewickeltes Geschenk.

Ein Zauberkasten! Ein magischer Kompass, bunte Ketten und ein orientalisches Perlenspiel. Vera hielt Dr. Jak's Taschenuhr in die Luft. Was hatte sie hier noch verloren? Schnell packte sie alles wieder zurück und wollte los. Sie hatte nichts Verdächtiges gefunden. Sie würde diesen schmierigen Typen ausfindig machen, keine Frage.

Mit dem Kopf an den Türrahmen gelehnt, hielt Vera inne. Ihr Blick fiel auf das Telefon. Die Stimme auf dem Anrufbeantworter. Der alte Sack! Aber wo war dieses verflixte Ding?

Vera stutzte und drückte auf verschiedene Tasten. Da. Zwei neue Nachrichten. Die hatte noch niemand abgehört? Integrierter Anrufbeantworter. Wahrscheinlich kannte sich François nicht aus mit dem Ding. Komm schon, dachte sie, hatte endlich den richtigen Knopf erwischt und konnte kaum abwarten, bis die Kassette an den Anfang spulte.

Zuerst der Fleischer aus der Reinprechtsdorfer Straße. Der alte Sack hatte doch tatsächlich Pferdefleisch bestellt. Igitt!

Dann eine helle, mädchenhaften Frauenstimme.

Hier ist Irene. Bist du da?

Ich … du … hast nicht mal eine Nummer von mir … wenn du mich wiedersehen möchtest, frag einfach Karl. Karl ist Barkeeper im Orient.

17

Irenes Worte in der Hosentasche, raste Vera ins Hotel Orient.

Sie wusste, dass sie ein wichtiges Beweisstück mitgehen ließ, und eigentlich hatte sie sich vorgenommen, sofort mit Semir zu reden. Aber dann wollte sie die Sache doch lieber allein durchziehen. Veras Herz machte einen Minisalto.

Jetzt war *sie* dran, und der Anfang einer Titelstory begann sich in ihrem Kopf festzusetzen.

Frau zu Tode geliebt ...

François? Ob er diese Irene tatsächlich geliebt hatte? Klar, eine Hure in Not, mein Gott, das war ungeheuer sexy. Doch wer, zum Kuckuck, war Irene Orlinger? Sicher vollkommen jenseitig und garantiert lustlos. Welche Hure hat schon Lust zu ficken?

Das letzte Stück kuppelte Vera aus und stellte den Motor ab. Lautlos glitt der Wagen den Tiefen Graben runter. Exakt vor dem Hotel trat sie auf die Bremse und parkte ein.

Der Schuppen sah ja total verschlafen aus. Vera lief am Portier vorbei und inspizierte die Bar.

Rosarot geblümt, irgendwie kuschelweich. Auf den Tapeten räkelten sich fette Nackte, und überall diese vielen kitschigen Leuchter.

Ein bisschen verruchter hätte es ruhig sein können.

Hinten in der Ecke ein Paar. Er steckte ihr die Zunge in den Mund, sie schob die Zunge wieder raus. Vielleicht schmeckte er ihr nicht, dachte Vera und sah sich nach dem Barkeeper um.

Die Frau rief nach Scotch mit Eis.

Niemand antwortete. Vera spähte hinter die Theke.

»Karl?«

Aha, der Barkeeper hockte unter der Bar und nippte an einer Flasche.

»Morgen«, sagte sie und beugte sich zu ihm runter. »Kann ich noch was haben?«

»Scotch auf Eis«, lallte die Frau wieder, inzwischen dicht neben ihr. »Hast du gehört, du?«

Der Barkeeper kam hoch und machte ein gelangweiltes Gesicht.

»Schichtwechsel, Leute. Ich muss los.«

»Geben Sie der Frau doch noch ’n Drink«, versuchte es Vera wieder. »Bitte!«

Karl stutzte.

»Und Sie, Gnädigste?«, fragte er näselnd.

»Ich will eigentlich nur was fragen. Ich …« Vera schälte sich aus ihrem Dufflecoat.

»Was fragen?«

Dann goss er endlich den Scotch ein. Der Typ war ganz schön borniert. Nur nicht aufhören zu reden, dachte sie und beobachtete stattdessen, wie sich der Kerl pathetisch an die Stirn fasste.

»Na dann fragen Sie«, sagte er zu ihrer Überraschung. Der Mann klopfte sich wichtig ein paar Fusseln vom Jackett. »Weil Sie wissen, wer ich bin.«

»Ich … ähm …«

Vera schüttelte ihre dunklen Locken. »Ich habe ihren Namen von Irene Orlinger«, sagte sie.

Der Mann schwieg.

Vera beugte sich nach vorne und sprach so leise sie konnte. »Vor ihrer Ermordung hat Irene noch von Ihnen gesprochen. Und Sie, Herr Karl, Sie waren der Einzige, dem sie im Orient vertraut hat. Vielleicht waren das überhaupt ihre letzten Worte, wenn sie nicht noch mit ihrem Mörder …« Vera machte diese Kopf-ab-Geste. »Wenn sie nicht noch mal mit ihrem Mörder gesprochen hat.«

»Wissen Sie was?«, sagte er plötzlich. »Sie sind eine Nervensäge.«

Der Typ wusste doch was!

Karl trug eine blondierte Fönfrisur. Ähnlich wie früher David Bowie. Sofort musste sie an Brit denken, in den unmöglichsten Situationen musste sie immer an Brit denken.

»Helfen Sie mir, das Schwein zu finden?«, fragte sie ein paar Dezibel zu laut.

Karl zuckte zusammen. Dann die Frau mit dem Scotch.

»Was? Ich dachte, die Polizei hat den Mörder schon? Oder sind Sie von der Polizei?«

Vera schüttelte den Kopf. »Nein!«

Wie er das Wort Polizei aussprach. Irgendwie so geschraubt. Oder steckte mehr dahinter?

»Glauben Sie mir, Herr ... Herr Karl«, sagte Vera und wusste, dass sie ihm auf keinen Fall mit der Journalistenmasche kommen durfte. Keine Fragen, lieber vertrauensbildende Maßnahmen. »Die haben den Falschen am Wickel. Die tappen völlig im Dunkeln.« Dann schwärmte sie von François und erzählte, wie sie an die Nachricht auf seinem Anrufbeantworter gekommen war.

»Na und?«, sagte Karl trocken.

»Für mich ist der Hauptverdächtige der Typ, der sie auf der Straße bedroht hat«, sagte sie. »Warum hat das denn niemand den Bullen gesteckt?«

»Das sind Mutmaßungen«, sagte Karl, bevor er sich einer kleinen Anlage zuwandte, ein paar Knöpfe drückte und in aller Ruhe eine CD ins Laufwerk legte. »Ich schwärz doch niemand bei der Polizei an!«

Vera ließ nicht locker. Der Typ hatte angebissen. »Überlegen Sie doch mal, ausgerechnet der Mann, der Irene geholfen hat, soll jetzt als Mörder hingestellt werden und dafür auch noch in den Knast? Das ist ...«

»Roxy Music«, sagte Karl. »Brian Ferry.«

Dann sah er Vera abschätzig an.

»Jetzt pass mal auf, Schätzchen. Ich seh das ganz anders. An Gerechtigkeit glaub ich schon lange nicht mehr. Bei mir sickert nichts durch.«

Vera hatte genug und wollte gerade gehen.

»He! Warte mal!« Karl war ja richtig freundlich plötzlich. »Ist nicht gerade günstig für die Schönheit, sich hier die Nächte um die Ohren zu schlagen«, sagte er.

Frechheit, dachte Vera, runzelte die Stirn und konnte sich gerade noch im Zaum halten.

»Es gibt da 'n Türkisches Dampfbad in der Rahlgasse. Ist gut für die Haut«, sagte Karl.

»Ha… Ha … Haut?«

Hatte der Typ ihr etwa gerade einen Tipp gegeben?

»*Aux Antilopes*«, erklärte Karl und drehte die Anlage lauter. »Fest in Araberhand, arroganter Laden, aber piekfein.«

Und schon verschwand sein Kopf wieder unter der Bar.

Vera hatte kapiert.

Sie musste ins *Aux Antilopes*, aber vorher war Semir dran. Sie zückte ihr Handy. Nach zehnmal Läuten meldete sich endlich eine verschlafene Stimme.

»Semir?«

»Hhm?«

»Steh auf und schmeiß schon mal die Kaffeemaschine an. Hab da was. Ein sehr, sehr hübsches Indiz. Es steckt direkt hier … in meiner … Hose, fühlt sich ziemlich heiß an«, sagte Vera grinsend.

18

Sarah war wieder viel zu spät dran.

Abgehetzt öffnete sie die Tür. Eine kalte Zelle. Bis auf Stuhl und Tisch vollkommen leer. Hinter der Glasscheibe ein Mann. Sie erkannte François. François und sein schmuddeliges Hemd, das er verkehrt herum trug. Ein Mikrophon gab seine rostige Stimme wieder.

Aufstehen!

Sarah gehorchte.

Die Stirn an die Scheibe gelehnt, sah sie sein dünnes Lächeln, das weder ihr noch sonst wem galt. Er hatte sein Hemd aufgerissen. Seine schweißnasse Brust hob und senkte sich.

Zieh dich aus, flüsterte er und klopfte mit einer Klauenhand an die Scheibe.

Sarah nickte.

Mit großen Schwüngen ihrer Zunge leckte sie über das Glas und schrieb dieses Wort.

Départ.

Er nahm keine Notiz.

Das erregte sie erst recht.

Sie leckte weiter.

Assez vu!

Sein Gesicht! Es kam auf sie zu. Näher und näher, so nah, bis sich ihre Lippen auf gleicher Höhe trafen und sie nur noch die eisige Kälte zwischen ihnen schmeckte.

Ein Kuss hinter Glas.

Das war alles.

Danach hatte er sie mit einer eigenartigen, hypnotisierenden Konzentriertheit angesehen, die sie nicht mehr losließ.

Sarah wachte mit einem heftigen Pochen zwischen den Beinen auf.

Dann fühlte sie eine kalte Hand auf der Wange. Jemand hielt ihr einen Telefonhörer ans Ohr.

»Für dich.«

»Was?«

Sarah schob benommen den Hörer weg.

Es machte klick, und Sarah wäre am liebsten wieder in ihren Traum versunken. In diese tastende Brutalität, die ihr den Verstand rauben wollte. Sie hatte immer schon sexuelle Fantasien gehabt, verdammt gute sogar, aber was sie eben geträumt hatte, war anders, und es machte ihr Angst. Halb wach schlug sie die Augen auf. Ein Kuss hinter Glas? Was bedeutete das?

Sarah sah eine Gestalt aus dem Zimmer gehen und mit einer Tasse dampfenden Kaffee zurückkehren.

»Georg?«

Nicht zu fassen.

Die Sonne schien hell in ihr Zimmer.

»Räucherlachs, Frischkäse, Kapern?«, fragte ihr Freund.

Sarah warf ihm nur einen irritierten Blick zu. Dann schüttelte sie den Kopf.

»Was war denn?«

»Das AKH hat angerufen«, sagte Georg. »Willst du zurückrufen?«

Sarah nickte. Er reichte ihr das Telefon, sie wählte die Nummer vom Krankenhaus.

Zuerst hörte sie ein Räuspern, dann die gedrückte Stimme einer Krankenschwester, die von einem Patienten sprach, der angab, Opfer eines satanistischen Rituals geworden zu sein, und jetzt damit drohte, alle umzubringen, die sich ihm näherten.

»Ich komme«, sagte Sarah, die vollkommen vergessen hatte, dass sie heute Notdienst auf der Panikambulanz hatte.

Ihr Gehirn, das seit François längst nicht mehr trennscharf arbeitete, kam langsam wieder in Gang. Der Mann in der Ambulanz, die sie gerade verständigt hatte, war in sicheren Händen.

Was aber war mit François? Was, wenn ihr dieser Legionär nur eine Lügengeschichte aufgetischt hatte?

»Bestellst mir schon mal ein Taxi?«, rief sie Georg zu und warf wütend das *American Journal of Psychoanalysis*, das sie auf ihrem Nachttisch liegen sah, durchs Zimmer. Sie war also auf diesen Mann hinter Glas abgefahren, das war doch nicht etwa die Fantasy-Version ihres männlichen *alter ego*?

Sarah nahm ein Burberry-Kostüm aus dem Schrank, ertappte sich dabei, wie sie die Notfalltasten auf ihrem Telefon kontrollierte und fühlte, dass ihre Haut vor Anspannung kribbelte. Selbstanalyse hat eben ihre Grenzen. Wie gut war eigentlich Freud damit zurande gekommen? Sollte sie vielleicht in Supervision gehen? Erinnerungen an die eigene Lehranalyse gingen ihr durch den Kopf. Das Thema Freundschaft, dachte sie, war eigentlich nie aufgekommen, und schon damals hatte ihr eine gute Freundin gefehlt. Ja, sie brauchte dringend eine Freundin, doch außer Julieta, mit der sie von Zeit zu Zeit eine Tasse Tee trank und über Nichtigkeiten sprach, war keine Frau für sie da.

Es läutete.

Das Taxi, sagte sie erleichtert, hauchte Georg einen Kuss auf die Wange, und schon nach wenigen Sekunden hatte ihr auf Effizienz und Disziplin getrimmtes Gehirn wieder Oberhand gewonnen. Was sollte sie sich auch von einem Mann aus der Fassung bringen lassen, mit dem nichts, aber auch gar nichts gelaufen war? Andererseits hatte sie dieser Traum so durcheinander gebracht, dass sie unbedingt wissen wollte, was er zu bedeuten hätte. Irgendeine Untiefe, dieses Gefühl, völlig ausgeliefert zu sein, seinen Blicken, seinen klauenartigen Händen, was waren das nur für Wünsche?

Doch für Grübelattacken blieb zum Glück keine Zeit.

Der Fahrer, der alle Tempolimits durchbrach, schoss auf Schleichwegen in den neunten Bezirk. Nach ihrer Uhr zu urteilen, waren sie schon fünf Minuten unterwegs.

»Schneller«, befahl sie dem Fahrer.

»Und hier lang-sa-m!«, sagte sie kurz vor dem Ziel, als das Taxi mit quietschenden Bremsen in die Einfahrt des AKH einbog.

Der Fahrer machte eine Handbewegung, als würde er sie für meschugge halten.

»Halten Sie«, sagte Sarah.

Dann drückte sie dem Fahrer Geld in die Hand und lief auf die Klinik zu.

Es war still in der Ambulanz.

Gedämpftes Tageslicht fiel durch die vergilbten Vorhänge. Nur das Klacken eines großen Sekundenzeigers. Die alte Wanduhr.

»Da sind Sie ja endlich!«

Ein junger Pfleger kam auf den Gang gestürzt. »Wir haben den Mann vorsichtshalber auf Station gebracht. Zimmer drei!«, sagte er vorwurfsvoll.

»In Ordnung!«

Sarah Rosen murmelte eine Entschuldigung und lief so schnell sie konnte in das Bettenhaus ein Stockwerk höher. Die Leute taten, als würde das Schicksal eines psychisch gestörten Menschen allein von ihr abhängen. Was sollte das? Einmal in ihrem Leben war sie zu spät gekommen, na und?

Völlig abgehetzt öffnete sie die Tür zum Treppenhaus. Dann zögerte sie, hörte Schritte. Große Schritte. Natürlich, dachte Sarah Rosen. Ich bin ja nicht die Einzige hier. Andererseits kannte sie keinen, der zu Fuß lief, die meisten benutzten den Lift, auch wenn sie nur ins nächste Stockwerk wollten. Ängstlich fragte sich Sarah, ob ihr jemand gefolgt war. So ein Blödsinn, wer sollte ihr denn folgen? Marc Sartorius? Sarah atmete laut aus. Die Geschehnisse der letzten Tage hatten sie wohl aus dem Gleichgewicht gebracht, anders konnte sie sich dieses unheimliche Gefühl, das sie beschlich, nicht erklären. Das ist sicher alles nur eine Täuschung, dachte Sarah und versuchte sich mit diesem Gedanken zu beruhigen. Zwei Stufen weiter aber blieb sie stehen und sah sich verstohlen um. Nichts! Nur das kalte Weiß dieser Wände, die altbekannten Stufen, auf denen sie ein zerknülltes Stück Papier liegen sah. Dieses Papier bin ich, dachte Sarah. Leer und unnütz. Anstatt sich irgendwie bemerkbar zu machen und zu rufen, spitzte sie wieder nur die Ohren. Die Schritte wurden langsamer. Ihr Gefühl hatte sie also doch nicht getäuscht. Und wenn schon, dachte Sarah und beschloss, die Schritte, die mit ihr fast Takt hielten, zu ignorieren.

Endlich war sie am Ziel.

Auf der Tür, die sie vor sich sah, stand ein großes A. Sie war richtig hier, sie brauchte die Tür nur zu öffnen.

Flucht oder Angriff?

Sarah kam sich vor wie durch den Wolf gedreht. Obwohl sie nur ein paar Treppenstufen genommen hatte, schlug ihr das Herz bis zum Hals. Lange Sekunden verstrichen, bevor sie in der Lage war, die Station zu betreten.

Dann war alles beim Alten. Es roch nach frisch gebrühtem Kaffee. Das übliche Geschnatter der Schwestern aus der Küche.

War der Notruf vielleicht nur falscher Alarm? Völlig verwirrt lauschte Sarah ihrem Herzschlag, der ihr trotz des Krankenhausbetriebes wie das einzige Geräusch im gesamten Universum vorkam. Sarah beschloss, für eine Weile im Aufenthaltsraum zu verschwinden.

An einem Getränkeautomaten zog sie sich einen kleinen Braunen.

Zuerst nahm sie nur zögerliche Schlucke, dann kippte sie den Kaffee runter und ging zurück.

Die Tür von Zimmer drei klappte auf und zu. Etwas kratzte über den Boden, aber außer einem weißen Arztkittel, den Sarah noch flüchtig wahrnahm, nichts Verdächtiges.

War das nicht die Silhouette von …

François? Unmöglich.

François und sein schmuddeliges Hemd. François in einer Zwangsjacke? Weg, dachte sie, nichts wie weg.

Aus dem hinteren Teil der Station kam ein kurzes, unterdrücktes Stöhnen, das sich mit jedem Schritt näher steigerte. Ohne nachzudenken begann Sarah zu laufen, vorbei an Zimmer drei, immer diesem Stöhnen entgegen, das sie bis an das Ende des Korridors führte.

Aus der Puste gekommen, blieb sie vor einem verdunkelten Raum stehen. Die Tür war sperrangelweit offen. Bis auf einen winzigen Lichtstreif, der zwischen den Ritzen der Rollläden hervorblitzte, konnte man nichts sehen.

»Alles in Ordnung?«

Das Stöhnen hatte kurz ausgesetzt.

Schnell tastete Sarah nach dem Lichtschalter. Entsetzlich!

Da saß ein junger Mann auf einem blutverschmierten Bett und war gerade dabei, sich mit der Scherbe eines Taschenspiegels die Pulsadern aufzuschlitzen.

»Nein«, schrie Sarah, »das dürfen Sie nicht!« Dann griff sie nach einem Handtuch, das auf dem Waschbecken neben dem Bett lag und legte einen Druckverband an. Der Mann ließ sich in ihre Arme fallen und begann bitterlich zu schluchzen. Das ist kein Selbstmörder, dachte Sarah und dass sie schnell einen Arzt brauchte, der seine Wunde versorgte. Noch bevor sie den roten Knopf über dem Bett drücken konnte, der den Pflegedienst verständigte, sah sie in ein bekanntes Gesicht.

»Dr. Wolowiec? Was machen Sie denn hier?«

Sarah schloss für einen Moment lang die Augen, als müsste sie sich vergewissern, ob sie nicht doch fantasierte.

»Ich ... ich ... Ich hab den Oberarzt verständigt, Sie waren...«

Sarah streichelte dem Patienten über die Wange. Dann musterte sie Wolowiec. Wie immer hatte sich der Mann rausgeputzt, trug unter seinem Kittel ein pfirsichfarbenes Hemd und dazu eine passende Krawatte.

»Danke«, sagte sie, spürte aber, wie ihr vor Wut die Hitze in den Hals kroch.

Der Patient, kreideweiß im Gesicht, lag plötzlich da wie ein gefallener Engel.

»Ohnmächtig geworden?«, fragte Wolowiec und setzte sich neben sie auf einen Hocker.

»Das sehen Sie doch«, sagte sie barsch.

Das alles konnte doch kein Zufall sein! War das Wolowiec vorhin im Treppenhaus? Einen ehemaligen Patienten auf den Fersen zu haben, dem man nicht gerade übergroße Sympathie entgegengebracht hatte während der Behandlung, war fatal.

Ein Trupp Menschen war im Anmarsch. Im Nu hatten Ärzte und Schwestern die Regie übernommen.

Wolowiec, der sich äußerst selbstsicher und verbindlich gab – sogar das Lächeln, das er jetzt Sarah zuwarf, wirkte natürlich, seine Bewegungen fließender als früher –, wanderte mit seinen blassen Fingern über das Kinn. Bartstoppeln bedeckten Gesicht und Wange, diese Bartstoppeln kamen näher, immer näher. Warum ängstigte sie das?

»Herrgott, jetzt sagen Sie mir schon, was Sie hier zu suchen hatten?«, platzte Sarah los und beobachtete, wie Wolowiec in aller Seelenruhe in die Kitteltasche des Kollegen griff und einen Stauschlauch herauszog. Der Arzt, der dabei war, den jungen Mann zu untersuchen, hatte ihn nicht bemerkt. Nur eine Schwester, die sich über ihren Ton beschwerte, warf ihr einen eisigen Blick zu.

»Das gehört in die mikrobiologische Abteilung«, flüsterte Wolowiec und schob sie in Richtung Tür. »Auf diese Weise habe ich schon etliche Dinger gesammelt, und wie wir jetzt schon wissen, weisen alle Fundstücke sichtbare Blutspritzer auf. Unter Garantie sind die Schläuche von einem dichten Rasen verschiedenster Hautkeime überwuchert, darunter auch üble Erreger wie *Pseudomonas aeruginosa,* der gefürchtete Blutvergiftungen auslösen kann, und *Enterococcus faecalis,* ein Verursacher von Harnwegsinfekten und Bauchfellentzündungen. All diese schmuddeligen Instrumente müssen vor dem Hintergrund einer äußerst prekären hygienischen Situation gesehen werden.«

Sarah Rosen hatte Mühe zu begreifen, war ihm aber, ohne dass sie es wusste, auf den Gang gefolgt.

»Sie wollen mir also klar machen, dass Sie sich hier rumtreiben, um den Ärzten heimlich ihre Instrumente abzuknöpfen?«

Wolowiec nickte.

»Im Dienste der Hygiene?«

Wolowiec nickte wieder.

»Frau Doktor Rosen, schon der britische Chirurg Mark Clover legte so ein ungewöhnliches Verhalten an den Tag. Anstatt im Operationssaal des Kent and Canterbury Hospital das Skalpell in die

Körper seiner Patienten zu senken, tat er dasselbe wie ich. Er griff in die Kitteltaschen der Kollegen und sammelte diese Schläuche hier.«

Wolowiec war drauf und dran, ihr seine Beute zu präsentieren.

»Bitte nicht!«, rief Sarah.

Draußen, zwischen Kinderstation und der Abteilung für Augenkrankheiten, fuhr Wolowiec fort: »Clovers besonderes Interesse galt den Stauschläuchen, flexiblen Gewebebändern, mit denen Mediziner die Adern am Oberarm für eine Blutabnahme stauen. Das Hilfsmittel gehört neben Kugelschreiber und Stethoskop zur Standardausstattung jedes praktizierenden Arztes.«

Sarah Rosen staunte. Keine Frage, Wolowiec klang überzeugend. Er hielt ihr höflich die Türen auf und bewegte sich mit einer Selbstverständlichkeit, die verblüffend war. Schon möglich, dass ihm seine Arbeit als Hygieniker Stabilität und Struktur verlieh: der ideale Beruf für einen Neurotiker wie Wolowiec.

Menschen wie er, die kaum mehr das Haus verließen aus Sorge, sich mit einer tödlichen Krankheit anzustecken, gab es zur Genüge. Aber Wolowiec war der einzige, der daraus einen Beruf machte.

Während der Analyse war sie endlosen Erzählungen über seine Schwester gefolgt. Ilse, das einzige weibliche Wesen, das er vergötterte und aufs innigste liebte. Verschmäht von einer gewalttätigen Mutter, die ihn im Badezimmer dabei ertappt hatte, wie er auf Knien, nur mit Mamas Unterrock und BH bekleidet, die nackten Schenkel seiner Schwester geküsst hatte, war Erwin Wolowiec lange Zeit nicht in der Lage gewesen, einem geregelten Beruf nachzugehen, geschweige eine Beziehung zu haben. Keine war wie Ilse, alle böse wie die Mutter.

Über Monate hatte er Sarah in die Rolle der strafenden Mutter gedrängt und war hasserfüllt zu den Sitzungen erschienen. Später, als er sich nicht mehr für seine Neigung schämte, sah er sie als Auserwählte, stellte sie auf eine Stufe mit seiner Schwester und brachte sogar kleine Geschenke mit.

Wäre Sarah Rosen beim Anblick einer neuen Serie Erfrischungstücher, die ihr Wolowiec eines Tages feierlich überreicht hatte, nicht in ein kleines, unverschämtes Lachen ausgebrochen, was das abrupte Ende ihrer Arbeit bedeutet hatte, würde sie ihrem Patienten heute wahrscheinlich entspannter begegnen. Nun, Wolowiec hatte sich anscheinend bestens eingerichtet, sein neues Leben lief in geregelten Bahnen.

»Tee?«, fragte er, öffnete die Tür seines Arbeitszimmers und ließ sie vorgehen. »Darf ich Ihnen einen Tee anbieten?« Räucherstäbchenphilosophie, dachte Sarah Rosen, eingenebelt von fernöstlichem Duft, der aus einer Schale mit getrockneten Früchten kam. Das übliche Brimborium eines überzeugten Esoterikers. Ying- und Yang-Kugeln. Steine. Handschmeichler.

Sarah hatte für so was nichts übrig und wäre am liebsten gleich wieder gegangen. Der Mann aber fixierte sie mit durchdringenden Augen, als wollte er dieses Bild für immer und ewig festhalten und in irgendeine Schublade legen.

Dann fing er an Hektik zu verbreiten. Schubladen und Schränke wurden aufgerissen.

Sarah nahm schnell einen Stoß Prospekte von der Sitzfläche eines Stuhls, der verlassen zwischen zwei Kakteen stand, und setzte sich.

Was zum Teufel wollte er von ihr? Ihr Blick fiel auf ein winziges Porträtfoto auf seinem Schreibtisch. Wahrscheinlich Ilse, seine Schwester. Ein ernstes Frauengesicht starrte sie an, ausgeblichen von der Sonne, ausdruckslos und mager.

»Sie haben wohl nicht oft Besuch?«, fragte Sarah endlich, den Kopf zwischen den Kakteen möglichst gerade haltend, während sie ihren Blick auf die Werbeanzeigen von Hotels und Artikeln aus der Ayurveda-Medizin richtete.

Wolowiec, umständlich mit dem Öffnen einer Teedose beschäftigt, schien ihre Frage nicht gehört zu haben. In einem alten Boiler gluckerte Wasser hoch. Sie wartete. Vielleicht sollten sie über diesen Selbstmörder reden? Ja, genau, wieso redeten sie nicht über diesen Mann?

Schon bald aber brannte Zimt, Kardamom und Ingwer auf ihrer Zunge, ein sogenannter Vata-Tee, den ihr Wolowiec feierlich in einer Tasse ohne Henkel anbot.

»Woher haben Sie diesen köstlichen Tee?«, fragte Sarah scheinheilig.

»Ich war kürzlich mit meiner Freundin sechs Wochen in Indien«, erklärte Wolowiec.

Er hatte also eine Freundin. Das war mehr als sie erwartet hatte. Herrje, dachte sie. Er ist nett, er ist charmant, er hat sich aus eigener Kraft ein neues Leben aufgebaut, seinen Doktor gemacht und sogar eine Freundin gefunden.

Sarah sah auf die Uhr. Eine Viertelstunde war um. Das brachte der Beruf mit sich. Dieses genaue Zeitgefühl.

»Danke vielmals«, sagte sie mit übertriebener Höflichkeit.

Sie durfte auf keinen Fall Patrizia Heral verpassen.

»Werden Sie mich wieder mal besuchen?«, fragte er.

»Warum nicht?«, entgegnete Sarah charmant, obwohl sie diesen distanzlosen Offerten nicht so recht traute.

19

Der Anrufbeantworter in ihrer Praxis blinkte.

Sarah Rosen drückte auf die Wiedergabetaste. Kein Patient, sondern die Werkstatt. Eine übersteuerte Männerstimme mit typisch Meidlinger Akzent. In zwei Tagen würde ihr Jaguar wieder fahrtüchtig sein. Dann Semir Aydin. Er wollte sie gleich ins Präsidium abholen. Karlich hätte gern ein Gespräch mit ihr.

Sarah hatte das Gefühl, von allen Seiten bestürmt zu werden.

Verärgert ging sie in die Küche und ließ warmes Wasser über ihre Handgelenke laufen. Dann trocknete sie ihre Hände ab und gab einen Tupfer *Victoria's Secret* hinters Ohr. Sarah schnupperte, als ob sie den Duft zum ersten Mal riechen würde. Er gefiel ihr plötzlich nicht mehr. Viel zu seifig. Viel zu intensiv. Ob der Mörder wußte, dass sie in die Ermittlungen eingebunden war? Wenn ja, beobachtete er sie heimlich? Sarah Rosen ging zur Tür sah durch den Spion. Nichts regte sich. Natürlich nicht.

Der Fall Orlinger, der sich verdunkelte, je mehr sie darüber spekulierte, war und blieb ein Mysterium. Dann die Drogengeschichte, in die François geraten war. Vielleicht nur ein Ablenkungsmanöver des Täters, möglicherweise das Ablenkungsmanöver einer ganzen Tätergruppe?

Wem außer Karlich sollte sie vertrauen? Semir Aydin, der sie mit verächtlicher Etikette strafte?

Es klopfte.

Sarah Rosen ging zur Tür und öffnete.

Patrizia Heral! Mit zerzausten Haaren und durchnässt wie eine streunende Katze, stand sie da und druckste herum.

»Ihren Mantel können Sie da drüben über der Heizung aufhängen«, sagte Rosen nach einer förmlichen Begrüßung. »Warum haben Sie denn nicht geklingelt?«

Patrizia murmelte eine Entschuldigung.

»Kommen Sie!«, sagte Sarah.

Dieses Wesen war ihr Schützling, und sie musste herausfinden, was mit ihr los war. Litt Patrizia tatsächlich unter paranoiden Zwangsvorstellungen, würde sie sich durch nichts von ihrer Unschuld überzeugen lassen.

»Ich denke, dass wir uns heute gegenübersetzen und lieber von Angesicht zu Angesicht sprechen«, sagte Sarah freundlich. »Sind Sie einverstanden? Sie haben mir sicher etwas Wichtiges zu sagen.«

Patrizia nickte schüchtern und wartete, bis ihr Sarah den speckigen Ledersessel zuwies, auf dem sie bisher nur beim Erstgespräch Platz genommen hatte. Sie war nervös und schob die Ärmel ihres Wollpullovers hoch und runter.

»Sie sind also zur Polizei gegangen und haben den Mord an Irene Orlinger gestanden?«, fragte Rosen.

»Ja«, antwortete Patrizia mit fester Stimme. »Ja, das habe ich.«

Dann senkte sie die Augen und ließ ihre Hände resigniert in den Schoß fallen. Wie sie so da hockte, in ihrem fein geblümten Cordrock, sah sie aus wie eine Schülerin. Kein Vergleich mit der imposanten Erscheinung, die sie als Antonia auf der Bühne abgegeben hatte.

»Wir waren Freundinnen«, sagte sie. Aus ihrem Gesicht, das sich langsam wieder hob, sprach Verzweiflung

»Zumindest hätten wir welche werden können.«

»Sprechen Sie von Irene Orlinger?«, fragte Dr. Rosen.

Patrizia nickte.

»Wir waren gerade dabei, einen intensiven Blick auf unsere Beziehung zu richten, und Sie haben mit großer Aufregung darauf reagiert. Am Ende der Stunde sind Sie wütend aus der Praxis gestürzt. Können Sie über dieses Gefühl sprechen? Möglicherweise hängt es eng mit Irene und der Freundschaft zusammen, die sie zu ihr gesucht haben.«

Sarah Rosen wusste, dass die Therapiestunden, die ineinander übergingen, die wirkungsvollsten waren, und wartete ab, was geschehen würde.

»Mit Irene?« Patrizia schüttelte den Kopf. »Das glaube ich nicht. Was soll Irene damit zu tun haben?«

»Erzählen Sie mir doch, wie sich Ihre Freundschaft entwickelt hat. Wo haben Sie sich denn kennen gelernt?«, fragte Sarah Rosen.

Sie fühlte, wie Patrizia mit sich rang. Mal legte sie den Kopf in ihre Hände, dann wieder wühlte sie mit ihren Händen im Haar.

»Es war ein Tag nach meinem Geburtstag, im Café Jelinek. Sie saß allein und lächelte, als ich rein kam. Wir waren uns auf den ersten Blick sympathisch, sogar richtig vertraut. Sie sagte, dass sie ihr Studium schmeißen wollte.«

Patrizia brach jäh ab.

»Ja?«, fragte Rosen.

»Ja was?«, fragte Patrizia schnippisch zurück, nahm ihre Handtasche vom Boden auf und klammerte sich daran fest.

»Sie kannte mich, sagte sie mit weit aufgerissenen Augen. Irene war schließlich ein Opernfan! Verdi, Mozart, Offenbach. Da hab ich sie zur Premiere eingeladen. Ich dachte … ich hätte…«

Patrizia konnte nicht länger still sitzen und lief zum Fenster.

»Ich dachte ich hätte eine Freundin gefunden«, sagte sie erbost.

Sarah Rosen blieb still.

Diese Frau war alles andere als geistesgestört, dachte sie. Theatralisch, mit einem Hang zur Manie, das ja.

»Sie sagte, dass sie normal sein wollte. Normal heiraten, normal denken, fühlen, Freunde haben«, erzählte Patrizia weiter, »bevor…«

»Bevor was?«, hakte Sarah Rosen ein. »Was glauben Sie, hat Irene Orlinger gemeint, als sie darüber sprach, dass sie sich nach einem normalen Leben sehnte«, fragte Rosen.

Patrizia starrte vor sich hin. »Normal? Sie hat mich betrogen«, sagte sie. »In der Zeitung stand, dass sie Prostituierte war. Mir hat sie aber erzählt, dass sie BWL studiert.«

»Betrogen?«, wiederholte Sarah. »Weil sie nicht verraten hat, dass sie als Hure arbeitete?«

»Ja.«

Ein Häufchen Elend saß jetzt vor ihr, das die Kontrolle über sich verloren hatte, aber die Geschichte von Verrat und Betrug ging noch weiter.

Sarah war überzeugt davon, dass Patrizia sich erst nachträglich zur Mörderin erklärt haben musste und die Zeitungsmeldung mit den Enthüllungen über Irene der Auslöser für ihre Gedankenflucht war.

Ihre Wut musste so groß gewesen sein, dass sie sie in einen paranoiden Zustand gebracht hatte. Aber warum? Was genau war der Grund dafür? Allzu strenge Moralvorstellungen? Wohl kaum. Hatte Patrizia Blackouts gehabt, von denen sie nichts wusste? Etwas, das mit dem Betrug zusammenhing? Sarah Rosen überlegte, ob sie Patrizia unter Hypnose stellen sollte, um weiter zu kommen, doch dann verwarf sie die Idee wieder.

»Gibt es Zeiten in Ihrem Leben, in denen Sie sich an nichts erinnern können?«, fragte Rosen. »Sind Sie mal aufgewacht und wussten nicht, was für ein Tag war oder was sie am Tag davor gemacht haben?«

Patrizia nickte stumm.

Ihr Gesicht sah müde und fahl aus. Als hätte sie zwei oder drei Nächte nicht geschlafen.

»Können Sie mir schildern, was genau an dem Abend passiert ist, als Sie Irene das letzte Mal gesehen haben?«

Patrizia vergrub ihr Gesicht.

»Ich werde es versuchen«, sagte sie leise und begann Einzelheiten zu erzählen. »Ich wollte sie zur Rede stellen, verstehen Sie?«

Sarah nickte, obwohl sie nicht verstand.

»Sie wollte meinen Lippenstift. Mein Hirn hat alles wieder durchgekaut ... die Männer, die ich hatte. Ich durfte nicht ... ich sollte ... nicht ...«

»Was sollten Sie nicht?«, fragte Rosen und stellte fest, dass sich Irene und Patrizia auf mysteriöse Weise ähnlich waren. Beide hübsch und jung. Wahrscheinlich beide geradezu hysterische Verführerinnen.

»Ich sollte nicht singen«, sagte Patrizia mit erhobener Stimme. »Keinen Ton. Meine Rolle als Antonia. Antonia darf nicht singen!«

Sarah Rosen kombinierte.

Hoffmanns Erzählungen. Das Verbot zu singen. Hatte Patrizia nicht gerade eben noch von Betrug gesprochen? Sie selbst musste etwas ausgeplaudert haben.

»Aber Sie haben doch *gesungen* und sich über das Verbot hinweggesetzt«, sagte Sarah. »Stimmt doch, oder?«

»Ja, ja«, sagte Patrizia aufgeregt.

Sarah wurde hellhörig. Also doch. Patrizia schien die Rolle, die sie spielte, mit einem sehr bedeutsamen Ereignis in ihrer Kindheit in Verbindung zu bringen, und jetzt purzelten Vergangenheit, Gegenwart, Rolle und Realität durcheinander.

»Es war, als ob … als … als ob mich eine Spirale nach unten gezogen hätte«, redete Patrizia weiter. »Da habe ich nachgegeben, und es hat mich abwärts gezogen, immer tiefer. Ich wollte sie … endlich … packen … und habe …«

»Patrizia!«

Sarah Rosen stoppte ihre Patientin. »Kann es sein, dass Sie Realität und Fantasie vermischen? Sie haben eben noch gesagt, dass Sie sich von Irene betrogen fühlten. Warum eigentlich?«

Patrizias Augen füllten sich mit Tränen. Dann brach sie in ein langes, erlösendes Schluchzen aus.

»Sie haben also die Zeitung gelesen und sind auf das Bild von Irene Orlinger gestoßen«, sagte Sarah und reichte ihr ein Papiertaschentuch. »Wie spät war es denn da?«

Patrizia schnäuzte sich.

»Ich glaube, es war … fast Nachmittag«, sagte sie.

»Fast?«

»Ja, dann bin ich ja zur Polizei.«

»Der Mord ist aber laut Obduktionsbericht in den frühen Morgenstunden passiert? Wie können Sie es dann gewesen sein?«

Sarah wusste, dass Patrizia begriff, dass mit ihrem Geständnis etwas nicht stimmen konnte, aber noch war sie zu verstört, um die Dinge, die geschehen waren, zu sortieren.

»Ich kann mich plötzlich nicht mehr genau erinnern«, sagte Patrizia. »Mir ist schwindelig, ich weiß auch nicht. Ich weiß nur, dass sie meinen Lippenstift wollte und wir gestritten haben. Am liebsten hätte ich sie ... vielleicht war es auch nur ein Gedanke. Ich weiß es nicht mehr. Ich bin ... Doch, jetzt weiß ich es wieder. Es war ein Unfall. Ich habe ihr meine Hände um den Hals gelegt ... und ... dann ... erwürgt!«

Patrizia redete nur noch wirres Zeug.

»Danach ist sie hart aufgeschlagen. Ich wollte noch meinen Kopf auf ihre Brust legen und ihr die Rose geben, die ich an diesem Tag aus meiner Garderobe zum Trocknen mit nach Hause nehmen wollte, da ... da merkte ich, dass sie schon tot war, und ich bin gleich zur Polizei, um das Geständnis abzulegen.«

»Wissen Sie noch, was Sie dabei gefühlt haben?«, fragte Rosen.

Patrizia nickte.

»Ziemlich genau sogar. Das Geständnis war, wie soll ich sagen, es war ... so befreiend! Ich hätte Bäume ausreißen können, so gut war mir. Und das, obwohl mir die Beamten irgendwie nicht glauben wollten. Die ganzen Fragen, lauter Details, die ich nicht genau beantworten konnte. Trotzdem war ich verdammt glücklich.«

»Das Geständnis hat Sie möglicherweise von einer ganz anderen Last befreit«, erklärte Sarah Rosen.

Patrizia, die sich jetzt wieder gefasst hatte, grübelte.

»Kann man sich denn an etwas erinnern, das man gar nicht erlebt hat?«, fragte sie plötzlich.

Sarah Rosen fühlte, dass Patrizia selbst auf die Lösung kommen konnte, war aber so erleichtert, dass sie anfing, Erklärungen abzugeben.

»Ja«, sagte sie, »das kann man. Es handelt sich um das Phänomen der Fausse Reconnaissançe, das Freud beschrieben hat. Es passiert in einer Situation, in der tatsächlich eine Erinnerung an etwas ganz anderes ausgelöst wird. Etwas, das tief und anhaltend verdrängt wurde und mit extrem starken Gefühlen besetzt ist. Um sich vor den Qualen der eigentlichen Erinnerung zu schützen, wird das Erlebnis des Wiedererkennens auf etwas anderes übertragen.«

»Sie meinen so eine Art Déjà vu?«, fragte Patrizia.

»Genau. Beim Déjà vu glaubt jemand eine konkrete Situation schon einmal erlebt zu haben. Die Fausse Reconnaissançe aber geht noch einen Schritt weiter. Man bildet sich ein, sich an einen Vorfall zu erinnern, der gar nicht stattgefunden hat – und der nur so eine Art Platzhalter für die verdrängte Geschichte ist.«

»Also die falsche Erinnerung an einen Mord, um sich vor einer noch schrecklicheren Erinnerung zu schützen? Was für eine Steigerung kann es denn da noch geben?«, fragte Patrizia.

»Die Psyche legt keine objektiven Maßstäbe an«, erklärte Rosen. »Ob ein Mord schlimmer ist als eine Vergewaltigung oder nur die Androhung von Gewalt, entscheidet unser Seelenleben nach eigenen Gesetzen. Die Seele will das einmal verdrängte Geheimnis hüten und sehnt sich zugleich nach einem Geständnis. Ist das Geständnis dann heraus, fühlen wir uns wie befreit und energiegeladen. Sie haben es mir ja eben beschrieben.«

»Aber jetzt ist es zerplatzt wie eine Seifenblase«, sagte Patrizia. »Ich habe nur noch grauenhafte Angst.«

Sarahs Puls hämmerte.

Die theoretischen Ausführungen mussten Patrizia verunsichert haben. Wie konnte sie nur so voreilig sein. Das Ganze war eine Annahme, ein Versuch, der sie hoffentlich auf die richtige Fährte führte.

»Ich bin dafür, dass wir zunächst nun über uns beide sprechen, über die ambivalenten Gefühle, die Sie mir entgegenbringen. In der letzten Stunde haben Sie mir von einem Traum erzählt, in dem sie Ihr Double bedrohte. Erinnern Sie sich? Eine Frau, die aufwändig geschminkt war. Ähnlich wie Irene Orlinger oder wie Antonia?«

Patrizia schien etwas sagen zu wollen, konnte aber nicht, sondern saß mit geöffneten Lippen da. Ihr Blick war direkt auf Sarah Rosen gerichtet.

Was hatte sie jetzt so erstarren lassen?

Sarah Rosen wusste, dass man mit Patienten, die in einer akuten Krise waren, nur schwer vorankam. Und doch hielt sie es für richtig, Patrizia so gut es ging mit der Realität zu konfrontieren. Mit den Fakten rund um diesen Mord, aber vor allem mit ihrer Wut und einem tief sitzenden Gefühl der Schuld, das sie bisher gekonnt umschifft hatte.

Unten auf der Gasse heulte die Sirene eines Wagens auf, der mit quietschenden Bremsen zum Stehen kam. Das Blaulicht leuchtete bis in das Behandlungszimmer und zuckte über die Wand.

Patrizia schreckte auf.

»Was geht Ihnen jetzt durch den Kopf?«, fragte Rosen.

»Dass ich schlecht bin«, nuschelte Patrizia und fiel in sich zusammen. »Böse wie diese Frau in meinem Traum.«

Sarah Rosen erinnerte sich, dass Patrizia Heral beide Eltern bei einem Autounfall verloren hatte, ein Trauma, das sich erst Jahre später in Form von Selbstzerstörung bemerkbar machte.

»Jetzt denken Sie, dass ich auch noch meine Eltern auf dem Gewissen habe, oder? Das denken Sie doch?«, fragte Patrizia aufgebracht. »Dass ich für alle eine Katastrophe bin. Nur weil ich die Wahrheit gesagt habe.«

Was war die Wahrheit? Oder hatte sie vielleicht jemand unter Druck gesetzt und zu dieser Aussage gezwungen?

»Gab es irgendwelche bedrohlichen Anrufe oder Briefe?«

»Nein.«

»Was ist mit dem Traum? War die Frau, die ihnen so ähnlich sah und die sie so hassten, ihre Mutter?«

Sarah Rosen wusste, dass sie sich auf Glatteis begab und ihre eigene Assoziation ziemlich gefährlich sein konnte. Aber sie musste es wagen, selbst wenn sie falsch lag.

»Meine Mutter?«

Patrizia hatte ein Funkeln in den Augen. Der Hass stand ihr ins Gesicht geschrieben. Aber auch dieses Gefühl hielt nicht lange und ging über in einen ohnmächtigen Schwall von Sätzen.

»Sie war eine Hure«, sagte sie kalt.

»Irene Orlinger war auch eine Hure«, antwortete Sarah, aber Patrizia schien sie nicht zu hören.

»Sie hat meinen Vater nach Strich und Faden betrogen«, sagte sie. »Und als ich es ihm verraten habe, war sie plötzlich tot.«

Sarah spürte sämtliche Nervenenden, so sehr hatte sie die Sitzung angestrengt. Ein lang gehütetes Geheimnis war ans Tageslicht gekommen. Mit dem Verrat also hingen die mörderischen

Schuldgefühle zusammen, die Patrizia zu einem falschen Geständnis gezwungen hatten. Die erste Hürde war genommen.

Sarah Rosen stand auf, verabschiedete ihre Patientin und begann den Schreibtisch leer zu räumen. Füller, Schreibblöcke und eine angebrochene Packung Weihnachtsmandelsplitter landeten auf dem Boden. Sie brauchte Klarheit jetzt, zückte ihr Diktiergerät, ließ eine neue Kassette in das Tapedeck gleiten und wiederholte.

Patrizia Heral. Akut schizoaffektive Störungen aufgrund eines unbewältigten Unfalltraumas. Fausse Reconnaissançe. Patientin gesteht aus Selbstbestrafung Mord an Irene Orlinger.

Dann stoppte sie und sah sich in ihrem Zimmer um. Das reinste Chaos. Die Pflanzen mussten gegossen werden. Ein neues Bücherregal war fällig. Sie sollte Stöße von Fachmagazinen, in die sie nicht einen einzigen Blick geworfen hatte, durchsehen, Briefe öffnen, Anfragen beantworten.

Das Telefon riss sie aus den Gedanken. Es war Semir Aydin.

»Ich komme Sie gern abholen, falls Ihr Jaguar noch kaputt ist. Wir brauchen Sie im Präsidium. Haben Sie meine Nachricht gehört?«

Sarah brachte ein ungläubiges Ja hervor.

»So in acht bis zehn Minuten?«

»Einverstanden«, sagte Rosen, »ja.«

Ihr war nicht entgangen, dass Semir das Wort Jaguar langsam und gedehnt ausgesprochen hatte. Er hielt sie also für dekadent.

Es war jetzt zehn vor eins.

Sarahs Frühstück hatte nur aus ein paar Schlucken Kaffee und einer Tasse Ayurveda-Tee mit Wolowiec bestanden.

»Sie finden mich unten bei Trzesniewski«, sagte sie. »Wie man das ausspricht? Tschesnjewski, oder so ähnlich, das R ist stumm.«

Dann schob sie eine ihrer lehrerhaften Bemerkungen hinterher. »Sie kennen den Laden nicht?«

Pause.

»Trze-sni-ewski, ja, richtig, die Rezeptur der Brotaufstriche ist natürlich geheim.«

20

Sarah Rosen prüfte ihre Frisur, legte hektisch Rouge auf und griff dann nach Mantel und Tasche. Seit Jahren kaum Freizeit, so gut wie keine Erholung, die nächsten Falten waren also vorprogrammiert. Nur dieses Mal noch, schwor sie sich, stürmte auf den Gang und wartete, bis der Lift seine Türen öffnete. Zuerst sah sie nur grauweiße Haarstoppeln. Dann einen großen knurrigen Katzenkopf. Der Mann, den sie fast angerempelt hätte, war Marc Sartorius.

»Grüß Gott, Frau Dr. Rosen.«

»Grüß Gott«, sagte sie unwirsch.

Der Katzenkopf, immer korrekt, aber außerstande zu lächeln, klemmte in der Tür fest.

»Ähm, … ich …«

Sarah sah in ein Pokerface.

»… ich hatte Ihnen doch abgesagt, oder? Leider, Sie müssen mich für heute entschuldigen«, erklärte sie schnell und wollte an ihm vorbei

»Wirklich?«

Marc Sartorius sah aus, als hätte er eine Maus verschluckt.

Die Türen vom Lift öffneten sich, er stand jetzt frei.

»Das kann nicht sein«, sagte er aufgebracht, »davon haben Sie mir gar nichts gesagt.«

Sitzungen mit Rosen waren für ihn wie Dates, verabredete Folterstunden, zu denen er sich regelmäßig Notizen machte. Die Enttäuschung, die sie jetzt aus seinem Gesicht las, war riesig. Sarah wusste: Unvorhersehbare Dinge machten ihn wütend wie ein Kind. Aber dieses Mal hatte sie einfach keine Zeit für das Kind.

»Tut mir Leid, aber ich muss zu einem wichtigen Termin«, sagte Sarah Rosen. »Wir holen die Sitzung nach.«

»Kein Problem, dann komme ich in … sagen wir zwei Stunden wieder, und ich mache inzwischen noch ein paar Besorgungen.«

Sarah sah, wie sich sein Hosenschlitz nach vorne wölbte.

»Besorgungen?«, fragte sie vorsichtig.

Eindeutig. Der Mann war erregt, nur weil er seiner Analytikerin zwischen Tür und Angel begegnet war. Dann der Lift, dieser magische Kasten, in dem er immer die besten Ideen für Sex bekam, wie er erst letzte Stunde behauptet hatte. Natürlich, er würde sich inzwischen eine Hure nehmen und sich dann auf eine Stunde mit ihr freuen. Warum war sie nicht früher darauf gekommen? Sartorius war doch regelmäßig im Hotel Orient und mietete dort mit seinen Mädchen Zimmer. Sartorius und Orlinger! Er muss sie gekannt haben.

»Warten Sie eine Sekunde«, sagte Rosen, ging zurück zur Tür und schloss die Praxis wieder auf.

Sartorius wartete nicht, sondern kam ihr hinterher.

»Kennen Sie die?«, fragte Rosen und zeigte ihm ein Foto von Irene Orlinger.

»Und wenn ja?«

Sartorius nahm einen der Ausstellungskataloge, die er auf dem Tisch liegen sah, und blieb bei einem Foto von Freuds Wohnung hängen, das Robert Long in seiner Londoner Zeit aufgenommen hatte. Selbstverständlich war Sartorius nicht nur Sexmonster, sondern gelegentlich auch für andere Dinge zu begeistern. Vor allem für Fotos. Soweit sich Sarah erinnerte, sammelte er Kameras der verschiedensten Hersteller und besaß sogar äußerst seltene Stücke aus den Anfängen der Fotografie.

»Nicht schlecht«, sagte er.

»Kennen Sie die Frau?«, versuchte es Sarah wieder.

»Also gut«, sagte Sartorius. »Sie ist eine arrogante Person und sucht sich ihre Kunden gut aus. Die nimmt nicht jeden!«

Dann sah er sie provozierend an und streckte sich ausgiebig. »Wie Sie, Frau Doktor Rosen.«

»Und? Hatten Sie Interesse an ihr?«

»Das ist richtig«, antwortete Sartorius sachlich. »Vollkommen richtig. Aber…« Er machte eine Pause und bog die Innenfläche seiner rechten Hand nach außen. »Aber sie wollte nicht, was ja nicht unbedingt an mir liegen muss«, fuhr er fort und strich sich mehrmals über das Haar.

Sarah Rosen warf ihm einen anerkennenden Blick zu.

»Keinesfalls. Bei Ihrer Ausstrahlung!«

Genau das brauchte er jetzt. Bestätigung. Anerkennung.

»Die Frau macht auf Russin. Nannte sich Irina. Dabei ist sie eine Wienerin. Aus gutbürgerlichem Haus übrigens. Scheint ihr Studium geschmissen zu haben, um sich voll und ganz der Vögelei zu widmen. Die echten Ostfrauen ärgern sich schwarz über die. Es ging sogar das Gerücht, dass Irina von der Zeitung ist und Lebensbeichten von Huren sammelt. Die fragt ziemlich viel rum.«

»Waren Sie eigentlich gestern Abend im Orient?«, fragte Sarah beiläufig.

»Nein, ich war den ganzen Tag geschäftlich unterwegs. Hatte einen Haufen Termine … Aber warten Sie … Am Dienstag, da war ich für ein paar Stunden da. Es gab Ärger mit Irene, und das vor allen Leuten. Direkt vor dem Hotel.«

Sarah zog die Augenbrauen hoch und tat so, als ob sie davon zum ersten Mal hören würde.

»Ein Zuhälter wollte Irene mit dem Gesicht in einen Haufen Hundescheiße stecken.«

Beim letzten Satz kniff Sartorius die Lippen zusammen und versuchte zu lächeln. Wahrscheinlich hätte er Irene am liebten höchst persönlich gequält. Er trug er eine Menge Angst mit sich herum, und diese Angst war an eine Menge Maßnahmen gebunden.

Sartorius konnte zum Beispiel nur auf der rechten Seite einschlafen, um sein Herz zu schonen, wie er sagte. Und er musste sich nach dem Sex sofort waschen gehen. Er war stolz auf eine riesige Sammlung von Ölen und Seifen, die er von seinen Dienstreisen aus aller Herren Länder mitgebracht hatte. Angeblich besaß er sogar eine Sammlung von Einweckgläsern, wegen der Gummiringe, die den Geruch von Essiggurken oder Marmeladesorten angenommen hatten und sich wunderbar in seine erotischen Fantasien einbauen ließen.

»Wissen Sie noch, wie dieser Zuhälter aussah?«, fragte Sarah.

»Mein Gott, Sie stellen Fragen. Ich achte nicht so auf Männer.«

»Natürlich«, sagte Rosen. »Verzeihung.«

Marc Sartorius tastete seine Anzugtaschen ab, fand eine Packung Zigaretten und steckte sich eine an.

»Hätte einer dieser braungebrannten Fitnesstrainer sein können, die man so in Bars trifft. Schwarzblaue Haare, Scheitel. Vielleicht ein Meter fünfundachtzig, kein Gramm Fett zu viel.«

Er inhalierte tief ein und blies Ringe in die Luft.

»Und weiter?«

»Na ja, die Leute draußen waren begeistert. Die zwei haben 'ne richtige Show abgezogen. Plötzlich steigt ein Typ aus 'nem Taxi und Ende mit der Show. Der Zuhälter lässt die Frau los, sie hängt sich bei einem Fremden ein, und die beiden stolzieren wie ein Liebespaar ins Orient. Echt filmreif, wie in *Pretty Woman*. Aber wozu wollen Sie das eigentlich alles wissen?«

»Lesen Sie denn keine Zeitung?«, fragte Rosen.

»Nur die erste Seite und den Wirtschaftsteil«, sagte Sartorius.

Sarah Rosen war perplex.

»Ja, wissen Sie«, sagte sie langsam. »Irene Orlinger ist ermordet worden. Die Polizei hat mich als Fallanalytikerin eingesetzt.«

Sartorius schwieg, nahm wieder seine steife Haltung ein und warf seiner Therapeutin, mit der er in den Lift stieg, einen viel sagenden Blick zu.

»Wir sehen uns dann nächste Woche«, sagte Sarah, als sie unten angekommen waren.

Der Mann zuckte nervös mit den Achseln und verließ eilig das Haus.

Eine offene Beifahrertür winkte sie heran.

»Sehen Sie sich den Mann gut an. Das ist ein wichtiger Zeuge im Fall Orlinger«, erklärte Sarah, als sie zu Semir in den Wagen stieg.

»Tatsächlich? Was kann der denn bezeugen?«, fragte er.

»Irene Orlinger wurde am Abend vor ihrem Tod von einem schwarzhaarigen Schönling…«

»Fast in die Scheiße gesteckt«, ergänzte Semir, »und dieser Wahnsinnstyp, dieser François Satek, der hat sie gerettet und ist ziemlich sicher unschuldig.«

Sarah sah ihn verblüfft an. Woher wusste er das alles?

»Soll ich Ihnen noch was verraten, Frau Doktor? Sie waren im Knast und sind da in einem sexy Fummel angetanzt. Ganz schön raffiniert, und ich weiß sogar noch mehr.«

Semir legte eine Kunstpause ein und musterte Sarah hintergründig. Ahnte er etwa, dass sie es auf François abgesehen hatte? Sarah fühlte, wie ihre Wangen heiß wurden, pikiert wie ein Schulmädchen, das beim Onanieren erwischt worden war.

»Sie haben seitdem immer noch nichts Richtiges gefrühstückt. Von wegen Trzesniewski, darf ich Sie zu einem Cheeseburger einladen?«

21

Ein echt syrischer Tellak war gerade dabei, Vera Kirchner mit einem groben Handschuh aus Ziegenhaar abzurubbeln und allerlei Geschichten zu erzählen.

Dann plötzlich brannte eine beißende Flüssigkeit auf ihrer Haut; ursprünglich mal arsenhaltig, ein praktisches Enthaarungsmittel, mit dem arabische Frauen vor Jahrhunderten während der Schönheitspflege ihre Männer getötet haben sollen, berichtete der Meister ohne mit der Wimper zu zucken, während Vera vor Schmerz das Gesicht verzog, um sich weiter über die Vorlieben des Sultan Nuraddin und den Sinn der warmen Dämpfe, die jetzt folgen würden, aufklären zu lassen.

Vera war noch nie in einem Hammam gewesen. Noch nicht mal in einer ganz gewöhnlichen Sauna, in der auf Schweißperlen fixierte Bleichgesichter rumsaßen und sich den Dreck aus den Poren rubbelten. Nicht im Traum wäre ihr eingefallen, sich freiwillig unter diese Leute zu begeben.

Doch siehe da, Karl hatte recht behalten. Das orientalische Backrohr mit sich steigernden Heißluftstufen hatte sie nach und nach dann doch zu einem willenlosen Stück Fleisch gemacht, und aller Widerstand, jeder Vorbehalt gegen die Zeremonie der Waschungen löste sich nach und nach in Wohlgefallen auf.

Zuerst lag Vera auf heißem Marmor, reglos wie eine Echse. »Damit sich die Seele erwärme«, erklärte der Tellak und ließ sie schmoren. Nach einer halben Stunde kam er wieder mit einem Glas Pfefferminztee. Vera nahm ein paar Schlucke, dann goss der Tellak heiße und kalte Schalen Wasser über sie aus.

Schon war der Kopf so weich wie Pudding, nur ein winziger Rest von Widerwillen regte sich noch in ihrem rechten Fuß, der ihr während der Behandlung eingeschlafen war. Hin- und hergerissen zwischen Qualen und Wonnen, rechnete Vera fest mit einer Entschädigung. Auf dass sich ihr nach ausgiebiger Tortur und heiliger Reinheit nun endlich die Tore zum Paradies öffnen würden.

Über drei Stunden verbrachte sie nun schon an diesem Ort und grübelte, ob es wohl richtig sein würde, mit der gesamten Prozedur einfach wieder von vorne zu beginnen. Doch dann war sie zu müde für diese Übertreibung, und im Halbdunkel eines tiefen Kuppelgewölbes, das den Badenden Ruhe und Abgeschlossenheit vermittelte, Sammelplatz guter Geister, wie es hieß, begann sich Vera zu entspannen.

Arabische Musik rieselte aus unsichtbaren Lautsprechern, die Illusion war perfekt. Zwei Frauen kamen auf sie zu, beugten sich über ihren Rücken und massierten Vera mit einem zart duftenden Öl. Im Nu war sie die magische Summe dieser vier Hände. Vera schloss die Augen. Ihr Körper schaukelte, als läge sie in einer Wiege. Dann plötzlich schnipste jemand mit den Fingern, und der schöne Traum war vorbei.

Vera blinzelte.

Ein Mann mit einem großen Turban hatte sich neben sie gesetzt und den Streicheleinheiten ein jähes Ende bereitet. Die Frauen, zauberhafte Jeannies im Doppelpack, waren plötzlich verschwunden. Dünstende Fleischwülste rollten sich vor ihren Augen auf.

Vera sah, dass der Dicke nicht allein gekommen war und sich mit seinem Begleiter in einer Sprache unterhielt, die sie für Russisch hielt.

Vera war wieder hellwach. Hatte sie richtig gesehen? Das war ja genau die Gesicht-Schulter-Silhouette, der sie auf den Fersen war. Dasselbe markante Kinn, dieselbe schön geschwungene Nase und dasselbe tiefschwarze Haar.

Dieser Fiesling, dachte sie und versuchte sich so unauffällig wie möglich zu bewegen. Ein Anspannen der Halsmuskeln verriet ihr, dass der Mann gerade im Begriff war, sich nach ihr umzudrehen.

Nur nicht nervös werden, dachte Vera. Wahrscheinlich würde er sich gar nicht an sie erinnern können. Er sah zu ihr rüber.

»Dimitri«, raunte der Dicke.

Den Rest verstand sie nicht. Dann verließen die beiden den Raum. Nach ein paar Minuten nahm Vera die Verfolgung auf. Der Türgriff, den sie einen Moment umklammerte, fühlte sich schlüpfrig an. Sie würde Semir rufen müssen, und zwar sofort, aber das Handy steckte irgendwo in ihrem Bademantel. Vera ging weiter. Im nächsten Raum roch es nach Eukalyptus. Auf einem niedrigen Tisch brannte eine flackernde Kerze. Die Arme ausgestreckt wie zum Schwimmen, schluckte Vera ihren eigenen Atem. Hinter ihr hörte sie Schritte. Die Tür knarrte. Ein Ellenbogen streifte sie. Vera ging über zwei flache Stufen nach unten und beobachtete, wie sich die beiden Männer auf eine Couch fallen ließen.

Der mit dem Turban wirkte selbstgefällig, machte Gesten wie ein Pascha, der andere lächelte schweinisch.

Genug gesehen, dachte Vera und drehte sich um.

Ein ausgefranster Halbmond stand am Himmel, als Vera, nur mit einem weißen Bademantel bekleidet, in der Tür zum Hammam wartete und leise mit Semir telefonierte.

Nebel verwischte die Konturen der alten Steintreppe, die nach dem Regen einer Rutschbahn glich. Niemand, der herumtrödelte, niemand, der mit Einkaufstaschen vorbeikam oder auch nur seinen Hund Gassi führte.

Vera bog zitternd ihre tiefgefrorenen Zehen nach oben. Was, wenn die zwei Männer längst über alle Berge waren? Über den Hinterausgang oder durch eine geheime Tür geflüchtet, wie in einem Schwarzweißfilm von Hitchcock?

Plötzlich fiel Licht auf sie.

Ein Wagen war direkt vor ihr zum Stehen gekommen. Türen klappten.

»Na endlich!«, rief Vera.

Das Licht ging wieder aus. Zwei Polizeibeamte in dicken Winteruniformen kamen auf sie zu.

»Frau Kirchner?«, fragte der eine.

»Ja, Kirchner.«

Dann legte sie los.

»Was soll die Verkleidung? In voller Montur in die Sauna?«

»Das lassen Sie mal unsere Sorge sein«, knurrte der Kleinere von beiden, schob die Tür auf und blieb vor dem Tresen mit fernöstlichen Vorspeisen stehen.

»Hhm, Kichererbsenpüree und Mango Chutney«, sagte er.

Der andere gab sich fachmännisch und knöpfte seine Jacke auf.

»Kein Personal hier?«

Vera Kirchner kochte vor Wut, zupfte den Kleinen am Ärmel und lief so lange vor, bis ihnen die Wärme ins Gesicht schlug.

»Der Mann ist im Dampfbad. Wahrscheinlich Russe, jung, dunkelhaarig und gut durchtrainiert. Nennt sich Dimitri. Also was ist jetzt?«

Der Bulle hatte endlich die Tür aufgerissen und polterte, gefolgt von seinem Mitläufer, durch die Nasszelle.

Elefanten im Porzellanladen, dachte Vera und lief hinterher. Das würde ihr kein Leser dieser Welt glauben. Abgesehen vom alten Tichat, der Sensationen liebte. Vera klopfte dem Polizisten, dem schon der Schweiß auf der Stirn stand, auf die Schulter.

»He, Mann. Hier ist niemand. Weiter!«

Draußen, im Ruheraum, zwischen Seidenkissen, sahen sie ihn schlafend liegen.

»Ist er das?«

Sie nickte.

»Stehen Sie auf«, sagte der Polizist. Dimitri rührte sich nicht. Vera fasste den Mann bei beiden Schultern und schüttelte ihn.

»Wachen Sie auf, Mensch.«

Dann schüttelte sie fester.

Nichts.

»Polizei, hören Sie mich?«

Dimitri öffnete ein Auge. Vera sah einen stechend weißen Schimmer. Seine Lippen öffneten sich, aber dann klappte er das Kinn runter.

Vera ließ los. Sie war sich sicher, dass er verstanden hatte, und dachte im selben Moment, dass er eigentlich besser aussah, wenn er wach und gemein war.

»Was machen wir jetzt?«, fragte sie.

Die drei blickten sich ratlos an. Vera rieb sich mit dem Handrücken die Nase. Ihr Elan hatte erheblich nachgelassen. Blöde Bullen! Was standen die so doof rum? Dann hatte sie eine Idee und deutete mit dem Kopf in Richtung Dusche.

Der Polizist, der am dichtesten dran war, verkniff sich ein Lächeln.

Da kam der Fette mit dem Turban angelaufen, er hielt das ganze wohl für einen Notfall, fiel sofort auf die Knie, legte sein Schweineohr auf die Brust des Schlafenden und jammerte, als würde sich das Leben seines Kumpels dem Ende zuneigen.

Erst als er die Personalmarke des Kriminalbeamten vor seiner Nase baumeln sah, hörte er auf mit der Litanei und kam endlich wieder auf die Beine.

»Ihrem Freund wird Drogenhandel zur Last gelegt. Außerdem steht er unter Mordverdacht an Irene Orlinger. Schon mal gehört?«

Der Fette schüttelte den Kopf. Seine Backen schlabberten und sahen aus wie herunterhängende Lefzen.

»Entweder sorgen Sie jetzt dafür, dass er die Augen aufmacht, oder …«

»Wir dachten an eine Abkühlung da drüben im Tauchbecken«, sagte Vera.

Der Polizeibeamte warf ihr jetzt einen verächtlichen Blick zu.

»Gehen Sie, Frau Kirchner. Sie haben heute schon genug riskiert.«

Dann fuchtelte er wie blöd mit der Pistole rum. Der Russe ließ sich anstandslos abführen.

22

Während Vera Überschriften über Verdächtige im türkischen Dampfbad erfand, saß Dr. Sarah Rosen im Konzert und rief sich alle Einzelheiten ihrer Leidenschaft zurück. Über ihr das glänzende Gold des Musikvereins. Ein Ort für erlesene Musik, die ihr heute partout nicht ins Ohr gehen wollte.

François und seine schamlosen Blicke. François, der sie gegen die Wand der Zelle drückte und noch im Stehen nahm. Ein in ihrer Vorstellung glühendes Geschehen, das sie ausschmückte und variierte, bis diese Vorstellung nach und nach an Kraft verlor. Sarah seufzte leise. Hugo Wolf und seine Lieder hatten nicht mal den Anflug eines sentimentalen Schwelgens bewirkt, obwohl das, was sie hörte, exzellent war.

Vertonte Gedichte von Michelangelo!

Sarah zupfte an ihrem Chiffontuch, ein Geburtstagsgeschenk von Georg, das sie nicht besonders mochte, heute aber ihm zuliebe trug, bevor er mit seinem Sänger auf Konzertreise durch die Beneluxländer verschwinden würde. Ein Abend wie dieser, den sie normalerweise in vollen Zügen genoß, kam ihr jetzt wie Schwindel vor.

Georg kreiste mit seinem Oberkörper vor den Tasten herum wie ein alter keuchender Brummkreisel.

Sarah sah ohne zu hören. Das Gesicht des Sängers, eine hässliche Fratze. Jedes Husten im Publikum eine stumme Kakophonie sich blöd öffnender Münder.

Ich muss raus hier, dachte sie, sah auf ihre Armbanduhr, dann wieder ins Programmheft. Sofort raus. Aber der Nachbar zu ihrer Rechten tupfte sich mit einem Stofftaschentuch, das er bedächtig aus der Brusttasche seines Jacketts zog, die feucht schimmernden Augen. Sollte sie ihn etwa um Verzeihung bitten und einfach aufstehen?

Nach quälenden zehn Minuten, in denen ein Lied über irdische und himmlische Liebe erklang, war endlich Pause.

Verhaltener Applaus.

Georg machte einen Schritt nach vorne und verbeugte sich Hand in Hand mit dem Weltmeister der Liedinterpreten.

Frenetischer Applaus.

Sie würde in die Garderobe gehen, dachte sie, ihm schnell Glückwünsche überbringen und sich dann empfehlen. Aber die Menschenschlange, die sich nach draußen zum Foyer schieben wollte, kam nur schwer voran. Sarah Rosen schaltete ihr Handy wieder ein. Um sie herum Stimmengewirr und Kleidergeraschel. Das übliche Palaver über Wetter, Steuerreform und den Finanzminister. Beim Ausgang angelangt, fühlte sie, wie ihr jemand von hinten auf die Schulter tippte. Hoffentlich keiner meiner Patienten, ging es ihr durch den Kopf. Sarah sah sich flüchtig um.

»Sie lieben also Hugo Wolf?«

Sarah fuhr zusammen. Noch bevor sie sich wieder fangen konnte, hatte die Stimme Gestalt angenommen. Der Mann lächelte. Sie lächelte höflich zurück.

»Erwin Wolowiec. Sie haben mir vielleicht einen Schrecken eingejagt!«

»Bitte entschuldigen Sie«, sagte er. »Das wollte ich wirklich nicht.«

Sie musterte ihn. Das Gewicht, das er im Laufe der Jahre zugelegt und das sich rund um seinen Bauch angesetzt hatte, stand ihm gut.

»Hugo Wolf? Habe ich Ihnen schon gesagt, dass ich keine Romantikerin bin?«

Wolowiec zwinkerte und sah weg. Immer noch diese Schüchternheit, diese elende Verklemmtheit. Doch plötzlich legte er seine Hand zwischen ihre Schulterblätter und schob sie zum Büfett.

Sarah sah sich gezwungen, ihre Rolle gut zu spielen, kam sich aber wie eine Heuchlerin vor. Zu gut erzogen, um diesem lästigen Menschen den Rücken zu kehren.Wusste Wolowiec, dass Georg

Mildner ihr Partner war? Wusste er, dass sie dieses Konzert besuchen würde?

»Und Ihre Freundin?«, fragte Sarah. »Warum ist sie denn nicht mitgekommen?«

Wolowiec fingerte an seiner Krawatte. Leichtes Rot verfärbte sein Gesicht. Er erklärte umständlich, dass sie krank sei, noch nicht ganz wieder auf den Beinen wegen einer ganz fatalen Virusgrippe.

Das war gelogen, dachte sie, in sich hineinlächelnd.

»Vielleicht können wir uns mal zum Abendessen treffen?«, fragte er.

Zum Glück läutete das Handy, sonst wäre sie vielleicht doch noch aus der Rolle gefallen. Mit Erleichterung sah sie, wie sich ihr Verehrer wieder dem Publikum anschloss, das jetzt Richtung Konzertsaal strömte.

Ich glaub's nicht, dachte sie und nahm das Gespräch an. Für ihn war sie immer noch Schwester Ilse. Die Übertragung hält eine Ewigkeit! Der jähe Abbruch der Therapie, über den sie nie wieder gesprochen hatten, lag ihr als schweres Versagen im Magen. Kein Wunder, dass er sich nicht von ihr lösen konnte. Er liebte sie.

»Sarah, hörst du mir überhaupt zu?« Bruno Karlich am anderen Ende der Leitung wurde langsam ungehalten.

»Verzeih«, sagte Sarah, »ich war nicht ganz bei der Sache.«

»Wir haben Irenes Joggingsachen im Volksgarten gefunden«, sagte Karlich. »Das spricht eindeutig für deine Vermutung, dass der Täter die Leiche umgezogen haben muss. Außerdem befinden sich Blutspuren und dunkle Haare auf der Kleidung.«

Sarah Rosen hatte Mühe, den Triumph in ihrer Stimme zu unterdrücken. »Sehr gut. Das bringt uns ein erhebliches Stück weiter. Der Täter muss also tatsächlich gewusst haben, dass Irene nachts joggen geht, aber von wem stammen das Blut und die fremden Haare?«

»Das lassen wir gerade überprüfen«, erklärte Karlich. »Übrigens konnten wir den Mann verhaften, der Irene Orlinger vor ihrem Tod bedroht hat. Als wir ihn zum Mordfall vernehmen wollten, hat er jede Auskunft verweigert. Auskunftsverweigerungsrecht, sagte er bloß. Klang wie auswendig gelernt. Dimitri Kovac konnte übrigens bestätigen, dass François Satek kein Mitglied des ORTIS-Kartells ist.«

»Wie sicher ist das?«, fragte Sarah Rosen.

»Wir glauben ihm. Er hätte keinen Grund, ausgerechnet François zu entlasten. François ist also frei!«

Karlich schnaubte ins Telefon.

»Habt ihr für Polizeischutz gesorgt?«, fragte Sarah.

»Wieso Polizeischutz? Der Mann ist doch Legionär.«

»Ist er nun frei oder nicht?«, fragte Sarah noch mal.

»Herrje, ja doch. Morgen früh um zehn haben wir ihn als Zeugen in der Sache Orlinger geladen. Ich hoffe, dass er sich zur Verfügung hält und genau beschreiben kann, was vor dem Hotel Orient passiert ist, vor allem, warum er in diese dubiose Drogengeschichte verwickelt wurde.«

Wie auf Wolken schwebend ging Sarah zur Garderobe und hüllte sich in ihren Fischgrätmantel. François war unschuldig, das hatte sie gleich gewusst. Zufrieden mit sich und der Welt ging sie nach draußen und blieb noch eine Weile vor dem Musikverein stehen. Der zweite Teil des Konzerts hatte gerade begonnen. Ein Wirbel von tiefen Klaviertönen drang an ihr Ohr.

»Morgen um zehn«, flüsterte Sarah Rosen und beschloss, in aller Ruhe zu Fuß nach Hause zu gehen.

23

SIEBEN UHR. Der Radiowecker brachte gerade die Lottozahlen. François wachte verkatert auf, würgte mit geschlossenen Augen den Ton ab und steckte sich noch im Bett eine Zigarette an.

Eine dreiviertel Stunde bis zur Vernehmung.

Er dachte an Katzan. Zum x-ten Mal hatte er versucht, ihn zu erreichen. Vergeblich. Niemand meldete sich. Er war kein Mörder, dachte er. Schon gar kein Dealer.

Er hatte seine Ideale. Und seinen Stolz.

Die Zigarette schmeckte nicht. François drückte sie halb angeraucht aus. Dann knipste er das Licht an und wählte Katzans Nummer. Das Handy spielte ihm wieder nur die Mailbox vor. Er wollte sich eine Strategie zurechtlegen, aber nichts von dem, was er sich überlegte, ergab Sinn. Vielleicht war Katzan bei seiner Mutter untergetaucht? Sollte er etwa in den zweiten Bezirk fahren und sie ausfragen?

Dieser Deal, in den er verwickelt worden war, hatte nicht funktioniert, aber vielleicht sollte er ja auch gar nicht funktionieren.

Von wegen fingiert! Warum hatte die Polizei nichts von ihm gewusst? Wieso hielten sie ihn für einen Dealer? War es möglich, dass Katzan in eine Falle gegangen war? In eine ausgeklügelte Polizeifalle? Oder ist da was schief gelaufen? Auch Bullen sind bestechlich, dachte François. Auch Bullen arbeiten für die Mafia.

Ab jetzt wollte er auf der Hut sein und die richtigen Fragen stellen, falls es überhaupt dazu kommen würde. Sie hatten ihn zwar vorgeladen, würden aber sicher nichts durchsickern lassen.

François rieb sich das Gesicht.

Er müsste sie irgendwie provozieren, irgendwie dazu bringen, ihn in die Ermittlungen mit einzubeziehen, aber wie? Er war immer noch nicht aus dem Schneider. Wollte er die Polizei endgültig von seiner Unschuld überzeugen, musste er den Schmugglern selbst auf die Schliche kommen.

François sah auf die Uhr.

Für eine Dusche war keine Zeit mehr. Dröhnender Schmerz in seinem Kopf. Zwei Zeilen Rimbaud.

Nous avons foi au poison.

Ich setze mein Vertrauen auf das Gift.

Zu viel gesoffen gestern.

François stieg über einen Stapel zerdrückter Jeans und schleppte sich in die Küche. Er öffnete den Kühlschrank. Im Kühlschrank war nichts außer einer Flasche Bier. François schloss die Tür und trank Wasser aus der Leitung. Das war sein Frühstück. Dann hielt er seinen Kopf unter den kalten Strahl und ging sich sorgfältig rasieren. Er war nervös und musste aufpassen, damit er sich nicht in den Hals schnitt. Heute sollte alles perfekt sein. Perfekt und ordentlich. Anziehen! Das gebügelte Hemd aus der Reinigung fühlte sich steif an, die Stoffhose auf der Haut kratzte.

Ein letzter Blick in den Spiegel.

Beim Verlassen der Wohnung dachte François daran, bei Vera zu läuten, blieb aber nur auf dem Gang stehen und horchte. Danke sagen, das wäre das Mindeste. Sie hatte immerhin diesen Dimitri hinter Schloss und Riegel gebracht, aber irgendwas hielt ihn davon ab.

Pünktlich um acht stand François in der Taxizentrale. Er sollte sich einen Wagen holen. Seinen ersten Dienst antreten, später, nach seiner Vernehmung.

Eine mürrische Braut, die für die Dienstpläne zuständig war, lächelte ihm zu und wollte nicht gleich die Schlüssel rausrücken.

»Hallo! Wie geht's denn so?«, fragte sie und hielt ihn hin.

»Bestens«, sagte er und dachte, dass sie Pferdezähne hätte und dringend eine Zahnspange bräuchte.

»War's schlimm?«

François schüttelte den Kopf.

Die wollte reden. Wahrscheinlich weil er jetzt prominent war. Wegen der Wiener Presse. Weil seine Verbrechervisage nach der Freilassung wohl Züge eines Gutmenschen angenommen hatte. Aber die Tussi war egal. Sie gab sich mit einer Kurzversion über seine Verhaftung zufrieden und schob endlich die Wagenschlüssel rüber.

»Willst du 'n Kaffee?«, fragte sie.

François nickte, hatte aber plötzlich mehr Lust auf Steak mit Fritten.

Die Frau ging rüber zum Getränkeautomaten und zog ihm einen Espresso.

»Ist nett von dir. Danke«, sagte er und nahm ihr den Becher ab.

Heute war Stichtag. *Die* Chance. Er würde eine umfassende Beichte ablegen, dachte er, alles sagen, was er wusste, und die Polizei wäre total überzeugt.

»Also, bis dann«, sagte er zu der Frau, die ihn so nett bedient hatte und ging.

Draußen roch es nach Schneematsch. Einen Atemzug lang hatte François das Gefühl, frei zu sein. Trotzdem kurvte er wie ein Sonntagsfahrer durch die Stadt und stieg vor Nervosität unmotiviert auf die Bremse, und als er endlich einen Parkplatz in der Nähe des Präsidiums gefunden hatte, war ihm, als müsse er kotzen. Er dachte an Sarah Rosen, stieß auf, würgte den sauren Magensaft runter und fragte sich, ob sie wohl dabei sein würde. Die Frau war Zufall. Aber dieser Zufall hatte sich als günstig erwiesen, und fast schon hatte er sich daran gewöhnt, Sarah immer dann, wenn es schwierig wurde, an seiner Seite zu wissen.

An der Pforte löcherte ihn ein unfreundlicher Beamter. Er sah eine Liste durch, nahm seine Vorladung entgegen und telefonierte ein paarmal.

»Bitte!«, sagte der Mann endlich. »Dort drüben, den Gang entlang und dann rechts.«

François lief sofort los. Er riss die Tür zum Verhandlungsraum so ruckartig auf, dass sie gegen die Wand stieß und von oben bis unten vibrierte.

»Morgen!«

Der Raum war dunkel bis auf den Strahl eines Projektors. Gerade genug Licht, um einigermaßen zu sehen. Drei Männer saßen an einem langgezogenen Konferenztisch und zuckten vor Schreck zusammen. Der eine war dunkelhaarig, stand auf und bot ihm einen Platz an. Als François ihm seine Hand entgegenstreckte, stellte er sich mit einem türkisch klingenden Namen vor.

»Semir Aydin.«

Der Mann kam ihm bekannt vor, wahrscheinlich war er ihm am Anleger, unterhalb vom Mexikoplatz, begegnet. Ja, das war der Bulle, der ihn abgeführt hatte. Der andere, an den er sich genauer erinnern konnte wegen dieser Glatze, musste Karlich sein. Dann kam Leo Schmidt auf ihn zu. Der Typ, der ihm die Handschellen angelegt hatte. Der sah aus, als würde er die Sekundenzeiger seiner Uhr bewachen.

Korinthenkacker, dachte François, setzte sich und hängte seine Jacke über die Stuhllehne.

»Bitte«, sagte Schmidt ohne aufzusehen.

Dr. Sarah Rosen war auch da. Sie saß allein am anderen Tischende und kramte in ihrer Handtasche. François hätte sich am liebsten neben sie gesetzt, blieb jedoch aus Angst, Aufmerksamkeit zu erregen, lieber da, wo er war. Sie sah kühl aus in ihrem eisblauen Kleid. Aber der schmeichelnde Stoff, der ihn an das Fell einer Angorakatze erinnerte, zeichnete ihre Figur so deutlich ab, dass es ihm leicht fiel, sie sich nackt vorzustellen.

Karlich hatte inzwischen die Sitzung eröffnet und leierte die Personalien runter. Seine Augen machten die Runde.

»Herr Satek«, sagte er, ohne François anzusehen. »Wie kam es zum Geschlechtsverkehr mit Irene Orlinger? Wir haben eine Spermaprobe entnommen, die mir Ihrer DNA übereinstimmt.«

»Geschlechtsverkehr?«

François hatte Lust auf eine obszöne Antwort, riss sich aber zusammen und erzählte so gut er konnte von der Begegnung mit Irene. Reden war nicht seine Stärke. Manchmal kam er ins Stocken.

»Sie waren also der letzte Freier von Irene Orlinger?«

Was ging den Bullen sein Privatleben an? François trommelte mit den Fingern auf der Tischplatte.

»Die Frau war … umsonst«, sagte er. »Die wollte kein Geld. Sie war…«

Der Typ runzelte die Stirn. »Aha«, sagte er. »Das fängt ja gut an. Hübsche Geschichte, Herr Satek!«

François brachte sämtliche Fingerknochen zum Knacken. Dann sah er zu Rosen rüber. Die Ringe um ihre müden Augen schienen zu tanzen, aber die Erschöpfung machte sie noch begehrenswerter. Daran konnte er sich eine Weile lang festhalten.

»Sie wollte mit dem Anschaffen aufhören. Die brauchte kein Geld.«

»Was heißt das?«, fragte Karlich dazwischen.

»Sie sagte nur, dass sie noch Kohle bekommt. Sehr viel Kohle. Mehr weiß ich nicht.«

François verschränkte seine Hände hinter dem Kopf.

»Von wem denn?«, fragte Schmidt. »Wissen Sie das zufällig?«

»Zufällig ja«, sagte François.

Es war deprimierend, diesen Visagen Erklärungen abgeben zu müssen, die er sich nicht mal selbst geben konnte.

»Ich glaube von ihrem Vater«, sagte er. »Wohl 'n schwerreicher Typ.«

Sarah Rosen atmete hörbar ein. »Irene Orlinger war eigentlich BWL-Studentin.«

Bruno Karlich warf ihr einen strafenden Blick zu. Wahrscheinlich hätte sie das nicht sagen sollen.

François betrachtete ihre Hand, die weiß und fahl einen Meter von ihm entfernt lag. Wie abgetrennt. Mexiko-City, wenigstens London, vielleicht sogar Frankreich. Auf keinen Fall Paris, dachte er und hätte sie jetzt am liebsten entführt. Ihr schönes Gesicht, ihr Haar, das weich auf die Schultern fiel. Zum ersten Mal in seinem Leben registrierte er, dass er immer auf denselben Typ Frau abfuhr. Blond, hellhäutig, schlank, groß. Wahrscheinlich funktionierte er wie ein Pawlowscher Hund. Einmal auf bestimmte Reize konditioniert, fing er immer wieder Feuer und entzündete sich an Frauen wie Irene oder Sarah, Frauen, die vorübergehend Gleichgewicht in sein Schaukelleben brachten.

»Sarah«!

Der kleine Bulle, dieser Karlich, war wütend geworden.

François driftete weg. Er verstand nicht, er verstand gar nichts.

Am liebsten hätte er sich unter ihr Kleid geflüchtet. Unter Sarahs Haut.

»Das gehört doch nicht hierher«, hörte er einen der Polizisten sagen.

Nein, das gehörte nicht hierher.

Dann wieder stellte er sich vor, wie Sarah und er durch die Luft schwebten, ihre Körper genau parallel übereinander, er oben, sie unten, dazwischen zwei Handbreit Abstand. Jemand hielt sie an einer Schnur fest und sah zu, wie er die Hand nach ihr ausstreckte und dann nur ihren Kopf berührte, unterhalb, nur um ihn zu stützen, ganz leicht.

»Sehen Sie sich das an«, sagte Schmidt und warf Dias an die Wand.

Irene Orlingers violetter Mund in Großaufnahme.

»Herr Satek, Sie wurden zuletzt mit Frau Orlinger gesehen«, sagte Schmidt, der so redete, als ob er ihn für dämlich hielt.

Der Projektor klackte. Das nächste Dia.

Er zeigte einen Mann.

»Dimitri Kovac«, sagte François. »Dieses Schwein! Der hat Irene bedroht. Ist derselbe, der mir das Heroin verkaufen sollte.«

Semir Aydin nickte. François fühlte, dass er auf seiner Seite war.

Kein Kommentar.

»Wie war das, Herr Satek?«, fuhr Schmidt fort. »Sie haben behauptet, im Auftrag der Polizei gehandelt zu haben?«

François hatte einen Kloß in der Kehle. Allein beim Anblick dieses Bullen, der vor Arroganz nur so strotzte, fühlte er sich in die Enge getrieben.

»Bien sur! Katzan hat mich angeheuert. Er hat mir gesagt, dass ich Aussichten auf einen Job als V-Mann hätte.«

François strich sich mit der Hand über sein frisch gebügeltes Hemd und kam sich dabei völlig daneben vor.

Er schlug mit der flachen Hand auf den Tisch.

»Verdammt, ich hab keine Ahnung, wieso Sie von mir nichts wussten. Katzan muss doch von mir gesprochen haben.«

Dann sah er sich hilfesuchend um. Semir machte ein Gesicht wie drei Tage Regenwetter. Schmidt redete weiter.

»Katzan hat mir erklärt, dass Sie ein wichtiger Mann für ORTIS sind und dass Sie seit Jahren mit denen zusammenarbeiten.«

François schüttelte den Kopf.

»Nein!«

»Und dass ORTIS in letzter Zeit Absatzschwierigkeiten mit dem Stoff hatte wegen der Mafia«, sagte Schmidt.

»Glaub ich nicht«, sagte François und stand plötzlich auf. »Das ist gelogen. Sie lügen!«

»Setzen«, sagte Leo Schmidt kühl. »Passen Sie auf, was Sie sagen.«

François ließ sich resigniert zurück auf den Stuhl fallen.

»Bullenschwein«, murmelte er. »Mit ORTIS habe ich nie was zu tun gehabt. Das ist doch völlig aus der Luft gegriffen.«

Sarah Rosen nahm einen Füllfederhalter aus ihrer Tasche und kratzte damit in einem Notizheft herum. Zwischendurch hob sie den Kopf.

»Lassen Sie sich nicht provozieren, Herr Satek. Sagen Sie mir, wer Katzan ist. Können Sie genauer beschreiben, in welcher Beziehung Sie zu ihm stehen?«

»Wir waren zusammen in der Legion, und wir sind … wir kennen uns schon ewig«, erklärte François.

»Eine echte Männerfreundschaft also?«, fragte sie weiter.

»Wenn Sie darunter dasselbe verstehen wie ich«, sagte er und verschränkte die Arme vor seiner Brust, als müsse er sich vor weiteren Fragen schützen. »Was geht hier eigentlich ab?«

»Beruhigen Sie sich«, sagte Semir und warf Schmidt einen drohenden Blick zu. Dann wandte er sich an François. »Hatten Sie eigentlich einen Decknamen bei der Legion?«

Wieso wollte er das wissen?

»Mein Deckname war *Charles Lecour*«, antwortete François.

»Lecour«, wiederholte Semir in Richtung Schmidt. »Savate-Kämpfer. Der erste in der Geschichte der Faustkämpfe. Wussten Sie, dass Legionäre die besten Savate-Kämpfer sind?«

Schmidt gab ein verächtliches Grunzen von sich. »Was Sie nicht sagen!«

Aydin und Schmidt waren sich anscheinend nicht ganz grün.

Dann wurde es still.

François versuchte in Sarahs Gesicht zu lesen. Er brauchte einen Anhaltspunkt. Das Wort Männerfreundschaft war ihm deutlich im Ohr geblieben. So wie es Sarah Rosen ausgesprochen hatte, lag Zweifel, fast Ironie in ihrer Stimme. Er kannte sie. Er wusste doch, dass sie an was herumdokterte, konnte sich aber keinen Reim darauf machen.

»Tja, da hat sich wohl jemand eine ganz eigene Version der Geschichte zurecht gelegt«, sagte Sarah, lauter als sonst.

Eine Weile herrschte betretenes Schweigen.

»Aber erzählen Sie uns doch mehr über die Legion, Herr Satek.«

François hatte keine Ahnung, worauf sie hinauswollte.

Das alte schwarze Telefon läutete. Die Bullen schickten ihn nach draußen und wollten sich beraten.

24

Sarah dachte über Schmidt nach. Schmidt war ihr nicht geheuer. Ob er ihr anmerkte, dass sie ihm nicht über den Weg traute? Sein Ton war schneidend gewesen, und doch lag in seinem Gesicht so ein stumpfer Ausdruck, den sie nicht zu deuten wusste. Er hatte es auf François abgesehen und war regelrecht fixiert darauf, ihm Mord und Dealerei anzuhängen.

»Wir haben die Blutflecken auf den Joggingsachen prüfen lassen«, sagte Karlich. »Das Blut stammt aber nicht von Irene Orlinger. Wir vermuten vom Täter. Dasselbe gilt für die Haare auf der Kleidung. Der genetische Fingerabdruck stimmt übrigens nicht mit dem von François Satek überein.«

»Aber dafür handelt es sich um *sein* Sperma, das in der Vagina der Toten gefunden wurde«, entgegnete Schmidt. »Also bitte!«

Schon wieder dieser scharfe Ton.

Das Telefon läutete immer noch.

»Wollen Sie nicht rangehen?«, fragte Karlich.

Schmidt hob ab und drückte dann mit dem Kuli einen weißen Knopf den Knopf.

»Wir rufen in fünf Minuten zurück«, sagte er, »hinterlassen Sie Namen und Rufnummer, ich stell Sie jetzt ins Sekretariat.« Dann legte er auf.

Sarah hätte sich am liebsten weggewünscht. Sie dachte an François. Seine Augen hatten so leer gewirkt. Er hatte sich nicht mal die Mühe gemacht, sie zu begrüßen, sondern sich einfach hingesetzt und sie ignoriert. Oder war ihr das nur so vorgekommen? Seine lässigen Bewegungen, seine Nervosität, diese aufbrausende Art, dann wieder die Verzweiflung, die in seinem Ton lag, das alles hatte sie aufgeregt. Warum? Unmöglich! Wahrscheinlich war sie seit François geradezu fixiert auf Unmögliches.

»Ich bin immer noch der Meinung«, hörte sie sich vorsichtig formulieren. »Ich bin immer noch der Meinung, dass der Täter dem Opfer sehr nahe gestanden haben muss.«

»Dann kann es Dimitri Kovac wohl kaum gewesen sein«, sagte Aydin überraschend freundlich.

Sarah überlegte.

»Was wissen wir eigentlich über die Beziehung der beiden? War er ihr Zuhälter?«

»Nach den Zeugenaussagen«, erklärte Semir, »haben sich Irene und Dimitri gar nicht gekannt und wurden auch nie zusammen gesehen. Bei dem Streit ging es doch wohl um Geld!«

»Entweder gibt es hier noch ein Geheimnis zu lüften, oder Dimitri Kovac hat im Auftrag der Mafia gehandelt«, sagte Sarah.

»Vielleicht sollte auch eine falsche Fährte gelegt werden? Die Inszenierung vertuscht alle Zeichen des Todes. Sie täuscht Lebendigkeit vor, Verführung. Verstehen Sie, meine Herren? Verführung!«

Wieder kein Kommentar.

»Wissen wir eigentlich, wer die Eltern von Irene Orlinger sind?«, fragte Sarah. »Oder hab ich das schon mal gefragt?«

Semir Aydin schüttelte den Kopf.

»Waren nicht vernehmungsfähig. Mutter Hausfrau, Vater im Einzelhandel. Niemand, nicht mal die Nachbarn konnten mir Auskunft geben.«

»Seltsam«, sagte Rosen. »Wie passt das zusammen? Hat sich Irene nicht als Millionärstochter ausgegeben? Vielleicht war ihr Vater in eine kriminelle Sache verwickelt, und sie wollte ihn erpressen? Morgen Vormittag um elf ist die Beerdigung, da werde ich mir die Trauergäste mal genauer ansehen.«

Das Telefon läutete zum zweiten Mal.

Diesmal ging Karlich dran. Aus seinen Reaktionen war zu schließen, dass der Anruf nichts Gutes bedeutete. Entsetzen lag in seinem Gesicht. Er nickte ein paar Mal Sarah zu und winkte sie dann aufgeregt näher.

»Es ist Julieta, deine Haushaltshilfe«, sagte er und hielt mit einer Hand den Hörer zu. »Sie hat einen fremden Mann im Schlafzimmer zwischen deinen…« Karlich druckste herum »…zwischen deinen Dessous erwischt.«

»Sie hat was?«

Sarah Rosen, die das zuerst für einen Scherz hielt, sprang auf und stürzte zum Telefon. Als das Gespräch beendet war, stand sie wie angewurzelt da.

»Ein Mann, der sich für einen Angestellten einer Reinigungsfirma ausgegeben hat, war mit einem Shampooniergerät vor meiner Tür und hat behauptet, da … da … dass ich ihn bestellt hätte, um den Teppich reinigen zu lassen.«

Sarah Rosen heftete zuerst flehende Blicke auf Karlich, dann auf Schmidt. »Julieta hat gesehen, wie er meine Unterwäsche durchwühlt und mit seinem Taschenmesser einen Schlitz in mein Negligé gemacht hat«, sagte sie atemlos.

»Wie hat denn der Mann ausgesehen?«

»Südländisch. Dunkelhaarig und mit Bart. Und ausgerechnet jetzt ist Georg verreist!«

»Wir dürfen kein Risiko eingehen. Ich schlage vor, Sarah, dass du für ein paar Tage bei mir bleibst«, sagte Bruno Karlich. »Hattest du anonyme Anrufe in letzter Zeit? Ist dir jemand gefolgt?«

»Anrufe keine«, sagte Sarah, »aber…«

»Aber was? Nun sag schon.«

»Ach nichts, es gibt da einen Patienten, der treibt sich öfter im Hotel Orient rum und läuft mir in letzter Zeit häufiger über den Weg, aber ich bin sicher, dass der damit nichts zu tun hat.«

»Sein Name?«

»Marc Sartorius, aber der spielt keine Rolle, glaub mir. Schon rein äußerlich passt der nicht auf die Beschreibung, und auch sonst, diese Art von Belästigung, das passt einfach nicht zu ihm. Der hat so was nicht nötig.«

»Das sagt gar nichts, Sarah. Die Brutalität von Sexualverbrechern kann sich von Tat zu Tat steigern, das weißt du doch. Es fängt an mit Voyeurismus und endet mit Mord. Vielleicht hat er sich mit Perücke und Bart unkenntlich gemacht.«

»Das sind wirklich nur Spekulationen, Herr Kollege!«

Schmidt war schon die ganze Zeit ungeduldig auf seinem Stuhl herumgerutscht, wirkte jetzt aber entschieden aufgeräumter. Warum musste er die Männer eigentlich immer als Idioten hinstellen, und jetzt auch noch Karlich, dem so schlüpfrige Dinge immer äußerst peinlich waren? Kam ihm dieser Vorfall etwa zugute? Oder war das jetzt eine Spur zu weit gedacht, grübelte Sarah. Wer spielte hier gegen wen?

»Stimmt schon«, sagte sie. »Nicht jeder Sadist muss gewalttätig sein. Vielleicht liebt dieser Mann Rollenspiele und lebt seine Fantasien auf diese Weise aus? Für viele ist es erregend, das Verbrechen nur anzudeuten und dem Opfer Angst einzujagen.«

»Und da vergreift er sich ausgerechnet an Ihren Dessous, Frau Doktor? Also ich weiß nicht.« Semir schüttelte den Kopf.

»Rollenspiel hin oder her. Vielleicht war es eine Frau? Eine Frau, die sich als Mann verkleidet. Patrizia Heral zum Beispiel.«

»Phantom der Oper oder was?«

Schmidt hatte wieder eine seiner abfälligen Bemerkungen gemacht.

»Jedenfalls ist François Satek damit erstmal aus der Schusslinie, oder wie sehen Sie das?«, fragte Sarah.

»Weiß nicht«, sagte Schmidt.

»Ich werde mich um ihn kümmern. Das heißt …«

Sarah zögerte und musste schmunzeln. »Er wird sich um *mich* kümmern. Als mein Bodyguard. Sagten Sie nicht, dass Satek Savate beherrscht?«

25

OBWOHL ERST FRÜHER NACHMITTAG WAR, schaltete sich die Straßenbeleuchtung ein und schimmerte zwischen feucht rieselnde Nebelwände hindurch. Der Atem hinterließ kurzlebige Rauchwölkchen.

Sarah drapierte sich ihren großen Schal um den Kopf und stand schweigend neben François.

Er kam aus dem Niemandsland. In seinem Kopf waren Erfahrungen gespeichert, von denen sie nicht die leiseste Ahnung hatte. Was wusste sie schon vom Krieg? Was von der Legion?

Sie waren das erste Mal allein. Worüber sollten sie reden?

»Der Cafard kann neun Tage ohne Kopf überleben, bevor er verhungert«, sagte er plötzlich.

»Welcher Cafard?«, fragte sie.

Er zuckte nur mit den Schultern.

François lächelte so seltsam. Und doch, während sie so dastand und irritiert war, ließ die Distanz, die sich eben noch als Moment des Befremdens gezeigt hatte, wie von selbst wieder nach.

Sie mochte seine Stimme, sie verstand die Masken, die er sich aufsetzte, um seine Empfindsamkeit zu verbergen.

Roh war er trotzdem.

»Mögen Sie eigentlich Fisch?«, fragte er wieder wie aus heiterem Himmel. »Goldbrasse in Mandelsoße, dazu Fleischtomaten und frischer Thymian?«

»Du«, sagte sie. »Waren wir nicht beim Du?«

Dann hörte sie, wie er leise ihren Namen aussprach. Es klang französisch und irgendwie sexy. Das zwischen ihnen war doch nur eine Frage der Hormone, und die Vorstellung, der Typ würde einzigartig sein, nichts als ein gewaltiges Phantasma. So pervers wie der Mann, der ihre Dessous durchwühlt hatte, war er sicher nicht.

Vielleicht aber hatte er indirekt mit dem Mann zu tun? Vielleicht war das alles ein Komplott der Mafia, und sie würde bald geknebelt und gefesselt in ihrer eigenen Wohnung verenden?

»Goldbrasse bekommt man am ehesten auf dem Naschmarkt«, sagte Sarah nüchtern.

Sie stiegen in sein Taxi. Es regnete. Die Scheibenwischer tuckerten.

Wie jede Wienerin hatte auch Sarah den Stadtplan im Kopf und ertappte sich dabei, dass sie einen Profi zu lenken versuchte.

»Du musst auf den Gürtel«, sagte sie.

François lächelte. »Ich weiß!«

Nähe Kettenbrückengasse stellte er den Wagen ab. Ein Regenschirm wäre gut gewesen. Dann hätte sie seinen Arm nehmen können. Aber so spürte sie nur ein Kitzeln auf ihrer Haut, diesen feinen Sprühregen, diese Aufregung, die sie durch nichts zu bändigen wusste.

Sarah sah ihn an.

Aus seiner Lederjacke blitzte ein Stück Blau von seinem Hemd.

Manchmal berührte sich der Stoff ihrer Kleidung. Dann wieder ihre Augen. Aber nur flüchtig. Sarah betrachtete sein Profil, die ausgeprägte Nase, den Olivton seiner Haut, das energische Kinn und seinen großen Mund. Sie wollte alles wissen, jeden Gedanken, jedes Gefühl, und sie wollte auch, dass er sich genauso für sie interessierte. Am liebsten hätte sie ihm das auf der Stelle ins Gesicht gesagt oder ihn wenigstens geküsst, damit er sie vielleicht liebte, ein kleines bisschen nur, aber genau das wäre ein Fehler gewesen, sie wusste es, und so ging sie nur still neben ihm her.

Jetzt huschte ein Lächeln über sein Gesicht.

Vielleicht war er diese Nähe nicht gewohnt und es war ihm unangenehm, aber vielleicht täuschte sie sich auch, und nur sie selbst hatte Vorsicht im Sinn. Doch das sehnsüchtige Prickeln auf ihrer Haut, das war immer noch da, so viel sie auch wünschte und wollte, und ganz tief drinnen hatte sie die Befürchtung, das Prickeln könnte nie, mit keinem Mann dieser Welt, gestillt werden.

»Weißt du wo es hier ein guten Fisch gibt?«, fragte er mitten in ihre Gedanken.

Sarah nickte. »Das Geschäft von Erkan und Gökhan Umar. Noch etwa hundert Meter.«

Normalerweise musste man sich zwischen Massen von Touristen an den Ständen vorbeischieben. Heute war der Markt wie leergefegt. Die Männer mit ihren Tüchern und Pullovern standen verfroren hinter ihren Auslagen. Niemand kaufte.

Zwischen Obstständen und Halal-Metzgern drehten sich mächtige Döner: »Lahamacun, Sis-Kebap, Adana-Kebap«, riefen die Verkäufer, Messer zum Schleifen in den Händen.

Sarah flanierte hier nur selten, kannte sich weder mit Preisen noch mit den Gepflogenheiten der Verkäufer aus. Das war Julietas Aufgabe, die manchmal kiloweise mit Clementinen oder einem Sack Zucchini ankam, als würde sie für eine Großfamilie kochen müssen.

Sarah lief wie eine Schlafwandlerin. Sogar Herr Strmiska und sein Gerede über Champagnerkraut zogen an ihr vorüber. Es gab nichts außer François. Wie kann ich ihn empfangen, dachte sie, wo ich doch eigentlich selbst nur Gast bin. Alles, was sie war und tat, kam ihr immer noch vorläufig vor. Als sei sie nicht richtig angekommen. Doch neben François zu gehen war, als würde die Zeit stehen bleiben. Was für eine Rolle spielte es, wohin sie gingen, was sie kauften, aßen, redeten? Wenn sie nur weitergingen. Wenn nur er an ihrer Seite bliebe, er mit ihr Schritt hielt und sie mit ihm.

Plötzlich spürte sie seine warme große Hand in ihrer Manteltasche. Sarah lief mit geschlossenen Augen weiter und ließ sich von ihm wie eine Blinde führen. Sie roch, was er roch. Schmeckte, was er schmeckte.

»Augen zu und Mund auf«, sagte er.

Diesen Film hatte sie nie gemocht, und doch spielte sie mit. Er legte ihr Salbei auf die Zunge, ein anderes Mal ein Stück Mango. Später getrocknete Berberitzen, zum Schluss nur seinen Zeigefinger, doch am Ende, noch bevor sie daran lutschten konnte, ließ er sie ins Leere greifen.

»François!«, rief sie.

Nach einigen Sekunden, in denen sie ihn verloren glaubte, sah sie ihn unter einer Markise stehen. Er taxierte sie. Dann kam er wieder näher, bis sie ihn vor lauter Nähe nicht mehr erkennen konnte.

»Es ist gut, dich ein bisschen hungern zu lassen«, sagte er kalt und zog sie weiter.

In einem Schaffel ein Stör. Daneben Karpfen, Muscheln, Oktopus, Wolfsbarsch, Forellen, Drachenkopf, Lachs, Goldbrassen.

Sarah begriff, dass er den Spieß umgedreht hatte.

»Was redest du daher«, sagte sie und lehnte sich halb bewusstlos vor Angst, ihn noch einmal verlieren zu müssen, an seine Schulter.

»Mir ist kalt.«

Er antwortete nicht, wählte zwei riesige, perlmuttschimmernde Goldbrassen aus, die Fischmann Umar mit einem Klatsch in die Waagschale fallen ließ.

Kurze Zeit später standen sie in Sarahs Küche. François hielt den geputzten Fisch unter fließendes Wasser, beträufelte ihn innen und außen mit Zitronensaft und drückte dann mit flinken Fingern den längs halbierten Knoblauch in den Bauch. Seine Bewegungen waren von großer Geschmeidigkeit, als hätte er Olivenöl in den Knochen.

»Hervorragend«, sagte sie, aber François streckte nur wortlos die Hand nach einem Salzstreuer aus. Sie reichte ihm das Salz. Er sah sie nicht an, wollte, dass sie Kartoffeln schälte, also schälte sie.

»Aperitif?«, fragt er, ließ die Kartoffeln, die nach Sarahs Behandlung wie Vielecke aussahen, in den Topf plumpsen und schob ihr schon wieder etwas in den Mund. Diesmal ein Stück Tomate, noch heiß und gerade erst von der Haut gelöst.

Sarah kaute nicht, schluckte vor Aufregung alles runter.

»Da drüben im Schrank«, sagte sie und deutete auf eine Vitrine.

Er kam mit einem Scotch wieder und schenkte zwei Gläser ein. Sie trank zu hastig. Er zu langsam.

Diese Hitze. In der Wohnung war es warm. Der Backofen, dachte sie und wollte gerade das Fenster öffnen. Er aber packte sie am Handgelenk und hielt sie zurück. Dann zog er langsam seinen Pullover aus. Sein blitzblaues Hemd kam zum Vorschein, danach ein Stück Haut, versteckt unter einem Büschel Haare, die sich auf seiner Brust kräuselten. Sarah rückte näher, um ihre Hand genau auf die Stelle zu legen, die sich ihr gezeigt hatte. Falsch, dachte sie im selben Augenblick, und schon entfernte er ihre Hand, ließ sie stehen und verschwand im Bad. Sie hörte, wie er die Dusche anstellte und ein französisches Lied summte. Er brauchte lange. Viel zu lange. Irgendwann wollte er, dass sie ihm ein Handtuch brachte.

Vor der Badezimmertür machte sie Halt und stellte sich vor, wie er in der Kabine stand und fröstelnd auf sie wartete. Nackt, provokativ, darauf aus, sie zu erregen. Als sie rein kam, stieg er gerade mit einem Fuß über den Rand der Dusche. Ihre Augen tasteten seinen nackten Körper ab. Sie suchte nach einer Unvollkommenheit, nach ihrem Vorteil. Einer Verletzung.

Nichts.

François stand da wie versteinert.

Sarah nahm ein Handtuch aus dem Regal und war ihm so nahe gekommen, dass sie ihn in ihre ausgestreckten Arme hätte einwickeln können. Er zögerte, schloss die Augen und atmete tief ein. Unerwartet wich er zurück.

»Du riechst gut«, sagte er plötzlich. »So nach Sommer, so wie … wie …«

Sie schlang schnell das Handtuch um seine Schultern, sah, dass sie umgeben von einer Pfütze war, die sein tropfender Körper gebildet hatte, und alles, was sie eben noch gefühlt hatte – Neugier, Offenheit, Lust –, war mit einem Mal wie weggeblasen.

»Wie Irene?«, fragte sie und fühlte seine Hände auf ihrem Rücken, dann auf ihrem Haar.

Er sah sie an wie Zucker.

»Warum fragst du?«, erkundigte er sich so zerknirscht, dass es ihr heiß über den Rücken lief. Aber das andere Gefühl war stärker. Ein Stachel Eifersucht. Dann wieder Begierde.

»Es ist *Victoria's Secret*«, sagte sie. Und gleich hinterher. »Hast du sie sehr gemocht?«

Keine Antwort.

Sarah war enttäuscht. Wieso gelang es ihr nicht, ihn jetzt zu verführen und an sich zu fesseln, war er doch längst Bestandteil ihrer inneren Welt? Kein Wunder, sie hatte ihn verwirrt. Schnell küsste sie seinen Hals, denn sie wollte schnell wieder vergessen, aber der Mann, der nackt vor ihr stand, fing plötzlich an zu zittern. Es schüttelte ihn, als hätte er Fieber. Er hätte nur zugreifen müssen. Auch jetzt noch. Jetzt erst recht, dachte sie. Er atmete stoßweise, stammelte etwas. Sie verstand nicht. Zwischen ihnen nur verschluckte Worte der Angst wie eine unüberwindliche Mauer.

Verrückt, das Wissen, das sie über die Jahre gesammelt hatte, kam ihr wie vergiftet vor. Ein Wort nur, ein Geruch, diese Erinnerung, die an den Tod Irenes geknüpft war, hatte den Moment zerstört, den sie so sehr ersehnte. Hilflos sah sich Sarah in ihrem Bad um. Was sollte sie jetzt machen? Der Mann war in Panik. Sie selbst kurz davor. Die Verbindung gekappt. Warum zitterte er so? Sein ganzer Körper war in Aufruhr, und wenn der Mann weiter so nach Luft schnappte, würde er noch ohnmächtig werden.

Schnell, das alberne grüne Gummitier, dachte Sarah. Etwas Besseres fiel ihr nicht ein. Dann nahm sie Georgs Badeente zwischen zwei Finger, hielt sie ihm demonstrativ vor die Nase und drückte fest zu. François schloss vor Schreck die Augen, das Zittern verebbte und ging in zögerliches Lachen über.

»Die Tricks einer Seelenklempnerin«, sagte er, trocknete sich ab und schlüpfte in viel zu große Boxershorts.

Wenig später stellte François den Teller vor sie hin, auf dem der Fisch unter der hellen Mandelsoße kaum zu erkennen war.

Sarah nippte an ihrem dritten Glas Wein. Vielleicht fühlte er sich ausgetrickst. Wegen der Ente, dachte sie. Andererseits hatte der Witz genauso gut wie eine Dosis Xanax gewirkt.

»Dieser Typ in meiner Wohnung. Glaubst du wirklich, dass er mir an die Wäsche wollte?«, fragte sie.

François hob den Kopf. Der Schrecken saß ihm noch in den Gliedern.

»Keine Ahnung, zumindest wollte er dir einen Denkzettel verpassen oder hat nach etwas gesucht«, sagte François. »Bewahrst du hier eigentlich wichtige Dokumente auf? Belastungsmaterial, Gerichtsgutachten oder so was in der Art?«

Wie gern hätte sie jetzt einfach ihren Fuß ausgestreckt und in seinen Schritt gelegt, aber Szenen wie diese kannte sie nur aus den Erzählungen von Patienten, die viel ins Kino gingen.

Sarah seufzte. »Ich weiß nicht«, sagte sie.

Am Ende war immer alles Seifenoper. So sehr sie es sich auch wünschte, sie war einfach keine dieser Frauen, denen es leicht fiel, mit einer eindeutigen und tiefschürfenden Geste ein eindeutiges und tiefschürfendes Ergebnis zu erzielen, und genauso wenig konnte sie sich vorstellen, dass auf diesem Wege, unter einem komischen Vorwand zwar, aber immer noch direkt genug, ausgerechnet einer ihrer Patienten Kontakt zu ihr suchen sollte.

»Erzähl mir, was es mit diesem Cafard auf sich hat«, sagte sie.

François zog die Augenbrauen hoch, packte die Goldbrasse an der Schwanzflosse und legte sie auf einem Extrateller ab.

War es tatsächlich dieser verrückte Zug an ihm, der sie interessierte, oder eher, dass er sie so geschickt mit seiner Angst traktierte?

»Ich hab einen Kurs in Wahnsinn gemacht. Jeder von uns hat ihn gemacht, verstehst du das?«, sagte er.

Sarah schwieg.

»Kakerlaken wie ich hausen in dunklen, feuchten Ritzen und ernähren sich vom Abfall.«

»Na und? Die Psychoanalyse kratzt den Abfall wieder raus«, sagte sie.

François prostete ihr zu und leckte sich obszön über die Lippen. Er hatte wieder Oberwasser. Zieh ruhig deine Show ab, dachte sie und wechselte die Rolle.

»Also, was ist? Die Legion ist vorbei. Von wem lässt du dir jetzt noch Angst einjagen?«

»Und du?«, fragte er zurück. Er hatte Soße in den Mundwinkeln. »Du ekelst dich doch vor mir.«

»Wieso sollte ich mich ekeln?«

Am liebsten hätte sie ihm die Soße abgeleckt.

»Weil du mich nicht...«

Dann nahm er die Serviette und knitterte sie zusammen.

»Du hast gezittert wie Espenlaub«, sagte sie. »Du wolltest doch gar nicht, dass ich dich anfasse!«

»*Merde*!« François warf Messer und Gabel in die Luft.

»Ich bin nichts! Ich bin nichts ... für deine Sammlung.«

»Gleichfalls«, sagte sie aufgebracht. »Was ist eigentlich mit deinem Freund, diesem ... Katzan?«

François starrte sie mit großen Augen an.

»Das ist meine Sache. Wir sind Blutsbrüder.«

»Blutsbrüder? Wenn du mich fragst...«

»Ich frag aber nicht.«

»Ist das nicht seltsam?«, sagte Rosen und redete unbeirrt weiter. »Er verspricht dir einen Job bei der Polizei, die Sache geht schief, und schon ist dein Blutsbruder über alle Berge. Hoch gehen lassen wollte er dich. Das Ganze war doch geplant.«

»Woher willst du das wissen?«, schrie er sie an.

»Ich weiß gar nichts, ich weiß nur, dass du Angst hast und dass diese Angst noch einen anderen Grund haben muss als die Ungewissheit, ob du Claire wiedersehen wirst oder ob es dir gelingen wird, ein neues Leben anzufangen oder mich zu verführen. Also, hat Katzan dich bedroht, irgendwelche Andeutungen gemacht? Bist du ihm was schuldig?«, fragte sie.

François begann zu husten.

»Ob du ihm was schuldig bist?«

»Lass den Kommandoton«, sagte er schroff und stellte sich mit dem Rücken zu ihr vor das Fenster. »Davon verstehst du nichts.«

26

Ein helles Ping, und die Mikrowelle schaltete sich aus. Zwei Portionen Cordon bleu mit aufgeplatzten Käsebäuchen lachten ihn an. Semir nahm das Fleisch raus, schnappte sich eine Dose Red Bull und verschwand damit wieder hinter seinem Schreibtisch. In einer halben Stunde wollte er im Gefängnis sein. Der Anwalt von Dimitri Kovac hatte Haftprüfung beantragt, und jetzt musste er ihm endlich selbst auf den Zahn fühlen. Dimitri wusste etwas, da war er sicher. Er war in den Deal verwickelt, die Explosion ein geschicktes Arrangement der Mafia, die ihm zur Flucht verholfen haben musste. Doch von wem hatte er Rückendeckung?

Semir lief zum Auto, befestigte das Blaulicht auf dem Dach und fuhr los. Er wurde dem Verdacht nicht los, dass Leo Schmidt seine Finger im Spiel haben könnte. Wenn ja, würde eine gewaltige Lawine ins Rollen kommen. Was er jetzt brauchte, waren handfeste Beweise. Wieder und wieder dachte er daran, wie Schmidt vor dem Computer gesessen hatte und sich die Daten von François Satek aufrief. Was machte Schmidt so sicher, dass Satek schuldig war? So wie er die Sache sah, war Dimitri einer dieser typischen Zwischenhändler, die von ihren Chefs dazu angehalten werden, Süßholz zu raspeln, Mädchen anzuheuern, sie in sich verliebt zu machen und dann auf den Strich zu schicken. Vielleicht hatte er so Irene in seiner Gewalt?

Semir war verwirrt. Diese Stadt ist ein einziges Gehege, dachte er. Voller Protzigkeiten, die einem den Blick für das Wesentliche verstellen.

Kurz vor der Staatsoper sah er, dass der Ring gesperrt war. Semir schlängelte sich mit seinem Wagen zwischen einer Gruppe von Menschen durch, die Plakate schwangen und dieses Jahr früher als üblich gegen den Opernball demonstrierten. Als ob es nichts

Wichtigeres gäbe. Zum Beispiel Ausländerfeindlichkeit, Budgetkürzungen. Seit fünf Jahren hatte Semir keine Gehaltserhöhung bekommen, geschweige denn eine Beförderung, aber er konnte zufrieden sein. Seine Hände waren sauber, sein Leumund fleckenlos, auch wenn er manchmal kurz davor gewesen war, in Geschäfte einzuwilligen, die sich am Rande der Legalität bewegten.

Semir Aydin, Alibitürke, der bisher mit niemandem auf Kriegsfuß stand, drehte um, raste die Landesgerichtsstraße entlang und hielt mit quietschenden Bremsen vor dem Untersuchungsgefängnis.

Drei Minuten noch. Vielleicht konnte man Kovac noch eine Weile aufhalten. Als er das Auto verließ, hörte er aufgeregte Stimmen. Ein Krankenwagen. Die Schiebetüren sprangen auf. Zwei Helfer eilten ins Gefängnis.

Semirs Handy piepte.

»Ist was passiert?«

Ein Kollege aus dem Drogendezernat.

»Kovac ist entkommen und hat einen Wächter niedergeschossen. Wo bist du jetzt?«

Semir fühlte, wie ihm vor Aufregung das Herz schlug und legte wortlos auf. Dann rannte er in das Gebäude.

Er sah den Wärter, den es hart erwischt hatte, auf einer Trage liegen. Blut sickerte aus seiner Schusswunde, aber seine Augäpfel zuckten noch unter den geschlossenen Lidern. Dimitris funkelnder Blick fiel ihm ein, sein berühmtes Siegerlächeln, das er wahrscheinlich vom Crack hatte.

»Wie ist dieses Schwein an eine Waffe gekommen?«, schrie Semir. Das einzige was ihn jetzt interessierte, war Kovac. Wohin war er geflüchtet, mit wem war er in den letzten Stunden zusammen? Ein Beamter nannte ihm drei Namen. Sieh mal an, dachte Semir, Leo Schmidt war also auch dabei, und fuhr zurück auf die Wache.

Semir fand seinen Chef vor dem Computer. Als er klopfte, drehte er sich um und sah ihn über den Rand seiner Brille an.

»Haben Sie eine Minute Zeit?«, fragte Semir.

»So viel Sie wollen.«

Er winkte Semir heran und zog einen Stuhl neben seinen.

»Schöne Bescherung. Hab schon gehört.«

»Dieser Kovac ist uns jetzt zum zweiten Mal durch die Lappen gegangen.«

»Wir haben nichts«, sagte Semir. »Absolut nichts.«

Karlich putzte sich die Nase. Er hatte glänzende Augen und sah aus, als ob er Grippe hätte. Immer diese Vorsicht, dachte Semir.

»Warten wir ab, was Schmidt noch auf Lager hat«, sagte Karlich prompt.

Das hatte er kommen sehen. Abwarten, wozu abwarten?

»Ausgerechnet Schmidt?«, fragte Semir.

»Ja, sicher. Wir müssen tiefer bohren und sehen, was Rosen dazu einfällt. Der Täter hat eine Spur von Zeichen gelegt, die sie am besten deuten kann. Die Schminke, das Parfüm, die Rose, womöglich auch noch das aufgeschlitzte Wäschestück. Fehlt nur noch, dass er die Tat gefilmt oder fotografiert hat. Wahrscheinlich ein Sexualdelikt. Ist nichts Ungewöhnliches. Aber irgendwann verblasst die Erinnerung. Der Täter gerät unter Druck und verrät sich.«

»Ich sag Ihnen was, Chef.« Semir konnte sich nicht länger zurückhalten. »Da ist was faul mit Schmidt. Als ich neulich mit dem Phantombild zu ihm gegangen bin, konnte er mich nicht schnell genug loswerden. Ich hab gesehen, wie er Sateks Decknamen, *Charles Lecour,* in VICLAS eingegeben hat. Er wusste, dass der Mann auf dem Phantombild nur François Satek sein konnte. Der muss die Sache mit Kovac abgekartet haben. Die Explosion am Mexikoplatz, seine Flucht, da sind einfach zu viele Fehler passiert. Und noch was.«

Karlich zog zweifelnd die Augenbrauen zusammen.

»Wie kommt dieser Kovac in einem Gefängnis an eine Waffe?«

»Sie glauben, dass ...« Karlich konnte nicht weiter.

»Genau das glaube ich. Schmidt hat die Waffe reingeschmuggelt. Allerdings waren noch andere Leute bei Kovac. Eine Frau namens Nadja, angeblich seine Freundin, und ein Typ, der sich für seinen Bruder ausgegeben hat. Die mussten aber im Gegensatz zu

Schmidt durch den Metalldetektor! Wenn Sie mich fragen, ist Schmidt verantwortlich.«

»Wie kommen Sie darauf?«

Karlich war gereizt.

»Kann doch sein, dass ihn die Typen unter Druck gesetzt haben. Dieser Katzan zum Beispiel, dem er mehr glaubt als Satek. Ich schlage vor, dass wir ihn eine Weile intern beobachten lassen. Seine Akte studieren, das Telefon abhören lassen und die Kontobewegungen überprüfen.«

Karlich zögerte und strich sich ein paarmal über das Kinn.

»Selbst wenn Schmidt in der Sache steckt, ist es zu diesem Zeitpunkt völlig ausgeschlossen, seine Finanzen prüfen zu lassen. Wie stellen Sie sich das vor? Dafür braucht man Beschlüsse, Staatsanwalt, Richter.«

»Und das Telefon abhören?«, fragte Semir.

»Das geht«, sagte Karlich zögerlich. »Leo und die Mafia«, murmelte er kopfschüttelnd. »Wir müssen schnell machen.«

27

Als Sarah in ihren weißen Morgenmantel schlüpfte und leise am Sofa vorbeischlich, dachte sie, dass er längst über alle Berge sei. Von wegen er würde sich um sie kümmern. Die warme Mulde, die sein Körper hinterlassen hatte, sagte ihr, dass er noch nicht lange verschwunden sein konnte.

Doch plötzlich vermisste sie nicht François, sondern Georg und das Summen irgendeiner Melodie, das Kratzen seines angespitzten Bleistiftes, den Schein seiner Leselampe.

Traurig trottete Sarah in die Küche, ließ Espresso durch die Maschine laufen und fragte sich, wieso Georg ihr gegenüber nie feindselig oder wütend geworden war. Hatte er nicht bemerkt, dass sie sich von ihm entfernte, oder war es ihm am Ende sogar recht, weil er selbst einer heimlichen Leidenschaft nachging?

Sarah setzte sich an den Tisch und schlug die Zeitung auf. Die Tür zum Bad knarrte.

Etwas fiel zu Boden.

Sarah stand auf und ging auf Zehenspitzen in Richtung Bad. Eine Hitzewelle überkam sie.

Er war also doch noch da. Das hat mir gerade noch gefehlt, dachte sie, schlich wieder zurück in die Küche und nahm sich ein Mineralwasser aus dem Kühlschrank, das sie sich an die Wange hielt.

Sie wusste, dass sie mit François einen schwierigen Kurs steuerte, aber vielleicht könnte er ihr irgendwann nützlich sein. Sie würde ihn natürlich bezahlen, ihm ein paar Grundbegriffe der Psychologie beibringen und fantasierte, wie sie mit François zusammenarbeiten würde. Dass sie mit ihm an der Seite über etwas verfügen konnte, das ihr selbst abhanden gekommen war. Instinkt. Unmittelbarkeit, Mut, vielleicht sogar Angst, dieses Gefühl, das ihn zu ihr geführt hatte. Da gab es Tiefen, die sie noch ausloten wollte. Vielleicht konnte sie ihn für die Fallanalyse gewinnen und ihm ein Angebot machen. Aber wollte sie mit ihm unter einer Decke stecken? Oder anders?

Ihr Immer-und-ewig-Gefühl war das, aber doch keine Professionalität.

Sarah lief zum Kleiderschrank und zog sich an.

Nein, François ließ sich doch nicht an die Kette legen, nie im Leben würde der sich in die Fänge der Kriminalpsychologie begeben! Und Karlich? Was würde er dazu sagen? Ein Legionär bei den Wiener Kriminalbeamten?

Gerade als Sarah mit dem Kopf in einem schwarzen Rollkragenpulli steckte, läutete es an der Tür. Noch im Laufen zog sie den Pullover runter, stürzte aus dem Zimmer und landete geradewegs in den Armen von François. Er grinste verstohlen und hielt sie einen Moment lang fest.

»Morgen.«

»Ich dachte, dass du …«, sagte sie.

Dieselbe Zärtlichkeit wie gestern, als er ihr über das Haar gestrichen hatte.

»… schon weg bist.«

»Pssst«, sagte er und hielt ihr eine Weile den Mund zu.

Sarah fühlte, wie sich die nächste Hitzewelle ankündigte und dass sie sich dagegen wehren wollte. Wütend riss sie die Augen auf.

»Lass das«, murmelte sie unter seiner Hand und ärgerte sich im selben Augenblick über ihre Schroffheit. Sie sah in seine dunkelbraunen Augen.

Er ließ sie los, nahm die Hand weg. Lächelte. Lächelte mehr. Und gerade als sie anfangen wollte, Erklärungen abzugeben, warum sie so und nicht anders sei, läutete es ein zweites Mal.

François blinzelte durch den Spion in der Haustür. Dann öffnete er.

»Alles in Ordnung?«

Bruno Karlich stand in der Tür, an seiner Seite Semir Aydin.

»Was soll denn nicht in Ordnung sein?«, fragte Sarah.

Eine Wolke Rasierwasser kam ihr entgegen. Danach eine besorgte Miene. Typisch Karlich, dachte sie und wanderte mit ihren Blicken zwischen den Männern hin und her. Überfälle wie diese mochte sie gar nicht. Andererseits war das eine willkommene Ablenkung.

»Du musst uns begleiten, Sarah«, sagte Karlich und sah ziemlich verdattert aus. Er deutete auf François.

»Was … was machen Sie denn hier?«

François zuckte mit den Schultern. Schluss mit François, schoss es Sarah durch den Kopf, und dann? Nein, unmöglich. Womit sollte denn auch Schluss sein? Sie hatten nicht mal zusammen geschlafen.

Da standen zwei Beamte.

»Wir haben im Belvedere eine zweite Leiche gefunden«, erklärte Semir.

»Und die Leiche hatte wieder eine Rose zwischen den Lippen«, sagte Karlich.

»Wieder jung«, sagte Semir.

»Und wieder blond.«

Bruno und Semir führten sich auf wie die *Sunshine Boys.*

Sarah Rosen verkniff sich ein Lachen, weil sie das alles für Theater hielt, obwohl die Situation alles andere als lustig war. Dann beeilte sie sich, Mantel und Stiefel anzuziehen.

»Geht schon mal vor, ich komme gleich«, sagte Sarah, rührte sich einige Sekunden lang nicht vom Fleck, schloss dann die Wohnung ab und ließ sich unten auf der Gasse von einem Strom Fußgänger mitziehen.

Gibt es etwas Lächerlicheres als die Vernunft?, dachte sie. Dieses ewige Abwägen, Beiseitetreten und Dann-doch-nicht?

Jetzt. Jetzt lebte sie.

Weil sie permanent an ihn dachte, weil die ganze Welt nur aus ihm bestand, diesem Mann, der sich, ohne dass sie es bemerkte, in ihr Leben geschmuggelt hatte.

Sarah stieg in den blinkenden Streifenwagen.

Immer diese Angst zu versagen, Fehler zu machen, sich rechtfertigen zu müssen. Was, wenn Patrizia doch in die Fälle verwickelt war? Was, wenn sie gar nicht in der Lage war, diese Frau richtig zu beurteilen?

Damals, als ihre Schwester ermordet worden war, hatte sie lange Zeit keine einzige Träne weinen können, und nun war sie so aufgewühlt, dass sie am liebsten laut losgeheult hätte. Wenn das so weiterging, dachte Sarah, würde sie allein schon wegen dieser Stimmungsschwankungen früher als nötig in den Wechsel kommen. Oder war es François, der sie so aus der Bahn geworfen hatte?

Der Himmel sah wild aus, als sie am Schloss Belvedere ankamen.

Vor dem Schlossportal hatte sich eine Traube Menschen versammelt. Eine Reiseleiterin zeigte gerade auf die Gartenanlage, doch niemand nahm Notiz. Alle sahen rüber zum Streifenwagen.

Karlich war mit Semir vorgegangen. Sarah und François liefen hinterher, gefolgt von Fotografen und einem Reporter, der Sarah mit tausend Fragen belästigte.

»Was sagen Sie als Analytikerin zum Symbol der Rose? Ich habe Ihren Namen in der Zeitung gelesen.«

Sarah Rosen wehrte den Mann ab und gab keinerlei Auskünfte. Zu diesem Zeitpunkt durfte nicht das Geringste an die Öffentlichkeit dringen. Wer hatte diesen Reporter überhaupt verständigt? Eine Sekunde lang überlegte sie, ob es sinnvoll wäre, eine falsche Fährte zu legen, doch dann verwarf sie den Gedanken und vertröstete den Mann auf den nächsten Tag.

Eine Rutsche, ein Klettergerüst und eine frisch gestrichene Wippe. Sie standen mitten auf einem Spielplatz.

Sarah hatte hier vor vielen Jahren einen Sommer lang für ihre Prüfungen gelernt; damals gab es nur Bänke, auf denen zur Mittagszeit Nonnen stickten oder in dicken Büchern lasen.

Diese hohe Mauer. Dahinter das mächtige Kloster.

»Ein makaberer Ort für einen Mord, finden Sie nicht«, sagte Sarah und ging auf den Arzt zu, der gerade dabei war, die Leiche zu untersuchen.

Die Polizei hatte den Tatort abgeriegelt und den Rand mit roten Pflöcken im Abstand von einem Meter markiert.

»Glauben Sie, dass der Täter hier noch was vergraben hat?«, fragte sie.

Semir nickte.

»Zumindest hat er es versucht. Sehen Sie?«

Er wies auf eine Grube, etwa fünfzig Zentimeter tief.

»Wahrscheinlich wollte der Mörder sein Opfer hier verstecken und hatte keine Zeit mehr.«

Sarah sah sich den Tatort genauer an. Die Tote lag halb unter einer Bank. Nur ihr Rumpf lugte hervor, und die aufgelösten blonden Haare bildeten einen hellen Kreis, der wie drapiert wirkte.

»Lass dir Zeit, um zu überlegen«, sagte Karlich.

»Was gibt's denn da zu überlegen?«, sagte Sarah. »Der Täter ist jetzt in der Phase, in der er sich in die Ermittlungen einmischen will. Das ist ganz typisch.«

Dann hielt sie inne.

»Aber ich bin noch nicht sicher, ob wir es nicht sogar mit zwei Tätern zu tun haben? Wenn ja, dann ist dieser Mörder nichts weiter als ein Trittbrettfahrer.«

Die Tote lag viel zu zufällig da. Als ob sie jemand in großer Eile unter die Bank geschoben hätte.

»Sie haben recht, Semir. Jemand muss ihn gestört haben. Ist die Leiche schon identifiziert?«, fragte sie schnell und wandte sich an den Arzt.

»Ja, es handelt sich um eine gewisse Claire Raquin aus Paris. Die Frau trug Pass und Geldbörse bei sich. Sehen Sie! Wieder Würgemale am Hals. Wie beim ersten Opfer. Und wieder eine Rose.«

Sarah erschrak als sie den Namen Claire hörte, der sich wie ein magischer Klang in ihr Gedächtnis gebrannt hatte. Dann sah sie sich hektisch um.

»Wo ist denn eigentlich Satek geblieben?«, fragte sie aufgeregt. »Der kann doch jetzt nicht einfach so verschwinden!«

»Keine Ahnung«, sagte Semir.

Sarah wandte sich genervt ab und legte ihre Hand auf den Hals der Leiche, auf der ein paar dunkle Stellen zu sehen waren, die weder nach Striemen noch nach Blutergüssen aussahen.

»Tod durch Erwürgen also«, sagte sie nachdenklich. »Oder war es Selbstmord? Was denken Sie?«

»Könnte auch Tod durch Erhängen gewesen sein. Das kann man nie so genau sagen«, erklärte der Arzt, »nicht mal nach einer Obduktion.«

»Aha!«

Sarah wirkte abwesend.

»Sonst irgendwelche Parallelen zum Mordfall Orlinger?«

Karlich schob seine Brille weiter hoch. »Nein. Kein Make-up, auch kein Parfüm.«

»Dachte ich mir. Außer dass der Täter wieder einen besonders schönen Ort gewählt hat, ausgerechnet diesen Spielplatz im Areal von Schloss Belvedere!«

»Was sagt dir die Verbindung Paris-Wien, Sarah?«

Karlichs Gesicht war übersät mit roten Flecken. Wahrscheinlich hatte er das falsche Aftershave benutzt, oder es war die Aufregung.

»Du willst doch wohl nicht darauf hinaus, dass François Satek mit der Sache zu tun hat?«

Der Arzt hatte inzwischen die Leiche bei den Beinen gepackt und ein Stück hervorgezogen. Claire Raquin trug eine weiche, dick wattierte Bomberjacke, die ihr viel zu groß war.

»Sieht aus, als ob sie die Jacke eines Bekannten oder Freundes übergezogen hat«, sagte er Arzt.

Sarah vertiefte sich in die Gesichtszüge einer Frau, von der sie nicht viel mehr wusste, als dass sie Sportlehrerin war, heiraten wollte und höchstwahrscheinlich schwanger war.

»Jetzt bloß keine Geschichten über Galotti oder Vater-Tochter-Verhältnisse«, sagte Karlich.

So hatte Sarah ihren Freund noch nie reden hören. Ratlos stand sie da, den Blick auf die Frau gerichtet. Was ihr fehlte, war eine zündende Idee – aber nichts, ihr Kopf war vollkommen leer.

Sarah Rosen setzte sich schweigend neben den Kommissar und sah dem Ende ihrer Laufbahn entgegen. Patrizia Heral hatte mit ihrem Geständnis dafür gesorgt, dass man ihre Behandlungsweise in Frage stellte. François Satek, dem sie besser zu einer Therapie hätte raten sollen, war ihren Gefühlen, diesem Sicherheitsgebäude Analyse, gefährlich in die Quere gekommen.

»Tja«, sagte Sarah Rosen und zuckte mit den Achseln. »Warten wir den Obduktionsbericht ab. Vielleicht beruhen die Verhältnisse zwischen Menschen nur auf Verwechslungen. Auf Wiedererkennen und Variation des Immergleichen. Wir lieben einen Partner und lieben wieder die Mutter, den Vater, den Bruder, die Schwester in ihm. Und wollen wir die Erinnerung, diese Verwechslung, bewusst oder unbewusst, löschen, stehen wir vor einem Rätsel. Löschen geht nicht. Der Kreislauf der Geschichten endet nie.«

Bruno Karlich seufzte tief. »Das bringt uns jetzt doch keinen Schritt weiter!«

Sarah begann auf dem Platz auf und ab zu gehen.

»Manchmal stellt man eben Thesen auf, die man wieder verwerfen muss«, sagte sie. »Diese Fälle hier sind schwierig. Wir haben es mit keinem dieser drastischen Mörder zu tun. Weder im ersten noch im zweiten Fall. Das ist keiner, der Leichen zerstückelt und in die Haut seiner Opfer schlüpft oder Organe tieffriert und davon Polaroids macht. Verlang nicht von mir, dass ich ein Kaninchen aus dem Hut zaubere!«

»Sarah, abgesehen davon, dass du selbst in Gefahr schwebst, haben wir keine Zeit mehr zu verlieren«, sagte Bruno. »Ich sehe noch zu wenig Zusammenhänge. Ich weiß immer noch nicht, welche Rolle Satek spielt, und erst recht nicht, was uns der Einbrecher sagen will, der sich an deiner Unterwäsche zu schaffen gemacht hat. Dass ihr Psychologen den anderen immer die Welt erklären müsst!«

Sarah dachte an ihren Ausbilder, einen Mann, der bei der Militärpolizei gedient hatte, bevor er angewandte Kriminalpsychologie lehrte und später beim FBI arbeitete. Sarah war ihm bis nach New York nachgefahren, um ihre Kenntnisse zu vertiefen. Vierzig Stunden Unterricht im Laufe eines elfwöchigen Kurses an der National Academy. Der Mann hatte Erfahrung und Wissen so kombiniert, dass er glaubhaft war. Zwängt kein Puzzleteil in eine

Lücke, die nicht richtig passt, egal wie groß der Druck ist. Denkt die Sache aus allen Perspektiven durch, die der Fall zulässt. Banale, aber wirksame Merksätze.

»Ich kenne die Tote«, platzte Sarah endlich raus. »Ich meine«, korrigierte sie sich, »ich weiß, dass sie die Exfreundin von François Satek ist.«

Das Klacken einer Spiegelreflexkamera machte hinter ihrem Satz einen Punkt.

»Und das sagst du jetzt erst?«

Karlich war perplex.

Der Fotograf wollte das ganz genau festhalten.

Klick.

François war inzwischen wieder aufgetaucht. Er hatte eine Zigarette in den Mundwinkeln. Rauch quoll aus seiner Nase. Dann schnippte er die Kippe weg und ging, ohne nach links und rechts zu sehen, auf Sarah zu.

»*Ça va*?«, fragte er, als würden sie sich irgendwo auf den Straßen von Paris treffen.

»Lass das«, sagte sie. » Es geht um dich!«

François sah sie provozierend an. »Ich musste mal.«

»Es geht um dich und Claire«, sagte sie leise, streckte ihre Hand aus und zeigte mit einem Nicken zu Semir auf die Leiche. »Sieh dich um. Ich wünschte, ich könnte dir diesen Schrecken ersparen.«

»Claire Raquin aus Paris-Nanterre, zuletzt gesehen am 15. September im Quartier Corbusier«, erklärte Semir. »Das ist *Ihre* Freundin, François!«

François starrte auf die Tote und brachte nur ein stimmloses *Oui* heraus, als hätte man ihm die Kehle durchgeschnitten.

28

Der Weg zum Präsidium bestand aus einer sinnlosen Abfolge von Schritten, Kurven und Beschleunigungen. Er hätte jetzt genauso gut zur Hölle fahren können. Claire war zurück, und er würde ihr folgen.

François registrierte Dampfwolken vor seiner Nase.

»Trinken Sie«, hörte er Semir sagen.

Der Mann war gut. Kein typischer Bulle. Zigarettenqualm brannte in seinen Augen, er musste sie ständig reiben.

Auf dem Fensterbrett standen diverse Untertassen, auf den Untertassen türmten sich Teebeutel, in denen Kippen steckten. Am Boden Akten. Keine Regale. Kein Abreißkalender. Nichts ließ auf die Bürokratie eines Ermittlungsbeamten schließen.

Semir Aydin war freundlich. Er hatte Tee gekocht, den er in einem winzigen Glas auf einem abgeschlagenen Silberteller servierte.

François streckte den Arm aus und stützte sich auf einem wackeligen Tisch ab. Er fühlte, wie Zeigefinger und Daumen zu glühen begannen, als er nach dem Glas griff und die viel zu heiße Flüssigkeit an seinen Lippen brannte.

Der Schmerz breitete sich mit einem langen Stich durch die Speiseröhre bis in seinen Magen aus.

»Hören Sie, Satek«, sagte Semir endlich.

François sah ihn mit schweren Lidern an.

»Ich bin sicher, dass man Sie reinlegen wollte. Da hat Sie jemand gelinkt.«

Pause.

»Verarscht. He, verstehen Sie mich? Sie haben einen gefährlichen Freund, Satek.«

Semir tippte sich an den Kopf und schrubbelte sein Haar.

»Auch wenn es Ihnen schwer fällt, ich muss jetzt alles über Claire wissen«, sagte er. »Über ihre gemeinsame Zeit in Paris, welche Freunde sie hatte und so weiter und so weiter. Kriegen Sie das hin?«

François nickte unmerklich.

Dann ging die übliche Fragerei los.

»Das mit der Rose ist besonders raffiniert«, hörte er Semir am Ende sagen. »Da wollte jemand eine falsche Fährte legen und Sie als Serienmörder in Verdacht bringen. Der Obduktionsbericht hat ganz klar ergeben, dass Ihre Freundin…«

Semir stockte.

»Ja, wie soll ich sagen…«

Dann las er aus dem Bericht vor. »Verschiebungsbrüche der Halswirbel und zerquetschtes Rückenmark.« Semir überflog den Rest der Zeilen.

»Erhängt«, steht hier.

»Claire ist tot«, sagte François, »alles andere interessiert mich nicht.«

»Und ihr Mörder lebt«, antwortete Semir, »wenn es nicht doch Selbstmord war.«

»Selbstmord? Schwachsinn! Soll sie als Tote in den Park spaziert sein?«

François fegte ein Glas vom Tisch. Semir telefonierte mit den Behörden in Paris.

»Sie wollte zu mir«, sagte Franocis und tippte sich auf die Brust. »Die ist doch nicht nach Wien gekommen, um hier Schluss zu machen. Sie war schwanger und wollte mich heiraten.«

29

Noch ein letztes Mal wollte er sich zu Claire legen, um sie noch einmal zu küssen. Ihre kalten, blauen Lippen, das strohblonde Haar, die geschwungenen Hüften, die jetzt die Innenwände einer Kühlbox berührten.

François stand vor dem Präsidium und war halb wahnsinnig vor Schmerz.

Warum Claire?

Die Augen auf einen Punkt im Asphalt fixiert, aus dem es zuerst schwach, dann immer heftiger zu lodern begann, kam ihm das rote Pannenlicht eines Wagens, der nur ein paar Meter weit entfernt auf den Abschleppdienst wartete, wie Feuer vor.

Plötzlich wollte er zurück.

Zurück an den Ort, an dem er sie zuletzt gesehen hatte, in der Hoffnung auf eine Erklärung, auf irgendetwas, das sie ihm wieder näher brachte.

Aber da war immer noch dieses Feuer, das ihn ängstigte, und dieser Schmerz, den er zuerst betäuben musste und der so grundlegend war, dass er nicht mal mehr wusste, was ihm mehr wehtat.

Der Verlust von Claire oder seine bloße Existenz.

Am nächsten Kiosk kaufte er sich eine Flasche Whisky.

Den Whisky trank er wie Wasser, im Gehen und ohne ein einziges Mal abzusetzen. Sein Herz pumpte ihm dabei so viel Blut in den Kopf, dass er rosarote Wirbelkreise tanzen sah und zwischendurch glaubte, Claire wäre noch am Leben. Wirbelkreise, die nach und nach zu Punkten wurden und dann andauernd ihre Farbe wechselten. Blau, grün, gelb, am Ende schwarz.

François rannte den Punkten hinterher.

Wie lange mochte er so gerannt sein? Soundso viele Kilometer, soundso viele Minuten. Er wusste es nicht.

Auf der Prinz-Eugen-Straße, gegenüber der türkischen Botschaft waren die Punkte plötzlich wieder verschwunden. Nur das eine Wort, das sich in jeder Zelle seines Körpers festgesetzt hatte, war immer noch da.

Warum?

Eine Fahne flackerte im Wind. Er musste ganz in ihrer Nähe sein.

Bald schon sah er das Schloss mit seiner goldenen Kuppel, den riesigen, weißen Bauch.

François schluckte Luft.

Einmal, zweimal, dreimal, dann rannte er über das Kopfsteinpflaster am Belvedere vorbei und stand endlich auf dem Spielplatz.

Da war die Bank, da die Stelle, an der sie gelegen hatte.

Sie war leer. Erschreckend leer.

François fiel auf die Knie und fing an zu schluchzen. Dann legte er sich auf den Bauch, rieb sein Gesicht mit der weichen, dunklen Erde ein und küsste in Gedanken ihre kalten, blauen Lippen.

Das Bild vom Cafard kam wieder.

Wie alle Kakerlaken im Endstadium ihrer Häutung war er versessen auf die Rundumberührung seines Körpers und drehte sich so lange um sich selbst, bis der Panzer platzte.

Bis er weiß und nackt war.

30

Der Tag, an dem Irene Orlinger zu Grabe getragen werden sollte, war herrlich. Die Sonne hatte Jogger an die Luft gelockt. Zehn Grad plus und keine Spur Wind.

Kaiserwetter, wie die Wiener zu sagen pflegen.

Sarah Rosen zog ihr dunkelblaues Donna-Karan-Kostüm an und fuhr in Richtung Taborstraße, um Karlich von einem Termin abzuholen.

Die Trauerfeier sollte um dreizehn Uhr in der Kapelle vom Hietzinger Friedhof stattfinden.

Nach zehn Minuten fand Sarah direkt vor der Karmeliterkirche einen Parkplatz. Aus irgendeinem Grund rechnete sie damit, dass sich der Mörder, vielleicht sogar sein Nachahmer, unter die Trauergemeinde mischen würde.

Die Angehörigen wollte sie als erstes unter die Lupe nehmen.

Sarah wischte sich die schweißnassen Hände an ihrem Rock ab und sah auf die Uhr. Kein Grund zur Hektik. Dann griff sie nach ihrer Handtasche, stieg aus und schlenderte langsam über den Platz vor der Kirche. Vögel schreckten auf, als sie näher kam und gedankenlos über einen Haufen Brotkrumen lief, nach dem die Tiere um die Wette gepickt hatten. Sie dachte an Georg, der sie jeden Morgen anrief und mit Freundlichkeiten weckte, die sie den Tag über begleiten sollten. Heute früh hatte er sich aus Luxemburg gemeldet, den Hörer beiseite gelegt, ans Klavier gesetzt und ihr ein paar Takte Scarlatti vorgespielt. Sie war nervös gewesen, konnte nur mit halbem Ohr zuhören, obwohl die Feinsinnigkeit seines Spiels, das er die letzten zehn Jahre einzig und allein der Liedbegleitung opferte, bestechend war.

»Georg!«, rief sie versehentlich und sah Bruno schon von weitem auf einer Bank sitzen. Zum Glück hatte er sie nicht gehört und hielt mit geschlossenen Augen das Gesicht in die Sonne.

Erst als sie dicht vor ihm stand und ihr Schatten auf ihn fiel, blinzelte er und streckte dann beide Arme nach ihr aus.

»Du wirst jeden Tag hübscher.«

»Gibt's was Neues?«, fragte Sarah schnell.

Bruno zuckte mit den Achseln.

»Wie man's nimmt, vielleicht hast du dir das selbst auch schon gedacht.«

»Was denn?«

»Es ist ziemlich sicher, dass jemand die Leiche von Claire ins Belvedere geschleppt hat, um eine bestimmte Spur zu legen. Alles sollte so aussehen wie im Fall Orlinger. Sogar die Rose hat der Täter nicht vergessen und ihr zwischen die Lippen gelegt. Fälscher und Original müssen sich kennen!«

Während Bruno redete, tippte er mit dem Zeigefinger auf den Kragen ihrer Bluse.

Sarah bekam ein schlechtes Gewissen. Ihre gespielte Biederkeit, die Tarnung, die sie heute an den Tag legen wollte, flog also auf?

Bruno Karlich räusperte sich. Die Gelassenheit, die von ihm ausging, verunsicherte sie. Auf der Fahrt zum Friedhof war er viel zu schweigsam.

»Wir machen uns Sorgen«, sagte er endlich, als sie sich Schloss Schönbrunn näherten. »Bei uns im Präsidium stimmt was nicht. Ich vermute, dass wir einen Maulwurf haben. Die Sache mit Dimitri Kovac stinkt irgendwie. Wie ist der zu einer Waffe gekommen?«, sagte Bruno mit gedämpfter Stimme.

»Aber da hat euch diese Journalistin doch ziemlich auf die Sprünge geholfen«, sagte Sarah.

»Du meinst Vera Kirchner?«

»Genau die.«

»Auch so eine.«

»Was für eine?«, fragte Sarah.

»Eine, die Satek verfallen ist. Jedenfalls hat das Semir behauptet. Ihr Frauen fallt immer wieder auf dieselben rein.«

Sarah Rosen schaltete schweigend in den zweiten Gang und bog in die Maxingstraße ein.

»Darf ich?«, fragte Bruno mit einem steifen Blick zur Seite und zog eine Virginier aus einem altmodischen Etui.

»Du darfst«, sagte Rosen.

»Semir ist nicht gerade gut auf Leo Schmidt zu sprechen«, sagte Bruno.

»Interessant. Sehr interessant. Ist Schmidt eigentlich ein Frauentyp?«

»Wieso fragst du?«

»Vielleicht heuert er Frauen wie Irene Orlinger an, die normalerweise gar nichts mit dem Milieu zu tun haben. Oft sind es Frauen, die Waffen oder Drogen transportieren, und wenn es zu einer Razzia kommt, sind sie Meister im Verschwindenlassen von Beweismitteln. Wer weiß, was Irene für eine Geschichte mit Kovac laufen hatte.«

Bruno Karlich lachte auf. »Natürlich, das gibt's alles. Aber vor allem in *James Bond*-Filmen. Deine These mit den Familienbanden, irgendeine Verbindung der Opfer zu einer nahe stehenden Person, die sie als Tote zur theatralischen Heiligen überhöhen, die leuchtet mir jetzt wesentlich besser ein, obwohl ich zwischendrin ziemlich skeptisch war.«

»Väter als Täter«, sagte Sarah. »Ein großer Teil der Prostituierten ist als Kind missbraucht worden. Den Vater von Irene werden wir uns bei der Beerdigung mal genauer ansehen müssen.«

»Bürgerliches Trauerspiel«, sagte Karlich, »aber irgendwie kommt mir das noch zu simpel vor.«

Sarah riss die Sonnenblende runter und sah wütend zur Seite, obwohl es doch ihre Idee gewesen war, den Verwandtschaftsverhältnissen, diesen Bündnissen ewiger Liebe, auf die Schliche zu kommen. »Zu simpel? Denk doch mal weiter. Emilia Galotti heute, was wäre das für eine Frau? Vielleicht nicht gerade das Opfer von bürgerlichen Tugenden, von Ehre und Unschuld wie zu Zeiten Lessings, aber möglicherweise eine Frau mit einem dunklen Geheimnis, das ihr Leben bedroht.«

Eine hohe Mauer säumte den Friedhof, die sie vom Hietzinger Platz bis zu dem Seiteneingang begleitete. Engel aus Stein lugten hervor, das Glasdach eines Gewächshauses und Spitzen von Kreuzen und Zedern, die allmählich verschwanden, je höher sie den Berg hinauffuhren.

Der Wagen kroch die Maxingstraße hoch und hielt auf dem Seitenstreifen gegenüber der Grabsteinfirma Wiedhalm & Cie.

Weiter unten parkten zwei bemannte Streifenwagen mit blinkenden Lichtern.

»Was soll dieser Aufwand?«

»Frag nicht«, sagte Bruno, stieg aus und öffnete Sarah die Tür. »Reine Sicherheitsmaßnahme.« Dann passierten sie das hohe Tor. Ihr Blick fiel auf pompöse Mausoleen am Horizont des Friedhofs.

»Wie kommt eine Frau wie Irene Orlinger auf diesen prominenten Friedhof?«, fragte Karlich. »Soviel ich weiß, ist das die Ruhestätte von Gustav Klimt und anderen Berühmtheiten.«

»Richtig«, flüsterte Sarah, »und jetzt ist auch sie berühmt.«

Karlich schüttelte schweigend den Kopf. Drinnen, in der Kapelle sickerte Licht durch die bunten, hohen Fenster und tauchte das Gebäude in Pastelltöne. Zwei Jahrzehnte waren vergangen, seit Sarah Rosen ihre Schwester verloren hatte, doch die Wunde öffnete sich wieder, als sie den Sarg vor dem Altar sah, auf dem eine hohe, weiße Kerze brannte. Dunkle Bilder zogen in ihrem Inneren vorbei. Ihre Schwester in einem kurzen weißen Hochzeitskleid. Ein schulterlanger Schleier. Ihr Lächeln. Der Schuss, der sie getroffen hatte. Blaulicht und die Sanitäter, die zu spät gekommen waren.

Der Pfarrer trat auf, kniete nieder und bekreuzigte sich. Ministranten legten Blumen auf den Sarg. Für einen Augenblick herrschte absolute Stille, dann hörte man Flüstern und Weinen.

Sarah schluckte.

»Erster Korinther, Vers dreizehn. Wenn ich die Sprachen aller Menschen spräche und sogar die Sprachen der Engel kennte, aber ich hätte der Liebe nicht…«

Sarah blickte durch einen Tränenschleier nach vorn.

»... dann wär alles umsonst.«

Gerade aus Liebe war alles umsonst gewesen, dachte Sarah. Niemand hatte vom Liebestod gesprochen, dem ihre Schwester zum Opfer gefallen war. Der Singsang des Pfarrers, der in seiner Ansprache nicht ein einziges Mal das Wort Mord über seine Lippen gebracht hatte, war nervtötend, das Aussegnen des Sarges reine Routine. Am Schluss rezitierte jemand einen selbstverfassten Reim, dessen Sinn nicht zu verstehen war. Was gab es auch zu verstehen?

»Kannst du genug sehen?«, fragte Bruno.

Aus Diskretion hatte er mit Sarah weiter hinten Platz genommen.

»Ja doch«, flüsterte sie und stupste ihm ihre Antwort mit dem Ellenbogen in die Seite.

Die Orgel spielte eine dünne Hymne. Eine Frau, die ganz vorn saß, begann leise zu schluchzen. Sarah Rosen sah, wie sie sich nach vorne beugte und sich ein weißes Taschentuch auf den Mund hielt.

Neugierig blieb ihr Blick an der Frau hängen, die ihren Kopf von Zeit zu Zeit zur Seite fallen ließ, um sich dann blitzschnell umzusehen.

»Ist das nicht Patrizia Heral?«, flüsterte Sarah. »Was macht die denn hier?«

Bruno Karlich seufzte. »Ich hoffe, nicht wieder eine Szene.«

Patrizia hatte sich mit einer Sonnenbrille unter die Gäste gemischt. Ihre Hände steckten in einem Muff, die sie ruckartig hervornahm und faltete, als der Organist Schuberts *Ave Maria* anstimmte. Bruno Karlich sah ungeduldig auf die Uhr.

»Sind das die Eltern?«, raunte Sarah und deutete auf eine unscheinbare Frau.

Karlich nickte.

»Dann sitzt Patrizia neben der Mutter von Irene«, sagte Sarah.

Die Sargträger hoben den Sarg hoch, die Prozession bewegte sich Richtung Tür.

»Halt du dich an die kleine Märtyrerin«, sagte Karlich. »Ich werde mich um den Vater von Irene kümmern.«

Sarah Rosen nickte und beobachtete, wie Patrizia Heral ihren großen, schwarzen Hut tiefer ins Gesicht zog. Ihr schwarzer Mantel stand offen, ein hochgeschlossenes Kleid aus Samt kam zum Vorschein.

Als sie in Augenhöhe mit Sarah Rosen war und kurz stehen blieb, ging ein Beben über ihre Lippen, aber sie sagte nichts, versteckte nur wieder die Hände in ihrem Muff und ging weiter.

Der Leichenzug bog nach rechts ab. Er bewegte sich einen breiten Weg entlang, der den Friedhof in zwei Hälften teilte. Im vorderen Teil, links und rechts, ragten die großen Grabsteine der Familiengräber. Dahinter waren die weniger teuren Steine, die Gräber der Angestellten, Bürger, die sich die Eleganz und Bedeutung dieser Stätte leisten wollten und schon über Generationen einen Pachtvertrag auf der abschüssigen Seite des Friedhofs weitervererbten.

Hier, fast am Ende der Ruhestätte, wurde auch Irene Orlinger begraben.

Der Priester öffnete sein Messbuch. Seiten flatterten im Wind.

»Asche zu Asche.«

Patrizia stand neben Frau Orlinger, die mit tränenüberströmtem Gesicht an der Seite ihres Mannes auf die Seile starrte. Ihre Tochter sank Zentimeter für Zentimeter tiefer.

»Staub zu Staub.«

Der Priester strich die Seite glatt und sah kurz auf, als ein verzweifeltes Nein über die Lippen der Mutter kam. Sarah wusste, dass sie in ihrem Alter sein musste. Ihre welligen Haare, die ihr bis auf die Schultern fielen, waren am Hinterkopf von einer breiten Spange aus Horn zusammengehalten, der dunkle lange Rock, der ihr bis zu den Knöcheln ging, schloss mit einem ebenso langen Mantel ab, der auf Taille geschnitten war.

Die folgenden Handlungen, die kleinen Schaufeln Erde auf den Sarg, das Werfen von Blumen, das Vaterunser, das leise gesprochen wurde, verliefen wie in Zeitlupe.

Sarah musterte die Trauergäste. Grell blondierte Mädchen in Lackstiefeln, wahrscheinlich Kolleginnen, Männer in Nadelstreifen, andere in dunklen Hosen und Windjacken, die aussahen wie Studenten. Zwei alte Frauen mit falschen Perlenketten. Alles in allem eine stattliche Ansammlung von Menschen, die um Irene trauerten. Niemand, der hier stand und die Augen senkte, wirkte verdächtig.

Der Pfarrer wollte gerade die Hände zum Segen erheben.

Ein dumpfer Aufprall. Dann ein durch Mark und Bein gehendes »NEIN!«

Frau Orlinger war am Grab ihrer Tochter zusammengesunken und vergrub das Gesicht in ihren Händen.

Plötzlich hob sie ihren Kopf und rief in die helle Sonne. »Ich habe sie umgebracht. Ich …!«

»Nein, *ich* hab sie umgebracht«, tönte es leise, aber deutlich genug.

Es war Patrizia Heral, deren Stimme selbst noch im gedämpften Zustand durchdringend war. Sie hatte feierlich ihren Hut abgenommen und war dabei, Frau Orlinger wieder auf die Beine zu helfen.

»Ich bin schuld«, sagte sie.

In ihrer Stimme klang Selbstverachtung. Dann sah sie sich um, als erwartete sie eine Antwort, irgendeine Bemerkung, aber die Leute, die im Halbkreis standen, machten nur betretene Gesichter. Einige fingen an zu tuscheln und strafften verlegen ihre Kleidung.

»Lassen Sie mich durch!«, rief Sarah Rosen.

Frau Orlinger lag inzwischen in den Armen ihres Mannes. Patrizia stand allein da. Ihre Zähne bearbeiteten einen Fingernagel. Sarah spürte vor Nervosität einen beißenden Geschmack auf der Zunge, ging aber auf sie zu.

»Woran sind Sie schuld, Patrizia?«, fragte sie laut und für jedermann hörbar.

Wildes Kopfschütteln.

Sarah schwieg und wartete.

Die violetten Schatten unter Patrizias Augen ließen sie gespenstisch aussehen.

»Am Tod meiner Mutter«, hauchte Patrizia schließlich.

Ihr Blick wanderte von Sarahs Gesicht irgendwo hinter ihren Rücken, dann löste sie sich mit einem Ruck aus der Umklammerung und lief so schnell sie nur konnte, den Hut in der Hand, über die Gräber davon. Sarah stürzte hinterher, war aber zu langsam und machte nach ein paar Metern keuchend an einer großen Buche halt.

Patrizia, ein schwarzer Vogel, der dicht über der Erde flog und Stück für Stück als dunkler Punkt am Horizont verschwand, war bald nicht mehr zu sehen.

Sarah brauchte Zeit, um wieder zur Ruhe zu kommen, und sah hoch in den Himmel. Ein leichter Dunstschleier hing in den Bäumen. Darüber strahlendes Blau.

Sarah Rosen fuhr sich mit der Hand über die Stirn. Dann ging sie langsam zurück.

Hatte sich hier gerade eine Schlüsselszene abgespielt? Eine Szene, die Vergangenheit und Gegenwart ihrer Patientin miteinander verknüpfte? Der Unfall ihrer Eltern, an dem sich Patrizia seit ihrer Jugendzeit so schuldig fühlte, war also Schreck- und Wunschbild zugleich gewesen. Frau Orlinger am Grab ihrer Tochter. Frau Orlinger, die zusammenbricht. In Patrizia müssen widerstreitende Gefühle hochgekommen sein. Die Hassliebe zu ihrer Mutter. Vielleicht hatte sie sie als Teenager so sehen wollen, so gebrochen und verzweifelt. Sie muss ihr den Tod gewünscht haben, dachte Sarah Rosen, und nachdem das Schicksal den Wunsch in die Tat umgesetzt hatte, hielt sie sich nun für eine Mörderin. Der Selbstekel Patrizias während der Therapiestunden war unübersehbar. Das Geständnis bei der Polizei nur der Gipfel ihrer Verachtung.

Es musste doch Verbindungen zwischen Patrizia und Irene geben, zwischen ihren Lebensgeschichten, irgendein Unbewusstes, das sie einander ähnlicher machten, als sie selbst ahnten.

Sarah war noch nicht klar, wieso sich ausgerechnet Irene mit Patrizia anfreunden wollte, aber sie würde es herausfinden.

Frau Orlinger saß auf einer Bank, eine zierliche Handtasche auf ihrem Schoß, eine zweite, größere Tasche, die wie eine Einkaufstüte aus Stoff aussah, zu ihren Füßen. Sie hatte sich für die Bank an der Friedhofsmauer entschieden, als würde ihr diese Mauer, gegen die sie ihren Kopf lehnte, Schutz bieten können. Ihr Mann, der mit Oberlippenbart und lichtem Haar deutlich älter wirkte als seine Frau, gab ein gelegentliches Nicken von sich.

Sarah ging auf die Bank zu. Als sie nahe genug war, wollte sie etwas sagen und formulierte den Anfang einer Beiläufigkeit. Karlich, der bei dem Paar stand, unterbrach sie aber mit einer Handbewegung und schob Herrn Orlinger ein paar Schritte weiter.

Die Frau stemmte darauf einen Stiefel gegen die Tasche, die am Boden stand, und blickte kurz auf. Ihr Gesicht wirkte leer und fahl. Die verlaufene Wimperntusche hatte unter den Augen einen schwarzen Rand gezeichnet. Der fragende Mund stand halb offen.

»Ich bin Sarah Rosen. Fallanalytikerin in diesem Mordfall.«

Eine Hand streckte sich ihr entgegen.

»Helene Orlinger,« sagte sie. »Sind Sie von der Polizei?«

»J-ein«, antwortete Sarah und musterte die schmächtige Gestalt. Die Frau hatte Angst, ihr Blick flatterte.

»Im Wesentlichen arbeite ich mit Menschen, die zu mir in die Praxis kommen und helfe ihnen bei ihren psychischen Problemen. Geht es Ihnen wieder ... besser?«

Die Frau gab keine Antwort, fingerte eine Zigarette aus ihrer Handtasche, die sie auf eine Zigarettenspitze steckte und inhalierte den Rauch so tief wie sie nur konnte.

Sarah Rosen sprach weiter. »Daneben helfe ich der Polizei bei den Analysen von Verbrechen, so wie in diesem Fall, vielleicht ist sogar eine meiner Patientinnen darin verwickelt.«

»Sie meinen die Verrückte, die vorhin abgehauen ist?«

Sarah nickte.

»Eine Freundin von Irene?«

Sarah zuckte mit den Schultern. Dann setzte sie sich zu ihr auf die Bank. »Ich weiß, was es heißt, einen Menschen zu verlieren. Meine eigene Schwester ist umgebracht worden.«

Helene Orlinger hob ungläubig den Kopf und sah Sarah direkt ins Gesicht. Dann schlug sie einen rauen Ton an und schnipste die Asche zur Seite.

»Und? Haben Sie es hinnehmen können?«

Sarah Rosen versuchte so persönlich wie möglich zu antworten, obwohl das sonst, wenn sie sich als Therapeutin äußerte, gar nicht ihre Art war. »Eine Erklärung gibt es für alles«, sagte sie, »aber begriffen habe ich bis heute nicht, wie es passieren konnte.«

»Sehen Sie«, sagte Helene Orlinger und blies Ringe in die Luft.

Sarah schluckte.

Für ihre Schwester konnte sie nichts mehr tun, aber vielleicht könnte ihre Geschichte eine Brücke schlagen zu dieser Frau.

»Ihr eigener Freund hat zuerst sie und dann sich selbst erschossen«, erklärte Sarah und schloss die Augen. »Er war krankhaft eifersüchtig, und ich wusste es. Es gab genug Vorzeichen, die darauf hindeuteten, dass er eines Tages ernst machen würde.«

»Meine Tochter hatte aber keine krankhaft eifersüchtigen Verehrer, nicht mal einen festen Freund.«

»Ihre Tochter war äußerst attraktiv und wahrscheinlich für jemanden, der sie unbedingt wollte, unerreichbar«, sagte Sarah Rosen. »Der Mörder hat doch sogar eine Botschaft ewiger Liebe zwischen ihren Lippen gesteckt. Eine rote Rose.«

»Liebe?«

Sarah öffnete die Augen wieder und sah, dass Helene Orlinger ihren Mund zu einer schmalen Linie verzogen hatte. Die Trauer war in Bitterkeit umgeschlagen.

»Die ist anschaffen gegangen«, sagte sie heiser.

»Davon wussten Sie?«

»Ja, natürlich wusste ich es.«

»Darf ich Sie … dürfte ich Sie bitten … mir mehr darüber zu erzählen?«, fragte Sarah vorsichtig. »So natürlich ist das nicht.«

Sie wusste, dass sie auf diese Bitte, so zaghaft sie sie auch vorgetragen hatte, eine Abfuhr bekommen konnte.

Die Frau neben ihr schwieg. Dann drückte sie die Zigarette aus und zündete sich gleich darauf die nächste an.

Wie viele Illusionen musste diese Frau schon begraben haben. Was gab ihr noch Hoffnung?

»Ihre Tochter war doch BWL-Studentin, hatte sie das denn nötig?«

Helene Orlinger sah sie an. Ihre zu Strichen gezupften Augenbrauen zuckten. Langsam erhob sie sich und wollte gehen.

»Bitte bleiben Sie«, sagte Rosen und ergriff ihre Hand. »Dass ich Sie heute, am Tag des Begräbnisses, mit Fragen quälen muss, das fällt mir schwer.«

Sarah Rosen war hilflos. Sie hatte zu einer Binsenweisheit gegriffen und fühlte, dass sie so nicht weiterkam. Außerdem war sie viel zu betroffen.

»Wissen Sie, dass Ihre Tochter gegenüber einem Verdächtigen, womöglich ihrem letzten Freier, eine seltsame Bemerkung gemacht hat?«

Helene Orlinger lachte gekünstelt.

»Bettgeflüster? Das nehmen Sie doch wohl nicht ernst. Freiern erzählt man viel, wenn die Nacht lang ist.«

Hatte sie richtig gehört? Freiern erzählt man viel!

Sarah befeuchtete ihre Lippen und kämpfte mit dem nächsten Satz. »Irene soll gesagt haben, dass sie … dass sie von ihrem Vater eine große Summe Geld zu erwarten habe und aus dem Geschäft aussteigen würde. Sie sagte, dass sie die Tochter eines Millionärs sei.«

»Die Tochter eines Millionärs?«, wiederholte Frau Orlinger.

Sie ließ sich auf die Bank zurückfallen.

»Wann … wann hat sie das gesagt?«, fragte sie und umklammerte ihre Handtasche, eine Tierfellimitation, die auf ihrem Schoß thronte wie ein Schoßhund.

»Damals, in der Mordnacht. Es gibt eine Aussage darüber. Von François Satek. Der Mann, mit dem Irene zuletzt gesehen worden ist.«

Sarah beobachtete sie. In ihren wässrigen Augen spiegelte sich ohnmächtige Trauer. Sollte sie jetzt direkt werden? Sarah begann vorsichtig.

»Was für ein Verhältnis hatte Ihre Tochter denn zu ihrem Vater?«

Einen weiteren Anstoß brauchte Frau Orlinger nicht. Sie stellte ihre Tasche neben sich und beugte sich vor.

»Das alles ist meine Schuld.« Dann brach sie in ein furchtbares Schluchzen aus. Dazwischen schnappte sie immer wieder nach Luft und beruhigte sich erst wieder, als Sarah sie vorsichtig berührte.

»Irene sollte es mal besser haben als ich«, sagte sie. »Sie war immer so ein eigensinniges Ding, wollte sich nichts sagen lassen, schon gar nicht von ihrem Vater. Dabei war sie so begabt, konnte Geschichten erfinden und schon mit fünf lesen.«

Helene Orlinger zuckte mit den Achseln, als wäre das, was nun folgte, gänzlich unwichtig.

»Mein Mann ist cholerisch, müssen Sie wissen.«

»Hat er sie geschlagen?«, fragte Sarah.

Ein irres Lächeln huschte über das Gesicht der Frau. Dann nickte sie.

»Ich bin damit einigermaßen zurechtgekommen. Irene weniger. Sie hat immer so gezittert hinterher, als ob sie Fieber hätte und kam danach nur schwer wieder zu sich.«

Sarah fühlte, wie in ihr Wut hochstieg. Dieser kleine sadistische Zug um den Mund von Helene Orlinger war ihr nicht entgangen. Mütter, die ihre Töchter auf dem Gewissen haben, gab es zur Genüge.

Wie viele Frauen, die in gewalttätigen Verhältnissen lebten, hatte auch Helene nicht die Kraft gehabt, sich mit Irene aus dem Staub zu machen, um ein neues Leben anzufangen.

»Er wollte nicht, dass sie sich schön machte, lief ihr nach und riss ihr die Kleider vom Leib. Er wollte sie nicht studieren lassen und hat sich ihr in den Weg gestellt, wo er nur konnte. Sie durfte auf keine Party, keine Freunde haben, gar nichts.«

»Und Sie, konnten Sie ihr nicht helfen?«

»Wie denn? Ich hatte nichts zu sagen. Wir waren doch völlig abhängig. Ich habe es bisher keinem Menschen erzählt. Ich habe mich immer so geschämt.«

»Wofür haben Sie sich geschämt?«, fragte Rosen.

Frau Orlinger schnäuzte sich ein paarmal in ein Taschentuch und redete weiter.

»Es war eines Abends beim Essen. Wir waren gerade beim Nachtisch, da stand Irene auf, um sich ein Glas Milch zu holen. Sie sagte, sie bekäme höllische Kopfschmerzen und müsse sich hinlegen. Nach fünf Minuten kam sie zurück, drückte mir wortlos einen Umschlag in die Hand und verschwand wieder. Mein Mann wollte sofort wissen, um was es ging. Ich sagte, etwas vom Frauenarzt, Dinge, die ihn nicht betreffen würden, und merkwürdigerweise gab er sich zufrieden damit.

Als ich allein in der Küche war, und er vor dem Fernseher saß, öffnete ich den Umschlag. Ich traute meinen Augen nicht. Irene musste heimlich in meinen Sachen gewühlt haben, hatte alte Briefe und Fotos gefunden, die mich mit einem Mann zeigten. Es war Marian, ihr leiblicher Vater, von dem ich mich noch während der Schwangerschaft getrennt hatte und von dem ich noch eine ganze Weile Geld kassierte. Irene kannte ihn gar nicht. Er wusste, ich würde reden, wenn er nicht zahlte, und so kamen wir einigermaßen über die Runden.«

»Was hatten Sie gegen ihn in der Hand?«, fragte Sarah.

»Marian ließ Mädchen für sich arbeiten. Alle aus dem Osten. Er hatte ganze Schlepperbanden angeheuert, um die Mädchen nach Wien zu schleusen, und ich, ich war eine von ihnen.«

Helene Orlinger hielt sich die Hände vors Gesicht. Dann löste sie die Spange und ließ die Haare nach vorne fallen.

»Haben Sie beide darüber geredet?«

»Irene und ich? Hätte ich ihr sagen sollen, dass sie ein Hurenkind ist? Sie war gerade in einem schwierigen Alter.«

Helene Orlinger hatte sie flehend angesehen.

Sarah schwieg. Sie war darauf gefasst gewesen, dass ein Familiendrama ans Licht kommen würde, aber das hier, das war mehr. Das war ein Skandal.

»Es folgten Tage, an denen sie sich nicht mehr zu Hause blicken ließ«, fuhr Frau Orlinger fort. »Aus meinem kleinen, anhänglichen

Mädchen war eine junge Frau geworden, die mich nur noch mit funkelnden Augen ansah und mich zutiefst verachtete. Das ging so über ein Jahr lang. Wenige Wochen nach ihrem achtzehnten Geburtstag aber war sie plötzlich wie ausgewechselt und genauso lieb wie früher. Da hatte sie es dann das erste Mal für Geld getan und es mir brühwarm erzählt. Mein Mann hat davon natürlich nichts mitbekommen. Wir waren sowieso die meiste Zeit allein.«

Sarah stutzte.

»Sie meinen, sie war stolz darauf, ihren Körper zu verkaufen?«

»Nein, das Geld war ihr egal. Der Sex, glaube ich, auch. Das Einzige, was sie im Kopf hatte, war Gerechtigkeit. Sie war geradezu besessen von dem Wunsch nach Wiedergutmachung und verwickelte mich nächtelang in Gespräche, wie sie den Mädchenhandel ihres Vaters auffliegen lassen wollte. Irgendwann war ich so weit. Ich wollte, dass sie Marian um eine Million erpresste. Sie hatte genug in der Hand gegen ihn, kannte sich aus im Milieu, wusste, wer zu seinen Männern gehörte und wie die Schlepperbanden arbeiteten. Sogar in seine Drogengeschäfte hatte sie Einblicke gewonnen, und die Sache schien sicher.«

Helene Orlinger krallte die Finger ineinander.

»Vor etwa einer Woche war sie bei ihm. Es war das erste und das letzte Mal, dass dieses ... Schwein seine Tochter gesehen hat.«

»Denken Sie, was ich denke?«, fragte Sarah Rosen.

»Sie meinen, dass Marian der Mörder ist? Ich weiß es nicht«, sagte Helene Orlinger, plötzlich sichtlich erleichtert. »Das übersteigt ganz meine Vorstellungskraft.«

Dann bekreuzigte sie sich schnell wie nach einer Beichte.

»Gott gibt mir die Gelassenheit, die Dinge zu akzeptieren, die ich nicht ändern kann, und die Weisheit, den Unterschied zu erkennen«, sagte sie und ging ihrem Mann entgegen, der Seite an Seite mit Bruno Karlich die Hauptallee herunterspazierte und sich mit einem freundlichen Kopfnicken der Bank näherte.

Eine Tochter, die sich für das verpfuschte Leben ihrer Mutter opferte. Und ein Vater, der sie gegen Geld auslöschen lässt.

»Mein Beileid«, sagte Sarah Rosen und schlug in die Hand eines Mannes ein, der nicht gerade den Eindruck machte, dass ihn das, was geschehen war, aus der Bahn geworfen hatte.

»Danke«, sagte Manfred Orlinger. Dann griff er nach den zwei Taschen seiner Frau, die sich vor einem Taschenspiegel die Lippen nachzog, und hatte es eilig, sich zu verabschieden.

»Die Trauerfeier findet im Bergwirt statt«, sagte er im Gehen.

»Drehen wir noch eine Runde im Karmeliterviertel. Oder musst du zurück ins Präsidium?

»Das muss ich«, sagte Bruno höflich. »Reden wir im Auto?«

Sarah nickte, stieg ein und erzählte. Den ganzen Familienroman. Von A bis Z. Aber ihr Freund, der immer schweigsamer wurde, schien gar nicht richtig zuzuhören.

»Was denkst du über Patrizia?«, fragte Sarah ungeduldig.

»Ach, die kommt als Täterin überhaupt nicht in Frage! Dass die mit einem falschen Geständnis rausplatzen musste, liegt doch auf der Hand. »

»Auf der Hand? Wenn das alles so einfach ist? Wozu bin ich eigentlich hier?«

»Sarah!«

Bruno hatte ihr beruhigend über die Wange gestreichelt.

»Willst du denn gar nicht verstehen, was passiert ist?«

»Das ist es ja«, sagte Karlich. »Passiert ist so gut wie gar nichts, das hat sich doch alles nur in Patrizias Kopf abgespielt.«

31

Die Sporttasche in einer Hand, in der anderen eine warme Pappschachtel, aus der es nach würzigem Fleisch roch, drückte Semir mit dem Ellenbogen die Türklinke zum Präsidium runter, stolperte und ließ den ganzen Krempel zu Boden fallen.

Zwiebelringe und eine plattgedrückte Boulette mit Ketchup kullerten bis vor das Zimmer von Karlich.

Prompt öffnete sich die Tür.

»Wollten Sie zu mir?«, fragte der Boss, der wie jeden Samstag im Büro saß.

»Ähm, nicht direkt, oder sagen wir … in fünf Minuten?«

Semir bückte sich, um die Reste seines Burgers zusammenzusammeln.

»Bei mir?«, murmelte er.

Bruno Karlich nickte kurz und schloss heftiger als notwendig gewesen wäre die Tür.

Die nächsten Minuten verbrachte Semir damit, diverse Nachrichtenzettel, die auf seinem Schreibtisch lagen, durchzugehen. Vor ihm der Befund des Pathologen.

Tod durch Erhängen stand da.

Semir drehte eine Runde auf seinem Stuhl herum und schlug mit den Handflächen auf seinen Schreibtisch.

Tod durch Erhängen? Das ist seltsam, dachte er. Äußerst seltsam.

Mord oder Selbstmord? Beides war möglich.

Dann blätterte er in der Akte und überflog die Vermisstenanzeige. Claire Raquin: blond, 1,73 m groß, schlank, zuletzt gesehen am 15. September im Quartier Corbusier.

Aber wie war diese Claire ausgerechnet nach Wien gekommen, und was wollte sie hier? Claire Raquin und Irene Orlinger. Zwei junge blonde Frauen, die denselben Liebhaber hatten: François Satek, grübelte Semir. Der Mann hat garantiert Feinde.

Semirs Gedanken flogen hin und her.

Selbstmord wollte er ausschließen. Eine Frau, die sich erhängt? Unwahrscheinlich. Also: Wer war der Mörder von Claire Raquin? Ein Serienkiller, derselbe, der auch Irene umgebracht hatte? Oder handelte es sich nur um einen Trittbrettfahrer? Vielleicht waren die beiden Frauen der Mafia in die Quere gekommen und diese alberne Rose nur ein Ablenkungsmanöver? Oder hatte Claire Raquin als verdeckte Ermittlerin für Leo Schmidt gearbeitet? Sie und Katzan kannten sich schließlich. Aber von wem, tüftelte Semir, von wem war sie schwanger?

Vielleicht sollte er darüber mit Sarah Rosen sprechen? Doch dann wählte er instinktiv Veras Nummer. Er hatte sie am Tatort vermisst. Ihre Zeitung musste doch von der Sache Wind bekommen haben.

Semir stierte in die Luft und wartete.

Nach siebenmal Läuten ging Vera endlich ran und meldete sich mit den Anfangstakten einer alten Jazznummer.

»Vera! Du bist doch nicht etwa verknallt?«

»Und Sie? Soviel ich weiß, gehört diese Journalistin nicht zum Morddezernat, also Vorsicht mit den Medien«, sagte Karlich, der plötzlich dicht neben ihm stand. »Die Sache mit Dimitri Kovac ist eine wackelige Angelegenheit. Wer weiß, ob sich nicht auch Vera Kirchner von irgendwem schmieren lässt.«

Semir legte demonstrativ auf und deutete auf das Tonbandgerät.

»Hören Sie sich das an«, sagte er ruppiger als sonst.

Karlich warf ihm einen fragenden Blick zu und drückte auf Start.

Es knisterte. Dann eine butterweiche Stimme mit russischem Akzent.

Ich verschwende meine Zeit mit Ihnen.

»Das ist doch Marian«, sagte Karlich erstaunt.

Semir nickte betreten.

Wir wollten den Kopf vom ORTIS-Kartell, erinnern Sie sich?

Danach die Stimme von Leo Schmidt

François Satek, ich weiß. Wir sind dicht dran, keine Sorge.

Dann wieder Marian.

François Satek?

Pause.

Der ist doch nicht von ORTIS!

Ein Zug donnerte vorbei.

Karlich stoppte das Band und spulte zurück. Start.

François Satek? Der ist doch nicht von ORTIS!

»Hört sich an wie in einer Bahnhofshalle«, sagte der Kommissar. »Vielleicht hat der sich längst aus dem Staub gemacht.«

Das war eine groß angelegte Razzia. Aus meiner Sicht ist das Ding einigermaßen gut über die Bühne gegangen, und wir haben dem ORTIS-Kartell einen ordentlichen Denkzettel verpasst.

Pause.

Schmidt war aufgeregt, seine Stimme atemlos.

Ich weiß, dass mein V-Mann seine Provision schon kassiert hat. Was ist mit meinem Anteil?

Stopp.

Karlichs Unterlid zuckte. Er senkte den Kopf und drückte sich die Mittelfinger gegen die grauen Schläfen.

»Aber – das ist ja ungeheuerlich!«

Start.

Fassungslos verfolgte er den Schlagabtausch zwischen Marian und Schmidt.

Was? Wir sind mit Satek auf den falschen Mann angesetzt worden. Das war doch nur ein Dummy. Völlig unbedeutend.

Schritte hallten über einen harten Boden. Karlich drehte lauter.

Mein Sohn … und dafür wäre fast mein Sohn Dimitri unter die Räder gekommen. Der musste sogar noch in den Knast. Das ist … ist …

Schmidt war Marian mit einem röchelnden Lachen ins Wort gefallen.

Ich weiß nur, dass ich meinen Job für Ihre Belange riskiert habe …

Immer noch dieses Lachen.

Oder glauben Sie, dass es leicht war, die Waffe ins Gefängnis zu schmuggeln?

Das Mikro blubberte.

Egal. Die Sache stinkt, Schmidt.

Marian war zu dicht dran.

Ich kann nichts dafür, wenn Ihre Männer nicht funktionieren. Von mir keinen Euro!

Damit war das Band zuende. Karlich saß zusammengesunken da.

»Ich hab mich von Schmidt zum Narren halten lassen«, sagte er. »Vielleicht hätte ich ihn noch aufhalten können? Mit ihm reden?«

Dann zog er ein riesiges, kariertes Stofftaschentuch aus seiner Brusttasche und tupfte sich damit die Stirn ab.

»Ja, Schmidt hat gemeinsame Sache mit der Mafia gemacht. Der steckt mit Marian unter einer Decke, aber wir müssen diesen Katzan finden. Was Schmidt anbelangt, schlage ich vor, das Material noch eine Weile unter Verschluss zu lassen und ihn unauffällig weiter zu beobachten. Wer weiß, ob er uns noch direkt zum Mörder führt. Ich bin immer noch der Ansicht, dass hier eins ins andere greift.«

Karlich sah ungläubig auf. »Übrigens war ich vorhin mit Dr. Rosen beim Begräbnis von Irene Orlinger.«

»Ist was dabei rausgekommen?«

»Und ob. Die Mutter von Irene hat ihre gesamte Familiengeschichte ausgepackt. Raten Sie mal, wer der Vater von Irene Orlinger ist.«

»Manfred Orlinger natürlich. War nicht vernehmungsfähig beim letzten Mal.«

»Falsch!«

Karlich hatte wieder einigermaßen Farbe im Gesicht.

»Es ist der Mann, den wir eben gehört haben. Marian! Angeblich soll er nicht nur Drogen-, sondern auch Menschenhandel betreiben. Und seine eigene Tochter wollte ihn damit auffliegen lassen und von ihm eine Million Euro kassieren.«

Semirs Hirn brauchte eine Weile, bis es schaltete.

»Erpressung also?«

»Richtig.«

»Endlich eine heiße Spur im Mordfall Orlinger«, sagte Semir erleichtert.

»Sie glauben doch wohl nicht, dass dieser Marian ...?«

»Da bin ich eben nicht ganz so sicher«, sagte Semir und setzte sich auf eine Elektroheizung. »Ich glaube eigentlich nicht, dass Marian der Mörder ist. Wenn der sich bloß eine Erpresserin vom Hals schaffen wollte, hätte er doch nicht so einen Mord inszeniert. Familientragödien, in denen Väter ihre Töchter opfern, laufen doch ganz anders ab. Da sind richtige Psychopathen am Werk. Die vierteilen ihre Leichen, aber stecken sie nachher in ein weißes Kleid und hängen ihnen noch ein Kreuz um den Hals.«

»Also«, sagte Karlich und starrte auf seine Hände. Man sah ihm an, dass ihm diese Sache äußerst unangenehm war. »Für mich ist das rätselhaft. Wieso hat sich Schmidt dermaßen aus dem Fenster gelehnt?«

»Soviel ich weiß, sitzt der ziemlich auf dem Trockenen«, sagte Semir.

Karlich machte ein verwundertes Gesicht.

»So? Das müssen Sie mir erklären.«

»Man munkelt, dass sich Schmidt frisch getrennt hat. Seine Frau soll ihn regelrecht über den Tisch gezogen haben.«

»Ausgerechnet Schmidt?«

Karlich schüttelte den Kopf. »Kann ich mir gar nicht vorstellen. Ich wusste nicht mal, dass der sich scheiden lässt.«

»Doch, der zahlt sich jetzt dumm und dämlich. Muss ganz schön was abdrücken an seine Ex!«

»Sie glauben wirklich, dass Geld eine Rolle gespielt hat?«

»Genau das glaube ich«, sagte Semir. »Logo.«

»Tja.« Karlich kratzte sich nervös am Kopf.

»Tatsache ist wohl, dass Schmidt den Mafia-Leuten zu viel Vertrauen geschenkt hat, mal abgesehen davon, dass er nun definitiv Dreck am Stecken hat. Der hat also wirklich gedacht, dass François Satek einer von ORTIS ist. Ob Schmidt überhaupt direkt mit Marian verhandelt?«

»Klar«, sagte Semir, »aber ich glaube, dass Schmidt im Wesentlichen auf Katzan setzen musste, und der scheint seine ganz eigene Suppe zu kochen.«

32

Wer hatte ausgerechnet *sie* in den besten Jazzclub der Stadt geholt? Und dann auch noch ohne zu proben? Bisher war sie nur auf Clubbings oder privaten Festen aufgetreten und alles andere als ein Profi.

Aber egal, lieber nicht fragen, einfach singen.

Hoffentlich zirpe ich nicht wie eine einsame Grille, dachte Vera, stieg in die Straßenbahn am Matzleinsdorfer Platz und schlug demonstrativ die Beine übereinander. Diese Stadt strömt wieder Mal die Erotik eines alten Vanillepuddings aus. Muffige Leute, muffige Straßenbahn, muffige Luft.

Vera wippte provozierend mit dem Fuß, um sich Laune zu machen.

Wie immer. Mann und Frau schätzen sich verstohlen ab, den Blick verschämt auf ein Paar schäbige Schuhe oder die ausgefranste Einkaufstasche gerichtet.

Ein freundliches Rentnerpaar im Visier, sie in grünem Trevira, er im dunkelbraunen, schmalen Anzug, fing Vera fröhlich an zu summen.

S'paradise.

Klar, das muss man sich nur einreden. Merkt denn keiner was?

Ob die zwei Alten sich lieben? Ja. Nein. Ja. Der Alte platzte mit einem rasselnden Husten los.

S' wonderful.

Die Frau hakte sich bei ihrem Mann unter und streichelte seinen Arm.

Vera wandte sich ab und sah nach draußen.

Die Straßenbahn war aus dem Schacht gekrochen. Autos fuhren im Schritttempo. Diese elend lahmarschige Stadt und diese irre verdrehte Ansage vom Band.

Wir ersuchen Sie höflichst ...
Vera stand auf.
Paulanergasse.
Endlich Karlsplatz.
Raus!

Es roch nach Mottenkugeln und frisch gebrühtem Kaffee, als Vera ins Porgy kam und einer Frau mit Stecknadeln zwischen den Zähnen gegenüberstand. Sie hatte die Hände in die Hüften gestemmt.

»Vera Kirchner?«

»Ja.«

»Na endlich.«

Die Frau nahm ihr den Mantel ab und auch sonst alles, was sie am Leibe trug.

»Hier. Ziehen Sie das über!«

Die Frau hatte ihr ein kleines Etwas zugeworfen, das sich kalt und hart anfühlte. Ihre wurstigen Finger klaubten jetzt bedächtig Nadeln zwischen den Lippen hervor.

»Die Haare offen, kein Make-up und diese Pumps hier«, sagte sie barsch.

Vera stierte auf ein Paar Schuhe, das nur aus Sohlen, hohen Pfennigabsätzen und kleinen Riemchen bestand.

»Anordnung vom Chef!«

Welcher Chef?, dachte Vera, aber es war zu spät, um Fragen zu stellen, und so stieg sie schweigend in das kalte, harte Etwas.

Du hast allen Grund, dich jetzt gewaltig ins Zeug zu legen, dachte sie und stöckelte über die Bühne.

Ihr mächtig exotischer Hintern schmiegte sich in die eingeschwungene Seite eines schwarzen Flügels. Dann strich sie sich mit der Hand über die Augen, als wollte sie ihrem Traum, der wahr geworden war, nicht ganz trauen. Irgendwann vorn, an der Rampe, hauchte sie ein langes, zögerliches Ssss in das Mikro.

Sssss–wonderful.

»Guten Abend!«, sagte Vera leise.

Neugierige Köpfe hoben sich. Gesichter im Dunkeln. Ohne Münder. Ohne Augen.

Vielleicht sollte sie jetzt mal das Mikro anmachen, möglichst lasziv, so wie Alicia Keys, dachte sie und zupfte ihr Nixenkleid zurecht. Endlich die richtige Stellung gefunden, mitten im gelben Licht eines Scheinwerfers, gab sie den Musikern ein Zeichen.

S'paradise.

Veras Stimme vibrierte, neigte zum Flüstern, war heiser und machte Pausen, als wüsste sie den Text nicht. Aber sie wusste alles. Sie zögerte nur. Stand reglos da. Suchte nach irgendeinem bekannten Gesicht, nach einem Lächeln, dann schloss sie die Augen, bis der letzte Ton verklungen war und verbeugte sich.

Ein paar Sekunden lang herrschte andächtige Stille. Eine dunkle Rose flog ihr vor die Füße. Applaus. Noch mehr Applaus.

Danach eine feuchte Hand, die ihren Arm umfasste, noch während sie sich verbeugte, und die sie ohne eine Erklärung in den oberen Teil des Saales führte.

Einen Moment lang glaubte sie, François hätte sie bei der Hand genommen.

»Schnell«, sagte der Mann. »Kommen Sie.«

Schon war der Glücksmoment wieder vorbei.

»Sie wollen doch sicher wissen, wer Sie engagiert hat!«

Das *Vienna Art Orchestra* hatte inzwischen mit einer Duke-Ellington-Nummer begonnen.

Vera wollte den Kerl am liebsten schnell loswerden. »Wer sind Sie überhaupt?«

Der Typ klopfte auf das Zifferblatt seiner Uhr. »Wir haben zwölf Minuten!«

Plötzlich standen sie in einem schmalen Zimmer mit einer dunkelgrünen Deckenleuchte. Im hintersten Winkel hing ein Monitor, der das Geschehen auf der Bühne verfolgte, davor ein Tisch mit extra dünnen Beinen.

»Setzen!«, befahl der Mann und wies auf einen Stuhl. »Der Boss kommt gleich.«

Dann war er verschwunden.

Vera fummelte an ihrem Dekolleté herum und spürte, wie ihr der Schweiß im Nacken runterlief. Es war heiß in dem Laden. Was sollte das alles?

»Vera, Sie sind … eine bemerkenswerte Frau. Sie sind … Sie singen fantastisch!«, sagte eine Stimme hinter ihr.

Vielleicht sollte sie jetzt lieber ohnmächtig werden?

»Zeit, dass wir uns kennen lernen.«

Vera drehte sich um.

Ein alter Sack, aufgeputzt wie ein Zirkusdirektor, kam mit Riesenschritten auf sie zu und hielt ihr ein Glas mit Eiswürfeln unter die Nase.

»Wodka-Sour?«, fragte sie abfällig und wusste im selben Moment, wen sie vor sich hatte. Das war der aus dem Hammam, dieser fette Russe. Hatte Semir nicht von einem Marian gesprochen?

»Wodka-Sour ist nicht mein Fall«, sagte sie.

Der Fette war ihr so nahe gekommen, dass sich ihre Nasenspitzen berührten.

»Lassen Sie uns anstoßen«, sagte er übertrieben höflich. »Auf Ihren Erfolg! Was sage ich: Auf *unseren* Erfolg!«

Vera stutzte. »Unseren Erfolg?

Dann griff sie zu und nippte doch an dem Glas.

»Vera«, sagte er pathetisch. »Wir beide.«

Der Kerl drehte seinen unförmigen Kopf zur Seite und grinste von einem Ohr zum anderen. »Wir beide wollen doch dasselbe.«

Vera stellte ihr Glas ab. »Nicht dass ich wüsste.«

»Doch, doch. Sie und ich. Wir sollten den Mörder meiner Tochter finden«, flüsterte der Mann. »Dimitri Kovac, den Sie der Polizei ausgeliefert haben, ist mein Sohn.«

»Dimitri Kovac?«, fragte Vera als ob sie diesen Namen noch nie im Leben gehört hätte.

Der Mann war noch nicht fertig und musste bloß mal tief Luft holen. »Richtig, und Dimitri ist unschuldig«, sagte er. »Geht das in Ihren Kopf?« Dabei klopfte mit einem Finger gegen ihre Stirn. »Unschuldig!«

Vera lächelte vielsagend.

Dieser Widerling wollte was von ihr, und sie war sicher, dass es ihm verdammt ernst war.

»Hören Sie«, sagte der Mann, setzte sich auf das Tischchen und zündete sich eine Zigarre an. Es sah ganz danach aus, als würde er mit dem wackeligen Teil jeden Moment zusammenbrechen.

»Ich habe alle meine Kinder gut versorgt, einschließlich Irina!«

»Irina?« Vera blieb der Mund offen stehen.

»Sie sind … auch … der Vater von Irene?«

Der Mann nickte und paffte und nickte wieder.

Der Tisch hielt merkwürdigerweise stand.

»Ich wollte ihr einen kleinen Denkzettel verpassen, das ist alles. Mein Gott, die hat Forderungen gestellt, denkt an nichts anderes als an Kohle, meine … Kleine … und da sollte ihr Dimitri eben ein bisschen … ein bisschen, Sie verstehen doch? Ein bisschen Druck machen.«

Mieser Fettsack, dachte Vera. Das, was sich vor dem Hotel Orient abgespielt hatte, war also eine reine Familienangelegenheit. Eine Sache zwischen Irene und Marian. Wahnsinn! Hetzt seine Kinder gegeneinander auf. Lässt seine eigene Tochter als Hure für sich arbeiten und von seinem Sohn bewachen?

Marian schlug einen strengeren Ton an.

»Es geht um was anderes, Schätzchen. Sie werden dafür sorgen, dass sich die Medien auf den Mann konzentrieren, der mir die Sache mit ORTIS vermasselt hat.«

»Welche Sache?«, fragte Vera vorsichtig.

»Die Operation ORTIS, der Deal am Mexikoplatz, darüber haben Sie doch Länge mal Breite in der Zeitung berichtet.«

»Ich?«

Vera tippte sich auf die Brust.

»Sicher nicht. Das war ein Kollege!«

Dann fiel es ihr wie Schuppen von den Augen. Die Szene vor dem Hotel Orient und dieser Drogendeal, das hing natürlich zusammen? Okay, aber von welchem Mann hatte Marian gesprochen.

»Schießen Sie los«, sagte Vera frech. »Wen soll ich in die Medien bringen?«

Marian zögerte.

»Sie arbeiten doch noch für *Faktum*?«

Vera nickte.

»Merken Sie sich den Namen Katzan!«, sagte er leise. »Der hat meine Tochter Irene auf dem Gewissen.«

Vera schaltete. Dieser Idiot wollte doch wohl nicht den Tod seiner Tochter rächen? Nie im Leben. Dann packte sie der Ehrgeiz. »Eins nach dem anderen. Was war denn mit diesem …«

Vera schnipste mit den Fingern.

»Was war mit diesem …?«

»Katzan?«, antwortete Marian.

»Ja genau, Katzan«, wiederholte Vera. »Gehört der zu Ihnen?«

»Nein, nicht direkt. Katzan hat als V-Mann für die Polizei in Paris gearbeitet, später für die Wiener Kriminalpolizei. Wir wollten mit seiner Hilfe ORTIS auffliegen lassen. Die haben in letzter Zeit einfach nicht mehr so gut funktioniert.«

Vera schüttelte den Kopf.

»ORTIS arbeitet auch für Sie?«

»Richtig. Die müssen uns den Stoff abliefern.«

»Und Katzan?«, fragte Vera.

»Es gab Zeiten, da hat uns Katzan mächtig unter die Arme gegriffen, wissen Sie? Ist 'n guter Kumpel von Dimitri.«

»Wie?«, funkte Vera dazwischen. »Ihr Russen steckt also mit Katzan unter einer Decke, richtig?«

Marian rollte mit den Augen.

»Ja. Katzan sollte für uns ORTIS kleinkriegen«, erklärte Marian. »Und er hat uns erzählt, dass da neuerdings ein gewisser François Satek mitmischt.«

»Sie meinen, die ganze Aktion am Mexikoplatz diente nur dazu, François hochgehen zu lassen?«

»Genau, das war alles minutiös geplant«, sagte Marian.

Der Fettsack sah sie fragend an.

»Nun machen Sie doch nicht so ein Gesicht, Schätzchen.«

Dann wollte er sie betatschen.

»Finger weg!«

Vera starrte auf den Monitor. Das Orchester verbeugte sich schon zum dritten Mal, der Fette hatte sie inzwischen bei der Hand genommen.

»Ich dachte, dass François wichtig für ORTIS ist.«

»Was dann aber nicht gestimmt hat«, ergänzte Vera. »Ich sagte Finger weg!«

Marian grinste.

»Langsam kommen Sie auf den richtigen Trichter, Kleine. ORTIS hatte in der letzten Zeit öfter Probleme, die wollten keinen Chef akzeptieren und ihr eigenes Ding machen. Katzan hat behauptet, dass François den Laden managen wollte und dass die Leute ihn mochten.«

Marian legte eine Pause ein und glotzte sie mit Riesenaugen an.

»Anstatt mir den echten ORTIS-Händler auszuliefern, hat Katzan mir diesen Satek unter die Nase gerieben. Katzan ist ein Psychopath! Ein Mörder!«

Vera war perplex.

»Was, glauben Sie, steckte dahinter?«

»Frauen natürlich. Eifersucht, Neid«, sagte Marian. »Katzan nimmt sich alle Weiber vor, die auf François scharf sind und lässt sie dann hops gehen. Wer weiß, meine Kleine, vielleicht sind Sie ja die nächste?«

»Äußerst interessant«, sagte Vera. »Wenn Sie nicht sofort meine Hand loslassen …!«

Der Mann lockerte seinen Griff.

»… dann mach ich …«

»Na?«

»Ach«, sagte sie.

»Eben«, sagte Marian und ließ ihre Hand los.

»Eifersucht ist ein starkes Motiv«, sagte Marian. »Katzan war doch an diesem Abend mit meinem Sohn im Hotel Orient verabredet. Der muss auf Hundertachtzig gewesen sein, als er François mit Irene zusammen gesehen hat. Stellen Sie sich das mal vor. Die sind aufs Zimmer, während sich die kleine Französin, auf die er seit Monaten heiß war, bei ihm zu Hause die Augen ausgeheult hat.«

»Welche kleine Französin?«

Marian machte ein gelangweiltes Gesicht. »Die Französin ist unwichtig.«

»Meine Tochter«, sagte er. »Und mein Sohn und seine Mitarbeiter werden von der Polizei gesucht.«

Zum Glück hatte das Boxergesicht inzwischen wieder seinen Kopf durch die Tür gesteckt und der Heuchelei ein Ende gemacht.

Marian setzte schlagartig ein blasiertes Grinsen auf.

»Noch zwölf Minuten bis zu ihrem nächsten Auftritt«, sagte das Boxergesicht.

Die Tür fiel wieder ins Schloss. Marian streckte wichtig seine Hand aus, als würde ein Handschlag von ihm ein Vermögen wert sein.

»Vera«, sagte er mit betroffener Stimme. »Sie sollten Ihren Freund verständigen.«

»Welchen Freund?«, dachte Vera laut.

»François Satek.«

»Woher wusste er … er konnte doch nicht wissen, dass …«

»Ich sagte doch: Satek ist gelinkt worden, Schätzchen, und ich bin sicher, er wird sich rächen. Nun gucken Sie doch nicht wieder so! Satek wird uns den Mörder schon liefern. Wenn Sie mich fragen …«

»Ich frag aber nicht«, sagte Vera pampig und flitzte raus auf die Toilette.

Dann schaltete ihr Hirn auf Kino um. Das war ja richtig Hollywood. Marian, der Boss der Mafia, hatte sie herbestellt, ihr einen Drink in die Hand gedrückt und sie in seine schräge Familientragödie eingeweiht.

Vera zog ihre Puderdose raus und fing an, ihre Nase zu bearbeiten.

Das mit Irene war komisch. Seine Tochter, eine Hure, die für ihren eigenen Vater arbeitet? Was bedeutete das? Den Eindruck eines besorgten Paschas machte Marian jedenfalls nicht gerade. Irene war ihm doch vollkommen schnuppe. Der hatte bloß Angst um seine Kohle und war hinter Katzan her.

Vera klappte die Dose wieder zu. Dann zückte sie ihr Handy.

François ist da in was reingeschliddert, dachte sie, und tippte hektisch seine Nummer ein.

33

Ein Schlag.

Rieseln wie von feinen Sandkörnern.

Noch ein Schlag.

Dann fiel die Tür hinter ihm ins Schloss, und das eindringliche Rieseln wurde lauter.

Blaue Spots auf leeren Tasten. Ein Mann bearbeitete mit zwei Schlägeln eine Trommel.

François blieb auf der Stelle stehen.

Zu viel Bier und zu viele Zigaretten. Danach vier Tassen Espresso im Café Drechsler. Langsam begann er wieder klar zu sehen. Er war im Porgy. Vera wollte was von ihm.

Ein Klavierspieler mit einem Vogelgesicht hatte sich inzwischen auf die Bühne geschlichen und seinem Instrument ein paar traurige Töne entlockt. Ein Scheinwerfer schoss rotes Licht auf die Bühne. Eine dunkle Schönheit stieg aus künstlichem Nebel auf und stellte sich mitten ins Rot.

Vera? So hatte er sie bisher noch nie gesehen. Dieses absichtlich oder unabsichtlich aufblitzende Stumpfband an ihrem Oberschenkel, ein Stück ihrer dunklen, wie nass glitzernden Haut. Der untere Teil ihres Gesichtes war finster, der obere hell.

The look ... of love ... is in ... your eyes.

Er fühlte sich getroffen und hätte sie am liebsten geschüttelt. Für das Wort Liebe, an das er kaum gewagt hatte zu denken seit Claire. Augen. Töne. Wieder Augen. Die eindringliche Melodie, die sie mit rauer, tiefer Stimme sang und die ihn an etwas erinnerte, das er so nicht mehr wissen wollte.

Don't ever go ... I love you so.

Claire kam zurück, und mit ihr der Streit, in dem sie auseinandergegangen waren.

Danach Katzan.

»Du hast dir doch längst eine Neue besorgt. Komm schon. Ich kenn dich. Ich weiß alles«, hatte Katzan gesagt, später, im Café Charly.

Applaus!

François, verdammt sentimental geworden, torkelte hinter die Bühne, um Vera für dieses Lied zu danken. Normalerweise war das gar nicht seine Art, und er war sich nicht mal sicher, ob er nicht wegen etwas ganz anderem gekommen war. Vielleicht weil sie ihm fremd war und mit keiner der Frauen, die er gekannt hatte, vergleichbar war und es auch mit keiner aufnehmen konnte.

Sie verbeugte sich. Einmal, zweimal, dann sah sie zur Seite und lief auf ihn zu.

Noch bevor er wusste, wie ihm geschah, schlang sie ihre Arme um seinen Hals.

Wie betäubt schloss er seine Augen.

»Was soll ich hier?«

Der Restalkohol schwappte durch seinen Kreislauf.

Die Frau vertraute ihm, sie schien sich regelrecht Sorgen um ihn zu machen, so fest hielt sie ihn.

»Du musst Katzan finden«, sagte sie, aber es hörte sich genaugenommen mehr an wie: »Schläfst du mit mir?«

Diese Mischung aus geil und fürsorglich war fatal.

»Versprichst du mir das?«

Er legte seine Hände auf ihren Hintern. Ein anderes Kompliment konnte er ihr nicht machen.

»Dieses Abenteuer in deinem Kopf ist nichts als ein großes, schwarzes Loch«, sagte sie. Dabei hatte sie sein rechtes Ohrläppchen zwischen die Zähne genommen.

»Was für ein Abenteuer?«

Sie ließ sein Ohr los.

»Marian hält deinen Freund für einen Verräter«, sagte sie trocken, »für einen Psychopathen, der dich aus dem Weg schaffen will.«

»Ist mir neu«, sagte François und lächelte. »Erzähl mal.«

Vera erzählte.

Er hatte Mühe, ihr nicht ins Wort zu fallen, so unglaublich kam ihm vor, was sie sagte.

»*Tiens, bien fou!* Das ist doch vollkommen hirnrissig«, sagte er und hatte seine Zweifel, ob nicht doch was dran war. »Warum sollte Katzan ausgerechnet mich ans Messer liefern?«

Vera zuckte mit den Schultern.

»Neid, Eifersucht, Rache? Überleg mal. Vielleicht war da was zwischen euch, und der Typ hat nur darauf gelauert, dir eins auszuwischen.«

»Blödsinn. Weißt du überhaupt, was du da sagst?«

François sah zu Boden.

Zigarettenkippen, Papierfetzen, Bierdeckel.

Was sollte er dieser Frau sagen? Lass mich, geh weg, misch dich nicht ein? Dafür war es zu spät.

»Komm, gehen wir woanders hin«, sagte er und bemerkte, dass er immer noch auf wackligen Beinen stand. Dieses blöde Lied kreiste in seinem Hirn. Immer dieselbe Zeile.

Don't ever go ... I love you so.

Das Lied kannte er doch aus dem Lager? Nicht gerade die Art von Musik, die er mochte.

Er zerrte sie an die Theke und bestellte zwei Cola. Dann erzählte er von den Einsätzen, davon, ein Leben lang an fremden Orten aufgewacht zu sein, alle gleich.

Don't ever go.

Davon, wie Kugeln in den Sand schlugen, in Metall, Stoff, Fleisch, Haut. Von monotonen Schreien, die ihm immer noch wie Peitschenhiebe in den Ohren klangen.

I love you so.

Aber auch vom Wüstenwind und dem Glitzern der Salzkristalle auf seiner Haut, von der sengenden Sonne. Dienst am Horn von Afrika, nicht weit von Dschibuti. Training für den Einsatz, der irgendwann irgendwo stattfindet.

»Wir waren überall Fremde. Niemand von uns hätte den anderen ins offene Messer rennen lassen. Wir sind Brüder«, sagte François leise. »Katzan und ich.«

Dann betete er die Gesetze der Legion runter wie andere das Vaterunser. »Jeder Legionär ist dein Waffenbruder, gleich welcher Nationalität, Rasse oder Religion. Du bezeugst ihm engste Verbundenheit, so als wäre er ... als wäre er... als wäre er ... dein leiblicher Bruder. *Vous êtes legionaires, vous êtes soldats pour mourir et je vous envoie, ou vous mourez.*«

»Ihr seid Legionäre, seid Soldaten zum Sterben, und ich lade euch ein, wo ihr sterbt?«, übersetzte Vera und verdrehte die Augen.

»Generals Nègrier aus dem Jahre 1884«, schloss François.

Warum erzählte er das alles? Irgendwie hatte er das Gefühl, Vera eine Erklärung schuldig zu sein. Aber warum? Noch nie hatte er mit einer Frau über die Legion geredet, noch nicht mal mit Claire.

»Es war im Kosovo. Anfang Juni«, hörte er sich sagen. »Premier Régiment Etranger de Génie. Offiziell war das Regiment zum Sichern der Schutzzonen angeheuert, aber das waren längst Todesfallen. Ich hatte die Befehlsgewalt. Gab Befehle zu Überraschungsattacken. Eines Morgens kam Katzan zu mir und fing eine Grundsatzdiskussion über die Legion an. Er glaubte nicht mehr an die Mission, er glaubte einfach nicht, dass wir mit Waffengewalt Frieden stiften konnten. ›Der Kosovo ist ein Pulverfass‹, sagte er. ›Was machen wir noch hier?‹«

Vera seufzte laut. »Keine Geschichte, die meine Zeitung interessiert hätte«, sagte sie. »Schade.«

»Schade?«

François blickte sie irritiert an. »Katzan wollte türmen. Das konnte ich nicht durchgehen lassen.«

»Wieso nicht?«, fragte Vera. »Wenn doch alles sinnlos war?«

»Ich hatte die Befehlsgewalt über meine Truppe, ich hab wirklich geglaubt, dass wir...«

»Die Gesetze der Legion über alles stellen?!« Vera prustete demonstrativ in ihr Glas. »Das glaub ich nicht. Das ist doch Wahnsinn!«

»Doch«, sagte François. »Am nächsten Tag hatte ich Befehl zum Schießen gegeben. Katzan ist wie ein Amokläufer mitten in das Schlachtfeld gelaufen. Ich bin ihm hinterher, gefolgt von Männern aus meiner Truppe. Sie waren schneller als ich. Sie …«

François stockte.

»Ich konnte nichts mehr sehen. Zu viel Schutt und Asche. Etwas Furchtbares war passiert. Die zwei Männer aus meine Einheit hatten ihm das Messer an die Kehle gesetzt und waren gerade dabei, ihm den Hals aufzuschlitzen. ›Deserteur, verdammter Deserteur!‹, brüllten sie. Ich pfiff sie zurück, und als ich Katzan da liegen sah und die Männer geflüchtet waren, schloss er seine Augen und flehte darum, sterben zu dürfen. ›Du weißt doch, was die Legion mit Deserteuren macht‹, habe ich gesagt. ›Das weißt du doch.‹ Ich nahm seine Arme, schlang sie mir um den Hals, aber Katzan wollte das nicht. Er wollte nicht weiter für die Legion kämpfen. Ich sagte: ›Du gehörst zu mir, du kommst mit‹, und dann nahm ich ihn mit. Als wir wieder zurück waren, war ich hart mit ihm, härter als mit meinen Männern, die der Krieg so verrückt gemacht hatte, dass sie den eigenen Bruder töten wollten. Nachher ließ ich ihn drei Tage lang Extraübungen machen.«

»Widerlich«, sagte Vera.

François spürte ein Zucken in seinen Händen und hatte plötzlich den Drang, dieser Stimme, die ihn vorher noch eingelullt hatte, den Ton abzudrehen.

»Das verstehst du nicht! Man hätte ihn lynchen sollen«, sagte François. »Man sollte ihn für diese dumme Feigheit lynchen.«

François fühlte ihre Hand in seinem Nacken.

Vera sah ihn an. Ihr Blick war ein einziger Vorwurf. »Und genau darum will er dir jetzt an den Kragen«, sagte sie. »Weil du ihn nicht als Freund, sondern als Feigling betrachtet hast, der seine Lektion bekommen sollte. Wahrscheinlich glaubst du bis heute an den Scheiß.«

The look … Er stieß wütend ihre Hand weg … *of love.*

Das Lied. Diese Schnulze! François fühlte, wie sich sein Körper vor Wut spannte.

»Halt dich da raus, ja?«

»Nein«, sagte sie und versuchte ihn zu umarmen. Er machte einen Schritt zurück. Ihre Umarmung glitt von ihm ab. »Oder war es wegen einer Frau?«, fragte sie verzweifelt und bekam ihn an der Taille zu fassen.

»*Arrête*!«, sagte François abwesend. Dann stürzte er nach draußen. Er würde Katzan zur Rede stellen. Er wollte die Wahrheit, und er würde ihn finden, auch wenn er die halbe Stadt auf den Kopf stellen musste.

Auf der Wienzeile ließ er sich ein paar Schritte lang treiben.

Tote Marktstände. Vereinzelte Fußgänger tanzten wie Irrlichter an ihm vorbei. Irgendwo glitt der Schatten bedrohlicher Gedanken durch sein Bewusstsein.

Was, wenn doch? Was, wenn Katzan sich an ihm rächen wollte und den Deal nur eingefädelt hatte, um ihn ans Messer zu liefern?

Vielleicht war er damals zu weit gegangen?

François betastete seine Zähne mit der Zunge.

Und wenn schon.

Das rechtfertigte doch keinen Mord. Warum sollte ausgerechnet Katzan wegen dieser Sache zum Mörder geworden sein, zum Doppelmörder sogar?

Ein Katz-und-Maus-Spiel also, eine durch und durch geplante Demütigung. Aus Eifersucht? Aus Neid? Die Zeiten hatten sich eben geändert, dachte François.

Sie waren nicht mehr dieselben Brüder, die alles teilten, manchmal sogar Frauen, mit denen sie es gelegentlich auch zu dritt getrieben hatten.

François wusste nicht, wo Katzan in Wien untergekommen war. Sein einziger Anhaltspunkt war das kleine Haus im zweiten Bezirk, in dem früher seine Mutter gelebt hatte.

Bis zu Katzan in die Stadionallee brauchte er genau zehn Minuten. Dann stand er vor einem grobmaschigen Zaun. Dahinter das alte abweisende Haus mit der grünen Fassade. Zuerst lauschte er nur dem Wind. Die Gegend war schon immer einsam gewesen. Keine richtige Wohngegend, eher so was wie eine Schrebergartensiedlung am Rande einer Straße, die wenig befahren war.

François ging zur Tür und läutete. Nichts rührte sich. Er läutete noch mal. Wieder nichts. Dann legte er sein Ohr an die Tür und bemerkte, dass sie nur angelehnt war, und trat ein.

Er stand in diesem Flur. Ein langer Schlauch, der nach hinten hin heller wurde und in einen offenen Raum ohne Decke mündete. Sollte er Licht machen? François ging ein paar Schritte und blieb abrupt stehen.

»Katzan?«

Keine Antwort.

Wenigstens seine Mutter musste doch da sein.

Sein Herz schlug Alarm.

Im trüben Schein des Dachfensters glaubte er eine Gestalt zu erkennen, die lautlos eine schmale Stiege hinaufkroch. François schlich weiter, die Augen auf den Lichtstrahl gerichtet.

»He!«

Noch ehe er bei der Stiege war, war die Gestalt wieder verschwunden.

François schüttelte den Kopf. Was war nur aus ihm geworden? Ein Angsthase, der sich vor einem Schatten fürchtete? Er würde noch in einem dieser Krüppelheime für Exlegionäre enden und den Rest seiner Zeit in einem Zimmer mit Kanarienvogel verbringen.

Wütend zog er den Parka aus und warf ihn in eine Ecke. Früher, mit dem Geschmack von Blut im Mund, war das Leben einfacher.

Befehle geben. Befehle ausführen. Aber jetzt?

François atmete so vorsichtig, als könnte er Stille und Dunkelheit in seine Lungen bekommen und daran ersticken. Dann ging er zwei Schritte weiter und sah sich um. Da war nichts. Nur dieses Scheppern, das ihn plötzlich erschreckte. Sein Fuß war doch an ein Ding angestoßen? Was war das?

François zündete sein Feuerzeug und hielt die Flamme in die Richtung, aus der das Geräusch gekommen war. Er sah auf den Boden. Eine Flüssigkeit hatte sich in zwei Rinnsaale geteilt. Sein Blick fiel auf einen Teller Suppe, der umgekippt neben einem Hocker lag.

Katzan muss eben noch hier gewesen sein, dachte er und hätte schwören können, seinen verdammten Schädel auf der Stiege gesehen zu haben. Mit erschreckender Sicherheit, dass es so und nicht anders gewesen sein konnte, tastete er nach dem Lichtschalter.

Und?

Verärgert schnippte François ein nicht existierendes Staubkörnchen von seinem Ärmel und suchte nach einer Erklärung.

Und was?

Seine Kopfhaut kribbelte.

An der Wand hing immer noch das alte Tastentelefon. Katzan musste also hier gegessen, telefoniert und das Haus fluchtartig verlassen haben.

Vorsichtig wandte er sich nach links, ging an der Stiege vorbei und lief über ein Stück schief gefliesten Boden in die Küche.

Geruch von frischem Kaffee stieg ihm in die Nase. Eine warme, halbvolle Tasse stand noch auf dem Tisch. Auf der Anrichte sah er den roten Knopf einer kleinen Kaffeemaschine leuchten. Der Knopf flackerte.

Durch die Küche strich ein eisiger Lufthauch. Das Fenster war gekippt. François ging zum Fenster und schloss es. Irgendwo Rascheln von Papier.

Sein Blick fiel auf die Spüle. Ungewaschene Tassen und Teller. Zuerst sah er nur einen Haufen Dreck, roch den stinknormalen Alltag, kam näher, beugte sich mit dem Kopf runter in das Becken. Spuren von Lippenstift. Eine Frau war hier, dachte er. Claire?

Entsetzt blieb er einen Moment stehen und überlegte.

Katzan in seinem olivgrünen Mantel. Katzan vor seiner Tür.

»Was von Claire gehört?«

Katzan war mit Claire zusammen, hier in Wien, dachte er.

Warum dann diese scheinheilige Frage? Oder war das, was er vermutete, viel später passiert?

François riss Schubladen und Schränke auf. Den Brotkasten, den Kühlschrank. Nach was suchte er überhaupt? Nach einem Abschiedsbrief?

Wie wenig er Claire doch gekannt hatte. Claire und Selbstmord?

François fühlte Druck auf der Blase und ging ins Bad. Während er pinkelte, sah er sie vor sich.

Die Art, wie sie sich in ein Handtuch hüllte nach dem Duschen. Wie sie Massageöl zwischen die Hände gab und damit ihren Körper einrieb.

Seine Augen glitten über die Wanne.

Im Abfluss entdeckte er einen Ring blonder Haare. Claires Haare.

François zog den Reißverschluss seiner Hose hoch, nahm die Haare raus und musste sich im selben Augenblick übergeben.

Claire und Katzan!

Er war jetzt ganz sicher. Aber warum gerade Katzan?

Ihre Gesichter tanzten um ihn herum.

Ein weiterer Schwall Unverdautes ergoss sich auf die weiße Fläche der Wanne. Wie sie lächelten! Aber Claire wich zurück, und Katzan war näher gekommen. Er hatte ihren Geruch angenommen. Ihre Hände, ihren Atem, so, als wären sie eins. François fühlte seine mageren, feindseligen Finger auf seinen Lenden, wie sie über seinen Rücken wanderten und ein Schwindelgefühl in ihm erzeugten, dann wilde Stöße, die sich wie Stromwellen in seinem Körper ausbreiteten und erst verebbten, als der letzte Rest Erbrochenes gurgelnd durch den Abfluss gesickert war.

Danach schmeckte sein Mund nach Wüste.

Sein Blick wanderte über den Badezimmerboden. Da stand ein Mülleimer. François öffnete den Deckel. Er fast fast leer, nur ein Stück Papier klebte zusammengeknüllt an der Seite. Er nahm es raus und strich es mit zitternden Fingern glatt. Eine Kritzelei. CS stand da mit Lippenstift, die Initialien waren durchgestrichen. Genauso wie auf der Serviette, die er seit dem Verschwinden von Claire bei sich trug.

Kein Zweifel, Katzan und Claire mussten ein Verhältnis gehabt haben.

Bis vor ein paar Stunden hatte er noch geglaubt, dass ihn und Katzan nichts auseinander bringen könnte, selbst wenn einer vom anderen nichts hörte, sie getrennt waren und vorübergehend Schweigen herrschte.

Hier war es also passiert.

François stellte sich vor, wie Katzan es mit ihr getrieben hatte.

Claire und ihn betrügen?

Claire, die heimlich seine Post öffnete und dann so ungeschickt wieder zuklebte, dass sie Spuren hinterließ? Claire, die ihn nächtelang löcherte und wissen wollte, wie er die Legion ohne die Liebe einer Frau überstehen konnte?

François ging ins Schlafzimmer und wühlte das Bett durch. Er fand eine halb leere Packung Valium. Unter dem Kopfkissen lag ein aufgeschlagener Fahrplan der österreichischen Bundesbahn. Abfahrzeiten Wien-Paris. Jemand hatte Uhrzeiten angekreuzt.

Sie wollte zurück, dachte er, aber warum lag der Plan ausgerechnet hier? Hatte Katzan sie etwa gegen ihren Willen festgehalten und mit Tabletten vollgepumpt?

Das Telefon, dachte er, stürzte in den Flur und ließ seine Finger über die Tastatur gleiten. Er drückte auf Wahlwiederholung. Die Taxizentrale meldete sich. Zuerst dudelte nur ein Band. Endlich die gelangweilte Stimme einer Frau.

»Du musst mir helfen«, sagte er ohne lange rumzureden.

»François Satek?«, fragte sie.

»Ja.«

Am anderen Ende war die Tussi, die ihn neulich, kurz vor seiner Vernehmung im Präsidium, so angehimmelt hatte.

»Wer hat von hier einen Wagen bestellt?«, fragte François. »Und wo wollte er hin?«

»Nannte sich Katzan«, sagte die Frau. »Ist zum Flughafen.«

»Halt ihn auf«, sagte er. »Hörst du?«

Nach einer elend langen Pause, in der François Papier rascheln hörte, redete sie endlich.

»Der braucht sowieso noch 'ne Weile«, sagte sie kaugummikauend. »Die Tangente ist gesperrt. Was ist denn mit dem?«

»Los, ich brauch die Nummer des Fahrers«, sagte François. »Du erreichst mich über Funk in meinem Wagen. Schnell, der Mann soll umdrehen und den Weg durch den Prater nehmen. Lass dir was einfallen, und keine Polizei, ist das klar?«

»Wieso Polizei?«

Bis die Tussi richtig begriffen hatte, verging eine Ewigkeit, aber irgendwie gab er ihr das Gefühl, sich in einer entscheidenden Phase an der Verfolgung eines Schwerverbrechers zu beteiligen.

»Eine Autopanne«, sagte François. »Das kriegst du doch hin, oder?«

Dann legte er auf, stieg in sein Taxi und zwang sich zu kontrollierten Bewegungen.

Gurt. Zündschlüssel. Kupplung. Gas.

Er schaltete den Funk an.

So leicht würde ihm Katzan nicht entkommen.

Kurz darauf piepste das Funkgerät.

»Ja?«

Die Frau aus der Taxizentrale.

»Wagen 784 wird am Clubhaus Nähe Wasserwiesenweg eine Reifenpanne simulieren und auf dich warten«, sagte sie stolz.

34

Obwohl Schneeregen auf die Scheiben prasselte und die Straßen spiegelglatt waren, schoss François mit hundert Stundenkilometern über die Allee. Er kannte das Clubhaus, nach vier bis fünf Kilometern würde er da sein.

Sacrébl…!

François stieg auf die Bremse und hätte fast die Abzweigung verpasst. In letzter Sekunde bog er ab und steuerte den Wagen über eine holprige Straße, die mitten durch den Wald führte. Er musste das Tempo drosseln. Überall Schmelzwasser. Überall Hüllen aus Eis, die immer dünner, zerbrechlicher und durchsichtiger wurden.

Warum, Claire?, dachte er. Nicht ein einziges Mal war ihm aufgefallen, dass sie mit Katzan geflirtet hatte. Im Gegenteil, sie hatte ihn akzeptiert, weil sie genau wusste, was ihm diese Freundschaft bedeutete.

Er muss sie gezwungen haben, anders konnte er sich ihren Tod nicht erklären.

Der Gedanke versetzte ihn in Panik.

Er sah Claire eingeschlossen in diesem Haus.

Claire, geschlagen und gefesselt am Boden. Claire, unfähig zur Bewegung und bis zum Rand voll mit Tabletten.

Der Strick, dachte er. Verdammt, wo ist der Strick? Warum hatte er nicht jeden Winkel durchsucht? Warum nicht in Garten und Keller nachgesehen?

Nie hatte er an diese Kälte geglaubt, nie diese Brutalität vermutet, nicht unter Freunden. Er sah ein, dass er sich geirrt hatte, dass dieser Riss in seinem Inneren, den er jetzt spürte, eine kalte Realität war, mit der sogar Verzweiflung und Trauer von ihm abfielen.

Worum sollte er noch kämpfen? Wofür sich rächen?

Der kurvenreiche Weg, der anstieg und abfiel, hatte etwas Berauschendes. Das Prasseln auf der Scheibe wurde stärker.

François stellte die Scheibenwischer auf die schnellste Geschwindigkeit. Sie tuckerten in einem nervtötenden Ryhthmus über die Windschutzscheibe und erzeugten zwei trübe Schmierflächen. François beugte sich vor und sah durch die einzig freie Stelle nach draußen. Innerhalb von Sekunden hatte sich der Weg in eine sumpfige Fläche verwandelt, in der das Scheinwerferlicht aussah, als ob es zitterte. François suchte zwischen spindeldürren Ahornbäumen nach einem anderen Weg, aber überall nur Schlamm, der die Bodenmarkierungen verwischte.

Einen Moment lang grübelte er darüber nach, ob er sich die Liebe zu Claire nur eingeredet hatte. Vielleicht war Claire die Mauer, die sich zwischen ihn und Katzan geschoben hatte. Am Ende war Claire an allem schuld!

Doch als sein Wagen von einem kräftigen Windstoß hin und her gerüttelt wurde und er bremsen musste, schob er den Gedanken wieder beiseite.

François sah in eine riesengroße, schwarzglänzende Pfütze. Er legte den ersten Gang ein und drückte Kupplung und Gas. Zuerst drehten die Vorderräder durch, doch plötzlich machte das Auto einen Ruck, und er kam wieder voran.

François sah, dass der steile Weg, auf dem er sich schlingernd nach oben bewegte, vor Nässe glänzte. Oben angekommen hatte er freie Sicht auf ein Häuschen, davor ein kleiner Parkplatz, Holzzaun und zwei Bänke.

Der Platz war wie ausgestorben.

Dort drüben bei den kahlen Maulbeerbäumen, dort auf der Böschung, war der andere Wagen, ein heller Volvo. Zweimal hörte er den fremden Motor aufheulen. Die Räder waren am Durchdrehen und steckten im Schlamm fest.

François drosselte das Tempo. Die Tachonadel zitterte.

Langsam fuhr er auf die Böschung zu. Zweiter Gang. Kurz vor dem Ziel stellte François den Motor ab, ließ die Scheinwerfer an und öffnete die Tür.

Ein paar Krähen stoben auf. Unter seinen Füßen blubberte der Matsch, auf dem sich braune Bläschen gebildet hatten. François hob den Kopf und sah zwei Männer in dem Wagen sitzen.

Nach ein paar Metern erkannte er, dass der eine davon Katzan war. Er richtete seine Waffe auf den Taxifahrer und brüllte. »Weiter. Weiter, Mann!«, aber der Wagen saß fest.

Wahrscheinlich war er voll Karacho die Böschung hochgefahren und kam nun nicht mehr von der Stelle.

»Raus! Schieben!«, schrie Katzan, aber der Mann blieb sitzen und versuchte immer noch Gas zu geben.

»He!«

Katzan musste ihn längst bemerkt haben. Er versuchte den Mann nach draußen zu bugsieren.

Plötzlich schwenkte Katzan um, stürzte aus dem Wagen und zielte nicht mehr auf den Taxifahrer, sondern auf François.

Ein Schuss fiel. Der Taxifahrer flüchtete und rannte Richtung Clubhaus.

»Stehen bleiben!«, schrie Katzan, der nur in die Luft gefeuert hatte.

François hörte nicht. Ein paar Schritte über den rutschigen Waldboden und seine Augen verloren sich in glitzernden Glasscherben, die er vor seinen Füßen liegen sah. Wie sollte er sich nähern? Wie begreifen, dass es diesmal endgültig sein würde.

Für immer aus?

Zuerst legte sich ein Flimmern, dann eine weiße Fläche auf seine Netzhaut. Der Kreislauf. François fror und schwitzte gleichzeitig. Schüttelfrost.

Er dachte an seine Verhaftung, an Claires Haare, an das Papier, das er gefunden hatte, den Fahrplan, die Tabletten. Er hörte Vera reden, Vera und Sarah, gleichzeitig.

»Was hast du mit Claire gemacht?« Seine Stimme war matt und kraftlos.

Die Waffe, die immer noch auf ihn zielte, kam näher. Katzan reckte seinen dünnen Hals. François, zwei Handbreit von ihm entfernt, spürte, wie ihm das Blut in den Adern pochte, wie er zum

Schlag ausholen wollte, aber nicht konnte. Obwohl die Wut seinen Adrenalinspiegel in die Höhe trieb, blieb er starr. Vielleicht war das alles gar nicht wahr? Vielleicht war das nur eine Reaktion seines Körpers auf den Schock.

François wischte sich den Schweiß von der Stirn.

Verwirrt sah er in den Lauf des Revolvers und versuchte zu schlucken. Luft und Speichel blieben ihm im Hals stecken. Da stand sein Bruder, sein Verräter, und er war wie gelähmt.

Katzans Finger umklammerten die Waffe, seine Füße trippelten lautlos auf der Stelle.

»Schieß doch!«, rief François.

Katzan hätte nur abdrücken müssen.

»Na los! Worauf wartest du noch? Hast du Claire umgebracht?«

Katzans Hände zitterten.

»Woher …?«

»Na komm schon«, sagte François ruhig. »Hast du sie umgebracht?«

Katzan spannte den Revolver. Es machte Klick.

»Nein! … Ich … ich wollte das nicht, sie …«

»Alles über Claire«, sagte François, steckte lässig seine Hände in die Hosentasche, wartete ein paar Sekunden und brüllte endlich los.

»Ich war in der Stadionallee. Ich hab jeden Quadratzentimeter deiner Scheißhütte auf den Kopf gestellt. Hast du sie an einen Strick gebunden und hinterher in den Park geschleift? Hast du ihr die verdammte Rose zwischen die Lippen gesteckt? Los, Mann!«

Katzans Mundwinkel zuckten.

»Ich wollte das nicht«, sagte er wieder.

»Was wolltest du nicht?«, brüllte François weiter und brach jäh ab.

Schwarz vor Zorn hatte er begonnen sich selbst zu zerstören und versuchte die Wut, die sich nur noch gegen ihn selbst richtete, niederzukämpfen.

Warum machte er nicht einfach kurzen Prozess mit dem Arschloch?

Die Wut über seine Unfähigkeit demütigte ihn stärker als alles, was geschehen war. Verwirrt drehte er sich zur Seite.

Er sah Claire von der Decke baumeln, ihren Bauch, der sich langsam öffnete. Der Fötus fiel raus und mit dem Fötus die Ereignisse der vergangenen Tage. Erinnerungen, an denen Blut klebte. Die Schuld, Claire in den Tod getrieben zu haben. Die Blindheit, mit der er Katzan vertraut hatte.

Insgeheim wartete er immer noch auf den Schuss, auf den letzten Ruck, der durch seinen Körper gehen würde, um diesem Elend ein Ende zu machen.

»Auf was wartest du noch?«, brüllte er und war bereit zu sterben. Er wusste, dass ihm der andere nachlief, wollte sich aber nicht ein einziges Mal umsehen. Plötzlich hatte er eine Faust im Nacken. Was für ein lächerlicher Schlag, ein Schlag, der ihn nicht mal taumeln ließ. François hätte die Faust locker packen und umdrehen können, doch nichts, nur eine neue Welle der Enttäuschung kam über ihn.

François sah auf seine Boots. Sie liefen weiter, als wären sie auf der Flucht. Sie liefen sogar weiter, als Katzan ihn von hinten ansprang, mit Fäusten auf ihn einschlug und François mit ihm zurücklief.

Eine Weile trug er den Schädling Huckepack.

»Claire war … Claire war … nicht ganz dicht am Ende«, schrie Katzan ihm von hinten ins Ohr.

»Welches Ende?«, schrie François und fühlte, dass der Augenblick, auf den er gewartet hatte, längst vorüber war, und doch trug er den falschen Freund weiter, bis er ihn endlich abwerfen konnte.

Da lag der Cafard und riss nur die Augen auf.

»Red endlich«, schrie François weiter.

»Sie hat nur vor sich hingestarrt, nicht geredet, nichts mehr gegessen, nichts getrunken … Ich sagte, du musst was essen, denk doch an das Kind. Ich dachte, dass sie vielleicht wieder abhauen würde, zurück nach Paris.«

»Und das Theater mit der Rose?«, fragte François. »Erst Irene umbringen und mir auch noch einen Mord in die Schuhe schieben!«

»Was hab ich mit Irene zu tun? Die kannte ich überhaupt nicht«, sagte Katzan.

François ließ den Schwächling hochkommen. Irgendwie glaubte er ihm. Auge in Auge blinzelten sie sich an und tauschten tödliche Blicke.

»Verräter!«

Dann traf ihn ein Tritt in den Magen, doch François fühlte nichts als Verachtung.

Verachtung für einen, der ihm nicht gewachsen war.

Verachtung für einen Widersacher, der es nicht mal wert war, durch seine Hand zu sterben.

Aber das Gefühl hielt nicht an, selbst die Wut, die er auf sich hatte, war erloschen.

Innerlich leer ließ François zu, dass der Andere wortlos seinen Arm packte, den Ellenbogen überdehnte und ihn dann in den Schwitzkasten nahm. Nah an den Körper des Anderen gepresst, roch er den Schweiß seines Bruders.

»Bastard!«

François fing an zu husten und brüllte so lange wirres Zeug, bis ihm schwarz vor Augen wurde.

Katzan verstärkte den Druck auf seiner Kehle.

François würgte. Speichel tropfte ihm aufs Kinn. Sein Kopf wurde hochgezogen, François klemmte in der Armbeuge des Anderen fest und ließ sich mitschleifen wie ein Stück Vieh.

In seinem Kopf Erinnerungen vom Aufbruch. Katzan auf einem Koffer sitzend, Wien Westbahnhof. Katzan bei den Bodenübungen, alle Viere im Sand. Katzan auf der Pritsche neben ihm, lachend, schlafend.

»Weißt du noch?«

Keine Antwort.

Wieder oben beim Wagen, drückte ihn Katzan mit dem Gesicht in die kalte Erde.

Es war beschämend. Er war ein Opfer, das sich jämmerlich fügte.

François bekam keinen Ton raus. Die Wahrheit über Claire, dachte er immer noch, aber Katzans Stiefel hob sich, und ein harter Tritt in den Rücken folgte, der ihn vorübergehend lähmte.

Danach hatte er einen Revolverlauf am Hinterkopf.

»Keine Bewegung«, schrie Katzan und zog ihm das Metall über den Schädel.

François verlor das Bewusstsein, registrierte noch, wie er umgedreht und weggetragen wurde. Dann knallten Türen. Man hatte ihn in den Kofferraum geworfen. Er saß in der Falle und hörte Katzan laut reden.

»Ich brauch einen anderen Wagen. Hör doch, ich steck hier fest ... am besten deinen eigenen ... Wieso Betrug? ... Was? ... Ich kann dir alles erklären ... Oder willst du auf deinen Anteil verzichten? Nein, das Geld ist hier ganz in der Nähe.«

Dann gab er die Stelle durch, an der sie sich befanden.

»Wasserwiesenweg!«

Mit wem hatte Katzan telefoniert? Wer war sein Komplize? Anscheinend machten sie gemeinsame Sache.

Langsam dämmerte es ihm. Die Sache mit der Waffe, als sie vom Schiff zur Baracke fuhren. Die Explosion. Die Verhaftung. Die ganze Zeit hatte er sein Leben riskiert und diesem Arschloch da vorne blind aus der Hand gefressen. Das Ganze war eine Intrige, aber das Entsetzen lag immer noch wie Blei auf seinem Bewusstsein.

François reckte seine Nase allen Ritzen entgegen, aus denen auch nur der geringste Luftzug kam, trotzdem wurde ihm schummerig. Der Sauerstoffmangel. Die Müdigkeit. Er beschloss, sich ruhig zu halten und so wenig wie möglich zu atmen.

Dann hörte François, wie sich ein Wagen näherte. Dem Geräusch nach zu urteilen musste es sich um einen alten Porsche handeln. Das Auto stoppte, er hörte, wie die Handbremse angezogen wurde und wie der Motor ausging. Die Wagentür knallte. Jemand stieg aus. Schritte kamen näher, andere entfernten sich. Katzans Fistelstimme. Aber da war noch eine zweite, tiefere Stimme, die er weder verstehen noch identifizieren konnte.

»Los, wir müssen die Karre hier aus dem Dreck ziehen«, hörte er Katzan sagen. »Fass an.«

François hörte ein dumpfes Klatschen, vier Hände auf der Haube, die anschoben. Der Wagen kam nach ein paarmal Ruckeln in Bewegung und rollte den Hang hinunter.

»Die Autoschlüssel«, sagte Katzan. »Deine Autoschlüssel! Wir tauschen die Wagen. Du nimmst den Volvo.«

Der andere murmelte. Was, war nicht zu verstehen.

»Fahr mir hinterher«, hörte er Katzan von weit weg brüllen. »Das Geld ist bei Berger. Fischrestaurant Berger!«

François bemerkte, wie der Wagen wieder anfuhr, und rätselte, wer wohl am Steuer saß.

Francos zählte Stopps und Abbiegungen und versuchte sich die Route zu merken. Irgendwann verlor er die Orientierung und dämmerte nur noch vor sich hin.

Ein paarmal hörte er den Fahrer fluchen. Ob er Katzan verloren hatte? Dann war es lange still. Sie fuhren immer geradeaus. François zählte die Sekunden. Versuchte die Minuten zu berechnen, die seit der Abfahrt vergangen waren. Vielleicht sieben oder zehn Minuten mochten sie so gefahren sein. Endlich verlangsamte der Wagen sein Tempo und blieb nach einer scharfen Linkskurve stehen.

Die Autotür ging auf. Langsame Schritte. Der Fahrer ging um den Volvo herum.

Getuschel.

»Nein, warte hier«, sagte Katzan, jetzt laut und deutlich.

Schweigen.

»Ich sagte warte!«

Sobald Katzans Schritte verhallt waren, trommelte François von innen gegen die Haube.

»Dreckskerl, lass mich raus!«

Ein Schlüssel drehte sich im Schloss um. Der Kofferraum wurde aufgerissen.

François sah in die erstaunte Visage von Leo Schmidt. Das war doch der Typ, der ihn festgenommen hatte.

François ließ blitzartig das rechte Bein vorschnellen. Von einem Tritt seiner Schuhkante getroffen, taumelte Schmidt zurück und fiel zu Boden.

François kletterte aus dem Kofferraum.

Jetzt fühlte er die Gewalt, die er totgeschwiegen hatte. Sie ergriff ihn so grausam, dass er Schmidt auf der Stelle töten wollte. Er sah auf den Mann, auf sein faltiges Gesicht und den verkniffenen Zug um den Mund. Gerade, als sich Schmidt wieder aufrichten wollte, traf er ihn mit einem zweiten Tritt durch die Kante seiner linken Sohle genau zwischen die Rippen. Der Tritt hatte gesessen.

»Wo ist das Schwein?«, brüllte François. »Ihr Bullen seid doch alle gleich. Kleines Nebengeschäft, was?«

Jetzt erst realisierte er, wo er war. Fischrestaurant Berger.

François nahm die Waffe, beugte sich zu ihm runter und zielte mit dem Lauf direkt auf seinen Kehlkopf.

»Hör zu«, sagte er, »ich wollte Katzan zur Rede stellen.«

Der Bulle reagierte nicht.

François setzte wieder von neuem an.

»Katzan und ich kennen uns seit mehr als zwanzig Jahren«, erklärte François.

»Wir sind …«

Schmidts Blick bohrte Löcher in die Luft.

» Wir sind … der hat … hat alle gelinkt. Mich, die Mafia und die Polizei.«

Schweigen.

Dann hielt er ihm den Lauf seines Revolvers so tief es ging in die Ohrmuschel.

»Kapierst du das endlich?«

Schmidt zitterte.

François nahm die Waffe weg.

»Ich arbeite weder für ORTIS noch für sonst wen«, sagte François, »das hat Katzan nur behauptetet.«

Schmidt sah ihn unverschämt an. Als würde er ihm nicht glauben.

»Ist 'ne alte Sache zwischen uns.«

Schweigen.

»Glotz nicht so!«, brüllte François. »Katzan hat mir erzählt, dass ich nach dem Deal am Mexikoplatz offiziell als V-Mann bei euch anheuern kann und ihr mich nur pro forma festnehmt, um an Dimitri ranzukommen. Ein fingiertes Geschäft, alles mit euch abgemacht.«

»Nette Geschichte«, sagte Schmidt keuchend, aber François ließ nicht locker.

»Ihr habt mit Marian zusammengearbeitet, und Katzan hat inzwischen ein doppeltes Spiel gespielt. ORTIS, dachte er, wäre auf ihrer Seite, Marian dachte dasselbe, und dann hat er das Kartell *und* die Mafia reingelegt.«

Schmidt warf ihm einen irritierten Blick zu.

»Dass ihr Bullen euch so verarschen lasst? Das ist der größte Beschiss aller Zeiten!«

»Schwachsinn«, sagte Schmidt.

François hatte Schmidt am Revers seiner Jacke gepackt.

»Dimitri kannte mich nicht, das habt ihr doch zu Protokoll genommen. Er war sicher, dass ich nicht zu ORTIS gehöre. Und? Wie viel, sag schon? Wie viel wollte Marian für den Mann zahlen?«

»Klappe!«, fluchte Schmidt.

»Die Mafia zahlt nicht für Nieten, und Katzan wird dir keinen Cent geben! Das ist eine Finte, Mann!«

Dann ließ er Schmidt los.

Wieder Schweigen.

Nicht mal ein Atemzug.

Plötzlich kam Katzan aus dem Fischrestaurant gerannt, riss die Wagentür vom Porsche auf und startete den Motor.

»Das Geld«, rief Schmidt. »Wo ist das Geld? Scheiße!«

Als er Katzan weglaufen sah, hatte er endlich kapiert.

Schmidt setzte sich ans Steuer. Er folgte Katzan auf den Handelskai und bog wie er in die Dammhaufengasse ein. Die Straße war schlecht ausgebaut. In den letzten Tagen war Hochwasser, die Donau über die Ufer getreten, und sie mussten damit rechnen, entweder im Schlamm oder im Schneematsch zu versinken.

»Katzan hatte schon seit Monaten Kontakte zur ORTIS-Führung und wollte nicht nur für die Franzosen, sondern auch für uns arbeiten«, sagte Schmidt. »Ich wusste, dass er hundert Prozent zuverlässig war.«

»Red nicht«, sagte François. »Pass lieber auf, dass du das Schwein nicht aus den Augen verlierst.«

Dort, wo die Gasse immer enger und holpriger wurde, hatten sich Rinnsale gebildet, die sich ein paar Meter weiter zu Riesenpfützen ausweiteten, und kurz vor der Hafenzufahrtstraße musste der Wagen durch vollgelaufene Schlaglöcher fahren. Ab da war Schmidt nur noch am Fluchen. Gerade wollte er anhalten, da drückte ihm François seine Hand auf den Oberschenkel.

»Gas, Mann.«

Schmidt beschleunigte.

»Ich ließ ihn machen«, sagte Schmidt. »Risiken mit Informanten gibt's immer, aber niemand von uns wollte länger den Heroinhandel dulden. Ich dachte, ich würde wenigstens ORTIS zerschlagen.«

»Dreck!«, schrie François. »Ich sagte, du sollst aufpassen.«

Ein Wagen kam ihnen entgegen. Der Scheißkerl hatte sein Fernlicht an. Sie mussten warten. Als der Wagen vorbei war, fuhren sie eine Weile ohne Probleme weiter, aber Katzan war außer Sichtweite.

»*Bien fait*«, seufzte François.

Schmidt sah ihn entgeistert an.

»Willst du wissen, was mich das alles hier gekostet hat?«

»Nein.«

»Ich hab ein Verfahren am Hals, Mann!« Schmidt schlug aufs Lenkrad. »Falls du verstehst, was das heißt.«

»Nein!«

»Wegen Korruption. Karlich hat mich abhören lassen. Irgendeiner muss Verdacht geschöpft haben, vielleicht Semir, keine Ahnung. Sie haben ein Band mitlaufen lassen. Ein Gespräch mit Marian.«

François schwieg, der Bulle glaubte ihm endlich, aber der Bulle war egal. Er wollte Katzan.

»Los, weiter«, schrie François. Seine Gedanken rasten. Katzan! Wie hatte er es geschafft, alle gegeneinander auszuspielen? Wie konnte er Schmidt überzeugen? Wie Dimitri?

»Der Typ ist uns entwischt«, schrie er gegen seine Gedanken an.

Sie mussten über eine schmale Brücke.

Von der Brücke aus betrachtet beschrieb die Donau einen Bogen, der in einen Tümpel mündete. Ein Straßenstück lag unter Wasser, auf dem kleine Eisschollen trieben. Schmidt fuhr auf die Überschwemmung zu und passierte langsam eine Stelle, die flach genug war, um ohne Komplikationen durchzukommen.

»Da vorne ist mein Wagen«, rief er.

Der Porsche, der bei voller Geschwindigkeit auf dem Eis ins Schleudern gekommen sein musste, lag umgestürzt auf der Böschung und drohte jeden Moment in die Donau zu kippen.

François stürzte aus dem Wagen.

»Wo willst du hin?«, schrie Schmidt.

»Das verstehst du nicht«, schrie François zurück

»Scheiße!«

Katzan hatte die Autotür geöffnet und war dabei, aus dem Porsche zu klettern. In diesem Moment kam der Wagen ins Schaukeln und rutschte in den Fluss.

François rannte ans Ufer.

Das Wasser ging ihm zuerst nur bis zum Knie, dann wurde es schnell tiefer, und er verlor Boden unter den Füßen. François musste ein paar Züge schwimmen.

Der Kälteschock war unerträglich.

»Katzan!«, schrie er wie von Sinnen und fürchtete, dass die reißende Strömung sie abtreiben könnte.

Ein Schwall Wasser drang in den vorderen Teil des Autos.

Franocis, betäubt von der Kälte, bekam einen Krampf in der Wade. Ein paar Sekunden lang fiel er vor Schmerz zurück, war schon mit dem Kopf unter Wasser, kämpfte gegen den Krampf an und tauchte mit letzter Kraft zur Fahrertür. Er sah auf den linken Kotflügel, der schon fast untergegangen war. Dann kam François hoch, blau, leblos vor Kälte, und bemerkte, dass sein Freund auf der anderen Seite durch die offene Fahrertür ins Freie gelangt war.

François spürte den nächsten Krampf im Oberschenkel hochziehen.

Vom Ufer laute Rufe.

Schmidt musste inzwischen die Rettung verständigt haben, war aber nirgends zu sehen. Ein winziger Hund lief kläffend hin und her.

Dürr wie ein Tier, das auf der Flucht war, aber zu schwach, um zu laufen, stieg Katzan mit gebeugtem Kopf aus dem Wasser. Seine Kleider hingen in dunklen Fetzen an ihm herunter, seine Arme schlotterten. Einmal hatte er sich scheu umgesehen, dann kippte sein Kopf nach vorn, und er fiel der Länge nach ins Wasser.

Selbst kaum noch in der Lage, einen Schritt vorwärts zu machen, schleppte François sich zitternd auf ihn zu, packte Katzan unter dem Bauch und trug ihn an Land.

Der elende Sack lag bewusstlos auf dem Rücken.

»He!«

François presste seine Lippen auf Katzans Lippen. Nach ein paar Minuten Beatmung quoll Wasser aus seinem Mund.

»Ver-da-mmter Hund!«, stotterte Katzan heiser und hustete. »Ich … ich hätte dich einfach abknallen sollen.«

Blasen zerplatzten vor seinem Mund.

»Scheiß drauf!«, keuchte François, rollte Rotz aus seiner Kehle hoch und spuckte vor ihm aus.

Es sollte verschwinden. Dieses feige Tier und mit ihm der Ekel seines Lebens, aber vorher sollte es reden.

François hatte den Bruder bei den Schultern gepackt, um ihn in Position zu bringen. Er wollte ihn aufrecht und im Sitzen richten, aber das Tier ließ sich nicht anfassen, konnte sich allein nicht halten und wankte zur Seite.

»Hast du Claire umgebracht?«

Katzan lächelte dünn.

»Warum hast du Claire umgebracht?«

Katzan hustete wieder, er lächelte immer noch. »Ich … ich … war das nicht.«

»Was?«

François hielt sich eine Hand ans Ohr und formte es zu einer Muschel, als würde er nicht genau verstehen können.

»Sie … ich … hab sie … sie wollte lieber sterben, als mit mir zusammen zu sein.«

»Schwachsinnsgefasel«, sagte François.

»Sie wollte … sie … war … mies drauf«, sagte Katzan zähneklappernd. Dann brach er in eine Art Schluchzer aus.

»Du lügst doch«, sagte François.

Einen Moment lang bewegte sich keiner von beiden.

»Ich … konnte nicht«, redete Katzan weiter.

»Was konntest du nicht?«

François fixierte sich auf den bläulichen Schein seiner Lippen.

»Sie nicht gut ficken?«

Katzan zuckte mit den Achseln. Seine Augen weiteten sich, und er hatte plötzlich eine wässrig weiche Stimme. »Ertragen, dass sie das für dich gemacht hat. Für dich, *Lecour*«, sagte er.

François hatte keine Ahnung. Sein Gehirn kam ihm vor wie eine gläserne Leuchtkugel, die jeden Moment in die Luft gehen konnte.

Was wollte ihm Katzan damit sagen? Vielleicht war es nur die stählerne Kondition eines Mannes, der sich jetzt herausreden wollte, vielleicht aber auch nicht. Katzan schien am Ende und sah ihn jetzt mit seelenlosen Augen an, entrückt und völlig fremd.

»Zuerst dachte ich, dass sie es ernst mit mir meinte«, lallte er. »Sie war schwanger.« Katzan brach jäh ab. Dann war nur noch sein Zähneklappern zu hören.

»Weiter«, schrie François und versuchte ihm mit der Faust einen Schlag auf die Schulter zu versetzen, aber der Schlag ging ins Leere. Die Kälte. Diese elende Kälte. Sie war lähmend, doch je mehr er sich auf die Lippen des Anderen konzentrierte, desto besser konnte er sie besiegen.

»Es war mein Kind.« Katzan schlotterte.

»Dreckskerl!«

François konnte nicht glauben, was er gehört hatte.

»Die Wahrheit!«

»Das ist die Wahrheit, Bruder. Sie hat nur ... *dich* gewollt.«

»Hör auf!«, schrie François und holte zu einem Kinnhaken aus, blieb aber kurz vor seinem Gesicht mit der Faust in der Luft hängen.

»Warum war Claire überhaupt hier? Als ich sie da liegen sah, auf dem Spielplatz unter der Bank, in meiner Jacke ...«

François fühlte Hass in sich hochsteigen, der ihn so verrückt machte, dass er nur noch stammeln konnte.

»Ich ... ich ... du ...«

In seinen Ohren war ein Rauschen, als wäre er wieder untergetaucht. Das tosende Geräusch von Blut. Es war wie ein langsames, qualvolles Ertrinken von innen. Aber als er die schwachen Fäuste seines Bruders auf der Brust spürte, seine feuchten Finger, seinen feuchten Atem, seine Worte, schäumte seine Wut von neuem auf.

»Sie wollte nur von der Bildfläche verschwinden ... und Zeit vergehen lassen ...«, sagte Katzan.

»Mörder!«, keuchte François.

»Ich hab sie ... überredet, mit mir nach Wien zu kommen«, stammelte Katzan, richtete sich auf und torkelte ein paar Schritte.

»Du hast sie umgebracht!«, schrie François.

Tief drinnen fühlte er immer noch die alte Komplizenschaft. Es war verstörend, den eigenen Bruder zum Feind zu haben und selbst in der Feindschaft noch Unzertrennlichkeit zu empfinden.

»Ich wollte, dass sie bei mir bleibt«, sagte Katzan, »aber umgebracht hab ich sie nicht.«

Dann schlug er sich die Hände vors Gesicht und kam zurückgetaumelt.

»Ich sagte, komm mit nach Wien, wir ziehen da ein Ding durch, und dann wird er schon sehen. Ich sagte, du wirst ihn vergessen, wenn wir erst mal das Kind haben und das Geld, dann …«

»Vergessen?«

Mit jedem Schritt näher, den Katzan auf ihn zumachte, verblasste der Bruder. Seine Konturen verschwammen, sein insektenhafter Körper, seine stumpfsinnigen Worte, alles an ihm wurde unbedeutend, klein und unfassbar, und der Cafard, den er in ihm in Stunden von Hass und Verzweiflung aufblitzen gesehen hatte, war auf die Größe eines schwarzen Krümels geschrumpft.

Katzan machte die letzen zwei Schritte, die ihn noch von seinem Freund trennten, nach vorn und wankte.

Er schüttelte den Kopf.

»Ich war ein Niemand für sie«, sagte Katzan.

Schnelle Schritte näherten sich.

Katzans Zähne fingen wieder an zu klappern; zuerst wollte er weiter reden, dann verzog er das Gesicht, öffnete und schloss stumm die Lippen, brach ab, versuchte es wieder, kam aber nicht weiter. Er schien mit etwas zu ringen, brachte knackende Laute hervor, und noch bevor sich wieder Worte formen konnten, verstummte auch seine Mimik, und das Unerklärliche, diese Schuld, die er auf sich geladen hatte, blieb verborgen.

Leo Schmidt, der inzwischen zum Fischrestaurant zurückgefahren war, um den Koffer mit seinem Anteil zu suchen, stellte sich zwischen die Männer und brüllte Katzan an.

»Da war nichts. Ich hab das ganze Restaurant auf den Kopf gestellt. Wo ist das Geld?«

»Geld. Geld. Ich hör immer nur Geld!«, keuchte Katzan plötzlich wieder, zückte blitzschnell ein Messer und hielt es Schmidt an den Hals. Er sah idiotisch aus, wie wahnsinnig.

Das Messer hatte schon einen langen Streifen Blut auf der Haut gezeichnet.

»*Arrête*!«, schrie François, wollte dazwischen gehen, aber Schmidt hatte die Waffe gezogen und zielte direkt auf Katzan.

Schuss!

Der Schuss lag wie ein endloses Echo in der Luft.

Dann sackte Katzan zu Boden.

»Du hast meinen Bruder umgebracht«, sagte François tonlos, umklammerte den Sterbenden und begann ihn zu wiegen. »Meinen Bruder!«

Katzan stöhnte auf. Was er noch sagen konnte, kam stoßweise und war kaum noch zu hören.

»Ich wollte immer …«

»Still!«

»… so sein wie du!«

Stumme Tränen liefen François über die Wange. Es hatte etwas Absurdes, diesen Freund, der ihn betrogen hatte, so in den Armen zu halten, aber da war immer noch diese Zärtlichkeit, diese verzweifelte Liebe in ihm, und sie war stärker denn je.

»Du hast mich niemals gehen lassen«, flüsterte Katzan kaum hörbar.

Dann sackte er weiter in sich zusammen, hob den Kopf und sah ein letztes Mal zu ihm auf.

»A moi la légion!«, flüsterte François, doch der Bruder hatte ihn nicht mehr gehört.

»Notwehr«, hörte er eine Männerstimme wie von Ferne sagen. Vor ihm stand Bruno Karlich und reichte ihm die Hand.

35

Er war leer. Unendlich leer. Wieder zurück in der Wohnung seines Vaters, saß François da und versuchte zu rauchen. Nach zwei Zügen ließ er die Hand sinken und warf die Zigarre, die nach Pferdemist roch und viel zu trocken war, in den Aschenbecher.

Es gab nichts, wofür es sich lohnte zu leben, nichts, wofür es sich lohnte zu sterben. Seine Unschuld war bewiesen, seine Haut gerettet, aber was bedeutete das schon? Was geschehen war, ließ sich nicht fassen, und Trauer und Enttäuschung waren so groß, dass sie sich bis in den hintersten Winkel seiner Seele verkrochen hatten. Keine Tränen, keine Schmerzen. Nur Lähmung.

Es war kalt in der Wohnung. Die Heizung funktionierte nicht. Trotzdem nickte François ein.

Als er fröstelnd aufwachte, lauschte er auf den Sekundenzeiger seiner Armbanduhr, auf das Geräusch, das der Stoff seiner Hose machte, wenn er sich bewegte. Aber alles, was er wahrnahm, war wie entrückt, nur ein Satz drehte sich in seinem Kopf.

J'ai le cafard!

Ein Zustand, der ihm jeden Antrieb, jeden Funken Hoffnung nehmen wollte.

J'ai le cafard!

François griff nach einem Fläschchen Whisky, das in seiner Gesäßtasche zwickte und nuckelte so lange an dem Ding, bis er den letzten Tropfen intus hatte.

Schmidt hatte gemeinsame Sache mit Katzan gemacht und war genau wie er selbst gelinkt worden. Schmidt war unter die Räder der Justiz gekommen. Die Grauzone, in der er sich aufhielt, hätte ihn den Kopf gekostet, er wäre erledigt gewesen, und als Katzan ihm das Messer an den Hals gesetzt hatte …

Verdammt!

Noch nie hatte er den Tod von dieser Seite aus betrachtet. Der Tod kam ihm vor wie ein Vakuum, wie ein riesengroßes Fragezeichen, und er? François saß hier in diesem elenden Zimmer und wusste keine Antwort.

Wer war Katzan?

Das fragte er sich heute zum ersten Mal. Waren sie nicht aus demselbem Holz geschnitzt? Die Wahrheit, nach der François so gierig gewesen war, lag im Verborgenen und hatte ihn doch so tief ergriffen, dass er erschrak. Katzan hatte alle benutzt, alle gegeneinander ausgespielt. Er war ihm entglitten. Seit Paris. Nein, seit Claire.

Selbstgemachte Gesetze. Selbstgemachte Realitäten, dachte François. Aber warum hatte er nicht versucht, ihn aufzuhalten, warum nicht nein gesagt, damals schon, als er ihn zu diesem Geschäft überredet hatte?

Zu spät.

Er würde sich nicht mehr fragen, was seinen Bruder bewegte, was ihn schweigen ließ, warum er dies oder jenes tat. Es würde keine Ungewissheiten mehr geben, keine Pläne, kein Hoffen, nur noch die Erinnerung an diesen Wahnsinn, der sich irgendwann zwischen sie gestellt hatte und für den es keine Erklärung gab.

Ein Stockwerk höher waren Schritte zu hören, wenig später die Klospülung.

»Ich wollte so sein wie du!«, hatte Katzan gesagt.

Jetzt war dieser Satz schon nicht mehr gültig, jetzt hatte der Tod das letzte Wort gesprochen, und bald schon würde er nicht mehr begreifen wollen, worum ihn der Freund beneidete und warum er ihn nicht sehen konnte, wie er war, ein Bruder, an den er sich geklammert hatte, trotz Verrat und bis zum Letzten, das war Ehrensache.

François öffnete die nächste Flasche Scotch, trank und fantasierte mit offenen Augen.

Katzan und Claire!

Ein letztes Mal glaubte er ihre Stimmen zu hören. Er stellte sich vor, wie sie heimlich Fluchtpläne schmiedeten und tuschelten, wie sie ihre gemeinsame Zukunft sahen, Szenen, in die er sich einmischen wollte, um endlich Einspruch zu erheben.

»Ich sag dir was«, hörte er Katzan sagen. »Du hast sie viel zu viel bemuttert. Das killt den Sex!«

Die letzten drei Worte hallten in ihm wie ein Echo.

François machte sich an seinem Hosenschlitz zu schaffen und versuchte, wie immer, wenn er einsam und verwirrt war, zu onanieren. Es ging nicht. Dann wandte er sich in seinen Gedanken wieder Claire zu, aber das ging noch schlechter.

Er sah, wie sie ihren Kopf zurückwarf und seinem Kuss auswich. Claire auf dem Parkplatz vor der Sporthalle. Ihre Beine. Im Weglaufen auseinandergerissen und in zwei Hälften geteilt, eine Hälfte für ihn, eine Hälfte für Katzan.

François schlug sich die Hände vor das Gesicht. Wer war er, dass er sich so dermaßen täuschen konnte? Sarah hatte es geahnt.

»Erzähl mir, was es mit diesem Cafard auf sich hat«, hatte sie ihn gefragt, und er wusste noch genau, was er geantwortet hatte.

»Kakerlaken wie ich hausen in dunklen, feuchten Ritzen und ernähren sich vom Abfall.«

Was hätte er Sarah erzählen sollen damals? Dass er mit Katzan Tag und Nacht zusammen gewesen war, so wie später mit Claire? Er hatte sie beide weinen gehört, sogar im Schlaf, er hatte beiden in die fiebrigen Augen gesehen, wenn sie nachts, von Alpträumen gerüttelt, aufgewacht waren? Katzan musste sie in die Verzweiflung getrieben haben. Was war nur in ihm vorgegangen? Claires Leiche auf den Spielplatz zu zerren und ihr die Rose zwischen die Lippen zu legen.

Aufgewühlt vom Kampf gegen das Unfassbare, stand François auf und lief ins Bad. Er wollte duschen und sich wenigstens eine Hure kaufen. Eine Hure, die ihm zeigen würde, dass seine Nerven noch auf Reize reagierten, dass sein Schwanz noch wusste, wo's langging.

Ein paar Worte, ein paar Liebkosungen. Gegen Geld. Das Übliche.

François blickte in den Spiegel.

Aber so? Was war mit seinem Gesicht?

Es hatte sich vergröbert. Seine Haut war von Mitessern übersät.

Auf seinem Kopf waren Haare gewachsen, die an ein verbranntes Stoppelfeld erinnerten. Es würde einige Zeit dauern, bis eine Frau in ihm das sehen konnte, was er bisher selbst in sich gesehen hatte. Aber jetzt empfand er für sich nicht mal mehr Verachtung, nur einen Rest von Unruhe.

Das warme Wasser, das ihm über den Rücken lief, tat so gut, dass er duschte, bis seine Haut rote Flecken davon bekam.

Etwas passiert, zum Beispiel, dass sich die Haut rötet, dass das Blut wieder pulsiert, banale Dinge nur, und die Wärme von außen flößt einem wieder Empfinden ein. Genauso war es mit Irene. Sie war ihm passiert. Nein, nicht wie die anderen Huren. Sie hatte ihn gemocht, richtig gemocht, und ein warmes Gefühl überkam ihn, die erste tröstliche Regung in dieser Nacht. Sie hatte ihm zum rechten Zeitpunkt ein Quentchen an Zuwendung geschenkt, und das mit einer Eigenart, die bei Frauen selten war.

François nahm ein Handtuch, trocknete sich ab und setzte die Klinge an, um wie immer zuerst den Kopf und dann das Gesicht zu rasieren. Aber er gaffte nur. Er gaffte so lange in den Spiegel, bis sich seine Züge verzerrten und von ihm entfernten.

Erst als er nichts mehr von sich erkennen konnte, begann sich seine Linse wieder scharf zu stellen. Wütend warf er die Klinge ins Waschbecken.

»Der große *Lecour*?«, fragte er abfällig, aber *Charles Lecour* hatte nicht das geringste Lächeln für ihn übrig.

Der Wintermorgen hatte die Straßenschluchten in tiefes Schwarz getaucht, als sich François auf den Weg ins Hotel Orient aufmachte. Er dachte an Sarah, dann an Vera, ohne die er wiederum Sarah gar nicht erst kennen gelernt hätte und für die er bei aller Verführung, die von ihr ausging, immer noch Respekt hatte.

»Sie wünschen?«, fragte der Portier, kaum dass er drinnen war, und machte eine übertrieben einladende Geste.

Das Hotel war wie ausgestorben.

François murmelte eine Begrüßung und schloss die Augen. Trotzdem lag er auf der Lauer wie ein Tier, das Beute witterte. Er würde den Mörder finden, dachte er. Inzwischen würde ihm eines der Mädchen, vorausgesetzt Hintern, Beine und Oberweite wären die Sache auch wert, vielleicht die Zeit vertreiben.

François hörte die Uhr auf seinem Handgelenk ticken. In seinen Ohren war wieder dieses Rauschen. Erschöpft lehnte er sich gegen die Wand. »Danke«, antwortete er dem Portier mit enormer Verspätung. »Ich warte noch.«

Im Schein der Straßenbeleuchtung war ihre Haut so blass gewesen, hell wie der Mond. Er sah sie fallen. Mit dem Gesicht nach vorn. Ganz langsam fallen, und er hatte am Ende nichts dagegen machen können.

Irene!

Mit Irene im Lift. Sie hatte ihm zuerst den Rücken zugewandt, er konnte ihr Gesicht nicht sehen, nur die Hüfte, diese wuchtige Linie ihrer Hüfte, wie sie sich nach hinten in seine Richtung geschoben und er den Atem angehalten hatte. Oben war sie vorausgegangen und im Bad verschwunden, halbnackt wieder gekommen, irgendeine Nörgelei auf den Lippen, dann fiel das Handtuch runter. Er war ihr mit der Hand über den Rücken gefahren, über jeden einzelnen Wirbel. Er hatte ihre Brüste berührt. Sie lächelte. Er lächelte zurück. Ihre glänzenden Zähne. Ihre Augen. Alles weiß. Weiß. Weiß.

»Wo bist du gewesen?«, flüsterte sie jetzt und bewegte sich wie eine Blinde, tastend, suchend und mit ausgestreckten Händen, die ihn greifen wollten, auf ihn zu.

François hielt die Augen immer noch geschlossen.

Leichte, flüchtige Schritte näherten sich.

Anstatt sich umzuwenden, folgte er im Geiste diesen Schritten, die an ihm vorbeihuschten, umweht von einem ganz bestimmten Duft. Die knisternde Hitze eines exotischen Sommers lag in der Luft, und ein erregendes, aber düsteres Gefühl breitete sich in ihm aus. Es war diese vertraute Wärme, die ihn anzog und gleichzeitig zurückwies. Dieser Bann, den er fürchtete und doch wollte, ja und nein im Wechsel.

»Wo bist du gewesen?«

François öffnete die Augen und sah eine blonde Frau die Treppe hinaufgehen. Sie trug das Haar zu einem Knoten und war sehr jung. Er fand, dass er ihr allein schon wegen ihres Parfüms nachsteigen musste.

Zuerst starrte er nur auf ihre schwarze, enge Hose, auf ihre langen Beine und die goldenen Pumps. Dann kroch er mit seinen Augen zwischen ihre Schenkel, die sich von hinten betrachtet, Stufe um Stufe, mit jedem Schritt, öffneten, als wären sie nur für ihn da.

Was sollte er sagen? Dein Hintern hat mir gefehlt? Oder: Haben Sie mal Feuer? Weil Sie so gut riechen!

Man darf sie nicht merken lassen, dass man sie nötig hat, dachte er. Wenn sie erst spitz kriegen, dass du sie brauchst und ihnen bis zum Nordpol nachsteigen würdest, bist du längst tot.

»Hallo!«

Die junge Frau drehte sich um. Ihre blau-grünen Augen funkelten. Sie lächelte.

»Bist du Larry?«

François schüttelte den Kopf. Sie hatte also einen Larry erwartet.

»Und du?«, fragte er.

Er schätzte sie auf zwanzig.

»Ich bin Svetlana«, sagte sie mit stark russischem Akzent.

Das Mädchen war ein Traum. Ihr Gesicht, das denselben Geruch verströmte wie … Sarah, dachte François erschrocken, dieses

Gesicht … Sie sah aus wie die Therapeutin, nur jünger, kleiner, schlanker.

Sarah und Irene. Dieses sagenhafte Parfüm, das ihn an Lust und Versagen erinnerte, an Rettung und Abfuhr gleichzeitig.

»Was hast du?«, fragte sie.

»Nichts.«

Er zögerte, schloss die Augen und atmete tief ein. Dann wich er zurück.

»Du riechst gut…«, sagte er plötzlich. »So nach Frucht, so wie … wie … Was ist das?«

François dachte nach. Es war dieser Abend mit Sarah. Er hatte nackt vor ihr gestanden und war erregt, weil sie nur das Handtuch um ihn geschlungen hatte. Wie sehr er sie wollte in diesem Augenblick, und dann war sie plötzlich nervös geworden und hatte von Irene angefangen.

»Warum fragst du?«

Um Zeit zu gewinnen, fischte er eine Gitanes aus der Brusttasche und sah sich die Frau genauer an.

Svetlana hatte stark violett geschminkte Lippen. Er mochte kein Violett, aber ihre Lippen waren üppig und sahen weich aus, am liebsten hätte er sie mit seinem Zeigefinger berührt und geküsst.

Ihr blondes Haar, dieses über und über mit Sommersprossen gesprenkelte Gesicht.

»Was machst du so?«, fragte sie weiter.

»Nichts«, sagte er. »Nichts besonderes.«

»Gefällt mir«, sagte sie und gab ihm einen Kuss.

»Was willst du trinken?«, fragte er, den Geruch in der Nase, der von diesem weichen, kernigen Fruchtfleisch kommen musste, nach dem sie duftete. Wie von einer Passionsfrucht, aber auch wie von frischen Zitrusfrüchten.

»Später vielleicht«, sagte sie.

»Bitte nicht! Ich muss wissen, wie dieses Parfüm heißt«, sagte er schnell.

»Pervers?«, fragte sie keck und legte ihren Kopf in den Nacken.

François lachte.

»Von wem hast du das Parfüm? Lass mich raten. Warte, es ist…«

François hatte seine Finger in ihren Rückenausschnitt gleiten lassen, er wanderte zurück über ihren Hals, über ihr zusammengebundenes Haar und endete auf ihrer Nasenspitze.

»Es ist … *Victoria's Secret*, oder?«

Die Frau nickte ungläubig und schnipste zuerst seinen Finger weg, dann seine Nase, die sich ihrem Ohr genähert hatte.

»Woher weißt du das?«

»Pass mal auf, Baby. Zu dir kommt ein Irrer, klar?«

Svetlana nickte.

»Und der ist ganz verrückt … nach diesem Duft. Er will, dass du genauso riechst wie *sie*, nebelt dich damit ein, fickt dich und denkt dabei nur an *sie*. Gefällt dir das?«

Svetlana trat einen Schritt zurück.

»Quatsch!«

Sie ist noch ein Kind, dachte er.

Dann packte er sie am Arm.

»Sieh mich an! Ist dir klar, dass du die Nächste sein kannst? Der hat Irene umgebracht. Das ist ein Killer!«

»Was?«

Sie machte ein erschrockenes Gesicht, das sie aber schnell wieder unter Kontrolle hatte. »Der kommt nur, um mir die Haare zu waschen. Der will mich bloß einseifen und mir beim Anziehen zusehen. Heute wollte er die Kaisersuite«, erklärte sie triumphierend. »Er mag das Bad mit den schwarzen Kacheln und den alten Waschbecken. Beim letzten Mal hat er mir sogar die Nägel lackiert. Zum Schluss sprüht er mich immer mit diesem Zeug ein.«

Dann schnüffelte Svetlana an ihrem Handgelenk.

»Hier!« Sie hielt ihm die Hand hin.

»Heute wollte er dabei sogar Opernmusik hören. Der hat extra eine CD mitgebracht.«

»Wie sah der Mann aus?«, fragte François.

Svetlana sah ihn groß an.

»Normal. Eigentlich wie du«, sagte sie und senkte den Blick, »aber irgendwie nicht so kräftig, eher, wie soll ich sagen … feminin. Mittelgroß, schlank, schwarze Haare, aber mit Bart«, sagte sie grinsend. »Könnte genauso gut falsch sein, der Bart meine ich. Der Typ ist immer völlig durchgestylt. Feine Klamotten. Hat sich bedeckt gehalten. Kommt im Anzug und so. Mein Gott, ein harmloser Freier. Das kommt öfter vor. Aber irgendwie ist der so … unecht.«

»Unecht?«

François aber hörte Sarah. Er fühlte Sarah. Er roch Sarah. Wie sie vor ihm stand, wie sie die Augen schloss und sich von ihm füttern ließ. Wie sie ihn geküsst hatte, nur auf die Wange, und er war ein elender Versager gewesen. Sarah, wie sie sich über ihn gebeugt hatte, damals im Krankenhaus. Dieser Duft.

»Und dieser Mann hat dich … dich … nie … gefickt?«, fragte François.

»Nein! Es gibt eben Kunden, die machen Firlefanz, die kommen eben verkleidet. Ziehen sich BHs an, Strümpfe und so weiter. Kann sogar sein, dass es eine Frau war, die sich als Mann ausgegeben hat. Gibt ja genug Verrückte. Zweihundert, wenn du mehr wissen willst«, sagte sie plötzlich mit einem aufgesetzt mitleidigen Gesicht.

»Sieh mal an«, sagte François.

Svetlana hatte ihm inzwischen eine Hand in den Schritt gelegt.

»*Pas de problème.* Wann kommt der Mann wieder?«, fragte er so gelassen wie möglich.

»Morgen«, sagte Svetlana.

»Wir treffen uns hier in der Bar«, sagte sie. »Um neun?«

François nickte. Dann nahm er ihre Hand, drehte sie um und schrieb ihr seine Telefonnummer auf die Innenfläche.

36

SARAH WAR MIT KOPFSCHMERZEN AUFGEWACHT und tastete auf die andere Seite des Bettes, auf der normalerweise Georg lag. Der Platz neben ihr war leer. Sie hatte völlig vergessen, dass Georg auf Reisen war.

Und sie ertappte sich dabei, wie sie noch im Liegen auf das Telefon neben ihrem Bett stierte als würde es jeden Moment läuten.

Es läutete aber nicht. Wieso auch? Es war noch verteufelt früh, und um diese Zeit hatte sich Georg sonst auch nie gemeldet.

Die Geschichte mit Patrizia hatte ihr mehr zugesetzt, als sie sich eingestehen wollte. Auch wenn Karlich davon überzeugt gewesen war, dass Patrizia keine Mörderin sein konnte, gab es doch noch einen Rest von Zweifel in ihr, eine Unsicherheit, die sie sich als Analytikerin zuschrieb, weil sie mit Patrizia vielleicht nicht gut genug gearbeitet hatte. Offiziell war der Verdacht vom Tisch, aber was sagte das schon, irgendwie rechnete sie immer noch mit dem Schlimmsten. Mit Selbstmord oder irgendeiner anderen Katastrophe. Oder wollte sie diese Patientin insgeheim loswerden und malte sich deshalb solche Dinge aus?

In Gedanken wieder bei Georg, stand Sarah auf, zog die Vorhänge zurück und blickte in einen Himmel voller Schäfchenwolken. Eine Idylle die sie blendete, und angesichts von so viel Schönheit, die sich nicht gerade günstig auf ihren Kopf auswirkte, ging die Grübelei erst richtig los. Wahrscheinlich hatte sie märchenhaftes Glück mit Georg. Alles an ihm ist richtig, dachte sie. Er ist charmant, freundlich, gebildet, vielleicht ein wenig verschroben, aber sonst? Wieso wollte sie dieses Glück aufs Spiel setzen?

Sarah beschloss, die Dinge langsam angehen zu lassen, nahm eine Kopfschmerztablette und legte wie immer, wenn sie sich

Klarheit verschaffen musste, eine ihrer Lieblings-CDs auf: Bachs *Brandenburgisches Konzert Nr. 3*. Concentus Musicus, dirigiert von Nikolaus Harnoncourt.

Vier Tage waren vergangen, seit Karlich sie zum Theseustempel gerufen hatte. Vier Tage hatte sie sich mit Mutmaßungen herumgeschlagen, die sie nicht weiterbrachten.

Victoria's Secret. Was war bloß mit diesem Duft? Wie lange hatte sie dieses Parfüm schon nicht mehr angerührt? Als ob dieses Parfüm etwas an sich hatte, an das sie auf keinen Fall erinnert werden wollte. Dann die Sache mit ihrem Negligé. Wie sicher konnte sie sein, dass der Mann, der ihre Schubladen durchwühlt hatte, nicht wieder kommen würde? Ob seine Tollkühnheit der Schlüssel zu diesen ominösen Mordgeschichten war?

Sarah saß da und weinte.

In gewisser Weise hatte sie sich das doch alles selbst eingebrockt. Da wollte sie doch jemand fertig machen? Warum?

War es denn so ein großer Fehler, dass sie an einer Beziehung festhielt, die nicht im Gleichgewicht war, ein wenig asymmetrisch und langweilig? Sie hatte sich eben damit abgefunden, dass Georg nicht so leidenschaftlich war wie sie, und in ein Arrangement eingewilligt wie viele andere Paare auch. Aus Selbsterhaltungstrieb, aus Gewohnheit. Ja und?

Sarah schluckte Tränen. Bestimmt war es nur Bach, der sie so rührte.

Es läutete.

Blitzschnell in ihren Morgenmantel gehüllt, lief Sarah zur Tür und öffnete.

»François?«

Sie wollte Fragen stellen, er ließ sie gar nicht erst zu Wort kommen und erzählte von einer jungen Russin namens Svetlana, die er letzte Nacht im Hotel Orient kennengelernt hatte und von der er annahm, dass sie den Mörder von Irene regelmäßig traf, nur um sich von ihm waschen zu lassen.

»Bist du sicher?«

Zuerst hielt Sarah das für einen schlechten Witz, doch als François mehr von dem Kunden erzählte, fing sie an, die Sache ernst zu nehmen. Eine ziemlich originelle Perversion, dachte sie und hörte gespannt zu.

»Der Typ hat 'n echten Waschfimmel«, sagte François. »Der will sie baden, maniküren und hinterher nebelt er sie immer ein. Mit diesem …«

»*Victoria's Secret*«, sagte Sarah. »Und du bist sicher, dass es sich um mein Parfüm handelt? Viele Düfte ähneln sich.«

»Ganz sicher«, sagte François. »Lass es mich noch mal riechen.«

Sarah verschwand im Bad und kam mit dem Flakon wieder.

»Soll ich?«

»Auf deine Hand«, sagte François.

Wahrscheinlich hatte ihn sein Instinkt auf die richtige Fährte geführt. Wahrscheinlich beruhte alles auf einer Verwechslung, überlegte Sarah. Dann gab sie einen Schuss *Victoria's Secret* auf ihr Handgelenk. François beugte sich zu ihrem Arm, verstrich den Duft auf ihrer Haut und schnupperte. Seine Nase kitzelte, und seine Finger, die gar nicht aufhören wollten, sie zu streicheln, lösten einen Schauer nach dem anderen aus.

»Das reicht jetzt«, sagte sie trocken.

François ließ schlagartig ihre Hand los.

»Dieses Parfüm wird mit einem aufwändigen Verfahren zur Gewinnung hochwertiger Pflanzenextrakte hergestellt, nennt sich *Enfleurage*«, erklärte Sarah, um nicht völlig die Kontrolle zu verlieren.

»*Enfleurage*?«, fragte er verdutzt.

»Glasplatten…«

Dann nahm er wieder ihre Hand.

»… werden von beiden Seiten …«

Er drehte ihre Hand um.

»… mit Blüten bestreut …«

Er küsste sie.

»… so oft, bis …«

Die Küsse wanderten ihren Arm hinauf.

»… bis das Fett mit dem Duftstoff gesättigt ist. Danach wird das

Blütenöl mit Extraktionsmitteln vom Fett isoliert«, sagte sie schnell. »Die Kopfnote…«

»Was?«

»Warte!«

Fast war Sarah bereit gewesen, nachzugeben, doch dann wich sie zurück, zückte ihr Handy und tippte die Nummer von Bruno ein. »Das musst du Karlich erzählen«, hörte sie sich sagen und beobachtete François, der zuerst nur den Kopf schüttelte, aber ein zustimmendes Brummen von sich gab und dann einen mürrischen Laut, der irgendwie nach einem Okay klang.

Die Mailbox sprang an.

»Hallo, Bruno. Es geht um den Fall Orlinger. Ich glaube, wir haben eine heiße Spur…« Sarah sah auf ihre Armbanduhr. »Es ist wichtig, Bruno. Können wir uns gleich treffen? Sagen wir in zwanzig Minuten? Ich bin gleich bei dir.«

Sarah ging ins Schlafzimmer, zog sich aus und kam in einem weißen Burberry-Mantel wieder, dazu trug sie Jeans und bequeme Schuhe.

Fünf Minuten später saßen sie in ihrem Auto. Dummerweise hatte sie François ans Steuer gelassen.

»Willst du mich oder ihn beleidigen?«, fragte sie nach den ersten Metern und tippte auf den Tacho. François ließ ihren Jaguar jetzt erst recht gemütlich dahintuckern. Er warf ihr einen Blick zu, den sie als eine Mischung aus Bewunderung und Verachtung deutete.

»Du weißt nicht was du willst!«, sagte François und drückte aufs Gas.

»Im Gegenteil«, sagte Sarah. »Möglicherweise sind wir einen großen Schritt weiter.«

In Wahrheit fühlte sich Sarah in der Zwickmühle. Einen großen Schritt weiter! Blödsinn! Nicht er, sondern sie hatte es nun mit der Angst zu tun bekommen. Nicht er, sondern sie musste flüchten. Aber verlieren wollte sie ihn auch nicht.

»Wir sollten … wir könnten…«, stotterte sie.

Zum Glück läutete in diesem Augenblick ihr Handy.

Es war Karlich.

»Was hast du denn?«, fragte sie. »Wenn du nicht willst, dass wir zu dir nach Hause kommen …? Ja, mit Satek. Nein … Was?«

Karlich schlug vor, sich im Café Dommayer zu treffen.

Was sprach denn dagegen, sich in seiner Wohnung zu treffen? Merkwürdig, Bruno war so komisch.

Das Café war rappelvoll.

Ein Streicherduo, zwei junge Damen in Rüschenkragen und dunklen Röcken, empfing sie mit inbrünstig vorgetragenen Walzerklängen auf der Violine, vor der Karlich und Aydin in den hintersten Winkel geflohen waren, um die Zeitung zu lesen.

»Guten Morgen, Bruno!«, rief Sarah. »Ist dir der Kaffee ausgegangen?«

»Sarah!« Karlich stand lächelnd auf, schloss den mittleren Knopf seines Jacketts und hauchte einen Handkuss. Er schien bedrückt. »Was gibt's Neues?«

»Gleich«, sagte Sarah und deutete mit dem Kopf auf François.

Karlich gab ihm die Hand.

»Wie wär's mit Frühstück?«, fragte der Kommissar in die Runde und bestellte für alle Kipferln, gebutterte Semmeln und Melange.

Semir und François waren schon mitten im Gespräch.

»Dürfen wir vielleicht alle erfahren, worum es geht?«, wollte Sarah wissen.

François räusperte sich.

»Gestern, in den frühen Morgenstunden, war ich noch mal im Orient. Ich konnte nicht schlafen. Es war die Nacht, in der mein bester Freund ums Leben gekommen war. Ich … ich war völlig durch. Wo soll ich anfangen? Der Mord an Irene ließ mir keine Ruhe. Ich wollte Ablenkung und mich noch mal umsehen. Ich meine, die Frau hatte doch Klasse, vielleicht weil sie …«

François stockte und sah in fragende Gesichter.

»… eine dieser Wohlstandstussis war, die es gar nicht nötig hatte. Vielleicht hat ihr Mörder einfach die Falsche erwischt?«

Bei den letzten Worten fixierte er Sarah und hielt inne.

»Die Falsche?«, fragte Sarah, obwohl ihr dieser Gedanke selbst schon gekommen war.

Das war also die Retourkutsche für die Zurückweisung, oder wollte er sie herausfordern? Herrje, jetzt red schon weiter, dachte sie und sah zu Bruno rüber. Bestimmt unterstellte er ihr eine Affäre mit Satek.

Ein Anflug von Schwindel überkam sie, gegen den sie mit einem Schluck Kaffee ankämpfte. Sofort hatte sie wieder so einen bitteren Geschmack im Mund und verrührte Unmengen von Zucker in ihrer Tasse. Der Kaffee war, wie in fast allen Kaffeehäusern Wiens, eindeutig zu stark.

»Ich steh also am Eingang rum«, setzte François wieder an, »mach kurz die Augen zu, warte, da…«

»Sie waren verabredet?«, fragte Karlich ungeduldig.

»Nein, aber irgendwie dachte ich, dass ich der Kleinen noch was schuldig bin. Sie wollte nichts von mir.«

»Sagtest du schon«, warf Sarah ein. Und dann im scharfen Ton: »Die Frau hatte Klasse!«

Einen Moment fürchtete Sarah, er könnte einen Rückzieher machen wegen ihrer spitzen Bemerkung.

»Wir haben es hier mit einer besonderen Art von sexueller Anziehung zu tun«, sagte sie schnell.

»Klare Sache!«

Semir hatte sich zu Wort gemeldet. Er warf der Therapeutin einen seiner abschätzigen Blicke zu und lächelte dabei.

»Kann sein, dass es sich um ein Ritual handelt«, fing François wieder an. »Wie soll ich das erklären? Ich glaube, dass sich der Mörder von Irene seinen Opfern nur auf ganze bestimmte Art nähern möchte.«

Die unbeholfene Sanftheit in seiner Stimme, die Art, wie er eine Hand ausstreckte, sie dann doch wieder zurückzog, war rührend.

»Langsam, Herr Satek«, sagte Karlich. »Das diskutieren wir später. Vielleicht handelt es sich nur um einen Zufall.«

»Zufall?«, fragte Sarah, die diesen pragmatischen Zug an Bruno langsam über hatte. »Das ist doch nicht dein Ernst!«

Karlich machte eine abwehrende Geste.

»Sie stehen also am Eingang vom Hotel Orient, hielten die Augen geschlossen, und dann?«

»Dann ist etwas Merkwürdiges passiert«, erklärte François. Während er sprach, nahm sein Gesicht entrückte Züge an.

»Zuerst waren da nur diese Schritte. Jemand ging an mir vorbei, und im Vorbeigehen war da plötzlich dieser Duft. Ich dachte, das kennst du doch, die riecht so wie … Ich war total verwirrt, ich dachte, das kennst du doch, ich mach die Augen auf, seh, wie eine junge Frau die Treppe hochgeht. Die sah gut aus, und das Verrückte war, dass …«

»Dass was?«, fragte Semir dazwischen.

»Ich weiß auch nicht, ich war hin- und hergerissen, hatte so ein dumpfes Gefühl von, na ja, heiß-kalt irgendwie, und dann konnte ich nicht anders und bin ihr nach. Die Frau hielt mich zuerst für Larry, wahrscheinlich ihr nächster Kunde. Als ich sie ansah und direkt vor ihr stand, dachte ich, dass … *merde*, die hatte irgendwie Ähnlichkeit mit Sarah! Ja, an dich habe ich gedacht in diesem Moment. Da wurde mir klar, dass mich auch Irene an dich erinnert hat. Es war verblüffend, und als ich wissen wollte, welches Parfüm sie benutzt, hielt sie mich für einen Perversen und hat von einem Typen erzählt, der nur zu ihr kommt, um sich von ihr befummeln zu lassen.«

»Klingt nicht besonders aufregend«, sagte Semir.

»Wie man's nimmt«, sagte François. »Sie hat mir von einem Freier erzählt, der fast täglich bei ihr aufkreuzt, nur um sie zu waschen. Heute abend um neun wollen sie sich wieder treffen.«

»Hat sie gesagt, wie der Mann aussieht?«, fragte Sarah.

»Hat sie. Er muss derselbe sein, der auch in Sarahs Schlafzimmer rumgewühlt hat«, sagte François mit einem fragenden Blick in die Runde. »Laut Svetlana ein Typ mit schwarzen Haaren, Bart, schlank, mittelgroß, im Anzug.«

Semir trommelte mit den Fingern auf das Tischtuch.

»Ist das etwa alles?«

»Nein, das Ding ist, dass er sie am Ende der Prozedur immer

mit demselben Parfüm einnebelt, das auch Sarah trägt«, sagte François.

»*Victoria's Secret*?«, fragte Karlich. »Bemerkenswert. Der Kreis schließt sich also.«

»Sadisten müssen nicht immer gewalttätig sein«, sagte Sarah trocken und wollte immer noch nicht ganz glauben, dass dieser Fall mit ihr zu tun hatte.

»Jetzt fang doch nicht wieder mit so was an«, sagte Karlich. »Es liegt doch auf der Hand, dass es der Mörder auf dich abgesehen hat, vorausgesetzt Herr Satek hat recht und dieser Duft ist der Schlüssel zu unseren Ermittlungen.«

»Aber warum sollte der Mann morden, wenn er Frauen wie Svetlana findet, die machen, was er will?«, fragte Semir. »Der Typ zahlt schließlich für den Kram. Kein Grund, gewalttätig zu werden.«

»Wieso? Kann doch sein, dass er den Frauen unterschiedliche Rollen zuweist?«, erklärte Sarah. »Die eine hegt und pflegt er, die andere tötet er. Die eine wird als Opfer, die andere als Komplizin angesehen, aber auch das muss nicht so bleiben und verläuft nicht nach einem durchschaubaren Muster. Begierden sind unberechenbar, Perversionen können sich ändern. Ich bin sicher, dass wir dieser Spur nachgehen sollten.«

»Ist es denn überhaupt sicher, dass es sich dabei um einen Mann handelt?«, fragte Semir. Sein Tonfall hatte etwas Schlitzohriges. »Svetlana hat sich doch nur waschen lassen, oder haben die …«

»Nein, haben sie nicht«, sagte François.

»Kein Geschlechtverkehr also?«

»Nein!«

»Also bitte!«

»Sie meinte aber, dass der Typ ziemlich weiblich gewirkt hat.«

»Sie denken wirklich, dass Irene von einer Frau attackiert wurde?«, fragte Karlich.

»Dass das ganze Arrangement dieser Leiche die erotische Fantasie einer Frau ist«, sagte Sarah, »das ist doch unwahrscheinlich.«

»Aber auch nicht ganz auszuschließen.«

Karlich seufzte und legte eine Pause ein.

»Patrizia Heral«, sagte er und schüttelte den Kopf.

»Nein, die singt ab und an mal ein paar falsche Töne und spielt Oper bis in die Amtsstube unseres Präsidiums. Eine Wahnsinnige! Ausgeschlossen!«

»Aber Svetlana hat mir erzählt, dass der Typ während der gesamten Behandlung Opernmusik laufen ließ«, sagte François. »Ist das wichtig?«

Karlich nickte, doch es war ein unentschiedenes, höfliches Nicken, das darauf schließen ließ, dass er diesem Detail nicht viel Bedeutung beimessen wollte.

»Patrizia hat ein virtuoses Geständnis abgelegt, das sich in den meisten Punkten widerspricht«, sagte er.

»Richtig, aber vielleicht wollte sie uns absichtlich verwirren«, fing Semir wieder an, »und diese Widersprüche waren reine Berechnung?«

»Wozu?« Sarah war aufgebracht. »Das ergibt doch gar keinen Sinn!«

»Warum? Es wäre nicht das erste Mal, dass ein Täter auf diese Weise auf sich aufmerksam macht, um sich durch bizarre Selbstbezichtigungen aus der Affäre zu ziehen«, konterte Semir. »Die hat doch absichtlich verrückt gespielt, nur um von sich abzulenken.«

»Diese Patientin leidet unter einer schweren Störung«, sagte Sarah schroff. »Wir hatten den Verdacht doch schon längst wieder fallen gelassen, oder wollen Sie mir vielleicht etwas anderes sagen, Herr Aydin? War das eben ein Angriff auf meine Arbeit? Sie denken, dass ich in Verruf komme wegen dieser Geschichte mit Heral, oder zumindest wünschen Sie sich das?«

Betretenes Schweigen. Sarah hatte sich ein Blöße gegeben und hätte sich am liebsten in Luft aufgelöst.

»Bitte, das reicht jetzt«, sagte Karlich. »Sicher ist, dass wir den Täter aus der Schnittmenge ermitteln sollten, die sich aus den Freiern von Irene und dem Umfeld von Sarah ergibt. Die Sache mit dem Duft wird uns da sicher weiterhelfen, und ich schlage vor, dass wir Svetlana observieren lassen und ihren Kunden mit Sarah konfrontieren.«

Dann blätterte er in einem kleinen, ledergebundenen Notizbuch.

»Tja«, sagte er verlegen. »Da wäre noch was.«

Karlich schien etwas auf der Zunge zu liegen, etwas, das ihm sichtlich zu schaffen machte. Sekunden vergingen, bevor er damit rausrückte.

»Kann ich dich mal was fragen, Sarah?«

»Sicher!«

Der Kommissar suchte nach Worten, brachte für das, was nun folgen sollte, eine Entschuldigung nach der anderen hervor, doch dann fasste er sich ein Herz.

»Recherchen haben ergeben ... unsere Ermittlungen besagen ... dass ... Georg Mildner regelmäßig im Hotel Orient abgestiegen ist und mit Irene stundenweise Zimmer gebucht hat. Ich möchte dich nicht kränken, aber wäre es nicht möglich, dass es sich hier um eine Beziehungsgeschichte zwischen dir und Georg handelt, um eine Krise, in der er sich an eine Frau gewandt hat, die dir ähnlich sieht?«

Sarah spürte, wie ihr Herz schneller schlug. Dann lachte sie heiser auf.

»Georg?«

»Vielleicht hat sich Georg ein Abenteuer erlaubt und, sagen wir im Affekt, und stellvertretend, sozusagen aus Rache für deine, für deine ... Zurückweisung diese Irene umgebracht?«, sagte Karlich. »Außerdem hat er ungehindert Zugang zu deinem Parfüm, das in Österreich gar nicht erhältlich ist.«

»Georg?«, fragte Sarah, diesmal entschieden lauter. »Das ist doch ...«

Sie war außer sich. »Georg, ein Mörder? Das geht zu weit. Wie kannst du es wagen! Sag doch gleich, dass du mir kündigen willst. Willst du das?«

Karlich schwieg.

Semir Aydin schnalzte leise mit der Zunge und war jetzt erst recht obenauf. »Einen Kognak, Frau Doktor?«

Sarah schob angewidert ihren Teller beiseite, auf dem sie ein halb angebissenes Croissant zerbröselt hatte und machte mit der ausgestreckten Hand eine dramatische Handbewegung.

»Nein danke, Herr Aydin.«

Bruno hatte den Kopf gesenkt.

»Jeder hätte sich unter dem Namen Mildner im Orient ein Zimmer nehmen können«, sagte Sarah, »und wieso sollte sich ausgerechnet Georg mit einer BWL-Studentin treffen, die sich als Hure ausgibt. Hast du das erfunden, Bruno?«

»Nein, wieso sollte ich«, sagte er.

Dann warf sie einen hilfesuchenden Blick auf François.

»Soviel ich weiß«, sagte François vorsichtig, »und das hat mir Sarah erst heute morgen erzählt, soviel ich weiß, sind Sie selbst einer der wenigen, der dieses seltene Parfüm, dieses ...«

»*Victoria's Secret*«, ergänzte Sarah.

»... ja, der dieses *Victoria's Secret* kennt«, log François plötzlich das Blaue vom Himmel, denn Sarah hatte ihm natürlich nichts dergleichen erzählt.

Karlichs Lippen bebten.

»Intimitäten! Ich wüsste nicht, was Sie das angeht«, sagte er kaum hörbar. »Sarah und ich kennen uns jetzt seit fast dreißig Jahren. Natürlich weiß ich, welches Parfüm sie trägt. Was ist daran so besonders?«

»Mehr als du denkst, Bruno. Vielleicht sollten wir uns mal näher darüber unterhalten? Über diese Intimitäten und das Besondere zwischen uns«, sagte Sarah. »Was meinst du?«

Sie dachte daran, dass sich Karlich etliche Jahre um sie bemüht und sie ihm, bis auf ein paar schüchterne Küsse, stets einen Korb gegeben hatte. War er etwa eifersüchtig. Auf François?

»Das alles ist doch völlig aus der Luft gegriffen! Reine Projektion, mein Lieber. Nur ein frustrierter Verehrer, der mich nicht haben kann, hätte doch ein Motiv für diese Tat. Ist es nicht so?«

Hatte sie da ein Nicken bemerkt? Semir stimmte ihr zu?

Karlich, sonst auf Contenance bedacht, erhob seine Stimme.

»Genug!«

Dann kippte seine Tasse um. Der Kaffee ergoss sich quer über den weiß gedeckten Tisch.

»Tschuldigung«, murmelte er sofort hinterher. Ein paar Takte Robert Stolz mischten sich in seine Bitterkeit.

Sarah war in Gedanken bei Georg. Die langen Konzertreisen, die er ohne sie unternahm, die vielen Abende, die er nach den Auftritten mit Künstlern verbrachte.

»Kannst du mir sagen, wo Georg in der Mordnacht war?«, fragte Karlich wieder gefasst und im Tonfall des Kommissars.

»Wie bitte?«

Sarah vermied es, Bruno anzusehen. Sie folgte mit ihren Blicken François, der nach draußen geeilt war, um ungestört zu telefonieren. Jetzt kam die Katastrophe, die sie befürchtet hatte. Sie wollte weg. Flüchten. Irgendwohin – und sah nur noch ihn.

François hinter dem großen Fenster, das auf die Straße führte. François, wie er in sein Mobiltelefon sprach.

François, wie er kaum die Lippen bewegte, ab und zu nickte und dabei seine Augen auf sie heftete.

»Georg hat die ganze Nacht mit mir verbracht«, sagte Sarah eisig. »Wir haben zusammen geschlafen, falls du es genau wissen willst.«

Dann endlich sah sie Bruno an. Jetzt war sie sicher. Aus seinen Augen sprach stupide Eifersucht. Und sie? Sie hatte Angst. War sie nicht über ihrem Buch eingenickt? Georg hatte sich in Luft aufgelöst, als das Telefon sie aus dem Schlaf riss in dieser Mordnacht. Was aber, wenn er gar nicht aufgestanden war, um zu arbeiten, wie sie vermutete?

»Also gut«, sagte Karlich, »wir werden der Sache nachgehen müssen, so Leid es mir tut.«

»So Leid es mir tut«, wiederholte Sarah und tauchte in einen gläsernen Traum ein, in dem sie François sah und fühlte, wie sie ihn schon einmal gesehen und gefühlt hatte. Der Flashback aus erotischen Bildern und Kauderwelsch, vermischt mit dem Geplänkel dieses Kaffeehausduos, das immer dieselbe Melodie zu spielen schien.

Die Stirn an die Scheibe gelehnt, sah sie sein dünnes Lächeln, das weder ihr noch sonst wem galt. Er hatte sein Hemd aufgerissen. Seine schweißnasse Brust hob und senkte sich.

Zieh dich aus, flüsterte er und klopfte mit einer Klauenhand an die Scheibe.

Mit großen Schwüngen ihrer Zunge leckte sie über das Glas und schrieb dieses Wort.

Départ.

Er nahm keine Notiz.

Dass er kein Interesse an ihr zu haben schien, erregte sie erst recht.

Sie leckte weiter.

Assez vu!

Sein Gesicht. Er kam auf sie zu. Näher und näher, so nah, bis sich ihre Lippen auf gleicher Höhe trafen und sie nur noch die eisige Kälte zwischen ihnen schmecken konnte.

»Sarah!«

Karlich hatte schon zum zweiten Mal ihren Namen gerufen. Sein Gesicht war so hell, so unmenschlich hell. Wie konnte er es wagen, sie hier, in aller Öffentlichkeit, mit Dingen zu konfrontieren, die noch nicht mal bewiesen waren?

»Folgendes«, sagte er ausdruckslos. »Wir wissen, dass sich Svetlana heute Abend mit ihrem Freier im Orient verabredet hat. Beobachten wir die beiden. Ich schlage vor, dass wir François Satek und dich, Sarah, mit Mikros verkabeln und von draußen mithören. Vielleicht gelingt es dir ja, den Freier in ein Gespräch zu verwickeln?«

Sarah antwortete nicht.

François war inzwischen zurück und hatte sich wieder an den Tisch gesetzt.

»Svetlana«, sagte er und tippte auf sein Mobiltelefon. »Der Freier hat bei ihr eine CD vergessen.«

»Die mit der Opernmusik?«

»Na ja, was sie so Opernmusik nennt«, sagte François.

Sarah war schlagartig wieder klar im Kopf.

»Was für Musik?«, fragte sie.

Das Kaffeehaus war erfüllt von Andeutungen, Verschwörungen, Tönen, die sich alle gegen sie richteten.

»Hugo Wolf-Lieder«, sagte François. »Eine Aufnahme mit …« Er sah auf einen Zettel.

»Dietrich Fischer-Dieskau und Georg Mildner.«

37

Sarah hatte den Tag in diversen Kaffeehäusern der Stadt zugebracht, sich in diversen Spiegeln die Lippen nachgezogen und wie eine unbekannte Person betrachtet, die nirgendwo erwünscht war und um die sich doch alles drehte.

Zum ersten Mal fühlte sie, dass der Wunsch, verstehen zu wollen, brutal war. Wozu noch Analyse? Dieser Beruf, der ihr im Laufe der Jahre jegliches Gefühl für sich selbst genommen hatte. Ihr Leben stand auf der Kippe. Alles, was vor ein paar Tagen noch als sicher galt, hatte sich als tückisch erwiesen. Ihre Beziehung, die Arbeit mit den Patienten, die Freundschaft zu Bruno.

Nach einsamen Runden durch den ersten Bezirk war Sarah gegen Abend wieder zu Hause. Als sie die Tür aufschloss, wehte ihr der Wind eine Ladung Pulverschnee ins Gesicht. Sie registrierte es wie eine Betäubung, trat erschöpft in den Hausflur und nahm den Lift. Während der Fahrt nach oben fühlte Sarah, wie Übelkeit in ihr aufstieg. Sie schob es auf die Tatsache, seit dem Frühstück nichts Vernünftiges mehr gegessen zu haben. Mit knurrendem Magen kam sie in die Wohnung, durchstöberte als erstes den Kühlschrank und fand nichts außer einer Dose Kapern und einem Glas Marmelade, das obendrein noch Schimmel angesetzt hatte. Schimmel! Wie bezeichnend!

Ab wann waren die Dinge eigentlich schlecht geworden? Sie wusste es nicht. Sie wusste nur, dass sie das Leben durch eine Reihe unfreiwillig bitterer, aber auch komischer Momente führte, die sie nicht mehr im Griff hatte. Die Begegnung mit François machte sie unsicher, als hätte er sie mit seiner Angst angesteckt und mit seiner Flüchtigkeit getroffen.

Sie würde sich stellen müssen, keine Frage. Vielleicht war alles eine amorphe, chaotische Verschiebung von Angst, die sich nun auftürmen und in ihr brechen wollte, äußerlich aber längst Form angenommen hatte.

Der Mord im Volksgarten. Eine Tote, die ihr Parfüm trug. Und die Rose? Zeichen, die sich gegen sie richteten wie ein Anschlag auf ihre Existenz. Gab es jemanden, den sie zurückgewiesen, jemanden, den sie übersehen hatte?

Doch nicht etwa Marc Sartorius? Der Salesmanager, der seit Jahren zu ihr in die Praxis kam? Vielleicht. Er wollte ihr eine Rose schenken, neulich, als sie ihm im Tiefen Graben begegnet war.

Sarah berührte mit der Fingerspitze ihr Augenlid, als spürte sie einen Schmerz. Aber da war nichts. Sarah inspizierte eine Wimper, die auf ihrer Fingerkuppe hängen geblieben war, und warf dann einen letzten Blick auf ihr Handy. Den ganzen Tag über hatte sie probiert, Georg zu erreichen, aber immer nur das Gedudel des Netzbetreibers und die nervtötende Ansage der Mailbox gehört.

Sie hatte genug. Sie würde sich von Georg trennen müssen, dachte sie, und ein Sog zog sich durch ihren Körper, eine Kraft, die sie so sehr in die Tiefe riss, dass sie nicht mehr dagegen ankämpfen konnte. Ihre einzige Hoffnung war François Satek.

Wer wie er heimatlos ist, sucht ein Leben lang nach Ähnlichkeiten, nach Korrespondenzen, bekannten Gerüchen und Berührungen, die eine Weile beruhigen, um sich zu Hause zu fühlen. Und sie? Was suchte sie?

Halb neun. Der Termin im Orient.

Sarah ging an ihren Kleiderschrank und öffnete die rechte Tür. Wie sehr sie drauf bedacht war, Ordnung zu halten. Klemmbügel für die Hosen, Plastiksäcke für die Kostüme, immer frisch aus der Reinigung. Pullis, die auf ganz bestimmte Art zusammengelegt waren. Oben die T-Shirts, nach Farben sortiert, Dunkles vorne, Helles hinten, und in diese Ordnung brach immer wieder seine Stimme ein. François' sonore Stimme, dann seine Küsse auf ihrem Handgelenk, seine Küsse in ihrem Traum, die Kälte zwischen ihnen, das Glas, diese unheimliche Trennwand. Verliebtheit oder anderer Irrsinn? Keine ausgesprochenen Übereinkünfte, keine gemeinsame Nacht.

Sarah öffnete die andere Seite ihres Schranks, den Teil, in dem ihre Abendgarderobe hing. Das kleine Schwarze, wuchtig lange Abendkleider mit raffinierten Ausschnitten. Satin, Samt, gewaschene Seide, Leder, gecrashte Baumwolle. Stoffe und Kleider für alle Anlässe. Ihre Hand strich über eine Reihe von Bügeln und stoppte auf einem dunklen, schmal geschnittenen Kleid mit Cape, das sie seit Jahren nicht mehr getragen hatte. Unschlüssig, ob sie es tragen sollte oder nicht, zog sie es schließlich doch von der Stange und schlüpfte hinein.

Ihr Spiegelbild zeigte eine Erscheinung, die etwas Nonnenhaftes an sich hatte. So hatte sie sich noch nie gesehen!

Als der Kommissar wenig später in der Tür stand und sie nach einer Stelle abtastete, an der er das Mikro befestigen konnte, war Sarah so aufgeregt, dass sie keinen geraden Satz herausbrachte. Sie wusste, wie sie in diesem Kleid wirken würde.

Unantastbar, aber doch verführerisch. Viel zu nobel für einen Abend in dieser Hotelbar, doch es war zu spät, um sich noch einmal umzuziehen. Glücklicherweise nahm Karlich kaum Notiz von ihr, zumindest tat er so. Auch über Georg verlor er kein Wort.

»Ein kurzer Soundcheck«, sagte Bruno und hielt den Kopf dabei merkwürdig schief. »Noch irgendwelche Fragen?«

»Nein.«

»Zwei Worte bitte, wenn ich draußen bin.«

Dann verließ er die Wohnung. Die Tür fiel ins Schloss.

»Victoria's Secret«, flüsterte Sarah, als sie wieder allein war, und ging zum Fenster. Sie beobachtete, wie Bruno nickte, die Wagentür öffnete und ihr von unten ein Zeichen gab.

Er hatte sie verstanden.

38

François war in der Nähe der alten Stadtbrücke, schlenderte zum Hotel und erkannte sie schon von weitem durch die Glasfront des Entrees.

Sarah in ihrem schwarzen Samtcape. Ihr Kopf steckte noch in einer weiten Kapuze, das Gesicht lag im Dunkeln.

François schob die Tür zum Hotel Orient auf.

Das kleine Mikro an seiner Brust zählte seine Herzschläge. Es war kein guter Gedanke, dass die Polizei bald alles mithören und aufzeichnen würde, was ihn bewegte, doch nach und nach vergaß er.

Wie sie lächelte, wie sich zwei blasse Finger am Knopf unter ihrem Kinn zu schaffen machten, das Cape ablegten und stückweise Haut freigaben! Das alles kam ihm wie retuschiert vor. Ihr halb entblößter Rücken, eine unfassbare Bogenlinie. Am liebsten wäre er geflüchtet vor diesem Anblick, aber er war ihr schon zu nahe und hatte den Türknauf in der Hand.

Der Alte an der Rezeption, der mit schwarzen Strippen einer ausrangierten Telefonanlage hantierte, fragte nach seinen Wünschen.

»Wir trinken nur was«, sagte François.

»Eine Flasche Champagner vielleicht?« Sarah deutete auf die Bar.

Ihre Stimme hatte denselben Klang wie damals im Krankenhaus, als er sie an seinem Bett stehen sah. Aber diesmal lag etwas Verstörendes darin. Sie streckte ihm eine Hand entgegen. Er ergriff die Hand und ließ sich von Sarah auf einen schweren, ledernen Barhocker ziehen.

Kurz vor neun.

François zählte die Rosen auf der Tapete, um sich zu vergewissern, ob alles echt, alles real war. Dann konzentrierte er sich auf die Geräusche.

Die Straße hinter den schweren roten Vorhängen blieb still. Nur ein glucksendes, weibliches Lachen war zu hören, das sich wiederholte und näher kam, dann abrupt aufhörte.

»Ich brauch was zu trinken«, bettelte eine junge Stimme. Eine Frau stolperte in den Raum. Sie war beschwipst und hüpfte auf einem Bein barfuß in Richtung Theke.

François erkannte Svetlana, hinter ihr einen schlanken Mann mit Bart, ungelenk in seinen Bewegungen.

»Bourbon mit Eis«, sagte Svetlana, zwinkerte François zu, und der Mann, der ihren rechten Schuh in der Hand hielt wie der Prinz, der Aschenputtel freien wollte, folgte ihr.

Svetlana hob gebieterisch den Arm. »Komm. Der Schuh«, sagte sie. »Gib ihn mir.«

Der Mann beugte sich zu ihrem Fuß. Die Frau schlüpfte in den Schuh, seufzte zufrieden und nahm Platz. Ein durchsichtiger, glitzernder Schal rutschte auf ihren Schoß. Er legte ihn ihr wieder um die Schultern und sah sie ehrfürchtig an. Als sie aber dem Mann von hinten in das dunkle Haar fassen wollte, hielt er sie brutal am Handgelenk fest, drückte ihr den Arm in die Seite und starrte stur auf die Wand.

Vor ihm das Bild einer großen, fliehenden Nackten mit angedeuteten Brüsten. Der Mann wirkte wie gelähmt. Er schien seinen Kopf nicht mehr bewegen zu können. Seine schlaksigen Arme und Beine, seine Hände, die sich eben noch an einem Aschenbecher festhielten und dann langsam Krümel von der Theke in das Gefäß sortierten, verharrten plötzlich.

François hatte das Gefühl, diesen Mann zu kennen. Er sah zu Sarah, die von ihrem Barhocker gerutscht war und sich jetzt langsam zwischen ihn und diesen Fremden schob. Was sollte das? Sie nahm die Hand des Fremden und legte sie in ihre. Der Mann atmete hörbar aus, seine Augen schwammen in einem feuchten Schleier.

»Wollen Sie den Abend nicht lieber mit mir verbringen?«, hörte er sie fragen.

»Ich muss gestehen«, sagte der Mann.

Das war doch *seine* Stimme!

»Ich muss gestehen«, wiederholte er.

»Ich hoffe, ich bin nicht …«

Sarah Rosen legte ihm einen Finger auf die Lippen und fuhr ihm mit der freien Hand zärtlich über seinen Bart.

Der Mann ließ es geschehen.

»Mir ist Hugo Wolf übrigens zu schwülstig«, sagte sie und hielt im selben Moment ein Büschel Haare in der Hand. Danach knautschte sie den künstlichen Bart, der eben noch seine Züge verborgen hatte, zu einem Knäuel zusammen.

François fühlte sich merkwürdig beklommen. Der Raum zerfloss und mit ihm Rosen, die Finger und Worte.

»Das Ensemble der Sinne«, sagte Sarah, »beschränkt sich auf wenige Instrumente. Auf einen bekannten Geruch oder einen bestimmten Geschmack. Das alles sind Erinnerungen! Glauben Sie mir, Herr Wolowiec!«

Unsinn, dachte François und rümpfte die Nase. Das hatte er doch schon einmal gehört.

Der Verrückte bewegte sich langsam und irgendwie tollpatschig.

»Es war hier«, sagte er. »Genau wie jetzt, und der Barkeeper hatte ihre Lieblingsmusik aufgelegt. Dass sie ausgerechnet Opern mochte. Irene war nicht wie die anderen, wissen Sie?«

»Worüber waren Sie erstaunt?«, fragte Sarah.

Der Mann warf François Satek einen ängstlichen Blick zu. Dann konzentrierte er sich wieder auf Sarah, als wollte er sie hypnotisieren. »Ich weiß, dass Sie mich lieben«, sagte er, »aber glauben Sie mir, ich wollte das nicht. Ich wollte sie nicht töten. Das mit Irene, das war ein Unfall. Alles, was ich wollte, war, für sie da zu sein. Ich wollte für sie sorgen. Sie wusste, dass sie es nur von mir bekommen konnte.«

»Meinen Sie eine bestimmte Behandlung?«, fragte Sarah teilnahmslos und nippte an ihrem Glas Champagner.

»So habe ich Sie noch nie gesehen«, sagte der Irre. »Das Kleid, dieses Kleid!«

Er streckte seine Hand aus, zog sie aber wieder ruckartig zurück.

»Gefällt es Ihnen nicht?«, fragte Sarah.

»Irene mochte kein Schwarz«, sagte er. »Sie liebte kräftige Farben. Wir … wir konnten uns auf Violett einigen.«

»Sie meinen den Nagellack?«

»Nein, ihren Lippenstift. Sie sagte, rot nicht, das trägt jede, mach sie doch lila, und dann hat sie mir den Lippenstift gegeben. Sie öffnete die Lippen…«

»Und Sie haben sie geschminkt«, vollendete Sarah den Satz.

»Sehen Sie!« Der Mann zeichnete in der Luft ihr Gesicht nach. »Dieselben rotblonden, halblangen Haare, sogar die Sommersprossen, diese helle, empfindliche Haut. Ich wollte … ich bin …«

Ein perverses Schwein, dachte François und beobachtete, wie Wolowiec seine Krawatte lockerte. Auf seinem Hals hatte sich ein rosa Fleck gebildet, und das Blut, das ihm in den Hals stieg, machte den Fleck noch intensiver.

»Ich … ich … bin … von dem Mann da … gestört worden«, sagte er überreizt und deutete mit ausgestrecktem Finger auf François. »Ich wusste, wann Sarah Dienst hatte, ich wusste, wann ihre Notdiensttage waren, alles war perfekt.«

Einen Moment lang rang er nach Worten, dann redete er weiter. »Ich habe Irene angerufen. Wir wollten uns hier treffen. Als ich ankam, sehe ich sie mit demselben Kerl wie aus dem Krankenhaus. Der da!«

Wolowiec zeigte wieder auf François.

»Es war furchtbar. Den ganzen Abend bin ich ziellos durch die Straßen gelaufen. Ich wollte Ihnen…«

Der Mann wirkte immer verrückter.

»Ich wollte *ihr* einen Antrag machen, ihr beweisen, dass ich anders bin, anders als all die anderen!«

Dann schwieg Wolowiec. Ein nach innen gekehrter Ausdruck lag in seinem Gesicht.

»Sie haben mich mit ihr verwechselt«, sagte Sarah und wartete, bis er wieder reden konnte.

»Ich wollte, dass sie damit aufhört.«

»Womit sollte sie aufhören?«, fragte die Therapeutin leise.

»Ich wollte, dass sie mich … liebt.«

Schweigen.

»Ich, ich, ich … hab ihr eine dieser Rosen gekauft, die Verkäufer in Bars und Restaurants anbieten, und bin damit nachts in den Park. Ich dachte, dass sie das freuen würde. Ich wollte, dass sie mich liebt.«

Wolowiec schluckte.

»Sie war laufen. Als sie mich sah, hielt sie an. Sie lächelte.«

Dann redete er wie ein Märchenonkel und bekam wässrige Augen.

»Ich reichte ihr zuerst die Rose. Sie hatte Angst, sich an den Dornen zu stechen, zögerte und sah mich verliebt an. In diesem Moment sagte ich mir, dass die Welt untergeht, so glücklich, so unmöglich glücklich war ich, weil ich es gewagt hatte, ihr endlich die Wahrheit zu sagen. Ihre Augen. Ich glaube, sie war gerührt. Und ich glaubte ein Schluchzen zu hören, nahm sie in meine Arme und flüsterte: ›Nicht weinen, bitte nicht weinen. Irene, ich liebe dich!‹ Ich versicherte ihr, dass ich sie nie betrügen würde, und dass … dass ich sie gern …«

Wolowiec schluckte schon wieder.

»… sie gern heiraten würde. Es dauerte nicht lange, da spürte ich, wie ihr Körper, anfangs noch glühwarm, abkühlte. Der Schweiß auf ihrer Stirn war eisig, die Augen, in denen zuerst Tränen schwammen, verwandelten sich in dunkle Löcher, aber sie begann wieder zu lächeln. Zuerst ganz zaghaft, so wie am Anfang, aber nach und nach wurde aus dem Lächeln ein Lachen. Es steigerte sich so, dass sie sich den Bauch halten musste. ›Hör auf‹, sagte ich, aber sie lachte nur noch mehr. ›Hör auf zu lachen‹, sagte ich wieder, und sie lehnte ihren Kopf gegen meine Schulter. Ich nahm ihr Gesicht in meine Hände, es zitterte vor Lachen, ich legte meine Hände um ihren Hals, schüttelte sie, drückte ein wenig zu, aber sie konnte nicht aufhören. Ich wollte, dass sie aufhörte … da schlug ich sie ins Gesicht, dann auf den Kopf. ›Irene‹, schrie ich,

›sei still‹, aber es half nichts. Ich legte wieder meine Finger um ihren Hals, der Druck meiner Hände musste sich ohne mein Wollen verstärkt haben, und noch ehe ich begriff, sank sie röchelnd zu Boden. Da lag sie, das Gesicht war blau angelaufen, und ich wusste nicht, was ich tun sollte …«

»Warum haben Sie denn nicht die Rettung gerufen?«, fragte Karlich, der unbemerkt in die Bar gekommen war.

»Das fragen Sie mich?« Wolowiec schien schlagartig nüchtern. »Ich bin selbst Arzt, es war zu spät!«

»Und da wollten Sie Irene in guter Erinnerung behalten?«, fragte Sarah sanft.

»Ich fing an, ihr Gesicht mit einem Klumpen Schnee zu bearbeiten«, sagte Wolowiec, »doch ihre Schminke, die Wimperntusche, das Make-up, alles verwischte und machte sie so hässlich. So konnte ich sie doch nicht liegen lassen. Ich durchwühlte ihre Kleider. In ihrer Jackentasche fand ich die Hausschlüssel. Dann bin ich zu ihr nach Hause und habe alles mitgenommen, was sie an diesem Abend, bevor sie laufen gegangen war, am Leibe trug. Den Samtmantel, die Stiefel … sogar das Parfüm … Das war das Beste, das ich noch für sie tun konnte. In ihren Joggingsachen hätte man sie für jede x-beliebige Frau halten können, aber das war sie nicht. Sie war …«

Wolowiec wartete einen Moment und schüttelte dann den Kopf.

»Zurück am Theseustempel zog ich sie um und habe sie wie immer, wenn wir zusammen waren, geschminkt. Ihre Schönheit konnte mich für einen Moment trösten, und der Reiz, der von ihr ausging, war so einzigartig, dass ich ihr die Rose zwischen die Lippen legte und so Abschied von ihr nahm.«

39

DAS GESTÄNDNIS, das Erwin Wolowiec wenige Minuten später auf der Amtsstube des Präsidiums wiederholte, war die zärtlichste und verzweifeltste Liebeserklärung, die Sarah Rosen je gehört hatte. Immer wieder sah Wolowiec verstohlen zu ihr hinüber, als wollte er ihr ein Geheimnis anvertrauen, dabei wusste sie doch längst alles, und es beschämte sie, dass sie damals seine Gefühle so leichtfertig aufs Spiel gesetzt hatte. Mit einem Lachen. Wegen dieser dummen Erfrischungstücher.

»Totschlag. Totschlag im Affekt«, hörte sie die Beamten reden. Die Kollegen hatten es ihr doch vorausgesagt. Hände weg von Psychotikern!

Sarah war getroffen.

Dieser Mann würde auf sie warten. Haft oder nicht. Er würde sie beobachten, Pläne schmieden, Sehnsucht haben, und dieses Wissen stach mit solch einer Klarheit hervor, dass es wehtat.

Zwei Wochen später saß Sarah Rosen in ihrer Praxis und nippte an einem doppelten Glas Brandy. Erste Silvesterknaller auf den Straßen. Ein Schrecken nach dem anderen. Dabei hatte der Tag mit einem Termin bei der Kosmetikerin begonnen, danach Sauna und Massage. Aber das alles hatte sie nicht ruhiger, sondern nur noch nervöser gemacht.

Rosen warf einen Blick in die Zeitung. *Faktum* hatte den Fall vor einigen Tagen als Titelstory gebracht, darunter ein vergrößertes Foto von der Leiche, ein quälender Anblick.

Irene Orlinger am Theseustempel. Dieses Stillleben mit Rose. Das galt ihr! Das war sie, unfähig zur Liebe. Eine Frau, die nichts mehr zu geben hatte als maskenhafte Schönheit?

Sarah stand auf und ging in ihrem Zimmer umher. All die Jahre, die sie allein ihrer Karriere gewidmet hatte. Verschenkt! Kein Familienleben mit Kindern, aber auch keine Abenteuer. Wollte sich die Zeit nun an ihr rächen? Und was war mit François Satek? Der Mann, mit dem die Dinge ins Rollen gekommen waren. Sicher, er hatte sie für Claire gehalten. Später Irene und sogar Svetlana in ihr gesehen. Er hatte sie begehrt, aber verwechselt, und eigentlich war ihr das ganz recht so. Nichts schlimmer als Wünsche von Männern, die Unmögliches von ihr verlangten. Eindeutigkeit. Absolute Hingabe. Einen sexuellen Triumph, der sie binden sollte. Nein! Dazu war sie nicht in der Lage. Aber mit François ?

Würde er erst wissen, wer sie wirklich war, voller Angst und Unsicherheiten, hätte er vielleicht gar kein Interesse an ihr.

Egal, dachte Sarah und wollte ihm wenigstens seinen Rimbaud zurückbringen. Das Reclamheft lag unter einem Wust von Unterlagen auf ihrem Schreibtisch und stach mit seinem orangefarbenen Umschlag hervor. Gedankenverloren nahm Sarah das Buch in ihre Hände und blätterte darin.

Je ne pourrai jamais envoyer l'amour par la fênetre.

Ich werden es niemals über mich bringen, die Liebe aus dem Fenster zu werfen, las sie laut und musste trotz allem schmunzeln.

Welche Liebe? Aus dem Fenster werfen?

Peut-on s'extasier dans la destruction, se rejeunir par la cruauté!

Wie kann man sich doch berauschen in der Zerstörung, sich verjüngen durch die Grausamkeit?

Grausamkeit. Das war das Stichwort. Was, wenn sie ihn nie wieder sehen würde?, dachte Sarah. Was, wenn er sich unbemerkt aus ihrem Leben gestohlen hätte? Einfach so. Ohne Abschied, ohne Erklärung. Eine Grausamkeit, die sie nicht hinnehmen wollte, niemals. Aus Furcht, sie könnte diesen Mann, der ihr Leben nur gestreift hatte, wieder verlieren, wollte sie plötzlich zu ihm.

Sie ließ Rimbaud in ihrer Manteltasche verschwinden und griff nach der Tür.

Es war zu mild für einen Silvesterabend. Draußen wehte kein Lüftchen. Das Gold auf der Pestsäule wirkte matt, die gesamte innere Stadt kam ihr wie ausgestorben vor.

Sarah Rosen verschränkte die Arme unter der Brust und lief zur U-Bahn am Stephansplatz. Einen Moment lang war sie nicht mehr sicher, ob der Kerl, der sie so sehr beschäftigte, überhaupt existierte oder nur ein Produkt ihrer Fantasie war.

François und Rimbaud, die Poesie eines Soldaten!

Touristen, Leute, die auf den alljährlichen Silvesterpfad wollten, drängten sich vorbei. Sie schmetterten Lieder.

In Sarah war es still. Ihre Haut kribbelte noch von diesem Tier, von dieser Zitterpartie zu Goldbrasse in Mandelsoße. Augen zu und Mund auf. Anziehen und Abstoßen, und seither diese Beweglichkeit! Diese Unruhe in Beinen und Hüften. Seither diese Ahnung, etwas könnte möglich sein, im letzten Moment noch, und nur mit ihm.

Sarah schlingerte von einem Gefühl zum anderen. Mal dachte sie aufrührerisch, mal lammfromm über ihn, mal voller Groll, dann wieder voller Zärtlichkeit, aber doch nicht so, dass sie darin völlig aufging.

Rimbaud war nicht stark genug.

Eine federnde Gestalt, die sie nicht gleich erkannt, aber vor zwei Tagen erst genau an dieser Stelle getroffen hatte, kam ihr dazwischen.

Patrizia Heral.

Zum ersten Mal war ihr aufgefallen, dass sie schmale Lippen hatte, und aus irgendeinem Grund wollte sie, dass diese Lippen lieber verschlossen blieben.

»Ich muss Ihnen was geben«, hatte Patrizia gesagt.

Sarah war es gewohnt, kurz vor den Feiertagen von Patienten

Geschenke zu bekommen, meist unsinniges Zeug: Flaschenöffner, Souvenirs wie nickende Robben oder gläserne Briefbeschwerer, Romane, ganz selten auch private Dinge wie Briefe oder Tagebücher, die sie verwahren und hüten sollte, aber das, was ihr Patrizia anvertraute, war anders, war vollkommen erdrückend gewesen.

Sie hatte ihr ein kleines, in Glitzerpapier eingewickeltes Etwas überreicht, das von einem Stück blauer Wäscheleine zusammengehalten und oben sorgfältig zu einer großen Schleife gebunden war. Ein Schmuckkästchen war zum Vorschein gekommen, dann ein opulenter Rubin, eingefasst in Rotgold, das Erbstück ihrer Mutter, den sie ausgerechnet Sarah vermachen wollte.

»Zum Abschied«, hatte Patrizia gesagt, sich den Ring an den Finger gesteckt und gegen das Licht gehalten. Dann zog sie ein zusammengefaltetes Stück Papier aus der Tasche. Es war ein vergilbter, brüchiger Zeitungsartikel, der dokumentierte, dass ein Geisterfahrer schuld am Tod ihrer Eltern war, und nach hitzköpfigen Erklärungen, die Patrizia über sich und ihre Symptome abgab, die sich, wie sie glaubte, nun ganz von selbst lösen würden, hatte sie gesagt: »Mein Vater konnte nichts dafür. Da steht's doch. Es ist ganz simpel. Wozu Psychoanalyse?«

Über zwanzig Jahre lang hatte Sarah Rosen mit Menschen gearbeitet, die mehr oder weniger alle ihre Motive verbargen, unwissentlich oder wissentlich. Über zwanzig Jahre hatte Sarah Rosen versucht, diese Motive aufzuspüren, und nach Mitteln und Wegen gesucht, sie ans Licht zu zerren. Und ausgerechnet Patrizia, mit der sie Stunde um Stunde durch Abgründe und Labyrinthe gegangen war, kam mit einem Artikel aus der Presse, den sie für die Lösung ihrer Probleme hielt.

Die Euphorie, mit der Sarah eben noch aufgebrochen war, hatte sich gelegt. Das Versagen wog schwer. Sarah atmete tief durch. Schließlich gab es noch Georg. In einer knappen Stunde wollten sie sich zum Sylvestermenue im Imperial treffen.

Sie würde pünktlich sein, sie würde mit ihm ins neue Jahr feiern wie eh und je, sie würde sich nichts anmerken lassen. Natürlich nicht. Die Sache mit den Rechnungen aus dem Orient, der Verdacht, den Bruno gegen Georg aufkommen ließ, den hatte sie ihm gegenüber mit keinem Wort erwähnt. Er war ja durch nichts zu erhärten gewesen.

Du bist aus dem Verkehr gezogen, dachte Sarah und fühlte sich elend. Du bist leer, hochgradig abwesend. Ein Nichts!

Langsam strich das Grau der Gemeindebauten vorbei. Fünfter Bezirk. Lichterketten flackerten.

Haltestelle Arbeitergasse. Dann Eichenstraße. Vereinzelt Menschen, die ihre Hunde auf einem Stück Grün zwischen Straße und Schienen der Bahn ausführten. Sarah stieg aus und ging den schmalen, dunklen Gang entlang.

Es roch nach Urin. Später nach gebratenem Fett, das aus einem Beisl bis hinunter in den Schacht zog. Sarah hielt die Luft an und nahm die Stufen nach oben, als hätte sie einen Marathon hinter sich. Völlig erschöpft sog sie endlich wieder frischere Luft ein. Ein paar Meter nur noch bis in die Siebenbrunnenfeldgasse. Ein Weinhandel auf der linken Seite, dann endlich das Hochhaus, das sie suchte. Hier also war er zu Hause.

Sarahs Blick war starr auf die grobkörnige Wand gerichtet.

Da waren lauter Schilder und Klingelknöpfe. Ihr Zeigefinger drückte nach ein paarmal Kreisen über die Tastatur den Namen Satek. Aus dem Gitter der Gegensprechanlage eine Frauenstimme.

»Ja? Ja bitte?«

Eine Frau? Wieso eine Frau?

Der Türöffner summte. Sarah trat ein.

Der Fahrstuhl begrüßte sie mit einem quietschenden Geräusch. Drinnen, in der Kabine, drückte sie wieder einen Knopf. Die Kabine rührte sich nicht. Sie drückte noch einmal. Wieder nichts. Kurz danach schloss das alte Ding endlich seine Türen, ein ruckartiges Schnappen, dann fuhr der Lift anstandslos hoch.

Erster Stock.

Die Frau aus dem Lautsprecher erwartete sie an der Treppe,

nahm zwei Züge von einer Blini und streckte Sarah dann mit einer langsamen Bewegung die Hand entgegen.

»Vera?«, fragte Sarah erstaunt. »Sie?«

Musik drang aus der Wohnung. Was hatte diese Frau hier verloren?

The look …

Die Musik kam aus *seiner* Wohnung.

… of love.

Und *sie*, sie stand in *seiner* Tür.

»Wissen Sie vielleicht, ob … ob François da ist?«, fragte Sarah. Sie wünschte, sie hätte diese Musik nicht gehört und diese Frau nie zu Gesicht bekommen.

Vera Kirchner zuckte nur mit den Achseln. In ihren Augen schimmerte wässriges Weiß.

»Ist unterwegs«, sagte Vera leise.

»Nach Paris?«

Vera nickte.

»Wahrscheinlich mit dem Nachtzug.«

Sarah steckte ihren Kopf in die Tür. Aus dem Wohnzimmer lugten die Zweige eines pink angesprühten Tannenbaumes hervor.

»Es war perfekt mit ihm«, sagte sie. »Vielleicht *zu* perfekt«, dann schloss sie leise die Tür.

Auf dem Weg zum Westbahnhof stellte sich Sarah Paris vor, kitschig, so wie man es aus Schlagern kennt, und voller Paare, die dort ihre Flitterwochen verlebten und nicht mehr zurück wollten.

Eine Sekunde lang hatte sie das Gefühl, sich so mit François zu sehen. Von der Seite, von hinten, von vorne, Arm in Arm, aber das Bild verblasste, je näher sie den Gleisen kam, und als irgendwo das Signal zum Einsteigen ertönte, stieg Übelkeit in ihr auf, die sie tapfer runterschluckte und wegatmen wollte mit einem Mentholtaschentuch vor der Nase, das von der Kälte ganz klamm war.

Sarah ging auf Gleis acht. Der EuroNight nach Paris stand noch.

40

The look of love …

Sie hatten eine Woche, in der sie Tag und Nacht beisammen gewesen waren. Nach dem letzten Mal, aneinandergeschmiegt wie zwei Kinder, lag François mit offenen Augen da, sie war bald eingeschlafen. Sicher, er hätte sie um dies oder jenes bitten können, um eine Verabredung, ein Wiedersehen, aber dann ließ er es bleiben. So was war ihm immer dann passiert, wenn ihn eine ins Herz geschlossen hatte.

Hätte er sie wecken sollen, ihr sagen, dass er so, wach und voller Unruhe, nicht länger liegen bleiben konnte, weder hier noch sonst wo? Seiner Haut juckte, und er nahm es als Zeichen, lieber wieder von der Bildfläche zu verschwinden, bevor ein weiteres Unglück geschähe.

Als Veras Atemzüge gleichmäßig genug waren und er sicher sein konnte, dass sie fest schlief, war er aufgestanden, hatte leise seine Sachen gepackt und nach Papier und Bleistift gesucht.

Bin in Paris, hatte er geschrieben, mehr nicht, aber das war viel und sonst gar nicht seine Art. Meistens sagte er gar nichts, weder dass er kommen noch dass er gehen würde.

François lag in Parka und Schal eingewickelt unter einer Wolldecke. Nur sein kahl geschorener Kopf lugte hervor, als der Schaffner Licht machte und nach seinem Pass verlangte.

Wortlos händigte er ihm seine Dokumente aus. An Schlaf war nicht zu denken. Reisende liefen über den Gang, auf der Suche nach ihren Abteilen. Er hörte fortwährend Schritte, Türen klappten auf und zu.

Noch zehn Minuten bis zur Abfahrt.

Keine Schwüre, keine Erklärungen, keine Fragen mehr.

Nach den ersten Sekunden Freiheit, die er als Schwerelosigkeit empfand, schlug die Schiebetür seines Abteils gegen den Rahmen. François schreckte hoch. Er schob die Gardine zurück. Eine Hand, die sich vor und zurück tastete, als suchte sie Halt, versperrte ihm die Sicht. Das Gesicht an die dunkle Scheibe gedrückt, dachte er sofort an Vera. Wie sie ihm die Arme eng um seinen Hals geschlungen und zwei Küsse auf die Wange gedrückt hatte. Wie er vor Traurigkeit reglos geblieben war und nur ein langsames Lächeln hervorbringen konnte vor dem Einschlafen. Ihr kaffeebraunes Gesicht. Ihre sanften Hände. Ihr Lied. Ihr verrücktes Lied.

Don't ever go.

War sie ihm etwa gefolgt? Die Hand klebte glatt und faltenlos vor seinen Augen wie auf einem Objektträger, als wollte sie wie durch die Linse eines Mikroskops betrachtet werden.

Unmöglich! François wich zurück. Selbst wenn *sie* es war, er würde ihr nichts geben können, kein Versprechen, keine Abmachungen, so einfach war das nicht.

Es klopfte an die Scheibe.

Das Klopfen war leise und fast nicht zu hören. François fuhr ein zweites Mal hoch, öffnete mit einem Ruck die Tür und betrachtete den Rest, der zu dieser Hand gehörte. Ein Frauenarm, schmale Schultern, ein erloschener Blick. Sie war nicht da, als er vorgestern Nacht bei ihr geläutet hatte, war nicht ans Telefon gegangen, schien wie vom Erdboden verschluckt, und plötzlich war sie hier, ganz dicht, eingeklemmt zwischen zwei Scheiben auf dem Gang eines Schnellzuges, der zurück nach Paris wollte.

»Ich bin's«, sagte sie und wirkte völlig durcheinander.

»Das seh ich«, sagte François. »Woher wusstest du …?«

»Vera!«, sagte sie nur.

Sarah trug eine randlose Brille, die er noch nie an ihr gesehen hatte, war blass und hatte sehr kurze Haare. Ansonsten dasselbe Kostüm wie immer, ungewöhnlich hell für diese Jahreszeit und viel zu dünn. Diesmal fehlte ihr der Stolz, die weibliche Exklusivität, mit der sie sich sonst zeigte, und ihr trauriges, entmutigtes Gesicht sagte ihm, dass sie nun greifbar wäre und etwas mit ihr geschehen sein musste, von dem er nicht wissen konnte, was.

»Sarah«, flüsterte er.

Ein Lächeln legte sich auf seine Lippen, weil er sie immer noch schön fand, weil der Moment so absurd war, dass er nichts Besseres zu sagen wusste als ihren Namen.

»Was machen Sie hier?«

»Du«, sagte sie zaghaft.

Und nach einer Schweigesekunde. »Kannst du aussteigen?«

»Wir ...«, stotterte er, aber ihre weit geöffneten Augen glänzten so traurig, dass er sie nur wortlos ansehen konnte und den Kopf schüttelte.

»Ich hab was von dir«, sagte sie und kramte mit der Hand in ihrer Manteltasche.

»Rimbaud!«

Wie dünn ihre Stimme klang, als sie die Geschichte eines verwundeten Soldaten vorlas, dem man kaum etwas ansah, keine Narbe, keinen Wunsch, keinen Charakter. Die Geschichte eines Soldaten, der von einem Tag auf den anderen lebte, nur für einen Stich Hoffnung, und nur bis zu dem Moment, an dem er wieder aufbrechen konnte.

»Départ«, sagte sie.
Aufbruch.

»Assez vu. La vision s'est recontrée à tous le airs.
Assez eu. Rumeurs des villes, le soir, et au soleil, et toujours.
Assez connu. Les arrets de la vie. »

Genug geschaut. Die Vision ist mir begegnet unter allen Himmelsstrichen.
Genug besessen. Getöse der Städte, am Abend, und in der Sonne, und immer.
Genug gekannt. Die Augenblicke, in denen das Leben stillsteht.

François legte ihr einen Finger auf die Lippen und lächelte wieder.

»Den hatte ich ganz vergessen. Danke!«

Sie sah aus, als ob sie jeden Moment weinen würde, dann aber sprach sie davon, dass sie alles aufgeben wollte, die Praxis und die Patienten, sogar die Arbeit bei der Polizei.

»Tu's nicht«, sagte er, »die brauchen uns. Ohne uns hätten die den Mörder doch bis heute nicht!«

Verwundert über sich selbst ließ er sich auf die Sitzbank fallen und zündete sich eine Zigarette an. Er wusste nicht, wohin ihn seine Gedanken führen sollten, und ob es wohl gut war, etwas zu sagen, für das sich keine Worte finden ließen. Er wollte ihr danken, etwas erklären.

»Ich hab auch was von dir«, sagte er stattdessen, verstummte dann aber.

»Wir müssen wieder an den Anfang zurück«, sagte sie, als würde sie seine Gedanken lesen können. Dann war der Moment vorbei.

Ihr Handy läutete.

Er hörte noch, wie sie den Namen Georg aussprach, wie sie sich für etwas entschuldigte und wie die Schiebetür wieder ins Schloss fiel. Draußen auf dem Gang bewegten sich ihre Lippen, und er sah, wie sie ihm durch das Glas, das sie trennte, verschwörerisch zulächelte. Dann plötzlich war sie verschwunden.

François stand auf und wollte sie aufhalten.

Aber Sarah war schon auf dem Bahnsteig.

Als er das Fenster herunterschob, sah sie ihn wieder so an. Sie war eine einzige große Frage, die er nicht hören, aber doch verstehen konnte. Ihr blasses, erschöpftes Gesicht, dieses kurze Haar, das dünne Kostüm. Sie zitterte. Aber er widerstand dem Versuch, jetzt den Zug zu verlassen und seine Stirn an ihre zu legen, nur um zu antworten.

Sie erwiderte seinen Blick, schüttelte aber unmerklich den Kopf.

»Was denkst du?«, fragte François und ließ sich den eisigen Wind um die Nase wehen. »Sag's!« Dann streckte er die Hand nach ihr aus.

»Dass wir uns wiedersehen.«

Dabei drückte sie seine Finger so fest, dass ihm die Knochen weh taten. Plötzlich ließ sie los.

Er öffnete den Mund, wollte noch etwas sagen, doch sie drehte sich um und ging mit einer Entschiedenheit davon, die ihn ratlos zurückließ. Lange noch sah er ihr nach. Erst als er sie nicht mehr erkennen konnte, schloss er das Fenster und fingerte Rimbaud aus der Tasche.

Les arrêts de la vie.

Danksagung

Ganz herzlichen Dank an meine langjährige Freundin Dr. Imke Wulfmeyer. Mit der Gabe, sich in meine Welten einzufühlen, hat sie in diesem Buch Spannung kalkuliert und dramaturgische Bögen geführt, obwohl sie als Rechtsanwältin, Mutter und Physikerin in geheimer Mission genug andere Dinge zu tun hat.

Und wie hätte ich eine Zeile schreiben können ohne Agnieszka Franczyk, die sich voller Liebe meinen beiden kleinen Söhnen widmet und mir seit Jahren treu zur Seite steht.

Sehr großzügig und freundschaftlich war Walter Hoffmann, Psychoanalytiker in Wien, für mich da, den ich jederzeit um Rat und Unterstützung für dieses Buch bitten konnte.

Umschlag: Michel Keller, München

Satz: Schuster & Junge, München
Druck & Bindung: Clausen & Bosse, Leck
ISBN 3-88897-395-3
1 2 3 4 5 6 • 07 06 05